U0661508

月满昆仑

屈全绳　著

四川人民出版社

图书在版编目（CIP）数据

月满昆仑 / 屈全绳著. —成都：四川人民出版社，2021.4

ISBN 978-7-220-12090-9

Ⅰ. ①月… Ⅱ. ①屈… Ⅲ. ①中国文学-当代文学-作品综合集 Ⅳ. ①I217.2

中国版本图书馆 CIP 数据核字（2021）第 051398 号

YUE MAN KUNLUN

月满昆仑

屈全绳　著

项目统筹	章　涛
策划组稿	石　龙
特约编辑	陈　欣
责任编辑	任学敏
技术设计	戴雨虹
封面设计	张　科
责任校对	申婷婷
责任印制	李　剑
出版发行	四川人民出版社（成都市槐树街 2 号）
网　　址	http://www.scpph.com
E-mail	scrmcbs@sina.com
新浪微博	@四川人民出版社
微信公众号	四川人民出版社
发行部业务电话	（028）86259624　86259453
防盗版举报电话	（028）86259624
照　　排	四川胜翔数码印务设计有限公司
印　　刷	四川机投印务有限公司
成品尺寸	146mm×210mm
印　　张	17.75
字　　数	330 千
版　　次	2021 年 4 月第 1 版
印　　次	2021 年 4 月第 1 次印刷
书　　号	ISBN 978-7-220-12090-9
定　　价	78.00 元

目录

第二辑　以贤为策

第四辑　书卷盈怀

第五辑　素日琐记

第六辑　小品杂集

自　序

这个集子原计划明年脱手，因为有几篇文章还要打磨后补充进去。但是，计划赶不上变化，身体熬不过岁月，一时半会儿又没有茅塞顿开、摩厉以须的悟性，只好把明年的计划提前到今年付诸行动。

收入集子的文稿，是我退休后笔耕的部分心迹，绝大多数在报刊或网络上发表过，算是《议军论政》《西陲将星》《铁血将军旷世情》和几本诗词集、歌词集之后的“回光返照”。因为对一个望八老翁来说，生命的交响乐随时都可能曲终声息。

退出工作岗位时，我给自己安排的生活方式是“三不主义”“五子登科”：“不问台上的事，不说别人的事，不误自己的事”；“爬格子，带孙子，整院子，遛弯子，掌勺子”。回过头看，“三不主义”一以贯之，“五子登科”差强人意，其中尤以“爬格子”为最，有些东西怎么使劲都写不出来，简直像电脑死机一样痛苦。根源何在？是“硬件”不行？不是！脑子不痴不呆。是“软件”不行？不是！57 年军旅生涯，在新疆 26 年，在兰州 5 年，在北京 5 年，在成都 21 年，虽说算不上“阅世已阅险中险，识人又识天外天”，总还是经历了时代的沧海桑田、人生的跌宕起伏。那么有的题材难写的根源究竟在哪里？我请教鲁迅，先生说：写不出来的时候不要硬写。我不甘心，又请教古人，唐卢延让云：吟安一个字，捻断数茎须。古人与鲁迅唱反调，我当然得听鲁迅的。于是索性放弃一些自己功力不逮的题材，写了眼前这些篇章。

后来在创作实践中醒悟过来，说到底是“芯片”不行，根子出在知识少上，明白了“书到用时方恨少”是大实话，“腹有诗书气自华”不是夸张句，反躬三省吾身，确实读书少了。再看个人的知识储备、知识结构、知识含量，明显与写作题材的要求不匹配。这提示我，书读少了，即使搜肠刮肚，也只能写出几根干瘪的鸡肋。

现在有些官员的文章让人读不下去，大概也同读书不多有关系，而作者还是硕士、博士，其中难免掺了水分。仔细琢磨，这种现象并不奇怪，学历造假早已稀松平常，以为拿到一张假文凭就有了真学问，而不懂得“官大未必学问长”才是硬道理。这好比吃包子，包子好不好吃，不在褶子多不多，不在皮子白不白，而在馅子香不香。由此可见，书能益智，勤能补拙，真正的好书才是满口生香的“包子馅”。

夕阳无限好，只是近黄昏。抓住生命的尾巴，品读几本好书，也许写出的“包子”才有点“狗不理”的味道。

2019 年 11 月 18 日

于成都北较场解甲楼

第一辑

皓首回眸

回忆像一条倒流的悠悠长溪，静静淌过流逝的岁月，浸润枯萎的往事，让人在百感交集中体悟生命的宝贵，回味事业的艰辛，寻觅精神的寄托。

清明忆父

我的父亲屈怀远

父亲屈怀远是在母亲王玉琴走后第四个年头撒手人寰的。倘若老人家健在，今年应是103岁的人间仙翁了。

令我至今无法释怀的是1979年4月5日，父亲刚跨进63岁的门槛，便走到他艰辛凄苦的人生终点。

今年的清明节，是父亲的忌辰。清明与忌辰重合，这是因缘际会，抑或是天人巧合，我难以判定。但我相信吉人天悯，善有善报，父亲能够分享青冢弹泪的天下追思，也算是一种哀荣！可我宁愿父亲活着，也不要这样的哀荣。

我是在父亲告别尘世前十多天离开他的。那时候父亲已经猜到他得了不治之症，而父子之间的诀别，无疑使死亡早几天掐住了父亲的命门。父亲靠在我弟弟身上，倚门送我时寸步难移。他时而点头，时而摇头，浑浊的眼眶装满了不舍，绝望的神情笼罩着他脸上的每一道皱纹。那一刻，我们父子相对流泪，没有说一句话。说什么呢？有什么可说呢？只有生离死别的悲痛，只有忠孝不能两全的心声！那一刻早已长进我的脑子，成为我生命的一部分。

父亲是在我军对越自卫反击战的凯旋声中走向生命终点的。

1979 年 2 月 17 日，对越边境自卫反击战全线打响，3 月 16 日我军全部撤回国内。3 月 20 日，我受命前往成都军区政治部政研科，学习部队战前和作战期间的政治工作经验。

那时候，南线作战虽然胜利结束，但乌鲁木齐军区所属部队仍然处于临战状态。军区首长判断，虎视眈眈的对手很可能采取突然袭击的方式，在我边境地区或浅近纵深，替一败涂地的越南报复我军，因为苏越两国刚刚缔结完同盟条约。此前，嚣张的黎笋集团敢于置我国再三警告而不顾，频繁侵犯我边境，故意杀害我边民，就是仗着这一纸条约壮胆的。

为了防止苏军后发制人，乌鲁木齐军区所属部队枕戈待旦，剑拔弩张，在“南疆部队放鞭炮，新疆战备不松套”的动员声中，加紧防敌突袭的准备工作。我就是在这个背景下，专程到成都军区取经的。

父亲虽然只有初小文化程度，但当过石印工人，识字不少，对《三字经》《百家姓》《千字文》《弟子规》等启蒙读本比较熟悉，也了解其中一些典故。同时受关中乡土观念的影响，对南方“蛮子”颇不待见。1961 年，听说我参军要去四川，父亲当时坚决不同意。理由是“少不入川，老不出关”。后来又听人说“娃到四川不想家，又有媳妇又有妈”，更不同意我当兵入川，担心我到四川娶妻生子，乐不思秦。第二年得知我去新疆当兵，虽觉得远隔天涯，但没有阻拦，只是要我尽完三年义务再回来读书，多长点出息，多学点能耐。

得知我当干部后，父亲没再劝我重回学校读书，但对新疆局势的关注程度远远超过常人。新疆一有风吹草动，就要求我务必给家里写信。1970 年 11 月，新疆部队战备，家属紧急疏散。父母得知消息后，连发电报催我把孩子送回老家。鉴于战备形势日趋严峻，正在坐月子的妻子孙兰带着刚满两岁的女儿和满月的儿子，乘了 56 小时的火车回到白鹿原，把孩子托给父母抚养。将近两年时间，我们既没顾上回去看望父母，也没顾上把孩子接回新疆。正是由于父母和弟弟夫妇的全心养育，解除了我和妻子照顾孩子的后顾之忧，我才能一年四季心无旁骛、没明没黑地在边防前沿和纵深阵地上摸爬滚打。

对越自卫反击战打响后，父亲曾担心苏联和越南会对我国实行南北夹击，使我军腹背受敌。在身患重病的情况下，还让我弟弟江绳发电报询问我，一旦中苏交火，我的孩子怎么安排。实在不行，还是让孙兰把孩子送回西安老家，奶奶不在了爷爷还在嘛！战争没有打起来，父亲却病入膏肓，来日不多。

父亲自幼喜欢听人说书，他对我讲的《精忠说岳》《三国演义》的片段，大都是从说书艺人那里听来的。从小在我脑子种下的“忠孝不能两全”的种子，也是从《精忠说岳》中来的。在我的记忆中，父亲从来没有让我离开新疆的想法，更没有让我解甲归田，为他和母亲侍奉茶饭、养老送终。而这些本应该由我亲力亲为的事情，全部落在我弟弟夫妇肩上。

父亲除了十几岁时时断时续地当过印刷馆的学徒外，毕生与土地打交道，他在正常年景下种的庄稼，无论小麦、玉米，都堪称全村之冠。但即使这样，一年四季连食用油也买不起，平时有长辈亲戚登门，母亲才舍得把熬好的猪油拿出一点点炒菜。奶奶养的鸡是家里的“银行”，我没见大人吃过几次鸡蛋，大部分鸡蛋都换了油盐酱醋。三年困难时期，全家青黄不接的几个月，主要靠麸糠、苜蓿、树叶和风干的萝卜叶子度饥荒。

为了贴补家用，能够攒钱供我和弟弟上学，父亲早年学会了编制竹器，是名副其实的篾匠。人民公社成立后，村子的毛竹不再卖给个人，父亲只能到秦岭里面的柞水县买竹子。一条扁担，挑着100多斤竹子，来回路程300多里，往返需要三到四天。这样负重艰辛的劳作，父亲直到50岁左右才无奈地放弃，因为他实在挑不动了。有一次他饿着肚子去柞水买竹子，返回时一天昏倒过两次。同去的乡党转告刘家沟父亲的干儿子，帮父亲把竹子挑回家。

没有竹子编制竹器，家里断了零花钱，父亲又托人到西安军需工厂预订军用布鞋鞋底，背回家同母亲锥鞋底挣点小钱。这种活儿质量要求高，时间要求紧，有时候为了赶时间交货，全家围着一盏小油灯，通宵达旦地加班加点才能完成。母亲除了锥鞋底，还要成年累月地纺线织布，是村里公认的纺织高手。

煤油灯油烟多，父母常年在灯下劳作，被油烟熏得早早患上支气管炎。我小时候，早晨起来经常看到父母眼仁是红的，鼻孔是黑的。稍长后我暗自发誓，好好读书，成人后让全家人有米有面有肉吃，像城里人一样过日子，不能一天三顿不见油，一年到头不吃肉。

可是，我的愿望落空了。就在我前往成都途经西安时，得知父亲患了贲门癌，而且已经扩散到食道和肝脏，属于晚期癌症。父亲知道南线已经开打，新疆战备吃紧，怕我走心分神，不让弟弟告诉我病情。医院见是癌症晚期，也束手无策，只做了对症治疗，叮嘱回家好好调养。

我到家后同弟弟商量，立即陪父亲去当时尚未换防的第二军医大学附属第二医院检查。我从钡餐透视中看到，父亲的食道已被肿瘤堵死。医生悄悄告诉我们，早点准备后事，老人没有多少日子了。我的心像被石头坠着，一时乱了方寸，希望医生能够给个大概的预后时间。医生还是重复了说过的话。

一面是紧急任务，一面是癌症晚期，我在两难中举棋不定。父亲看出我的难处，极力要我先去成都，返回新疆前再陪他待几天。

孰料事不遂愿。我从成都返回西安第二天，乌鲁木齐军区政治部发报询问我的归期，以便提前安排会议听取汇报。想到战争可能一触即发，我不敢含糊，委婉地告诉父亲，我先回新疆销差，过几天再回家陪他治病。

父亲已经无法走路，弟弟扶他靠着门框送我，他没有话说，只有止不住的泪水流淌。

我怕自己迈不开腿，给父亲磕了三个头，不敢多看父亲一眼，泪流满面地哽咽着出了家门。

半个多月后，父亲走了！

1975 年 5 月，我没能见到母亲最后一面；这次又因紧急战备，没能见到父亲最后一面，这是我终身无法挽回的愧悔！

现在想来，正是父母的厚德与宽容，才使我走到今天！

我相信，在天有知的父母一定会理解，他们临终时我不能守灵祭拜、披麻戴孝，在新疆守防则是另一种方式的尽孝，而且是包含着为国尽忠的大孝。

2019 年 3 月 17 日

（原载“陕西公益网”）

中秋忆母

我的母亲王玉琴

中秋节到了。中秋月，是团圆梦最美的见证。

连续几夜云翳蔽天，万籁俱寂，听不到落叶飘零的声音。

梦中，我兴冲冲地回到老家，跪在母亲面前叫了一声："妈！"

母亲愣了一下，继而惊喜地流着泪说："我儿回来了！"

我像小时候一样扑进母亲怀里，哇的一声哭了。

苦涩的眼泪不知什么时候流进喉咙，我被呛得连声咳嗽。

梦醒了，我却咳得更厉害。

我知道，我永远不会再听到母亲的答应声了。母亲走了45

个年头，我也步入 76 岁的门槛，但思念父母的祈愿，像埋在记忆深处的种子，一做梦就发芽，一做梦就被泪眼婆娑而呛醒。

一

今夜，梦又把我牵回母亲的身边。记忆中的往事，像母亲纺车上的棉线在脑中缠绕，剪不断，理还乱。我掀开被子坐在窗前，擦着泪水，眺望云头，心又回到童年。

依稀记得小时候，每逢过年，左邻右舍的母亲都会领着娃回娘家拜年。一块儿耍的娃拜年回来，总会拿着大人们给的压岁钱在我面前炫耀。这时候我常常不服气地跑回家，哭闹着要母亲领我去舅舅家拜年。母亲每次都会把我揽进怀里，一边给我擦泪一边自己流泪说："舅舅家搬到外县了，路太远，等你长大了妈带你去！"我听后不再纠缠，一心盼着自己早点长大。

家乡有舅舅过元宵节前给外甥送灯笼的习俗。看到人家娃的舅舅送灯笼，我又哭闹着问母亲，舅舅咋不给我送灯笼。母亲依旧流泪哄我："舅舅让人捎的灯笼还没到，正月十五灯笼才能捎来。"母亲没有骗我，元宵节晚上，我和弟弟都挑上了红彤彤的小灯笼，只是没见过舅舅的影子。那时我并不知道，灯笼是父亲用竹器换来的，父亲是篾匠，一只小竹篮能换三个带蜡烛的红灯笼呢！

年复一年，盼望给舅舅拜年和舅舅给我送灯笼，成为我的心病。我在盼过年又怕过年的日子里走进学堂。

上学后的第一个春节快到了。母亲昼夜纺线织布，忙活全家人的过年衣服。奶奶怕我又纠缠给着要舅舅家拜年，终于对我讲了我想不到的实话。

那是个很冷的傍晚，奶奶招呼我坐到热炕上，长吁短叹地说："全绳！不要再缠着给舅舅拜年了。你妈是保旗寨人，她爹妈没有儿子，只生了姊妹俩。你姥爷姥姥入土早，她姐一出嫁，只剩你妈一个人，你爷爷跟你姥爷是结拜兄弟，怕你妈再受人欺负，就接到咱们家来了。"

奶奶说得凄凉苦楚，我听得半信半疑，还想再问明白时，母亲放下手中的擀面杖走过来说："你奶说的是实话，你懂事了，知道了也好，省得妈过年老哄你们弟兄俩。"母亲起初说得很淡定，说着说着眼泪掉了下来。我看出了母亲的苦楚，从此再没提过拜年、送灯笼的事情。母亲被爷爷奶奶收养后的日子是怎么过来的，我一无所知。

爷爷生前是走村串乡的兽医，读过四书五经，会说《封神演义》，在方圆几十里的口碑很好，但身体单薄，我出生几年前老人家被重感冒夺走了性命。那一年母亲 14 岁，已经在爷爷奶奶跟前待了 6 年。1955 年春天，奶奶卧床半年多撒手人寰，此后没人给我说过母亲的身世。上初中时学校组织忆苦思甜，我从父母嘴里没有问到母亲在娘家受人欺负的情况，却从姑姑那里知道了母亲的经历。

母亲 8 岁进我家门，被爷爷奶奶当作亲生女儿看待。之后跟着奶奶学纺线、学织布，因为心灵手巧，性格要强，成人后精于裁剪缝纫的针线活，是村子里女人们公认的高手。父亲长母亲 8 岁，从私塾退学后在省城一家印刷馆当学徒，印刷馆倒闭后回家，边种田边学做篾匠。母亲的童年与父亲以兄妹相称，两人青梅竹马，两小无猜。农忙时父亲带着母亲下地，农闲时母亲或织或纺或编竹器。父亲脾气温和，母亲性格刚强，凡事父亲都让着母亲。

母亲 15 岁时已出落得亭亭玉立，虽然少不了下地劳作，但唇红齿白，眸子黑亮。父亲个头高，五官正，是种田的一把好手。爷爷生前与奶奶商定，母亲 16 岁同父亲圆房，凡有媒人给两人提亲，都被爷爷奶奶婉拒。孰料喜事还没办，爷爷却在牵挂中离世。临终前一再叮嘱奶奶，不要让守丧的老规矩把儿女的大事耽误了。

老家当年有个习俗，父母若过世儿女需守孝三年后，才能谈婚论嫁。奶奶本想按爷爷的遗嘱操办婚事，但父亲不愿玷污孝道，以百善孝为先的古训说服了奶奶。直到爷爷丧满三年，我的父母才得以圆房。从此，兄妹俩成了一对夫妻。

二

父母婚后第二年，我姐姐出生，不知何故，刚满两个月就夭折。第三年我一降生，奶奶见是男孩，高兴得给亲戚挨个报喜。爷爷和父亲都是一脉单传，奶奶怕我有闪失，按照习俗在全村逐门逐户讨棉线，之后结成胡萝卜粗的 9 尺长绳拴在我腰上，直至我两岁才把绳子解开。之前我没有名字，大人都叫我“绳娃子”。父亲读过几年私塾，给我正式起名时权衡再三，觉得应该保留“绳”字，既有纪念意义，又能以柔克刚，还能让我从小知道做人的准绳。母亲提醒父亲，绳子是全村各家各户的棉线拧成的，名字里应该有感谢乡党的意思。奶奶顺口说，那就叫“全绳”吧！于是我有了今天这个名字。

互联网出现后，我点击百度搜索，“屈全绳”的名字就我一人。令我唏嘘的是父母已经过世，倘若知道当初给我起的这个名字，如今 14 亿人中没有第二个，他们一定会喜上眉梢的。

1946 年我弟弟出生，家里由 4 个人变成 5 个人，本来就半年糠菜半年粮的日子快揭不开锅了。迫于生计，父亲拆掉两间厦房，把椽檩梁柱卖给一家富户，度过了两个青黄不接的年头。为了能挣点零花钱，父亲进西安一家竹器店做篾匠，家里不到两亩地由母亲和奶奶打理。

母亲结婚前，嫁给潘村的姨妈不便来家里走动，结婚后姐妹往来日益频繁。姨妈家代替了舅舅家，给姨妈拜年和姨妈给我们兄弟送灯笼，是每年不能或缺的。姨父在西安做小生意，听姨妈说母亲的女红好，村里一些人想让女儿跟着学，姨父建议母亲带几个姑娘学纺织剪裁，收点零用钱或换点粮食补贴家里。

据姑姑说，刚开始母亲还不好意思带徒弟，家里也放不下几架纺车。后来父亲在拆除的房基上用竹竿搭了一个棚子，才解决了场地小的困难。

母亲先后带过 12 个姑娘，每期 4 人，期限一年，让姑娘掌握从选棉、纺线、染色、浆洗到织布、拉布的全流程。母亲不但教她们织白布，还传授织各种颜色的花格被面、床单、枕套的手艺。直到 1949 年家乡解放，姑娘们陆续上学，母亲的“传帮带”才告中断。

家乡解放后西安竹器店裁人，父亲回家务农，母亲把全部精力和时间都放在纺织上。从我记事起，白天纺车声没断过，夜里织布机没停过。一盏煤油灯悬挂在空中，微弱的灯光下父亲编竹器，母亲踩织布机，我在踏板的响声中做作业。母亲织一匹布大约花一星期左右。好多次，我从梦中醒来，发现母亲趴在织布机上打瞌睡，被我叫醒后下来洗洗脸，织布机又哐、哐、哐地响起来了。有时候为了赶上西安来乡下收土布的买主，母亲通宵加班，第二天腿肿得迈不开步子。由于常年在煤油灯下熬夜，母亲患了严重的眼疾，一遇烟熏就疼痛难忍，泪流不止。有几次父亲从柞水县买竹子回来，强行用架子车把母亲拉到狄寨镇卫生院治疗眼疾和腿肿。现在回想，我和弟弟真是在父亲的汗水和母亲的泪水中泡大的。

三

母亲自己省吃俭用，对父亲的吃饭穿衣却十分重视，总是尽最大努力保证父亲吃饱肚子、穿戴整齐。为了尽量减少去柞水买竹子途中的困难，父亲每次进山之前母亲都要备好三样物品：一是两双能系带的鞋子，二是一对很厚的棉护膝，三是用旧毡子缝制的垫肩。白鹿原到柞水来回几百里，尽管鞋子很合脚，父亲挑着一百多斤重的竹子，回到家里还是满脚掌血泡。这时候都是母亲把水烧好，亲手帮父亲洗脚挑泡。父亲膝盖有护膝保护，上下山多次摔倒，也没伤到膝关节。

父亲习惯抽旱烟，好烟买不起，老抽劣等烟叶。母亲很是心疼，每次从镇上卖布回来，都要给父亲买一把好烟叶，后来还让刘家沟干儿子在窑洞前种了一块烟田。父亲胃肠功能差，母亲从不让父亲吃凉食，父亲从秦岭买竹子回来，就算是三更半夜，或是数九寒冬，母亲都要让父亲吃上热汤热饭。

农村成立初级合作社后，父母都是壮劳力，每天要下地，白天没有工夫搞副业，只有靠晚上纺线织布、编竹器换回一些零花钱。由于生活清苦，1954 年我患严重贫血休学。当时我骨瘦如柴，体弱无力，下鲸鱼沟挑水时因体力不支，竟从 40 多米长的坡上滚落下去，冰冷的泉水把棉裤全浇湿了。父亲不在家，奶奶想带我去镇卫生院检查，母亲不放心，让我带上红领巾和中队长袖标，把我领到姨妈家，同姨父带我去西安红十字会医院检查。医生看完化验单说："娃贫血，没啥大病，回去加强营养，牛奶羊奶、鸡蛋鸡肉都能治病，不需要吃药。"

返回途中，姨父说田家湾附近有个屠宰厂，看看有没有奶羊卖。母亲当即决定，只要有就给娃买。说来也巧，到屠宰厂一看，有几百只羊准备宰杀，但不对外卖。姨父找到厂办公室，掏出医院化验单和诊断书恳求厂长，厂长还是不答应。就在这一刻，向来刚强的母亲扑通一声跪在厂长脚前，声泪俱下地说："求求厂长，救救我娃呀！"我长这么大，从未见母亲哭着给人下跪，一时半会儿不知道该怎么办，只觉得两眼冒火，不知不觉中攥紧了拳头。

厂长大约 40 岁，也许是被我母亲感动了，边扶母亲起来边说："大妹子，快起来，我和兽医商量一下再说吧！"半个小时后兽医以母羊有病不宜宰杀为由，由厂里作价卖给母亲。母亲又要跪谢，被厂长挡住了。临走时兽医拿了一包药给母亲，让半个月后喂羊吃，能延长羊的产奶期。

回家后我每天喝半碗羊奶，吃一个鸡蛋，奶奶喂的兔子也被宰了给我加强营养。秋季上学前去医院检查，我不再贫血，个头也长高了。

母亲原来不识字，连自己的名字“王玉琴”也不认识。1951 年冬季，母亲见我上学，自己也参加了村里的扫盲班。农村的扫盲班只在晚饭后上课，母亲断断续续参加了两个多月，认识了上百个字。家庭地址、家人名字、钞票面值都能认出来，还会写自己名字，但其他字没有几个会写的。

从扫盲班出来后，母亲经常检查我的作业。那时候母亲不到 30 岁，记性好，口算快；父亲没有母亲脑子灵，但珠算好。有时候家里算小账，父亲算盘珠子还在响，母亲已经把结果说出来了，我刚上学时的口算题就是母亲教的。

我们村的初级小学由寺庙改建，从一年级到四年级，我一直被老师指定为班长，也是学校组建少先队时第一批 7 个戴红领巾的队员之一。入队第二年我被选为中队长，母亲为此感到自豪，还从镇上买了个油饼奖励我。那时学校向苏联学习，老师批作业、阅试卷实行 5 分制，每次看到我的语文、算术都是 5 分，母亲笑得很开心。如果听说哪节课我要发言，有时候还抽空站在教室外面听。我的语文老师李振东、算术老师李治华都是塘村人，塘村与我们车村地连地，狗叫鸡鸣相互都能听到。母亲在教室外“旁听”时，老师“视而不见”，下课碰到了还会交谈几句。初小毕业时我被保送到小村庙小学，李治华老师带领七八个学生到家里祝贺，父母高兴得双手合十，连连感谢。

小村庙小学离我们村不到十里地，路不算远，而且我和几个同学结伴上学，但沿途有两条凹地，每到冬季都会有狼出没。父母为此非常担心，每天看着比我大的学生带我去上学才放心。

我从小学五年级第一学期被班主任谢伯华老师指定为班长，一直到小学毕业没换过。那时候期末试卷判完后，学校要在醒目位置张榜公布成绩。每次张榜我都名列榜首，父母一定要赶到学校一睹为快。五年级第一学期放假前一天，天气很冷，下了一场大雪。父亲出远门不在家，我被班主任谢老师留下来整理试卷，回家晚了一个多小时。母亲见我迟迟不回家，让弟弟和邻居孩子陪她到学校找我。看到我和谢老师在一起，悬着的心才放下了。

在老师和父母的关心下，我又被小村庙小学保送到西安市第六十二中学上初中。拿到初中保送通知书那天，父亲专门到纺织城买了一斤腊牛肉、一斤猪耳朵，母亲又炒了一盘鸡蛋、一盘茄子，为我被保送上中学表示庆贺。在我的记忆里，如此奢侈的家宴只有过这一次。上初中后我先当班长，后当学生会主席。每年学生会年终总结，全校师生参加，母亲总会站在学校围墙外的台阶上，看着我做完总结报告，才满心欢喜地回家。那天等待我的晚饭肯定是我最喜欢的，不是饺子就是煎饼。

母亲心疼我和弟弟，总是想让我们吃好穿好，特别注意仿照城里学生的穿戴给我们做衣服。尽管衣料是她织的土布，但款式时尚、衣服平展，村里的大婶大嫂没有不羡慕的。母亲脾气不好，不主张娇惯儿女，常说打是爱，惯是害，对我们犯的错从不轻言原谅。我 11 岁那年夏天，和同学从一家瓜地偷了个西瓜吃，瓜农在棚子里睡觉没有发现。回到家，母亲见我背心上有西瓜水渍，问是咋回事。我不敢撒谎，只能实话实说。母亲听完气得打哆嗦，让我趴在炕沿上，用一把竹尺子在我屁股上狠抽，我疼得号啕大哭。中风卧床的奶奶不会说话，在对面房子呜呜呜地喊叫。

母亲打累了，也抽泣起来。父亲回来得知我被母亲打了一顿，不但没安慰我，反而说："该打，不打不长记性。"看着父亲站在母亲一边，我没敢再辩解。母亲转身拉着我出门，走了三里多路找到瓜农，赔了人家五毛钱，事情才算了结。回来的路上，母亲给我讲了"小时偷一根线，长大偷一瓮面"的道理。母亲一生只狠狠地打过我这一次，却使我懂得对非已之物不动心的道理。

四

1958 年“大跃进”，乡镇成立人民公社，村子开办公共食堂，家里的粮食统一交食堂保管加工。食堂向城市机关单位学习，每天开三顿饭，每顿好几个菜。村民可以在食堂敞开吃，也可以按照人头打回家吃。我和弟弟清早上学赶不上早饭，中午、下午放学赶不上午饭、晚饭，只得顿顿吃剩饭。母亲想在家里给我们做饭又没粮食，整天愁眉苦脸。立冬以后，母亲找食堂管理员反复交涉，总算拉回家一袋小麦，准备磨面粉在家里起火。我们村同我一起上学的孩子有 20 多个，家长们听说我母亲把一袋小麦拉回家，也纷纷到食堂要粮食。其他村民听说有人到食堂抢粮食，以为政策变了，蜂拥而上地跑到食堂，把囤积的小麦和面粉一抢而空。

当天晚上，生产大队召开社员大会批判我母亲，同时动员大家把拿回家的粮食再送到食堂去。会场气氛紧张，鸦雀无声，汽灯灼人，嗞嗞作响。大队长站在台上气势汹汹地吼：“王玉琴！谁让你从食堂抢粮食？”

母亲说：“粮食是我们家交给食堂的，娃娃三顿吃不上热饭，你不心疼我心疼！”

大队长又吼：“从明天起，你们家不准去食堂吃饭！”

母亲说：“你把该给我的口粮都给我，我就不去食堂了。”

“对！把口粮给我们，我们不去食堂吃了！”社员乱哄哄地叫喊，批判会开不下去，大队长只好宣布散会。

父亲那天进山买竹子没回来，我一直守在母亲身边。母亲抓着我的手，我能感到母亲的手在发抖，手心有汗，但母亲很镇定。

没过多久公共食堂解散了，什么原因我不知道，村里的人还以为是母亲做了一件大好事，有十几个人来我们家感谢，我在心里为母亲骄傲。

那次批判会后，母亲患了大病，整天头疼，胸口疼，彻夜不眠。父亲先请中医治，吃了 30 多服中药不见好转，最后去第四军医大学附属第二医院检查，确诊为高血压、心脏病。医生主张住院治疗，母亲怕花钱，坚持回家吃药休息。母亲吃了半年多西药，病情有所缓解，夜里能睡两三个小时，走路也不大眩晕了。到公社卫生院检查，血压基本正常，但高血压、心脏病再也没有治好，那一年母亲才 35 岁呀！后来父亲悄悄告诉我：“你妈性子硬，不愿说，在心里憋着，以后气消了会好的。病根是那次批判会，你以后不要再问了。”

为儿子有一口热饭吃而遭到批判，母亲觉得丢人现眼，人格受到从未有过的侮辱，患了终身不愈的高血压、心脏病。而高血压引起的脑卒中，让母亲在 52 岁时撇下全家老少，在割舍不下的牵挂中走了……

父亲因母亲生病，不能上柞水买竹子，断了编竹器的原料。母亲看病把家里的积蓄花光了，病缓解后又上机织布，没织多久血压反弹，只得放弃了她养活全家的手艺，家里的日子越来越艰难。

三年困难时期，家里生活极度困难，父母对政府没有怨言，他们都是从旧社会过来的，相信政府会有主意。但怎么度过一天天逼近的饥荒，父母始终想不出好办法。

1959 年春季，家里短了两个多月的口粮。父亲靠借贷买了一些粮食，母亲经常下鲸鱼沟挖野菜，弟弟爬榆树摘榆钱，我夜里溜进大队部院子钩槐花。母亲把野菜、榆钱、槐花和面粉、玉米粉、麸皮搅拌在一起蒸成馍，让父亲和我们兄弟俩吃，她每天只喝野菜糊糊。那几年只要谁家养鸡都不翼而飞。母亲怕我再发生贫血，一次买了三只下蛋鸡，但没过两天只剩下一只。母亲索性把鸡拴在院子里，随时盯着鸡窝，保证我一两天能吃一个鸡蛋。但我很少吃过完整的煮鸡蛋，每次吃时都把鸡蛋切成两半，弟弟一半我一半。

现在人们常说，上帝给你关上一道门，同时会给你打开一扇窗。用这句话形容那年秋天我们家的日子倒是蛮恰当的。就在全家在饥饿中挣扎的时候，西安市一家军需厂对外发派加工军用布鞋鞋底的活儿。鞋底毛坯和锥鞋底的麻绳由工厂提供，质量要求很高，回报也很可观，一双鞋底加工费五毛钱。这对于既无竹子编竹器又不能上机织土布的父母来说无疑是个喜讯。母亲得知消息的第二天，拿着她给父亲进山买竹子做的布鞋，到军需厂验手艺。检验员看了母亲锥的鞋底，又当场试了母亲的手艺，二话没说批发 20 双毛坯鞋垫和麻绳，让母亲拿回家加工。陪同的父亲一高兴，请母亲到“老孙家”吃了一碗羊肉泡馍。回到家，母亲流泪笑着说：“这 20 双鞋底锥完，给娃买个金星水笔!”我是第一次见母亲高兴得流眼泪，我的眼睛也湿乎乎的。

母亲因血压高，已无法下地干活，白天晚上的时间全用在锥鞋底上。一般人三天锥一双，母亲几乎每天锥一双。每到晚上，父亲和我们兄弟俩帮母亲一块锥鞋底，家里的生活明显有了改善。

母亲没有娘家，哪怕攒一分钱也要花在过日子上。全家人拼死拼活锥了一年多鞋底，总算攒了一些钱。1960 年秋季，父亲用全部积蓄加上向信用社贷款，在原先拆掉的房基地上盖了三间厦房。虽说砖头青瓦还是老房子拆下来的，但在我眼里那就是新房子。父母的高兴劲儿还没过去，军需厂中断了鞋底外发加工，家里生活再次遇到无法克服的困难。我那篇《回忆五毛钱》的文章，就是当年生活的真实写照。

常言说，天无绝人之路，地无堵鬼之门。在全家生活陷入困境的时候，公社突然下达新规定，允许村里篾匠从鲸鱼沟的竹林中买竹子，这一来父母脸上又露出笑容。半年下来，几百斤竹子编成竹器出售，父亲紧锁的眉头舒展了，母亲的血压也趋于正常了。但盖房欠信用社的钱一还，父母手头还是空的。我交不起伙食费，也没有从家里背面粉到学校搭伙的条件，只能一星期背一袋糠菜面疙瘩硬撑。每个星期六晚上，母亲流泪把我迎进门，星期天下午又流泪把我送出门。母亲每次都说："只要娃吃上商品粮，妈死了眼睛也能合上。"这句话我记了一辈子，想起来心里就凄楚。

今年上半年，同几位朋友到鲸鱼沟的"关中竹海"游览，看到翠竹郁郁苍苍，湖水涟漪层层，当年全家编竹器的景象在眼前重现，母亲的话又一次在耳边回荡！

五

记忆是温暖而冷峻的。它可以使人终身感恩，也可以使人终身憎恶。可我恨的不是人，是商品粮。我曾经发狠说，狗日的商品粮，老子不信吃不上你！我的赌誓在 1962 年参军时实现了。新兵期在西安小寨建筑工程学校吃第一顿白面馍时，我百感交集，当时那种心情不是语言能表达清楚的。改革开放以来，人们吃上了商品粮，有谁会穿越历史，唤回对当年商品粮的记忆呢？现在很多人"端起碗吃肉，放下筷子骂娘"，怕是连"商品粮"的概念都模糊了，这是民族记忆的悲哀。每个中国人都应该知道，为了全国老百姓能吃上商品粮，共产党和他领导的革命队伍奋斗了100年啊！即使历史跨入了新时代，这个初心也不能忘！不该忘！

今天调侃当年说的吃商品粮的那些话，心里是在流泪的，也算是对几十年前郁积之情的宣泄吧！其实在那个人穷血热的年代，年轻人参军不是为了吃商品粮，而是为了报效祖国。当时国家面临打仗的威胁，同学们人人义愤填膺，个个摩拳擦掌。“天下兴亡，匹夫有责”的责任担当，让全校学生热血沸腾。我作为西安市第五十五中学共青团和学生会的主要领导成员，率先报名参军，既是缘于一腔热血偾张，也是应了雷音校长的期望。这位在抗美援朝中被打断一只胳膊的校长说，在国家需要的关头，敢于挺身而出比上大学更有意义。

我把报名参军的想法告诉父母时，母亲吃惊地睁着眼睛，一下子没有反应过来，等到明白我真的要参军时呜呜呜地哭了。母亲陪我在炕上坐了整整一夜，说她没本事让我吃饱，我当兵是她逼的，过几年吃饱了再当兵她心里也好受。我没有说服母亲，母亲也没有说服我。我爬上西去新疆的闷罐列车，带着母亲的伤心和担心，加入到戍疆部队的行列。

到部队第一天，我给家里发电报，告知一路平安。弟弟第二天回电报要我详细说明情况，用航空信发回家里，今后力争十天半月发一封。此后我训练再忙再累也要按时写信。后来部队拉到农场垦荒，我两只手上的血泡全磨破了，鲜血把坎土曼把子都染红了，也错过了给家里写信的时间。母亲没有按时收到我的信，新疆要打仗的消息又传得沸沸扬扬，她怀疑是不是有啥变故，邮局把我的信压下了。有一天母亲让弟弟到狄寨镇邮局查了三趟，让父亲查了两趟。晚饭后母亲还不放心，又亲自查了一趟。从狄寨镇返回时天已压黑，母亲一阵眩晕摔倒在路边涝池里，幸亏村民路过发现，把母亲从涝池救出来送到公社卫生院，母亲才幸免于难。弟弟写信告诉我，母亲去邮局查信差点出了大事，我追悔不已。后来每次写信前我先发电报，内容是“人平安，信后发”。从此再也没有发生过全家人一天六次上邮局查信的事情。

在母亲眼里，新疆是个遥不可及的地方。我结婚后，妻子孙兰没有随军，女儿出生时母亲又一次担惊受怕。孙兰上午 9 点被送进纺织城职工医院产房，五六个小时不见动静，母亲坐卧不安，急得在病房外转圈子，几次想进产房看看儿媳，都被医护人员挡住，直到傍晚 8 点女儿出生，母亲 12 个小时没沾一粒米。后来母亲给我说，那天她快急疯了，头疼得像被锥子扎，找护士量血压，护士吓了一跳，连忙找医生看。医生看完给母亲打了一针，又让服了几片药，母亲才坚持下来。

事非经过不知难。后来孙兰随军到新疆工作，女儿由母亲一手带大。大儿子因战备，出生刚满月由妻子送回老家，放在同村的奶妈家里。母亲每天起床后第一件事，就是带着我女儿和我弟弟的儿子晓鹏，到奶妈家看孙子，擦屎擦尿，换洗衣服，有时候还要亲手给小家伙熬小米粥。直到快两岁时，我们才把儿子接回新疆。当时，考虑到母亲身体不好，弟弟还有两个孩子要母亲带，妻子原本想把女儿一起接回新疆。母亲知道后说："先把我埋了，再把娃接走！"吓得妻子再没敢说带女儿回新疆的事情，但留给母亲的拖累却越来越重，母亲的血压一直居高不下。

六

母亲为孩子们的操劳是常人难以想象的，她把全部心血花在哺育儿孙上，却不顾死亡正在向她孱弱的身体逼近。1974 年 8 月 8 日，母亲突发脑出血昏迷，我从北京坐飞机赶到西安，同弟弟连夜把母亲送到第二军医大学附属第二医院脑外科（那时三所军医大学还没有换防）。科主任朱成教授是战友刘吉仁的亲戚，听说我在新疆部队服役，亲自给母亲诊断治疗。母亲被安排住在两人间里，弟弟的工作单位就在医院附近。我负责昼夜陪护，弟弟负责按时送饭。经过 31 天治疗，母亲不但恢复了语言功能，还能到医院对面的玉米地边上散步，再后来竟然能自己动手梳头发、绾发髻。现在回忆起来，如果说我这辈子有能聊以慰藉的事情，一是同弟弟在母亲病床前趴了 31 个昼夜，使母亲重新活了一回；二是同妻子在小儿子病床前趴了17个昼夜，从死神手里为国家夺回了一个神经外科专家。

人常说，树欲静而风不止，子欲养而亲不待。我原来设想，一分到套间房，就把母亲接到乌鲁木齐。可是，晚了！1975年8月19日母亲走了，永远地走了……

当时我正在执行特殊任务，顾不上询问母亲的身体。等任务完成我给远在乌鲁木齐的军区司令部办公室葛明旺主任打电话，希望批准几天假，我路过西安看望父母。葛主任前一天批准，我第二天就爬上火车回西安。

弟弟江绳到车站接我。我第一句话就问："妈还好吧?"

江绳没有回答我，泪水夺眶而出，还想说什么，哽咽着说不下去……

我脑子嗡的一下，估计母亲病得不轻，正想安慰弟弟，只听他说："咱妈过世了！咱大说自古忠孝难两全，不让给你说，怕你两头为难。"

我们兄弟俩再没说话，我咬紧牙关，默默向出站口走去。夕阳的余晖洒在身上，我和弟弟泪流满面，来往行人诧异地看着我们。我脑子里只想着母亲慈祥的面容和辛酸的眼泪……

我这次回家原本是想接母亲去新疆的，她几次说想去新疆看看我的小儿子，哪怕抱一下也成，她的愿望落空了……

鲁迅说："母亲是伟大的。"大仲马说："母子之情是世界上最神圣的情感。”在我心里，母亲永远是子女人生撬杠下最牢固的支撑点。

母亲像燃烧殆尽的蜡烛，无声无息地熄灭了。

父母生前我一直在新疆部队，连陪他们一起照相的机会都没有抓住！这种机会永远消逝了，消逝得无影无踪。

团圆梦，是我唯一能见到父母的幻境。有生之年，我祈愿夜夜都做团圆梦……

2019 年 9 月 8 日

（刊于《西部散文选刊》2020 年第 6 期）

附文：

爷爷奶奶，我想你们

——清明时节忆童年

屈　力

父亲一篇《清明忆父》打开了我封存已久的记忆，将我的思绪拉回童年和爷爷奶奶一起度过的日子。

两岁那年，因为新疆战备升级，根据组织要求，妈妈产后把正在上幼儿园的我和刚满月的弟弟，冒着寒冬送回爷爷奶奶身边。至9岁半离开时，我在西安乡下一待就是7年多。这7年多，虽然生活在物质匮乏的农村，但是童年的日子是欢乐的、温暖的。

没有父母的管教，没有幼儿园的约束，只有爷爷奶奶无条件的溺爱和呵护，让我儿时生活在无拘无束的环境中。有时候甚至无法无天，想干的事一定要干，不想做的事谁说也没用。一起玩的小伙伴们的衣服不是大人的衣服改小的就是打了补丁的旧衣服，只有我穿的都是妈妈寄来的新衣服，从未穿过补丁衣服，因而经常遭到小伙伴们的嘲笑。有一天奶奶又要给我穿条黑红相间的格子裤，我很不情愿，奶奶哄了很长时间我才同意穿上，出了门就成了其他孩子嘲笑围攻的对象，他们七嘴八舌地说我不像贫下中农。五六岁的孩子，虽然都是懵懵懂懂，但是在那个年代，大家都知道贫下中农是很光荣的。一气之下我冲回家，翻开奶奶做针线活的小簸箕找剪刀，奶奶问我做什么，我哭着让奶奶给我裤子剪个洞打上补丁。奶奶自幼丧母，8 岁丧父后在孤独困苦中挣扎。她虽然生活在农村，但非常好强，总是把自己打理得清爽整齐，房间整理得干干净净。奶奶认为我是城里孩子，要像城里孩子一样穿戴打扮。现在我要在新裤子上剪个洞，让受了一辈子苦、省吃俭用的奶奶怎么想得通？奶奶坚决不同意，想着法儿哄我。已经任性惯了的我怎肯罢休，干脆躺在地上打起滚儿来。看着哭闹不停的我，奶奶气得浑身发抖也只能作罢，无奈地对我说："不哭了，不哭了！奶奶让你剪，不过只能剪个小洞洞。"至今依然清晰地记得，听了奶奶这句话，我从地上爬起来二话不说，把裤子右腿膝盖处的布料叠了一个三角，毫不犹豫地剪了下去。奶奶拿着我剪破的新裤子打补丁时，身子和手是颤抖的，一边补裤子一边流眼泪。终于和其他孩子一样可以穿打补丁的衣服了，我兴奋异常，不停地催促奶奶快点补好。哪里知道自己任性的胡闹，对过了一辈子苦日子的奶奶是怎样的伤害呀！

我 6 岁多的时候奶奶去世了。奶奶走得很突然。几十年过去了，很多事或忘记或模糊了，只有奶奶的离世让我无法忘记，虽然从未对任何人提起过，但我知道，自己内心深处一直是悔恨和自责的。奶奶身体不好，很长一段时间因为半身不遂只能在炕上躺着或者坐着，我和堂弟堂妹经常陪在奶奶身旁。出事那天雨下得很大，已经记不清为什么我没有去上学。奶奶坐在炕中间，几个孩子因为下雨出不了门，也上炕围着奶奶闹着玩。看着嬉笑打闹的孙辈，奶奶开心地笑着，一只能动的手时不时地抓住炕沿，唯恐我们磕了碰了。我们时而抓着奶奶肩膀，一前一后互相推搡着躲藏着；时而围着奶奶转圈圈，在追打嬉闹中大呼小叫。天色渐渐暗下来，我们几个人越来越兴奋，闹得忘乎所以，不知怎么撞到了奶奶，奶奶的头重重地磕在和厨房连接的小窗口边缘，我眼睁睁地看见奶奶眼睛闭上了。

奶奶身子瘫软在炕上，我连着叫了几声奶奶，奶奶都没应声。不知是害怕还是伤心，我大声哭起来。婶婶听到哭声赶过来，不一会儿爷爷也被邻居叫了回来，他们扶奶奶躺好，我坐在奶奶身旁不停地哭。奶奶眼睛紧闭着，表情好像很烦躁，一只手在空中不断地挥动，一会儿抓住婶婶，一会儿抓住我，一会儿又抓住她的木枕头，嘴里不知在念叨些什么。家里其他长辈和医生来了，婶婶要把我抱开，我哭着不肯离开，奶奶的左手也死死地抓住我的胳膊。大人们在商量送不送医院，担心熬不过夜里。我听不太懂，但知道奶奶不好了。现在想想，她抓着我一直不放开，一定是心里清楚，说不出来又放心不下。

凌晨时候奶奶走了，走得不依不舍，那一年奶奶才 52 岁。奶奶走后我伤心欲绝，一直都在哭。摆宴席时人们边吃边说笑，只有我在哭。我恨那些吃饭的人、说笑的人，为什么我奶奶死了他们还要边吃边说笑？奶奶入殓时我痛哭着爬上棺材，身子吊在棺材上费力地摇着奶奶，声嘶力竭地喊奶奶快起来，坚决不让盖棺。被大人们拉开时我挣扎着，踢打着。送葬路上，我坐在车里哭了一路。棺材下葬时我绝望地号叫，打骂拉扯我的人，我知道这一埋，我永远也见不到奶奶了。我要跳进去，要留住奶奶，年幼的我以为只要这样奶奶就会活过来。奶奶走后我像丢了魂，白天晚上都在哭，整天要找奶奶。

自记事起我对爸爸妈妈没有什么印象，奶奶爷爷就是我最亲的人，他们代替爸爸妈妈爱着我、宠着我。没有了奶奶，对一个 6 岁多的孩子来说就像天塌了一样，我不上学，不出门，每晚做梦都梦见奶奶，夜夜在梦里喊着“奶奶”哭醒来。爷爷一遍又一遍地安慰我，哄着我入睡。那段时间爷爷心里也难受，总说我可怜，他白天拼命干活，晚上因为我的哭闹从没有好好休息过。就这样日复一日地熬着，过了很长时间我才恢复过来。

爷爷本来话就不多，奶奶去世后，爷爷的话更少了。在我的印象里，爷爷为人宽厚，日子虽然清贫，但是对人总是笑眯眯的。爷爷冬天戴顶黑灰色的毡帽，夏天头上裹着白毛巾，腰里别着旱烟袋，每天扛着锄头早出晚归。回家也不闲着，除了吃饭就是编竹器，经常我一觉睡醒时爷爷还在编竹器。依稀记得爷爷的手不知是因为田间劳作，还是劈竹篾编竹器的缘故，常年伤痕累累，满手都是大大小小的伤口。有的伤口时间太长，边缘已经发黑还未长好，旁边又添了正在渗血的新伤，但爷爷从来不吭一声。

奶奶走后我更加依赖爷爷，放了学如果见爷爷下地没回家，我就到村头等。爷爷远远看见我，总是急急忙忙跑过来对我说："娃呀！天太冷了，不要在这儿等，在屋里待着暖和。"然后用他粗糙的双手，捂着我的脸让我暖和一会儿再带我回家。

奶奶的溺爱和爷爷的呵护，养成了我无拘无束的性格。爷爷每天下地干活顾不上管我，婶婶也不好过分管我。在学校里和男同学打架挨批评，我就不去上学；老师到家里告状，我不以为意。看着我无所谓的样子，对我从不发脾气的爷爷也生气了。爷爷无法容忍我的逃学行为，有一次见我还继续胡搅蛮缠，从大门口拿起他赶牛的鞭子吓唬我。在爷爷身边那么多年，爷爷从未对我说过一句重话，任何时候都是宠着我护着我，忽然一发火我也害怕了。

我跑出去藏起来，一直到晚上也不肯回家，最后还是在婶婶的反复劝说下才回家的。爷爷坐在房间里抽着旱烟等我，见我回来了对我说："上学多好啊！再逃学爷爷管不了你，就让你爸你妈把你接回去。"听到让爸妈接我走，我急忙给爷爷说，我再不逃学了。

"爸爸""妈妈"这两个词对我来说是陌生的，甚至还有些可怕。爸爸虽然回过两次老家，但是我始终不认他，对我来说他就是来家里的一个客人，虽然他想尽办法哄我，希望我哪怕叫他一声"叔叔"也行，可我从未开过口，甚至很排斥他。那是因为爸爸第一次回家时全家人坐在炕上吃饭，我坐在奶奶和爸爸之间，不小心把玉米粥倒在被子上，奶奶已经擦干净了，我还坚持要自己擦。当时我又哭又闹，所有的人都哄不住，奶奶看着不依不饶的我，只好又往床上倒了一些玉米粥让我擦。我记得爸爸当时好像非常生气，狠狠地瞪着我，一定是觉得爷爷奶奶太溺爱我了，碍于爷爷奶奶他又无可奈何。我年龄虽小还是看出了他的愤怒，他再次回家时我更不理他了。即使后来回到父母身边，很长时间我也没有叫过"爸爸"。

妈妈在我 3 岁时曾回家接我和弟弟，奶奶不同意妈妈带我走。奶奶有过一个女儿夭折了，我回到她身边弥补了她没有女儿的遗憾。妈妈只好带着弟弟走了，自此以后 6 年多我再没有见过妈妈，妈妈只能通过不断地给我寄衣物，表达对女儿的关爱。奶奶经常说“妈妈给你寄好看衣服来了”，可我并不喜欢穿新衣服。家里亲戚都说我和妈妈长得像，我不知道自己长什么模样，更不知道妈妈长什么样子。我对爸爸妈妈从内心是抵触的，害怕爷爷真的让他们把我带走。从此以后，爷爷对付我胡闹的撒手锏，就是说让爸爸妈妈把我接走。

9 岁多的时候，有一天爷爷告诉我，妈妈真的要回来接我了。爷爷说：“见了你妈一定要叫‘妈’。”记得当时我的袜子烂了，爷爷说：“你要是叫了‘妈’，你妈就给你买新袜子。”听到妈妈真的回来，我气急败坏地喊：“我不叫‘妈’，也不跟她走，我不穿新袜子。”半夜里我睡得迷迷糊糊，忽然听见很多人说话，爷爷叫我起床，我揉着眼睛坐起来。房间里好热闹，爷爷、二爸、婶婶，还有一个我不认识的婶婶盯着我看，旁边站着一个小男娃。爷爷说这是你妈，这是弟弟，让我赶快叫“妈”，我吓得一激灵，立马清醒了，赶紧躲到爷爷身后。小时候在大人眼里，我是个没礼貌、见了生人翻白眼的浑丫头。眼前这个人竟然是 6 年以来没见过面，见面就要带走我的妈妈，我避之唯恐不及，怎么可能叫“妈”呢？我转身躺下装睡，不管谁叫我就是不出声。

第二天早晨起床，妈妈说要带我去城里买袜子，我白了她一眼，心想我才不跟你去呢！妈妈没有理我，一边说一边拿出一条天蓝色的纱巾围在脖子上。看见纱巾的那一刻我呆住了，天哪！太好看了呀！妈妈围着真漂亮。我目不转睛地盯着她看，我太喜欢那条纱巾了，妈妈可能看出了我的心思，把纱巾围到了我的脖子上，那一瞬间我有点喜欢妈妈啦！现在想想真是好笑，妈妈那时肤白貌美，围着天蓝色丝巾很是好看，而我长期在农村疯跑，晒得像从煤堆里拉出来的野孩子，再围上一条天蓝色的纱巾一定是惨不忍睹啊！奶奶离开后再没有人这样细致入微地关心我，爷爷虽然很疼爱我，但不可能做到这些。婶婶在家里忙里忙外，我还有三个堂弟妹，她也只能让我们吃饱穿暖。就这样，我被这条充满魔力的纱巾吸引了，自觉不自觉地跟着妈妈进城，一路上我都在低头摆弄着那条纱巾，没过几天我已经跟前跟后地围着妈妈转了——也许有些母女天性吧。

离开老家那天，爷爷开玩笑说："你不是说不走吗？还是不要走了吧？"我没有说话。爷爷送我们出门，我也没有和爷爷说一句告别话，爷爷难过地看着我，不停地叮嘱着"要好好学习，要听爸妈的话"，我只是静静地看了一眼爷爷，转身走了，再回头看时，爷爷还站在路口远远地看着我们。我看不见爷爷流眼泪，只看见爷爷不停地用手擦眼睛。时至今日，我仍然想不通年少的我当时为什么那么绝情，那么冷漠！或许是害怕离别，或许是不知道该说什么，更有可能是还不知道这一别意味着什么，觉得就像平日去亲戚家一样，想去就去想回就回吧。如果知道这一别竟是和爷爷永别，经历过和奶奶生死离别的我，绝不会漠然地离去。

回到爸妈身边我后悔了，一切都是陌生的，生活也没有我想象的美好。父母对我的要求很严格，学习、生活、日常行为习惯，凡事都有标准和要求。妈妈也不再像在老家那样哄着我、依着我了，每时每刻都在纠正我所谓的“坏毛病”。这对于从小任性娇纵、自由散漫惯了的我来说无疑是雪上加霜，我感觉自己被妈妈骗了，可能再回不去了。从此我再不提爷爷和老家任何人、任何事，但是我每时每刻都在想爷爷，想奶奶，想回到爷爷身边，怀念以前在老家的日子，晚上睡觉我躲在被子里偷偷哭。有天爸爸给爷爷写信，我说我也要给爷爷写信，我边写边流泪，又不想被发现，就把头枕在胳膊上，泪水打湿了信纸。我在信上告诉爷爷我一切都好，学习也好，和同学玩得也好，老师对我也好，和弟弟也好，总之什么都好，让爷爷放心，我就是很想爷爷。信写好了，爸爸问我信纸怎么湿了，字都花了。我说可能睡着了口水流在上面。我把自己的内心包裹得严严实实，每天都在暗自琢磨着怎样能从新疆回到西安，回到爷爷身边。就在我还幻想着如何再见到爷爷的时候，却传来爷爷去世的消息。

有一天，爸爸告诉妈妈，爷爷去世了。我也听到了，我呆坐在桌旁，很长时间没回过神，我不知道爷爷去世前已经病了很长时间，也不知道爸爸出差路过西安时，还带爷爷看过病。我伤心，难过，生气，为什么不让我回去见爷爷一面？夜里我捂着被子哭，以后再也见不到爷爷了。奶奶走时好像天塌了，爷爷走后我彻底绝望了，回去的梦也破灭了。世上最疼爱我的两个人终究离我而去，以后十多年里我再没有回过老家，没有提过爷爷奶奶，我把爷爷奶奶深深埋在心底。伤心时、委屈时，爷爷奶奶慈祥的面容就会出现在我眼前和梦里，陪伴着我，给我安慰。

多年后我结婚了。有一段时间，夜里总是梦见爷爷奶奶后哭醒来。记不清是谁告诉我，说那是因为我结婚没有告诉爷爷奶奶，他们不放心我，托梦给我了。又让我到十字路口向着埋葬爷爷奶奶的方向烧些纸，还要告诉他们我已经结婚了，生活得很好，让他们放心。仔细想想这话有道理，也让我很愧疚。人生最重要的事竟然没有告诉最疼爱我的爷爷奶奶，他们一定是担心那个爱犯浑、不讲理的孙女过得不好吧！我将信将疑地照着做了，果然再也没有从梦中哭醒过。我想，一定是爷爷奶奶在天之灵听到了我说的话，放心地离开了。

40 多年过去了，如果说奶奶的离世是我无法释怀的痛，那么和爷爷的匆匆别离则让我抱憾终身。这几天，读着父亲的《清明忆父》，我以为自己可以平静地回忆和爷爷奶奶一起度过的日子了。可是，当往日情景如潮水般涌出时，我依然泪流满面，难以自制，我知道爷爷奶奶已经深深地融入我的生命，思念从此在心底生根。

几十年的耳濡目染让我理解，军人的家国情怀，常常是以牺牲家庭天伦之乐为代价的，有时候甚至是以牺牲亲情和生命为代价的。爷爷奶奶离世，爸爸妈妈没能见到他们最后一面；把刚满两岁的女儿和不满一月的儿子，送给孩子的爷爷奶奶喂养……他们心里一定不好受！但他们是军人、军人的妻子，他们别无选择。我想，任何一个忠诚的军人和他的伴侣都会这样。现在我懂了：爷爷是伟大的，奶奶是伟大的。他们为了国家，为了军队，宁可把艰难留给自己，也不让戍守新疆的爸爸妈妈分心。人世上还有比这更深沉的大爱吗?

2019 年 3 月 26 日

回忆五毛钱

车到堡子村，已经是晚上 9 点钟了。

我下意识地从车里出来，登上公路旁的人行道台阶，举目四顾。路旁灯光皎亮，路上车灯辉映，寒风扑面而来，细碎的雪粒打在脸上，冷飕飕的。没过几分钟，封存在记忆中的那个遥远的夜晚，突然在眼前浮现出来。

那是 1961 年的一个星期六，离春节还有半个月左右。当时我在西安东郊五十五中读高中，家在 30 里外的白鹿原西车村。平常在校住学生集体宿舍，周末才能回家。因为是农村户口，不能在学校食堂搭伙，星期六晚上回家，星期天晚上背一周的干粮返回学校。

那时候国家穷，老百姓不富裕。我们村交完公粮，分到各家各户的细粮粗粮，满打满算也只够吃大半年，剩下三四个月，主要靠把平时省下的小麦面、苞谷面和晾干的苜蓿、萝卜缨、榆树叶拌在一起吃。我每周回家背的干粮，也是用糠菜面揉在一起蒸的糟馍，从家里背到学校全冻成了实疙瘩。每顿一个疙瘩馍，吃前得用滚开水烫三四遍才能泡软，再加点咸菜一拌，就算一顿饭。好在学校不限制开水，这样的生活倒也不让人觉得异常。我们宿舍的八个同学都是农村孩子，从家里背的馍成色差不多，谁也不笑话谁。为了毕业后能吃上商品粮，大家把心思全用在学习上。

按照往常的习惯，我星期六下午 5 点钟左右离开学校，空着肚子爬完十里长坡，7 点钟左右回到家里。这天临回家前，校团委书记吴印明老师通知我晚走一会儿，说校团委要开会，研究发展一批新团员。我是团委宣传部长，又是班级团支部书记，这个会议不能请假。没想到因为事前通气协商不够，会上大家对发展名额分配有争议，会议开到 9 点多才结束。

走出学校大门，西北风裹着大雪，把我团团围住，行走十分困难。偏偏在这时候，我的肚子又饿得咕咕咕直响。这样的响声 6 点多有过一次，因为正在开会，被我用大口大口的唾沫压下去了。这会儿肚子一咕噜，嘴巴发干，居然连唾沫也分泌不出来。学校周围是空旷农田，茫茫的大雪中看不到一星灯光。饥饿逼得我心发慌腿发软，为了防止昏倒在地，我赶紧靠电线杆蹲下，顺手抓了一把雪塞进嘴里，心慌才缓解下来。

我处在进退两难之中。回学校吧，拿宿舍门钥匙的同学早回家了；回家吧，饿得寸步难行，哪还有力气爬上十里长坡？正在不知所措之际，突然想起来贴身衣兜里那五毛钱还在呀！这一想，精神一下子振作起来，我又抓了两把雪塞进嘴里，把棉袄裹紧，大步向堡子村走去。

堡子村在半坡博物馆和纺织城中间，是东郊的公共汽车大站。雪这么大，天这么晚，我估计只有在那里才能买上吃的东西。学校离堡子村三里多路，我确认五毛钱还在衣兜里，心里热乎乎的，风雪从背后灌进脖子都不觉得寒冷，肠胃也好受多了。

要放在今天，这五毛钱你给乞丐他都会翻白眼，但在 56 年前可不一样啊！这还是开学那天母亲给我的零花钱，快 5 个月了我没舍得动。因为一直装在衬衣兜里，五毛钱可能早已被汗水浸湿过。我的父母都是农民，农闲时父亲编竹器，母亲织土布，挣五毛钱不是个容易事，没有绝对必要我是不花一分的。哪想到这五毛钱今晚会派上大用场。

快 10 点钟了。堡子村车站一片宁静，纷飞的大雪中没有人，没有车，没有一个小摊贩，朦胧的路灯下只有厚厚的一地白雪。我前后左右转了两圈毫无所获，只得空手返回纺织城，准备抄近路爬坡，上白鹿原回家。

大概走出一里路开外，一股烤红苕的香味忽然从纺织城方向随风飘来，香味直扑口鼻，惹得我的肚子又咕咕咕地响起来了，而且一阵紧过一阵。我加快脚步，冒着鹅毛大雪直扑透出香味的地方。走到跟前细看，一个 40 岁上下的汉子披着光板羊皮袄，守着一辆架子车，车上放着一把马刀，车旁蹲着一个废弃的汽油桶，烤红苕的诱人香味就是从汽油桶里冒出来的。这一下十里长坡挡不住我了！我庆幸自己终于能够摆脱饥寒交迫的困境。

我没有马上掏钱，先把头伸到烤炉上看了一会儿，狠狠地吸了几口香味。摊主问我："买不买?"我问："一个多少钱?""大的两块，小的一块。"

我禁不住一愣，心想这家伙肯定是个投机倒把分子，刚要张口同他讲理，一看那把横在车上的马刀，什么也没说，立即掉头走人。我走出不到五步，摊主在后面说："来吧！来吧！小的给你便宜一毛，大的给你便宜两毛!"

我转身站定："我只有五毛，吃完还要上白鹿原回家!"

摊主没再说话，僵持了一会儿，他拿起铁铗子在烤炉里翻了几下，之后夹起一个红苕，说："这是两块钱一个的，你拿去吧!"

我两步跨过去，把揉得皱巴巴的五毛钱双手递给摊主，连着说了四五声"谢谢"。

"小心烫着!"摊主看我接过红苕，又叮咛了一句。

刚出炉的烤红苕烫得满手生疼，我边走边把红苕在两只手上倒来倒去，想等到凉一点再吃。走了十来分钟后，手中的红苕不是很烫了，我正要张口吞下，面前突然闪出一个带着孩子的老阿姨。老人双手打揖求我：“大哥哥，小孙女一天没吃饭了，发发善心，给她吃一口吧！”

我被突如其来的一幕弄得不知所措，稍稍犹豫了一下，把红苕掰了一半递给老人，叮嘱了一句“别把孩子烫着了！”转身疾步离开，连手中的红苕也顾不上吃。但没走几步，后面又传来一个男孩子的哭闹声：“俺也要吃红苕！俺也要吃红苕！”

男孩子河南口音很重，声音又尖又细，像一根钢丝穿透耳膜，扎进我的心头。我停住步子，拿着开始发凉的半个红苕，转身缓步向婆孙三人走去。男孩子比女孩子还小，看到我拿着红苕走过来，赶紧躲在奶奶身后，没再喊叫一声。

我把红苕递给老人，转身大步穿过纺织城，头也不回地爬向十里长坡。一路上分不清是雪水、汗水还是泪水，几乎一直在脸上淌着……

我战胜了饥饿，战胜了寒冷，在午夜 12 点多赶到家门口。父亲开门看我趴在地上，赶紧唤我弟弟江绳出来，两个人把我扶到炕上。母亲什么也没说，泪流满面地喂我喝了一碗小米白菜汤，我终于明白自己回家了。

第二天，父母询问我晚回的原因，我如实讲了经过。母亲听完抽抽搭搭地哭了好久，责怪自己没有再给我零花钱。父亲却慢悠悠地说："这五毛钱花得比五块钱都值!"

56 年过去了，现在回忆起母亲的关爱和父亲的勉励，心头依然泛起滚烫的热流。

2017 年 1 月 23 日

（2017 年 11 月 29 日发表于"光明网"）

难忘初过八一节

一晃57年过去了，在军营度过的第一个八一建军节像长在脑子里，忘不掉，抹不去，时不时地在脑海里浮现。

那是1962年的建军节，我入伍还不到两个月，不知道建军节是如何过法，只相信团里一定会把节日内容安排得丰富多彩。因为这是我们自己的节日，而我们又是刚穿上军装的新兵。

我们团的前身三五九旅七一八团，是南泥湾大生产的主力团，又是被誉为“第二次长征”的南下、北返的模范团，还是徒步进军新疆的先遣团。最近被各大媒体宣传的老英雄张富清，就是我们老团六连的战士。能在这样战功卓著、名声赫赫的部队服役，自然感到无上荣耀。只是第一个建军节不像我原来憧憬的那样美好热闹，而是在庄严肃穆、没有一点节日气氛中度过的。可是有三件事在我脑海里却历久弥新，恍如昨日。

第一，军号齐鸣。

我们团当时的编制有 3 个步兵营、1 个炮兵营、5 个直属连、1 个卫生队。团部、营部和连部都有司号员，团部通信股司号长平时训练考核全团司号员，每年对司号员进行汰劣留良，逢年过节进行军号表演。那天 20 多名号手（三营当时在喀喇昆仑山执行战备任务）齐刷刷地登上检阅台，人手一把黄灿灿的军号，号上系着红绸子。一看这架势我兴奋得带头鼓掌，全团新兵随即响应，大家以为号手是要演奏交响乐曲的。

英气十足的司号长站在号手方队前面正中央，右手握着军号，左手向上一举，二十几把军号同时吹响，声如黄钟大吕，阵势十分壮观。号兵先后吹了十几个号目，值星通信参谋让各连选拔一名新兵识别号目。新兵经过识别号目训练，很多人都想露一手。我所在的四连选了一名来自宝鸡的孙姓新兵，大部分号目他都能识别出来，为连队赢得了荣誉，其他连队识别号目的新兵成绩有好有差，水平参差不齐。事后才知道，我们连的王副指导员是宝鸡人，又是司号员出身，他早就给识别号目的新兵开了“小灶”。

军号齐鸣结束，团参谋长用三句话作小结：一是军号最能鼓舞部队冲锋陷阵，二是现在还没有代替军号的通信工具，三是干部战士都要学会按号声行动。说得干净利落，没有一句废话。

从此，我开始学习识别号目，到现在还能分清楚五六种号目的指令。

第二，授枪仪式。

授枪，是部队最神圣的仪式，也是让新兵最激动的时刻。不妨想想看，穿着崭新的军装，扛着刺刀闪亮的半自动步枪，朝照相机前一站，英姿勃发，全家人看到照片该有多么高兴啊！特别是那些有女朋友的新兵，授枪前洗了澡，理了发，刮了胡子，用木板把衣服压得平平展展，再缀上领章、帽徽，人显得格外精神。可是我却高兴不起来，也没有感受到特别庄重的仪式感。因为给我授予的武器是 60 毫米迫击炮——火炮体系中最小的炮种，一只手也可以拎起来。

授枪仪式以连为单位进行。我所在的四连四排，有两门 60 毫米迫击炮和两具 40 毫米火箭筒，分成炮兵班和火箭筒班。八一节上午军号表演结束，得知下午不给我们四排新兵授枪，但要我们参加授枪仪式，大家心里都不痛快。连长张志德听说我大发牢骚，要求调到步兵班参加授枪仪式，专门找我个别谈话。他说，斯大林讲过，炮兵是战争胜利之神；还有谁讲过，真理在大炮射程之内。我顶了连长一句：“侵华日军中将阿部规秀也是被我军炮兵击毙的，但那是 82 迫击炮，不是 60 炮。”张连长听完没好气地说：“你们班班长、副班长配了冲锋枪，另有两支公用半自动步枪。下午参加授枪仪式，哪个新兵出列受领由班长、副班长指定，不能由着你的性子来。”

说来也巧，我的高中同桌刘水恭也被分配到炮兵班，给另一门60毫米迫击炮当炮手。班长陈振帮得知这一层关系后，索性让我俩参加授枪仪式。

我受领的这支半自动步枪，枪身漆已磨损，不知道在多少人手中立过汗马功劳。接过这支旧枪我并没有多激动，更不敢违反军纪携枪出去照相。那时候枪弹不分家，枪柜不加锁，除了持枪站岗，我手里的半自动步枪没有别的用场，反倒给我增加了一项保管枪弹、擦拭枪弹的任务。令我没有想到的是，这支步枪也与我过不去，让我在第一次实弹射击中出了大丑，成为四排唯一一名不及格的新兵射手。

我当然不服气，我怎么会服气呢？“左眼闭，右眼睁，对着缺口瞄准星”的口诀我背得滚瓜烂熟。我向班长请教射击技能的次数最多，我比别人预习的时间都长，我怎么能不如别人呢？我怀疑枪有毛病，要求班长帮我验枪，验完枪再打一次体验射击。

我的要求被张连长知道了，第二天他同班长把我带到靶场，仔细检查我的射击动作，发现我的问题出在扣扳机上。扣扳机不是前后直线扣动，而是向右偏移，虽然只有极小的偏差，但应了“失之毫厘，差以千里”这句老话，如果没掌握好偏移，子弹飞出枪膛，自然不会在靶纸上钻窟窿。

在张连长的亲自指导下，我又预习了两个小时。休息 20 分钟后，连长让随同的文书兼军械员再给我 5 发子弹，让我在原来的预习位置上重打一次。射击结束，靶子上显示的成绩是 42 环。张连长笑着说：“瘸子嫌坡陡，瞎子嫌路绕，小屈嫌枪孬。”真是羞煞人了！这句话我记了一辈子。

第三，写慰问信。

八一当晚，我被郑指导员叫到连部，他说：“三营已经到达指定位置，团里要求营区每个连给三营写一封慰问信。你是团支部副书记，又是军人委员会的副主任，你代表我们连给三营写一封信，不要长，要热情，不要咬文嚼字，要上口顺溜。”

受领任务后，文书把我领进连队俱乐部，又给我准备了两支供断电时使用的蜡烛，我开始“闭门造车”。当时我们新兵已经进行过几次战备教育，知道三营的作战地域是海拔四五千米的边境地区，作战任务是拔掉印军在我境内非法设立的哨所。战斗规模虽然不会太大，但遇到的困难和挑战难以想象。可是，我没有高原缺氧和实际作战的亲身体验，对慰问信到底写什么吃不准，直到熄灯号响过也没写出一个字。子夜 12 点，郑指导员查哨回来，见俱乐部还亮着灯，进来问我写好了没有。我说没有。郑指导员说，别想复杂了，一是向他们表示亲切慰问，二是祝他们大获全胜，三是希望他们早日凯旋，最后还要表示，我们四连随时做好上山支援他们的准备。

郑指导员说完转身离开，我在他明确的四层意思内又添油加水地补充了一些具体内容，骨感的慰问信一下变得丰满起来。临结束时，想到郑指导员“要上口顺溜”的要求，我在信末尾加了四句话：

印度老兵胡子长，
两个回合就缴枪。
三营班师凯旋日，
四连为君烹牛羊。

入伍后的第一个八一建军节就这样度过了。

1963 年春节前，三营胜利完成边境自卫反击作战任务凯旋。战后一批作战骨干被调整到兄弟部队，缺编人员由一、二营和炮兵营抽调兵员补充。一天上午，郑指导员找我谈话，说我被调到三营，下午要去三营营部报到。

我打好背包，糊里糊涂地到三营营部报到。三营副教导员安志兴告诉我：“听说四连那封慰问信是你写的，写得不错嘛！靳教导员点名调你到营部当通信员，一会儿他还要找你谈话，他喜欢你把一二三四排在每句诗的前头。”

我听完先是愣了一会儿，后来恍然大悟地解释，第一句是

"印度老兵胡子长"，开头不是"一"呀！副教导员笑了，说"印"和"一"发音差不多，读"一"也说得过去！

靳教导员即后来的南疆军区政委靳玉轩将军——我军旅生涯的真正领路人。他刚过花甲之年便一病不起，不幸逝世，我只能通过《将军遗愿》那篇文章缅怀他的品格和风采。

2019 年 7 月 31 日

（同日发表于"中国军网"）

月满昆仑

回忆像一条倒流的悠悠长溪，静静淌过流逝的岁月，浸润枯萎的往事，让人在百感交集中体悟生命的宝贵，回味事业的艰辛，寻觅精神的寄托。

中秋节便是我回忆长溪中的一个漩涡。每年这一天，我都会被难以释怀的情愫卷入其中，久久不能自拔。

一

已经40个年头了。

每到中秋节，我的思绪总要倒穿时空，回到1972年9月22日。那一天是农历八月十五。那一天，我是在昆仑山的麻扎达坂上度过的。

在这之前，我们20多号人的勘察组，从将军到士兵，谁也没有想到我会出现意外。依我未到而立的年华，力可扛鼎的身体，竟被一场突如其来的高原肺水肿击垮，成了勘察组倒在空喀山口哨卡前的第一个“壮丁”。

我被连夜送往海拔 4300 多米的狮泉河镇阿里军分区卫生所。正在当地巡诊的北京医疗队，争分夺秒打开死神的镣铐，把我从深度昏迷中拽了出来。跨出死亡线的羁绊才知道，这几天我有两次差点进了狮泉河烈士陵园。医生开玩笑说，大难不死，必有后福，并嘱咐我，狮泉河的空气含氧量只有山下的 50%，要好好休息，坚持治疗。这一天，日历翻到了 9 月 15 日。

两天过后，我的体力基本恢复，很想到这个地球上最高的行政公署走一走。白灵护士告诉我，我病情严重的那些日子，医生护士连续 7 个昼夜没有离开过我的病房，我不能再让他们担心了！白灵的话让我感动不已。带着“君子知恩，萦怀冀报”的想法，23 年后我任总政宣传部长时，终于在北京找到了敬谢当年医疗队成员的机会。

急性肺水肿炎症得到控制后，远在天空防区率队勘察的新疆军区钟光国副参谋长发来电报，希望我尽快下山，到叶城陆军第 18 医院住院治疗，早日康复。军分区的同志边开玩笑边劝我，叶城海拔只有 1000 多米，那里女兵漂亮，氧气充足，救治方便，要不了几天就能精神焕发，打道回府。

医生和我都不同意马上下山。医生不让我马上下山，是怕途中出现意外。他们认为，从狮泉河到叶城 1300 多公里，紧赶慢赶也得走三天，中间要翻七座 5000 米以上的达坂，还要跨过死人沟、甜水海两个极端缺氧区，一旦病情恶化，大家就只能从记忆中找到我的音容笑貌。我不愿马上下山，是想重返天空防区，同勘察组的同志一起继续领略昆仑山的傲世雄姿，探究昆仑山的中华血脉，也为自己的生命历程多涂上几笔色彩。虽然我和医生的着眼点不同，但暂不下山的想法却不谋而合。白灵为我们的决定手舞足蹈。

白灵是个“老三届”的卫校毕业生，祖籍山西运城。1952 年，父亲随独立骑兵师修筑新藏公路时中途牺牲，遗骸后来迁回老家安葬。母亲改嫁后将白灵寄养在江苏淮阴亲戚家。1969 年冬季征兵，赤脚医生白灵因户口不在当地而被淘汰。但这个倔强的姑娘并未就此罢休，靠着爬上火车死也不下去的愣劲，靠着模仿山西口音套近乎的憨劲，靠着不上阿里不吃不喝的磨劲，终于打动了山西籍的蔚福恭师长，被其收在麾下，当了一名卫生员。

第一眼看到白灵时，我差点把她当成电影演员王丹凤。连续几天接触，我发现这个看似纤弱的美丽护士，骨子里却有着巾帼不让须眉的志向和坚毅。军分区的同志告诉我，在等待上级批准入伍的半年时间里，白灵作为编外士兵，参加了新兵训练的全部科目，光荣地登上了师部大礼堂的领奖台。

白灵一穿上军装，立马递上“血书”，执意要上阿里继承父亲遗志。到阿里军分区当护士不到两年，白灵全心全意的服务态度、精益求精的医疗作风、能歌善舞的文艺特长，在千里边防线上不胫而走。不少官兵往来哨卡时，总要编造理由，到军分区卫生所走一遭，千方百计一睹白灵的芳容。有的战士身体没有毛病，也要找白灵量量血压，测测体温；还有的调皮战士死乞白赖地要白灵给自己打一针，打什么针都行，哪怕是蒸馏水也可以。看到战士们高高兴兴地离开狮泉河，白灵的心头洋溢着愉悦，感到阿里高原让她找到了父亲的足迹，也为她的人生注入了新的血液。

二

翻过 9 月中旬，阿里高原已透出初冬的寒气。映在红柳露珠上的朝霞，反射出五光十色的绚丽，让人眼花缭乱、目不暇接。太阳一爬上乔戈里峰，高原更是气象万千。稀疏的草木在秋霜中枯萎，连同大地浑然一体，远远看去分不清哪是蓑草哪是沙土。但大自然并未让人们因萧瑟的秋色而失望，于苍茫中在高原上展开了一幅新的恢宏图景。褐黄的戈壁上，飞驰的黄羊、沉稳的牦牛、警觉的藏羚；湛蓝的高天下，飘逸的白云、孤傲的秃鹫、高挑的经幡：这一切构成了原始自然的写意长卷，让人惊叹世界屋脊的雄美巍峨与壮丽浑厚。

连续几天的跟进治疗让我生发顿悟，原来精神的解放才是人的真正解放。我没有想到，在阿里这样幽远恬淡、植被稀疏的环境中，身体康复之快居然超出了想象。医生们也高兴地调侃，精诚所至，金石为开，这是世外桃源对战士的回报。

身体日渐康复，心情也愉快了许多。晚上漫步，我发现月亮一天比一天圆，一天比一天亮。我告诉白灵，这个中秋节，我将在离月亮最近的地方度过。

按照原来的行程安排，勘察组人员聚齐后，要到狮泉河烈士陵园祭奠烈士；返回途中，还要到康西瓦烈士陵园祭奠烈士。这两个陵园里安葬着解放阿里、修筑新藏公路、剿匪平叛的烈士，还安葬着 1962 年边境自卫反击战的烈士，其中包括我的战友。他们把五星红旗插上世界屋脊，把人间光明送上阿里高原，把雪域天路修到城乡哨卡，也把鲜活的生命永远留在了亲人难以祭拜的地方。考虑到勘察组还有一些日子才过来，我决定这几天先去烈士陵园叩拜，请烈士们浅饮慢酌，同我一起重温往昔的峥嵘岁月。

白灵知道我的心思后，不知从哪里弄来烟酒，陪我来到位于狮泉河羊尾山下的烈士陵园。陵园三面环山，是当年刚刚落成的。园内寂寥空旷，墓碑粗糙，陵寝不大，没有松柏掩映，只有几丛红柳盘根错节地相拥而卧。陵园西面，远山上的夕阳正在渐渐隐去，晚霞编织的花束辉映在纪念塔和烈士墓上，神韵弥漫，让人产生肃穆凝重的心灵颤动。工作人员介绍完进藏英雄先遣连几位烈士的事迹后，我们再次来到被毛泽东主席赞誉为“盖世英雄”的李狄三墓前，重温这位“进军阿里第一人”的壮烈事迹。

进藏英雄先遣连进军藏北阿里，是毛主席、周总理亲自批准的；选定李狄三担任先遣连的党代表、总指挥，是彭老总、王胡子（王震）拍板同意的。李狄三是 1937 年入伍的“老抗战”，进藏前任独立骑兵师一团保卫股股长，是郭鹏、王恩茂等二军首长们倚重的优秀干部。1950 年 8 月 1 日，由 7 个民族、136 名官兵组成的先遣连，在李狄三的统领下，从新疆于田县普鲁村出发，克服难以想象的艰难险阻，经过 45 天的艰难跋涉，饱尝 10 个多月的饥寒交迫，以包括李狄三在内的 63 名官兵的生命为路标，把五星红旗插上世界屋脊，在阿里高原上点燃了“吃苦不怕艰苦，缺氧不缺精神”的薪火。

进藏英雄先遣连惊天地、泣鬼神的壮歌，让我热血沸腾。白灵补充说，烈士陵园她记不清来过多少次了，每次来到这里，都有新的震撼，新的感动。她从有关资料中查到，从翻越 6000 多米的界山达坂开始，先遣连每翻一座达坂，都有长眠不起的战士。1951 年 3 月 7 日，连队在一天时间内竟然举行了 11 次葬礼，有的战士就是在送葬路上倒下的。那时候大家没有眼泪，没有哭声，只有对进军目标的急切眺望。由于通信不畅，有的烈士牺牲后与家中断了联系，家里的母亲抱着烈士生前的衣服，在无尽的思念中走到生命的尽头。泪光滢滢的白灵表示，她正在搜集进藏先遣连和20世纪50年代在新藏线上筑路部队的英雄事迹，她要向后人宣告，这些名不见经传、功应传万世的英烈，永远是阿里高原之魂，永远是新藏公路之魂。

返回军分区的路上，爬在山顶上的月亮已挂在夜空，给狮泉河两岸洒下一地清辉。四周万籁俱寂，高处的经幡纹丝不动。回头远眺，清澈的月光下一片岚气正从陵园上袅袅升起，如同一缕缕忠魂，为高原军民编织着幸福梦境。

三

正当我为重返勘察组而抓紧治疗之际，从海拔5383米的神仙湾哨卡传来令人沮丧的消息，勘察组的范参谋因为高原反应越来越重，需要立即送到山下治疗。

陪同新疆军区首长勘察的南疆军区王志廉副司令员、蔚福恭师长紧急商定，从天空防区指挥部抽调最好的司机、最好的车辆、最熟悉路况的干部送我和范参谋一起下山。军分区的同志讲，让我下山是勘察组征求医疗队的意见后决定的，汽车一到，马上出发。

真是千变万化赶不上首长发话。我没有胆量再讨价还价，只好听从命令，准备走人，但又不愿就此甘心，指望范参谋到狮泉河后症状缓解，我们一块儿赖着不走。

我的指望落空了。9 月 20 日一大早，送我们下山的汽车已经开到军分区卫生所门前。这是一辆崭新的北京吉普，驾驶员姓张，是个跑了多年新藏线的老班长，带车干部是经验老到的王参谋。这时我才知道，老范是前一天连夜送来急救的，吸了几瓶氧气，已经脱离危险。我打开车门一看，哇！药品、干粮、罐头、氧气瓶、暖水瓶一应俱全，至少可以保证四天行程的需要。白灵无可奈何地站在车旁，眼神中透出不易察觉的忧郁，扶我上车时顺手把一封厚厚的信函塞到车里，嘱咐我下山以后慢慢看。

汽车在人们的告别声中鸣响喇叭，朝着太阳升起的方向开去。

车到班公湖，小张给后轮换胎。我本想打开白灵的信看看，但老范却不离左右，为避免传出绯闻，我打消了看信的念头，索性欣赏班公湖令人心旷神怡的百里碧水。

班公湖清澈见底，蓝天、白云倒映在湖中，水下的鱼群与空中的苍鹰遥相呼应，仿佛时空置换，让人生出鱼在天上游、鹰在水下飞的幻觉。湖面上被微风吹出的碧纹，时近时远，时起时伏，让人联想到仙女抖纱的美妙。小张告诉我们，班公湖通人性，我们这一头是淡水，鸟飞鱼跃；境外那一头是咸水，鱼鸟绝迹。有一次印度兵问我们巡逻的同志，这是为什么？战士回答："你问王母娘娘吧，这里是她的瑶池。"说完汽车在我们的笑声中继续向前飞驰。

为了避免消耗体力，大家一路很少说话，倒是司机小张时不时给我们讲些新藏线上罕有所闻的故事。经过两天颠簸，9月21日，汽车披着晚霞，扬着沙土，在喇叭声声中开进了康西瓦兵站的大门。

在漫长险要的新藏线上，康西瓦达坂的名气不可小觑。这里的海拔虽然只有4290米，但却是一块让人缅怀不尽的圣地，康西瓦烈士陵园就是这块圣地里的殿堂。1962年打仗那阵子，这里是西线作战指挥部的所在地，兵多将广，车马络绎，电话可以直通中南海。10年沧桑，康西瓦虽然没有了昔日的繁忙景象，但开阔的营院、连排的营房，仍然能彰显出当年地位的显赫。

烈士陵园距离兵站不远。陵园旁的达坂上横亘着连绵不绝的高峰，山体陡峭，山色黝黑，巍峨壮丽的气势动人心魄。如玉如银的月光中，飘扬在陵园上空的彩色经幡在夜风中沙沙作响；巨大山峦投下的阴影，把上百座坟茔罩得半明半暗，森然中增添了不可名状的寂寥与凄美。我打着电筒，挨个看完墓碑，心中像压了一块巨石。念完七九七二部队26位战友的名字，被泪水模糊的眼睛再也看不清后面的碑文了。我永远不能忘记，10 年前印军的子弹射向他们时，有的战友才刚刚跨进 17 岁的门槛啊！眼前这些坟茔，不就是烈士们用生命为共和国大厦堆起的基石吗？这些凝固在世界屋脊上的年轻生命向世人昭示：人的价值不在于生命的延长线，而在于生命的制高点。烈士们坚守不渝的精神高地，才是高山景行的生命境界。

返回兵站，发电机已停止供电。带着寒意的月光透过窗户上的玻璃，把室内照得一片通明。我站在窗前，眺望冷月，心潮起伏。明天晚上，当冉冉升起的中秋皓月把冷冷的清辉洒向千家万户时，不知有多少父母，为他们长眠边关的儿女哭花双眼、泪洒黄尘呀！

逝者已矣，生者愧矣。扪心自省，尚食人间烟火的我们，有多少人为烈士的亲人嘘过寒、问过暖、助过一臂之力呢？

9 月 22 日，我们赶到三十里营房团指挥所吃早饭。这里的海拔只有 3800 米左右，范参谋的高原反应已经消失，我的身体更无异常。放下饭碗，我们直奔赛图拉哨所遗址，凭吊那些在昔日戍边岁月中献身的国民党官兵。陪同的干部告诉我们，据后来被俘的国民党士兵讲，因为与世隔绝，他们有的在这里守卡七八年，家里老婆娃娃都被人拐走了。因为无医无药，每年哨所都要死人，人死了连个报丧信也送不出去。听到这些述说，我亦为之动容。

赛图拉哨所遗址距三十里营房 15 公里左右。100 多年的残破哨楼依旧伫立在褐色的峭壁高处，黄土夯起的墙体依稀可见。由于长期与外界联系中断，1950 年我军进驻赛图拉时，哨所上的国民党官兵还以为是替换他们的兵来了，连声埋怨好几年不换防，他们连服装换了都不知道。有个士兵还打听，克扣他们军饷的连长枪毙了没有……听到这些故事，我笑不出声来。一个多世纪以来，被誉为“万山之祖”的昆仑山、冈底斯山、喀喇昆仑山，不正是因为守在这里的中国军人而没有丢掉吗？他们不愧为中华民族的守门人！我们用军礼和默哀表达对他们的追思与崇敬。

离开三十里营房前，六师张昌奎副师长从叶城驻地打来电话，询问我们沿途的情况，嘱咐司机上下麻扎达坂要特别注意行车安全。

四

“麻札”是维吾尔语，意为坟墓。麻扎达坂上的盘山道，上下 80 多公里，坡陡、弯急、路窄，是新藏线上最险的山路。一层接一层的回头弯，像一条条缠在大山上的褐黄色腰带，蔚为壮观。公路内侧紧靠山岩，公路外侧峡谷幽深。令人眩晕的谷底，汽车遗骸时有所现，大型物件七零八落。目睹惨痛的场景，我暗自思忖，应该在这里建造一座公路灾难博物馆，让人们知道，新藏公路是一条用上千名烈士的生命铺就的运输线，是一条名副其实的生命线。

灾从头上降，祸从脚下生。正在我为麻扎达坂的险峻而神湛骨寒之际，本应左拐弯的汽车却突然照直冲出路沿，打着滚朝下翻去。翻到第四层路面旁的悬崖边上时，汽车被一堆石头卡住，我们才意识到出了车祸。

石头堆 2 米开外，下面是 70 多米深的峡谷，汽车再一打滚，我们的结局只能是粉身碎骨。连续翻滚的汽车，像被踩扁的罐头盒子，4 个人在车内挤成一团，既爬不出去，又坐不起来。幸亏皮大衣在翻滚时裹到了脑袋和脖子上，我们虽然头晕，但神志还比较清醒。大概半小时左右，两位下山的地方大车司机路过，急忙用铁棒撬开车门，才把我们从车内掏了出来。

吉普车报废了，好在我们人无大伤，大家心里才平静一些。惊魂甫定，我急忙从本子上撕下一张纸，草草写了发生车祸的简况，请大车司机交给库地兵站领导，让他们给部队打电话，派车派人解救我们。

翻车的惊险和生还的侥幸，让我们经历了阴阳两界关，五六个小时过去了也不觉得饥饿。我坐在车旁的大石头上，望着高悬苍穹的月亮，揉着越来越痛的左肩，不知不觉中睡着了。酣睡中被汽车喇叭声惊醒，两位上行的货车师傅告诉我们，库地兵站已经给部队打了电话，兵站领导让他俩捎来月饼，说不定救援车一会儿就到。这时我才想起，今晚是中秋之夜呀！

听到救援的消息，大家精神为之一振，苏轼的《中秋月》也从我的记忆中跳了出来："暮云收尽溢清寒，银汉无声转玉盘。此生此夜不长好，明月明年何处看。"好一个"明月明年何处看"，这简直是东坡居士留给我们今夜的千古妙唱呀！九死一生的庆幸，麻扎达坂的明月，即将到来的救援，这一切让我们重燃激情、望月吟咏，在海拔 4900 多米的高原上展露浪漫情怀。

此时此刻，我平生第一次发现，原来月亮是如此清纯，月光是如此曼妙。于是，月，秋月，中秋月，昆仑月，边塞月……一连串富有诗意的词句在脑中闪现。我不由得联想起描写月亮的作品，联想起民间神话中的追月、古人诗词中的吟月、中外名著中的写月，月亮是多么有魅力呀！她的光辉，她的清澈，她的柔和，她的深邃，总是让人心旷神怡、浮想联翩。月亮寄托着人类太多的情感。

听着远处传来的喇叭长鸣，望着铺满月光的麻扎达坂，"但愿人长久，千里共婵娟"之句，已幻化成我的心声，飞向长城内外，飞向大江南北，飞向高原哨卡。

夜里 10 点钟左右，张昌奎副师长亲自带着医护人员和车辆接我们下山。昆仑山的月光一直陪伴着我们，形影相随，不离不弃，直到叶城。

五

白灵的信我是躺在病床上看完的。信中写道：

屈秘书：

首先请允许我向您敬礼！几天来的接触，我发现您是个好人。因此，才鼓着勇气给您写信。随信带去的材料，是我三年来花费心血搜集整理的。其中有我参与批斗“老革命”的详细情况。想起这些劣迹，我永远不能饶恕自己。昨天晚上从陵园回来，我再次失眠，我要寻找父亲，请他带我去向那位“老革命”赔罪，我甘愿以我的生命换回他的生命。否则，我的一生会在心灵的煎熬中度过。我看过您写的小说，这些资料或许可供您创作时参考。如果这样，也算我为烈士们做了一件有意义的小事。

此致

敬礼

革命战士白灵

糟糕，这简直就是一封绝命书啊！我没有心思再看附在信后面的资料，急忙抓起电话找阿里军分区领导，请他们关注白灵的情绪变化，帮助她卸掉思想包袱，有可能时把她调到山下部队工作……

40个中秋节过去了。月满昆仑的夜晚依然记忆犹新，护士白灵却杳无音信。

2011年8月6日

（刊于2011年第12期《中国作家》）

友情重过酒千盅

战友聚会的情谊，像入喉的陈年佳酿，令人回味无穷，隽永长久，多日难以弥散。

2019 年 10 月 29 日，是我时隔 50 多年后，第一次参加原新疆军区七九七二部队三营九连的老战友聚会。

这支部队的前身是参加过南泥湾大生产的三五九旅七一八团。厥功至伟而又隐情不露的老英雄张富清，就是从这支部队二营六连走向建设新中国的岗位的。1962 年被国防部授予“战斗英雄”称号的王忠殿烈士，则是从我所在的九连队伍中扑向敌人碉堡的。这是一个不忘初心、牢记使命，血脉里传承着红军基因的连队。

听老同志说过，九连的老战友聚会已经办过 30 多次，只可惜我却一直没有逮住机会参加。那天第一次赴会，难免喜忧参半，既为即将见到久违的战友而高兴，又担心有的战友因病而缺席，毕竟都是七老八十的人了！

谢天谢地！我的担心被久别重逢的热烈气氛一扫而空。真没料到，在这个不缺抱怨声的年代，一群八秩上下的老兵活得如此阳光，如此知足，如此泰然。尽管他们各家都有一本难念的经，但没有一个人把自家的不顺心摊在众人面前。

这些曾经在西域边塞金戈铁马、气吞万里如虎的退伍军人，差不多都是 1962 年 7 月登上西驰列车的新兵。转眼间 58 个年头过去了，望着眼前一个个堆雪的头颅、一张张皴皱的面孔，不得不嗟叹岁月的无情——

它操弄昼夜更替的似水流年，用不见血的钝器，把半个多世纪前青春勃发的战友，慢慢剥蚀成风烛残年的老翁。

它无视世态炎凉、人心不古，让这些爬冰卧雪、缺氧不缺精神的共和国卫士，在脱下戎装的二次就业中举步维艰，饱含辛酸，为挣脱上养老、下育小的贫困日子而苦苦挣扎。

庆幸历史走进了新时代，我们在欢声笑语中为这个时代推杯换盏，连声点赞。

这次聚会，由转业回宝鸡的王志英同王友敖专程赶到西安操持。他们代表病中的宝鸡战友容嘉谟、冯祥和战友联谊会的李维藩会长，向大家表示诚挚的祝福！在中印边境自卫反击战中荣立战功的连长曹天东，介绍我入党的指导员张明学，虽然都是83岁的老翁，却精神矍铄，谈笑风生，频频举杯，为他们昔日的麾下感到高兴！即将成为“80后”的其他战友，许是悟透人生的缘故，抑或是怀揣欣逢盛世的喜悦，聚会两个多小时，始终没见他们中有人发牢骚，也没听到谁抱怨，更没有对现实的吐槽和宣泄。有的只是对八千里路云和月的回顾，对贪官污吏罔顾民生的痛斥，对中国敢于在中美贸易战中坚守阵地而赞叹！连服务员也惊讶，一桌子老人在交谈中，洋溢着满满的正能量。

尽管战友中有的近似痴呆，有的丧偶独居，有的正从脑卒中后恢复，有的甚至因患癌症切除了一侧肾脏，但他们关心军队，纵论国是，做人的精神是充盈丰沛的。参加聚会的战友，没有人因路远而爽约，或由战友接送，或由儿子搀扶，或由夫人照顾，甚至从外县按时赶到。

“天意怜幽草，人间重晚晴。”从聚会开始到结束，有的战友没动几次筷子，时不时地举起手机，抓拍动情的瞬间，扼住流逝的时间，把相见的热切留在记忆深处。席间议论高潮迭起，大家都认为人生无常，来日难测，要使晚年活出更多的快乐，尽量减少对家庭和社会的拖累。谈到明年再聚时，谁会驾鹤西去，谁会重病卧榻，谁会孤守空巢，大家似乎没有太多的忧思。看得出来，坦然接受命运的安排，顺其自然度晚年，已经成为战友们的共识。

战友们不一定读过刘禹锡“经事还谙事，阅人如阅川”的诗句，但却有着“阅人如阅川”的境界。餐桌上没有人借酒消愁，分手时没有人唉声叹气，大家在知足常乐、互相珍重中依依惜别。

王发虎在《戎马西域四十秋》一书中说过，我们这一辈子上不愧党，下不愧兵，真正对不起的是身体和家庭。可是，垂暮之年的老卒们，谁又会把过往的委屈向历史诉说，让后人咀嚼呢！但历史不应当忘记他们，后人更应当理解他们，追寻他们。唯其如此，军人的血性价值才会呈现出来！

返回成都的路上，我的思绪跌宕起伏。这些听过自卫反击战的炮声、忍受过三年困难时期的饥饿、挥洒过卫国戍边的血汗、在修筑天山公路中战天斗地的老兵，今天同样是最可爱的人，是应当受到崇敬的人。

我深信老战友的精神面貌不是偶然的，应该是三五九旅光荣传统的延续，是老英雄张富清精神的延续。我以为参加那天聚会的曹天东、张明学、王发虎、傅宝林、刘兴汉、苏改成、萧克杰、王学智、侯志发、齐勇等老同志，都是张富清征程中的后来人！

这里不能不说，王志英的女儿王莉作为老战友的后人，对我们这些老人的敬重也让大家为之感动！

2019 年 12 月 20 日

让回忆释放正能量

岁月在不经意中从眼前划过。

已经成为往日的岁月，不光记录着人生沧桑的足迹，还蕴含着人生往事的能量。于是，回忆便成为启封往日足迹的钥匙，成为释放往事能量的开关。

弹指间我已经是个有 50 多年军龄的老兵了。像所有步入暮年的老人一样，回忆也不知不觉地成为我生活乃至生命的一部分，如影随形，挥之不去，割之不舍。近几年来，梦中常有战友的聚散离合，眼前常有战友的喜怒哀乐。我这才意识到，原来在我的军旅生涯中，有一张用年轮和情感编织的心网。正是这张心网，让我有了打捞沉入历史长河的人和事的勇气，也让我萌生了用文字记录这些人和事的冲动。因为我熟悉这些人和事的时代影响，我了解这些人和事的潜在能量。

昨天已成为历史的一页，但我记忆中的昨天依然鲜活如初。我依然记得，无论是阳光明媚的晴天，抑或是乌云笼罩的阴天，战友们都在不同的战斗岗位上坚定着同一个方向，秉承着同一个信念，追求着同一个目标，构建着同一座长城，为我们今天正在实现的中国梦奠定基础。

不积跬步，无以至千里。中国梦是在积小梦中成就大梦的。我的战友中不少人不会看到中国梦的实现，但他们看到了实现中国梦的方向、道路、目标和力量，看到了一代又一代军人正在为实现中国梦所作的不懈努力。

2013 年 3 月 20 日

（刊于 2013 年 4 月 2 日《解放军报》）

汶川地震那一天

前天，看到汶川又遭遇山洪泥石流，我的心似被抓成一团。当天晚上，谈起汶川特大地震中抢险救灾那段岁月，全家人的思绪又回到2008年5月20日。那天，我同妻子孙兰去映秀镇、北川县、汉旺镇凭吊亡灵，看望部队官兵，耳闻目睹抗震救灾的壮举，感受大震无视生命的惨烈，写下后面这段随笔，今抄录于后。

灾难是人性的试金石。人性的低下和高贵在生死关头是掩饰不了的。

5月12日下午2点28分，我被坦克撞墙般的轰隆声惊醒，立刻判断发生了地震。两岁的小孙女洋洋正在酣睡，我喊了声“洋洋！醒来！”就跳下床跑到隔壁房间，想把孙兰和大孙女西西叫起来。看到两人已站在床下，我回身一把抓起洋洋跑出门外，同孙兰拥着两个孙女等待命运的安排。

那一刻，房屋摇晃，地板巅抖，钢筋混凝土浇筑的楼房，发出被撕裂的咔嚓声。常识告诉我，电梯不能用，楼梯不能下，我几乎在一秒钟内排除了所有可能逃生的办法。

四岁的西西紧紧抱住奶奶，两岁的洋洋趴在我肩膀上。可能是大人的紧张传递给了孩子，西西有点害怕，被从梦中拉起来的洋洋不知发生了什么，一声不吭地扭头看我。我和孙兰大脑飞速运转，思考万一房子塌了怎么保护两个孙女。我们眼神交流了一下，觉得卫生间门外相对安全一些，便在地板的猛烈摇晃中把孙女带到那里，持守死也要保护孙女的念头，准备应对临头大难。

当我和孙兰为全家的安危心悬一线的时候，一场与死神较量的大营救正在另一个战场上展开。主战场在中国人民解放军成都军区总医院，医护人员是冲锋陷阵的勇士。

大震发生时，身怀六甲的眼科医生邱敏主动要求参与伤病员抢救。14 日她给一个重伤员缝合伤口，躬身弯腰 1 个多小时，第二天为另一个伤病员做了同样的缝合手术。手术结束后，她感到肚子坠痛，但强忍着没告诉任何人。

16 日一位伤员因挤压引起肾功能衰竭，邱敏忍痛为病人做紧急治疗。连续三天三夜没好好休息，她流产了。丈夫杨运松到病房探视邱敏时，她抱歉地说：“运松，对不起！顾着抢救伤员，没保住孩子。”听了这句话，在场所有人都流下了热泪。想想看，用自己胎儿的生命置换伤员的生命，这要承受多大的悲痛！

当时网上一张题为“地震中最美的父女兵”的图片，感动了无数网友。照片主人公是总医院骨科主任权毅和女儿权志佳。地震发生时，权毅因感冒在输液。“救病人要紧！”感觉地震时他拔掉针头，冲向病房组织转移病人、搭建露天急诊区。仅 12 日一天，就组织骨科实施大小手术 181 台次。而他还没有正式定岗的女儿权志佳，一直陪在权毅身边当助手。后来我曾对权毅同志说，你们父女传承的何止是医术，更是超越医术的品德！

在地震有可能把我们祖孙四人推向死亡深渊那一刻，我和孙兰都不知道，小儿子屈延正在总医院外科大楼 7 层给病人做开颅手术。由于精力集中在切除肿瘤上，刚开始屈延并没感觉到大楼已经在摇晃。显微镜晃动时他还生气地说：“谁动显微镜？”

6 月 27 日，我从新华社记者刘永华、黎云、朱映涛的报道中看到：地震发生时，“神经外科主任屈延刚刚为患者开颅。突然，整个楼房晃动起来，医疗器械和输液瓶不停地‘砰砰’碰撞，柜子上的玻璃瓶‘嘭’的一声摔在地上。‘地震了！’有人惊呼。‘别慌，继续手术！’屈延大吼。四个手术室里的32名医护人员依然坚守在各自的岗位上，直到16时手术全部结束”。

屈延缝合好最后一针，手术室里的人迅速撤离。他飞跑到楼下操场，看到神经外科的病人全部安全转移，这才想到给我们打电话，电话一直打不通。这时候正好遇到手术患者的家属，她听说手术顺利，当着几百人的面直接跪在屈延面前。CCTV－3一个节目组正在楼前广场拍摄避难的伤病员，突然看见屈延穿着手术服从大楼跑出来，感到很震惊，直接上来采访屈延，并拍下病人家属跪谢屈延的镜头。央视本想播放这个感人画面，被屈延婉拒了。他说：“要跪谢，应该是我们当兵的跪谢老百姓！”

晚饭后移动通信恢复了信号，屈延知道孩子和我们平安无事，又把全部精力投入到抢救危重伤员身上。

绵竹矿工赖元平被发现时，已经在隧道里埋了196个小时。直升机把赖元平送到总医院神经外科，顾建文副院长在科主任屈延、副主任匡永勤等人配合下，为赖元平做了颅内血肿清除手术。赖元平与死神擦肩而过。新华网在5月22日的通稿中说：“赖元平不仅是汶川大地震中被埋时间最长的脱险者，也创造了在生命极限下，颅内有巨大脑血肿仍然能存活的世界奇迹。”

20多天来，看到听到许许多多关于抗震救灾的报道，我在感动之余也思考：天灾是人类苦难的炼狱，也是人性淬火的熔炉。

有一天，我问屈延：“地震时你不害怕吗?”屈延说：“肯定害怕！害怕有啥用？病人把生命交给你，你把病人扔下自己逃命，那还有资格当医生！当时想，最坏的结果就是与病人共存亡。”

地震过后，屈延同301医院周定标教授应邀去北京，就赖元平的抢救情况接受CCTV－2采访。临行前他对我说：“医生天天都要同死亡打交道，但不能用死亡为自己开脱责任。我们是救活了赖元平，遇到医德高尚、医术精湛的医生，都会做出这样的选择。”

现在我的女婿石骥、女儿屈力，大儿子屈渭、大儿媳盖丽，小儿媳陶凌，全都在抗震救灾第一线拼搏。女婿还荣立了三等功。他们对生命的敬畏，让我看到善良人性的本真。

2008年9月1日

11 年过去了。我无意鄙薄别人的人品操守和生活方式，但我知道人性的低下和高贵在生死关头是掩饰不了的。

汶川特大地震让很多人知道，真正大难临头时，你的生命不是由你主宰的。人性的善恶在这一瞬间显露无遗，这与性别无关，与年龄无关，与学历无关，只与生死有关。

我真心希望各级都重视军队医院建设和医护队伍的建设，让这支真正用得上的坚强队伍，把抢险救灾、救死扶伤的医德医风传承下去，在业务上行稳致远，精益求精。

2019 年 9 月 9 日

弥留之际的弟弟

我的弟弟屈江绳

七十三、八十四，阎王不叫自己去。这是中国民间的说法。因为孔子活了七十三，孟子活了八十四，孔子是圣人，孟子是亚圣，常人凡人焉能有孔孟之寿！可是我的弟弟既不是圣人也不是亚圣，却与孔子齐寿，原因何在？道理何在？我百思不得其解！只有以人生难测、命运无常化解心中的块垒。

屈江绳，他是我唯一的胞弟，一生坦荡、刚正、坚毅、勤劳、平和，是个顶天立地的普通人。靠着不怨天、不尤人、不服输的自强精神，带领子女辛勤劳作，终究成就了一份家业；

秉承百善孝为先的立身品质，担当起侍奉父母、养老送终的全部责任；赓续兄弟手足情的家传基因，在濒临战争的形势下帮我抚养儿女；一生未主动张口要我资助，拿到搬迁补偿后却在第一时间打电话给我，询问有没有需要他帮忙解决的困难；崇尚和为贵的理念，凡事与人为善，却又疾恶如仇，营造了是非分明的人际关系……当这一切美德即将成为往事之际，他还牵挂什么呢？牵挂日渐年迈的妻子，牵挂自立门户的孩子，特别是牵挂面临高考的孙子……

此刻，他实际上已无牵无挂，完全丧失了自我意识。主宰他生命的不是他的心、脑，而是上苍，是医生，是仪器，是输液管里的药物……

此刻，他已不可能再回首人生。成功与失败，幸福与痛苦，顺境与逆境，像拧麻花一样交织在一起。但它们已经跟随灵魂腾云驾雾，飞向遥远的天国。唯有眼角滑出的泪水和喃喃呓语，或许能表达他心灵深处的感受，而更多的则是下意识的痛苦呻吟……

生命是如此脆弱，一个月前还侃侃而谈，今天竟命悬一线！他的大意使癌细胞钻了空子。

癌细胞——只有在显微镜下才能看到的渺小生命体，却在无声无息吞噬他的肌体，而他却浑然不知。是癌细胞猖獗？是他懦弱？都不是，是自然规律——弱的可以战胜强的，小的可以战胜大的，隐藏的可以战胜公开的。所以，无论什么时候，也不要忽视弱小的、看不见的生命体。它可能从胚胎发育成你的儿女，也可能从“胚胎”发育成让你死亡的杀手！癌细胞就是这种杀手。

人，应该对自己的身体有自信。不自信等于向病毒、细菌缴械，那会降低人体的免疫功能，削弱甚至丧失对疾病的战斗力。但人不可以对自己的身体自负，自负容易忽视正常体检，自负不能见微知著，一旦发现癌症，往往已到晚期。他的教训是只关注高血压、糖尿病，认为脏器没有问题，而忽视了营养平衡，忽视了应该定期全面进行的体检，以至于让癌细胞钻了空子。壮汉子熬不过药罐子。一个月前还谈笑风生的人，现在一只脚却踏进了死亡的门槛。

弟弟的孩子和我的小儿子、小儿媳已尽了最大努力，这是孝心，是责任，是对垂危生命的敬畏！但他们倾尽所长，也只能眼睁睁地看着死神把我弟弟推向死亡的深渊！

我坐在弟弟病床前，看着一滴滴液体输进他的身体。我不知道他还能不能恢复意识，我唯一的希望，是他能睁开眼睛，叫我一声：哥！

2019 年 4 月 19 日于西京医院弟弟病榻前

第二辑

以贤为策

司马迁在《史记》中用『高山仰止，景行行止。虽不能至，然心向往之』形容孔子，我以为这些话亦适用于我对先生的敬颂。

哲人归大夜，千古传圭璋

——忆季羡林先生为《汉藏交融：金铜佛像集萃》题词

入冬以来，中华书局出版发行的《汉藏交融：金铜佛像集萃》一书，在学界引起强烈反响。这部被中华书局列入“向国庆60周年献礼的重点书目”的作品，是根据李巍先生收藏的金铜佛像编撰的图集。这部荟萃400余帧照片、10万余言专论的图集，图文并茂，光前裕后，是一株深深植根于中华民族文化沃土的佛苑奇葩，是一部彪炳春秋的金铜佛像精影新汇，是中华民族文化血脉交融的又一历史见证。

鹤归鸿蒙，其唳长存。目睹这部图集，我作为该书的总策划更加怀念一代宗师季羡林先生，因为这部大书倾注了季先生的心血和睿智，也给我们这些编撰者留下了永远不能弥补的遗憾。

在编撰图集的两年多时间里，学界大师同心戮力，厥功至伟。享誉海内外的著名学者冯其庸、王尧、谈锡永、步连生、孙国璋、金维诺等先生，呕心沥血、殚精竭虑。他们通过担任顾问、鉴定文物、释疑解惑、作序题词等方式，具体指导编撰工作，增强图集的历史厚重感，充实图集的文化内涵量。然而，真正为图集明确宗旨、画龙点睛的则是季羡林先生。

请季先生出任图集总顾问并为图集题词，是冯其庸先生的主张。冯先生是国学大师、红学名宿，与季先生过从甚密，深知季先生的佛学造诣博大精深，认为这样一部重量级大书，请季先生担任总顾问并题词题签最为合适。2008 年 6 月初，冯先生将他的想法告诉编委会，得到编委会成员的一致赞同。但对于季先生能否应聘总顾问并挥毫题词，大家还是心中无数。于是，冯先生表示，由他亲往医院，当面同季先生沟通。

6 月 12 日，冯先生抱病去 301 医院探望季先生，向季先生当面递交聘书，介绍编撰金铜佛像图集的有关情况。季先生听完，表示很高兴担任图集总顾问，并愉快地接受了聘书。但想到季老年事已高，视力也不如从前，冯先生未再开口请季先生题词。冯先生探望拜访季先生，让编委们深受感动，但书中没有季先生的墨宝，大家又觉得是件很遗憾的事情。于是我与 301 医院领导联系，请他们视情况探问季先生，看看有没有可能给图集题词。301 医院有位领导是我的老朋友，他告诉我，季先生不轻易题词，更不轻易用毛笔题词，如用毛笔题词，那一定是老人家认为非题不可的。老朋友表示，适当时候一定把我们的想法转告季先生，让我不要着急。

6 月 23 日，我致信老朋友，对金铜佛像图集的编撰意图、书名、开本、版式、纸质、出书时间、发行范围以及图集选用的 99 尊佛像的造像年代等情况作了详细介绍，请他相机向季先生汇报。

6 月 24 日，老朋友打电话告诉我，他已和季先生讲了有关情况，季先生答应题词，让我们拟几句话，作为题词的参考。这一消息令我们十分高兴。经同王家鹏、沈卫荣先生等人商议，我们拟了三句话供季先生题写时参考。这三句话是：（1）金铜佛像荟萃，汉藏血脉同根；（2）金铜佛像荟萃，汉藏佛学同源；（3）金铜佛像荟萃，中华文化增辉。王尧先生和谈锡永先生得知此事后，又拟了三句话，一并送去，供季先生题词参考。这三句话是：（1）聚彼九州英，良工风火鼓，化此亿万身，庄严佛净土；（2）法身唯一，化身无量，遍一切界，现庄严相；（3）诸佛海会，在于此中，谁其能藏，得大亨通。大家认为，这六句话能够反映我们编撰图集的初衷，也期待着季先生成全我们的奢望。

6 月 25 日，我们将六句话连同编撰图集的顾问、编委以及金铜佛像收藏家李巍先生的简况介绍，再次函请老朋友转送季先生审阅。信中还附了初步选定的十几幅金铜佛像照片，请季先生鉴赏、指导。

6 月 26 日，301 医院南楼部钟光林副主任在电话中告诉我：“季老的题词已写好，明天上午 9 点到 10 点到病房来拿。”钟副主任还告诉我，季先生对这幅题词很重视，同身边工作人员反复研究后才动笔，用的是毛笔宣纸，写得很有劲道，内容是“为中华文化增辉”。

6 月 27 日上午 9 点 20 分，我同李巍、李舒迦先生应约到 301 医院南楼季先生病房拜访季先生。进门后工作人员说，季先生刚才还在等你们呢，现在上卫生间，很快就出来。不到十分钟，季先生从卫生间走出来了。看到 96 岁的老人家身板笔直，面色红润，微笑着扶着病床朝椅子走过来，我急忙上前，想扶老先生一把。季先生摆摆手，笑着说：“不用了，还能走。”

待季先生落座，我恭恭敬敬地说：“季先生，我是个老兵，我给您敬个军礼。”季先生笑着说：“不敢当。”说着工作人员已将季先生的题词展开。“为中华文化增辉”七个大字，用毛笔写在二尺对开的宣纸上，笔画完整，笔力遒劲，落款一气呵成，时间是 6 月 26 日。这说明季先生 25 日收到信函，26 日即把题词写好了。我们一行几人再次向季先生致敬感谢，并展开题词，同季先生合影留念。季先生边看题词边说：“把这本书编好很有意义，我见不了大家，写几个字表示支持。佛教也是中华文化呀!”我连忙点头。我琢磨季先生题词没有采纳我们拟的六句话，而是自拟了“为中华文化增辉”七个大字，显然是从大文化的层面上着眼的。

照完相，我向季先生汇报说，图集准备收编的99尊佛像，是从李巍先生收藏的上千尊佛像中精选出来的，都是元、明、清时期的金铜佛像精品。这批佛像是首次面世，有些佛像的形制连北京故宫博物院、中国国家博物馆也没有收藏。不少佛像为当时的中央政府监制，从一个侧面表明了元、明、清历代王朝对西藏的管辖和治理，对宣传国家统一、民族团结、社会和谐很有意义。担任图集主编、副主编的北京故宫博物院国家级佛教文物鉴定专家王家鹏研究馆员，中国人民大学国学院副院长、汉藏佛教研究中心主任沈卫荣教授，都是学术造诣精深、治学态度严谨的学界时俊。季先生一边饶有兴趣地听着，一边频频点头，高兴地说：“现在研究佛教的人多了，这是个好事。”

季先生曾在《我和佛教研究》一文中讲道：“佛教作为一个外来的宗教，传入中国以后，抛开消极的方面不讲，积极的方面是无论如何也否定不了的。它几乎影响了中华文化的各个方面，给它增添了新的活力，促其发展、助其成长。”想到季先生的论述，看到季先生精神矍铄，兴致很好，我请教季先生：“佛教是否也应纳入国学的范围来研究?”季先生稍稍顿了一下说："国学不等于儒学、汉学，中华文化具有广泛的包容性。用大国学的观念看，不光包括儒释道，还应当涵盖少数民族的主流文化。"并再次嘱咐我们："图集一定要反映中华民族的文化交融。"

听完季老的话，我没有再就学术问题打扰老人家，把话题转到刚刚出版发行的《病榻杂记》上来。季先生听我说读者很喜欢这本书，便高兴地说："那好，我给你们每人送一本。"说完，便在书的扉页上开始签名。签名是用钢笔写的，一笔一画，清晰流畅。看到季先生在签名时把 6 月 27 日写成 6 月 26 日，我还以为老先生把日期记错了。老人家大概看出了我的疑惑，笑着说："把今天写成 6 月 26 日，图个六六大顺嘛！"听了季先生的话，大家都会心地笑了。我知道季先生入院这几年，一直坚持日写千字，便嘱咐老先生保重身体，不要太劳累了。季先生笑呵呵地说："功课做得越来越少了，但脑子还听使唤。"本来我们还打算多听听季先生的教诲，但看到时间已将近半个小时，便依依不舍地向季先生告辞。

返回路上，我反复回味与季先生的谈话，发现在佛教对中华文化的影响这个问题上，季羡林先生、赵朴初先生、任继愈先生几位佛学泰斗的观点是完全一致的。赵朴初先生讲过："佛教文化是中国传统文化的一部分。"（《佛教与中国文化的关系》）任继愈先生讲过："佛教与儒教有着直接继承的关系。”（《佛教与儒教》）季先生讲过：“不研究佛教对中国文化的影响，就无法写出真正的中国文化史、中国哲学史甚至中国历史。”（《我和佛教研究》）三位宗师言简意赅，话虽不多，但对我们拓展国学研究视野，深化佛教研究内涵，揭示汉藏文化的血脉联系，进而为中华文化增辉，具有重要的导向意义。

2009 年 4 月下旬，我在 301 医院南楼查体时，曾向季先生表示，在他 98 岁华诞时，我们一定捧着金铜佛像图集为他祝寿。然而，天不遂人愿，谁也没有想到，季先生未能目睹他始终关注的图集而驾鹤仙逝了。但我们深信，季先生的精论和墨宝将融入他的学问和精神之中，彪炳青史，永远放光！

2009 年 10 月 1 日

（刊于 2009 年 12 月第 61 期《文景》）

长亭一曲路三千

——冯其庸先生的西域行与军旅情

帕米尔高原，是一方记录着中华民族文化先驱足迹和生命光辉的净土。20 世纪 90 年代，一位老人在这里翻开尘封的历史遗迹，把前贤们创造的求索境界延续到今天。

一

1995 年 8 月，一位追寻玄奘法师回归古道的 71 岁老人，在海拔 4200 多米的别迭里山口告别边防官兵后，又登上海拔 4900 米的红其拉甫山口。在史称葱岭的帕米尔之巅，陪同上山的医生、护士和边防官兵，搀扶着呼吸急促的老人，眺望跨越时空的丝绸之路，环视冰封雪裹的嵯峨云峰，期待老人梦寐以求的愿望早日在脚下实现。

1998 年 8 月，老人第二次登上帕米尔高原，终于在 4700 米的明铁盖山口，找到了玄奘法师取经东归入境的古道。应明铁盖哨卡官兵的要求，激动难遏的老人忍受着氧气稀薄的煎熬，用一根削尖的木棍，在哨卡营房内墙壁上，吃力地刻写了这个具有历史意义的发现和时间。

2005 年 8 月 15 日，老人以 81 岁高龄，在边防官兵的帮助下，再次登上明铁盖山口，与中央电视台、喀什市政府勒石立碑，镌记玄奘法师归国入境之古道。

这一重要发现，使丝绸之路上的又一个千古之谜得到破解，为痴心西域历史文化纵深研究的人们，找到了一把开启学术视野的新钥匙，引起海内外学界的普遍关注。令人肃然起敬的是，为了找到玄奘法师归国入境地点的确切答案，这位老人竟然历尽千辛万苦，在 20 年内十进新疆，三上高原，在西域研究史的漫长道路上留下了永远消失不掉的足迹。这位华发老人，就是当代鸿儒——国学大家、红学名宿冯其庸先生。

二

受唐人边塞诗词意境的影响与玄奘法师西天取经事迹的震撼，冯先生对西域壮丽雄浑的风光和玄奘法师追求佛典精义的勇气，自幼心慕，未有穷已。玄奘法师“乘危远迈，杖策孤征”的胆识，百折不挠、万死不辞的精神，让冯先生感慨：

"为学若能终身如此，则去道不远矣！为人若能终身如此，则去仁不远矣！"然而时不遂人愿，直到年逾花甲，冯先生才有机会走进新疆，触摸天山，登临昆仑，放眼草原，在四顾无涯的浩渺瀚海中，感受西域地貌的神奇变幻与丝绸之路的历史沧桑。

冯先生是在追求真理的精神支撑下登上帕米尔高原的。高原的奇特风光让冯先生流连忘返，哨卡的艰苦生活让冯先生深为感动。官兵们视冯先生为罕见的贵宾，付出最大努力去接待。曾经陪同冯先生登上哨卡的塔什库尔干驻军政委张胜权告诉人们，冯先生一路上讲的最多的话，是"我们的战士真了不起，他们的牺牲奉献是用金钱无法计算的"。看到哨卡上悬危峰、下临深谷、据险而守，冯先生赞叹不已。高扬的国旗，庄严的国门，矗立的哨楼，威武的哨兵，坚毅的目光，发紫的嘴唇……都使冯先生充满深深的敬意，手中的照相机常常久举不落。边防官兵的炽热情怀，让冯先生忘记了高寒缺氧的不适，他一边询问战士们的戍边情况，一边和大家合影留念。现在，这些蕴含着文化信息的照片，已经成为高原哨卡军史室里的珍贵文物。

"明铁盖"一词来源于柯尔克孜语，意思为"一千头公山羊"。当年波斯商贾的千只羊群和驼队就是在这里被冻死的。明铁盖山口在民国时期就已建卡设防。我军接防60年来，官兵用青春和生命戍守防地，用赤胆忠心谱写壮歌。在与驻地牧民的长年交往中，他们听到许多关于丝绸之路的传奇，像唐僧取经翻越明铁盖冰达坂的故事，就是一位有着 8 年军龄的川籍老兵从牧民那里听到的。精诚所至，金石为开。正是捕捉到这个被湮没于“生命禁区”的沉默信息，终于让冯先生实现了寻找玄奘法师取经回归入境地点的愿望。20 年的沧桑经历，冯先生终身难以忘怀。更让他感动的，是军队对文化建设的重视，是军人对民族历史的崇敬，是边防将士无私奉献的可敬可爱。到达明铁盖边防站当天中午，这位川籍战士用哨卡储备的罐头和从山下运上来的白菜、土豆，为冯先生一行做了一顿川味十足的午饭。尽管没有山珍海味，但这顿午饭让冯先生称道不已。

2002 年，冯先生在瑰集他的西部摄影作品《瀚海劫尘》大型图集中深情地写道：“我们的部队首长和战士们对文化和艺术工作这样的热情，这是非常难能可贵的一种精神，自当书之竹帛，以垂永久!”

三

1993 年 9 月下旬，我在南疆军区任政委期间，经吐鲁番军分区邢学坤政委介绍，有幸与这位古道热肠的文化老人相结识。虽然这是冯先生第四次到新疆考察，却是第一次造访南疆军区机关驻地疏勒县。疏勒曾是西域的文明古国，以往常有学者到此考证，但像冯先生这样德隆望高的大学者还未见到。得知冯先生要来南疆军区小住并就近考察，我特别叮嘱机关的同志要精心安排，务必保证年近古稀的冯先生疏勒之行安全顺遂。当时，南疆军区刚从撤销中恢复建制，工作头绪多，接待条件差，我很担心照顾不好冯先生。但经过几天的接触，我发现冯先生确实是一位痴心工作、淡泊生活的老人，住房不择铺，吃饭不挑食，坐车不怕颠，言谈举止平易随和，很容易相处。有时我就《红楼梦》中一些弄不清楚的情节和诗词向冯先生请教，每次都能得到深入浅出的解答。

疏勒的秋夜，繁星缀天，月光泻地，偶尔传来一两声远处的犬吠，才使人意识到身处尘世。我连续几天陪冯先生月下漫步，冯先生的人格魅力、丰富阅历和渊博知识，常常让我深受触动。有一次谈到考察工作的进展情况时，老人动情地说："我对军队有一种割舍不断的感情，我到新疆考察，解放军是我的依靠，每次都得到军队同志的帮助。军队有编写兵要地志的好传统，有些历史遗迹、历史事件，地方志写得不清楚，也很少有人知道。但部队的兵要地志有记载，这对我的实地考察帮助很大。我们这些上了年纪的人，再过几年就跑不动了，现在总想抓紧时间多做几件事啊！"他恳切地希望军队的同志能继续帮助他实现夙愿。听着冯先生的肺腑之言，我暗中为之动容。我告诉冯先生，请他老人家放心，一千多年前的麴文泰能帮助玄奘法师到西天取经，我们一定会比这位高昌国的国王做得更好。当天晚上我久久不能入睡，联系这位学界巨擘的晚年追求和治学精神，我更加相信，虽然岁月车轮压碎了丝绸之路上的片片绿色，滚滚黄沙掩埋了往昔的声声驼铃，但祖国西域的历史文明绝不会是过眼烟云，在中华民族伟大复兴的大道上，一定能绽放出新的光彩。

库车是古龟兹国的故地，库车驻军是我曾经工作过的老部队。我曾在一首诗中写道："龟兹老城旧戍楼，古道飞尘草木秋。将军策马登高处，英姿不让定远侯。"当冯先生了解到我的这段经历后，曾几次同我谈到他在库车的感受。冯先生告诉我，龟兹是玄奘法师为之倾倒的佛教圣地，当斯坦因及其以后的西方文化强盗掠夺龟兹文化瑰宝时，晚清政府没能保护，民国政府没能保护，只有解放军进驻库车后，这些文化遗迹才没有遭到更大的破坏。库车驻军某师几名了解龟兹历史和驻地文化遗迹的干部，自始至终陪同冯先生考察。冯先生早出晚归，在昭怙厘寺残留的文化符号中，捕捉钟磬长鸣的天竺余音，在克孜尔千佛洞的千年尘埃中，寻觅玄奘法师消失的足迹，常常被中华民族的古老文明感动得不能自已。考察期间，库车地区千姿百态的奇峰异岭，也给冯先生留下了极为深刻的印象。他曾在一首诗中写道："看尽龟兹十万峰，始知五岳也平庸。他年欲作徐霞客，走遍天西再向东。"后来我才知道，就是这个当年西域政治文化中心的龟兹故地，竟使冯先生不辞辛劳地去过六次。

按照行程安排，冯先生的下一个考察地点是和田地区。考虑到两千里路的长途劳顿，出发前的头天晚上，我安排冯先生早点休息。但冯先生却提出，想给我们留几幅字画，说完让助手到他房间去拿，我陪同冯先生到书房小坐。不一会儿助手抱来了十余幅书画作品。几位同志迫不及待地展卷欣赏，但见每幅作品都是四尺宣纸，内容多为唐朝李颀、高适、岑参等边塞诗词大家的名言佳句。我虽知道冯先生的书画早已蜚声学界，但目睹冯先生的墨宝真迹尚属首次。

冯先生不但擅书画，而且工诗词。见冯先生尚无倦意，我便把自己几首学步之吟奉上，冒昧请冯先生赐教。冯先生看了几遍之后，立即表示要将其中的《阿拉山口边防站夜咏》一首写成书法作品，这使我大喜过望。我的这首诗写道："大风蔽日卷寒云，石走砂扬暮色昏。龙城飞将今又是，熊罴岂敢窥国门。"我知道这首诗不合平仄，乏善可陈，但冯先生却勖勉有加。说完展开宣纸，饱蘸浓墨，悬肘沉力，一幅六尺整张的书法作品一气呵成。这一刻，我对"力透纸背""入木三分"的古论，有了不曾有过的理解。令人遗憾的是，这幅墨宝连同冯先生馈赠的水墨葡萄，在我调往北京的途中，不知被哪位未曾露面的收藏家窃为己有了。

四

新疆师范大学西域文史研究中心主任朱玉麒教授，曾多次陪同冯先生考察，最近又给我寄来了相关资料，让我进一步了解到冯先生当年对于阗古国、尼雅遗址的关注与向往。其实，冯先生在同我的几次聊天中，已经透露过他的心愿，因此，我提前给和田军分区雒胜政委打了招呼。

9 月的和田，天高云淡。1993 年 9 月 27 日，雒胜同志亲自陪同冯先生一行，到墨玉县参观 800 多岁的梧桐树、500 多岁的核桃树和 300 多岁的无花果树。看到被誉为“树王”的高寿大树和满架倒挂、体硕若斗的葫芦，冯先生足足照了一卷胶卷的相片。晚饭后冯先生伏案作画，一连画了七八张水墨葫芦。在洛浦参观于阗古国遗址那天，正值农历八月十五，冯先生即兴为洛浦县人武部政委来光礼赠诗一首：“万里相逢沙海头，一轮明月正中秋。殷勤最是主人意，使我欲行还又留。”离别和田时，冯先生又依依不舍地给雒胜政委赠诗一首：“与君相见昆仑前，白玉如脂酒似泉。莫负明年沙海约，驼铃声到古城边。”从此，冯先生与雒胜同志成了超乎寻常的忘年之交。

1995 年 2 月，我由南疆军区政委调任总政治部宣传部部长，陪同冯先生到帕米尔考察的约定无缘实现，但冯先生却没有失言。是年 8 月，在南疆军区李新光参谋长的精细安排下，冯先生终于踏上了帕米尔高原的崇山峻岭。从帕米尔考察归来，冯先生直奔和田，打算沿着塔克拉玛干沙漠南沿向东考察，弄清楼兰古城遗址和瓦石峡古城遗址的确切位置。

刚刚从高寒缺氧环境中走出来的冯先生，见到分别两年多的雒胜同志，高原反应留下的后遗症顿时消失。晚饭还未吃完，冯先生便想写诗表达两人重逢的心怀。服务员一时找不到宣纸，雒胜同志便让妻子取下脖子上的白丝围巾，请冯先生赐墨。冯先生乃性情中人，看到雒胜夫妇十分诚恳，未加推让便提笔写道："三年离别意如何，重到昆仑白发多。痛饮狂欢趁今日，明朝万里又征驼。"雒胜收起这幅名副其实的"帛书"，与冯先生紧紧相抱，激动得热泪不止。十天之后，在雒胜同志的亲自护送下，冯先生完成了两处遗址的考察任务，在且末县与雒胜惜别。分别时冯先生拿着旅馆一张便笺对雒胜说："我每到一地，都受到军队同志的照顾。这次雒政委又长途颠簸，千里送我，我实在过意不去。昨天晚上睡不着，很想给你留几句话。找来找去找不到笔墨，就把诗写在这张小纸上，给你留个纪念。"诗中写道："相送楼兰古国前，长亭一曲路三千。多情最是胡杨树，泪眼婆娑在路边。"雒胜捧着饱含深情的诗稿，望着扬尘远去的汽车，再一次被冯先生的军旅情怀所感动。

五

白云苍狗，岁月如流。再次拜访移居北京通州芳草园的冯先生时，我已奉调到成都军区工作。看到阔别 13 年的冯先生依然精神矍铄、身板硬朗，我的担心烟消云散。我详细询问了冯先生在明铁盖山口立碑的情况，对先生的贡献表示由衷的祝贺。看到门外停满汽车，还有七八位客人排队要见冯先生，我没有久坐。告辞时我把解放军出版社刚刚为我编成的两本诗集的初稿留下，请冯先生拨冗指教，并写一小序。大约半个月后，冯先生让助手任晓辉转告我，序已写好，很快寄出。冯先生的序以“铁马金戈入梦来”为题，对我的学步之吟给予充分肯定，赞其为新边塞诗。在序文中，冯先生视我为“下笔千言，放怀长吟而且动人心魄的诗人”，并在序尾题诗两首。其中一首写道：“昆仑一别十三年，又到诗城拜杜仙。怪道诗思清似水，原来心底有灵泉。”这使我至今心虚神惊，愧不敢当。尤其令我感动的是，冯先生还特意让助手任晓辉买了一本《诗韵合璧》，亲笔题签赠我，希望我在把握平仄韵脚上更进一步。在冯先生的抬爱与指教下，我的《关山远行集》《关河远望集》《关塞远思集》已经出版发行，而冯先生为之付出的心血和智慧，将永远激励我继续向前迈步。

近几年，因为组织编撰《汉藏交融：金铜佛像集萃》一书，我同冯先生的来往更为频繁。在深入接触中我才知道，原来冯先生的军旅情结由来已久。冯先生告诉我，1949 年 4 月 22 日，解放军突破国民党军队的江阴防线，傍晚已经兵临无锡。当时冯先生明里是中学语文教员，暗里却是党的地下工作者。无锡解放的第二天，冯先生便满怀激情，携笔从戎。部队领导同志了解到他做过地下工作，又是中学教员，便把他分配到苏南行署，协助地方党组织建立政权、组织集会、书写标语，做群众宣传工作。年轻的冯其庸先生一身戎装，英姿勃发，虽然每天忙得顾不上按时吃饭，但却兴奋不已，夙夜在公。可过了不长时间，部队领导却通知他和另外几名入伍前当过教员的战士，分别到几所中学工作，任命冯先生为教导处副主任，兼授语文，同时继续协助政府做好群众的政治思想工作。

壮怀激烈的冯先生穿着解放军军装在中学里踏踏实实地工作了两年多，但最终还是没能实现随军南下、驰骋疆场的志向。在当地政府和所在学校的强烈要求和再三挽留下，部队领导只好让他就地转业。1954 年 8 月，冯先生被调入中国人民大学任教，从此长留北京。

时光悠悠，沧海桑田。50 多年来，三尺讲台成为冯其庸先生毕生奋斗的岗位，军旅情结凝聚着冯其庸先生难以释怀的眷恋。

2010 年建军节前夕

（刊于 2010 年 9 月第 68 期《文景》）

道德文章谁为继

——悼念冯其庸先生

2017年1月22日，一位中国文化巨人的心脏停止了跳动——冯其庸先生在北京溘然辞世。顽强的生命终究不是岁月的对手，差五天就进入丁酉年了，可冯先生还是未能跨进九十五岁的门槛，生命永远在丙申年的腊月二十五定格。尽管对先生大夜已有预感，但噩耗传来那一刻，我的脑子依然如同受到电击，辛弃疾“道德文章传几世”的词句，即刻从记忆深处跳了出来。

去年11月8日上午，我专程前往京郊通州芳草园探望久已卧床不起的冯老，当时先生正在昏睡，我握住冯老的手，他睁开眼睛看了片刻，认出了我，叫出了我的名字。这又让我对冯老能享期颐之寿生出了希望。我当即同冯夫人夏菉涓教授约定，除夕夜我会从成都打电话给他们夫妇俩拜年！夏先生大声转告后，右耳失聪的冯老先是苦涩地笑着点点头，后又无奈地摇摇头，过了一会儿，像是自言自语地说："好多事情来不及做了！有几本书正在校印，还不知道能不能看到。"说完神情黯然，眼眶噙泪。这一刻我能感觉到冯老被我紧握的右手似乎在抖动，但传递给我的信息已经不是力量而像是诀别前的慰藉。我一时语塞，泪眼蒙眬。

结果，先生没能等到雄鸡报晓的丁酉春节，我给冯老拜年的郑重承诺变成今生不能兑现的一句空话。可是，25 年来聆听冯老教诲的往事和冯老光彩照人的精神，却在我心底打下了永不磨灭的烙印。

一代红学大师的"求索"和"爬坡"

"路漫漫其修远兮，吾将上下而求索。"这是屈原的遗世名言，也是季羡林先生题写给冯先生的赠言，更是冯老终生笃行的铭言。冯老以研究《红楼梦》的丰硕成果而享誉海内外，一生苦心孤诣地发掘、殚精竭虑地考辨，使他登上红学研究的高峰。不仅国内许多大学回荡着冯老讲授《红楼梦》的无锡乡音，就连美国的威斯康星大学、哈佛大学、耶鲁大学、斯坦福大学、夏威夷大学，新加坡、马来西亚、韩国的一些著名大学的讲台上，也留下冯老的足迹。而俄罗斯、法国、德国的图书馆、博物馆里同样留下了冯老考证的身影。他的授课讲义和录音录像资料，将永远成为国内外一些大学图书馆的珍贵藏品。他为《红楼梦》研究呕心沥血、历尽艰辛。

冯老早年对《红楼梦》研究的主要贡献是作者家世考证、版本比较和文献整理。如果说胡适正本清源，把《红楼梦》的著作权还给曹雪芹，让托名顶替者泉下有愧，那么冯老便以二十多年时间“拨乱反正”，让曹雪芹的家世渐渐清晰起来；他校点的《红楼梦》（庚辰本）成为最贴近原著的版本而为专家和读者所肯定，其里程碑意义无可争议。

年过古稀之后，冯老又逐渐将研究重心转到对《红楼梦》的思想内涵与艺术成就的研究上来。78 岁时他完成锻炼三年的《论〈红楼梦〉思想》，80 岁时他发表沉淀十年的《瓜饭楼重校评批〈红楼梦〉》。这两部书稿的面世，不仅丰富了他原来关于《红楼梦》的研究成果，拓展了他在红学研究领域的深度、广度和高度，也进一步确立了他成为举世公认的一代红学大家的地位。2007 年 5 月，我陪冯老在第三军医大学西南医院检查身体时，他还说道，如果身体没有大问题，他还要去辽阳待一段时间，进一步发掘曹雪芹家族更多的实物和资料。

2008 年 6 月 27 日，我在 301 医院病房向季羡林先生介绍冯先生十进新疆、三上帕米尔高原的壮举时，季先生慨然感叹：“冯其庸这个人精神好，几十年都在爬坡！”季先生将冯先生的学术生涯概括为“求索”和“爬坡”，贴切、生动而又耐人寻味。

冯老的家国情怀

冯老从登上三尺讲台之日起，就奉“传道授业解惑”为圭臬，治学严谨、一丝不苟。2007 年 3 月，我在京参加全国人大会议，12 日去芳草园看望冯老夫妇，话题不知不觉间转到李白的《峨眉山月歌》上。冯老说：“我给学生讲过不少写峨眉山的诗词，我自己却没有上过峨眉山，讲来讲去都是就诗论诗，没有想象空间。虽说不至误人子弟，但毕竟没有感同身受的体验。”听到这里，我当即请冯老偕夫人夏先生春暖花开后去成都走走，把没有游览过的地方补上。先生欣然应允，并定于四五月份成行。

“五一”前夕，冯老夫妇由助手任晓辉陪同来到成都。上山前医生为老人查体时虽没有发现大疾，但冯老毕竟是耄耋老人，我忐忑不安地送走冯老夫妇，在焦虑中等候他们登上金顶的消息。没想到，冯老夫妇的峨眉山之行非常顺利，回到成都后冯老兴犹未尽，侃侃而谈，对峨眉山的景观如数家珍。这时候我才知道，冯老在离京之前已经把上峨眉山的功课做过了。

晚饭后冯老兴致盎然，泼墨挥毫，吟诗作画，笑谈峨眉掌故逸事，由一路所见所闻而抒怀。我见冯老精神矍铄，便乘兴请冯老抽空为军区机关同志讲讲《红楼梦》的主题思想和艺术成就。冯老听后没有马上答应，晚上睡觉前才告诉我："如果要给军区机关同志讲，还是讲讲边塞诗好。边塞诗充满了爱国主义和英雄主义，展示了那个威加四夷、万邦慑服时代戍边将士的精神风貌。今天读来仍动人心弦、发人遐思!"接着又提出，如果同意他讲，最好先确定时间，他还要准备准备。冯老是诗词大家，功夫深湛，造诣脱俗，长于吟咏名山大川，善于感悟历史典故，怎么还要"准备准备"？我以为这是冯老的谦辞，便请冯老不必客气，只要登台开讲，肯定受大家欢迎。

讲课时间定在第二天下午，上午冯老调整了原定参观金沙遗址的安排，闭门谢客，伏案备课，下午 3 点准时在小礼堂开讲。这是一堂难得的边塞诗词赏析课。冯老从边塞诗产生的历史背景、代表人物、艺术成就、典型作品、激励作用及其对后世的深远影响，深入浅出地剖析了岑参、高适、李颀、王维、王昌龄等人的代表诗作，讲得荡气回肠，令人血脉偾张。"大漠孤烟直，长河落日圆"的雄奇，"登阵常骑大宛马"的豪迈，"不教胡马度阴山"的气概，让听课的同志深切地感受到冯老的家国情怀和在边塞诗词方面的深厚造诣。

后来我去北京参加全国政协会议，休会期间再去芳草园看望冯老夫妇。聊天中又谈到那次在军区讲授边塞诗的趣事，冯老谦和地说："王国维在《人间词话》中讲，古今之成大事业、大学问者，必经过三种之境界：‘昨夜西风凋碧树，独上高楼，望尽天涯路。’此第一境也。‘衣带渐宽终不悔，为伊消得人憔悴。’此第二境也。‘众里寻他千百度，蓦然回首，那人却在灯火阑珊处。’此第三境也。人老了不能倚老卖老，即使达不到这三种境界，也要朝这个方向努力。如果边塞诗讲不出军人的尚武精神和文化内涵，那就欣赏不了‘梦回吹角连营’的壮阔图景，感受不到‘不破楼兰终不还’的豪气。”

有教无类、一视同仁的冯老

冯老一生弟子盈门，桃李芬芳，无论学生慧愚参差，他都有教无类，坚持一视同仁。即使不是“嫡传弟子”，他也绝无二待，对后学的精心培育令人感动。

冯老对雕塑家纪峰的精心培养就是一个突出的例子。出生于安徽界首农村的纪峰于 1990 年报考中央美术学院雕塑系，在学校录取结果出来前，他去拜访了冯先生。冯老见他传统雕塑的基本功比较扎实，便指导他发挥传统雕塑的优势，吸取外国雕塑的长处，形成自己独特的雕塑风格。纪峰当即提出要拜冯老为师，学习传统文化。冯老见他是个志向高远、脚踏实地的青年，便同意把他收在自己门下读书学艺。后来冯老又把纪峰推荐给韩美林先生，平时纪峰给韩先生帮忙，周末跟冯老学画读书。冯老谆谆教诲纪峰：我国民族传统的雕塑方法是以中国人自身的气质特征为依据的；要塑好中国人，必须深刻理解中国人的历史文化背景，深刻把握中国人的民族心理特征，深刻了解所塑人物的文化和心理特征，只有这样去理解和观察，一个人内在的精神气质才能表现到作品外在的物化形象上。

除了言传身教，冯老还要求纪峰坚持读万卷书、行万里路的治学原则，鼓励纪峰外出考察游学，不断扩大视野、丰富知识。1993 年 8 月，冯老考察玄奘东归入境古道时，就是带着纪峰一起去新疆的。在南疆军区期间，冯老向我介绍纪峰："他脑子灵，年纪轻，读书、做事舍得下功夫，将来会有大出息。这次带他出来，就是要他看看新疆的名山大川，了解西域的浩瀚大漠，开阔他的创作视野。"纪峰不负冯老厚望，现在已是知名的雕塑家，不仅为国内几百位大家名人塑造了惟妙惟肖、尺寸不等的各种材质塑像，连有的国家的国王也邀请纪峰为其塑像。纪峰两次告诉我，没有在冯老和韩先生身边的耳濡目染以及他们的悉心点拨，他今天不可能有几百件雕塑作品为国内外专家和观众所喜爱。2013 年 12 月，纪峰在无锡冯其庸学术馆举办了"纪峰雕塑作品展"，回顾自己的成长历程，表达了对恩师的敬仰和谢忱。

《贞观长歌》的小说作者和编剧周志方也是冯老指点过的年轻人。1992 年，从中国人民大学新闻系毕业的周志方刚踏进新华社解放军分社，就被分配到新疆军区记者站工作。当时我在新疆军区任政治部主任，在同周志方聊天时得知他对文学创作兴趣更大，便鼓励他向杜鹏程学习，立足记者工作岗位，积累文学创作素材。孰料几年之后，这位才气横溢的年轻人便写出了热销小说《贞观长歌》，接着又亲手将小说改编成八十四集电视剧在央视热播，创造了中国电视长剧“原创剧本集数最多”的纪录。事后听说，当周志方以隔代再传弟子身份向冯老请教学问时，曾在人大新闻系讲授过中国文学史的冯老，每次都给周志方以热情的指点。

如果说周志方得到冯老的指导有师生传承的宗脉关系，那么二月河与冯老的因缘际会则颇为传奇。早年二月河曾把研究《红楼梦》的一篇文章试着投给了《红楼梦学刊》，却半年多不见回音。心有不甘的二月河便给当时编委会成员之一的冯其庸写信“讨说法”。他没有想到，不到一个星期就收到了冯先生的回信。冯先生不仅把他的文章推荐给刊物发表，还从中看到了二月河的文学才气。冯先生点评二月河的红学论文“想象丰富，用笔细腻，是小说的笔法”。

在冯先生的启示和鼓励下，二月河开始了小说创作，并经常写信给冯先生介绍他的写作情况。1984 年 5 月，冯先生到南阳考察时专门看望二月河，连续三个晚上浏览二月河写成的书稿。冯先生读过之后嘱咐二月河，只要坚持下去一定能写出好的作品。冯先生返京后又给二月河寄了一些清史资料，对二月河的写作帮助很大。《康熙大帝》书稿写成后，冯先生亲自联系出版社为其出书，从此二月河名声大噪。接下来《雍正皇帝》《乾隆皇帝》两部长篇小说出版，二月河成为闻名全国的小说家。二月河对冯先生的提携之恩感激不已，在接受记者采访时多次说过："我没上过大学，在当时也毫无知名度，冯其庸先生能如此帮助一个晚辈，体现的正是为师的高尚情怀。认识他是我人生的一个重要转折点。"

"大师大师，大学老师而已！"

了解冯先生的人都知道，晚年是他的学术高峰期。《玄奘取经东归入境古道考实》和《项羽不死于乌江考》，解开了学界的千古之谜，在国内外史学界、佛学界、考古界引起强烈反响。《项羽不死于乌江考》一文发表后，冯先生告诉我，他很关注不同意见的文章，特别希望看到有新的考证文章和不同观点出现，但他终究没能看到他希望看到的高质量的批评文章。倒是他自己进一步发掘文献查实，"项羽自刎于乌江"之说始于元代杂剧，在此之前的正史、野史，都是沿袭了《史记》《汉书》的说法。冯老联系时下的学风说，现在戏说历史、乱说历史，甚至胡说历史的现象愈演愈烈，这是个很不好的现象！弄不好后人还会被"项羽自刎于乌江"这样的误说误导。

冯先生1964年至1965年曾在长安县参加过一年四清运动，

对十三朝古都的历史遗迹兴趣非常浓厚。他知道我是西安人，几次希望我能陪他实地考察玄奘回长安后译经、讲学、弘法的翔实情况，搜集流失在民间的有关文物，做些力所能及的考证和辨析，这样他就能在余年把研究玄奘回国后的文章写出来。为了辅助他实现这一宏愿，我先后两次回到西安实地考察，作了一些必要的案头准备，还走访了与玄奘有关的七八座寺庙及遗址。然而由于体力不支，冯先生关于玄奘的大文章最终未能动笔，他参加四清运动期间收集的资料成了他遗愿的见证。

冯先生一生获得的荣誉无以计数，但对“大师”之类的高帽子却拒绝接受，他不止一次地调侃：“大师大师，大学老师而已！”但在我眼里，冯先生的确是无愧于时代、名副其实的国学大师。2012 年，冯先生荣获中国人民大学首届吴玉章人文社会科学终身成就奖。颁奖词是这样写的：“冯其庸以文人意趣名世，通书画以涵养学术，兼文史而心性修。其书法逸笔草草、气韵悠远；其画卷师法古人、洗尽铅华；其学术结集《瓜饭楼丛稿》三十五卷，以红学、西域学独领风骚，亦因所涉浩瀚而令人钦叹；其平生书破万卷，路行万里，追寻玄奘，十上新疆。近年来冯其庸先生倡导国学，弘扬传统，身体力行，垂范后人。”这寥寥数语言简意赅，对冯先生的评价恰如其分，但依然难以完全概括这位学冠同辈、著述等身、名播海内外的国学大师的学术生涯和学术成就。冯其庸先生有着“求索”精神和“爬坡”毅力，如同一个永不满足于跨越高度的跳高运动员，一次次地升高横杆，一次次地跨越横杆，直到生命高度的极限……

我视野里的冯其庸先生远走了，我心中的冯其庸先生仍然活着。

2017 年 2 月 2 日

（2017 年 2 月 5 日发表于“澎湃新闻 · 上海书评”）

冯其庸先生学术生涯中的“求索”与“爬坡”精神探析

在我的眼里，冯其庸先生是一位文化巨人，是我们这个时代的文化星座。他的辉煌成就如日月经天，如江河行地，令人叹为观止。司马迁在《史记》中用“高山仰止，景行行止。虽不能至，然心向往之”形容孔子，我以为这些话亦适用于我对冯其庸先生的敬颂。

我结识冯其庸先生，时在 1993 年 9 月下旬。其时南疆军区刚从撤编中恢复，机关同志尽最大努力改善接待条件，总算保证了冯先生及其弟子纪峰先生的正常食宿。是年冯先生 69 岁，我 49 岁，我是把冯先生视为崇敬的长辈接待的。从这次开始，到 2016 年 11 月 8 日最后一次看望冯其庸先生，时间长达 20 余年，受教多达 50 余次。他的学问和人格给我留下了历久弥新、刻骨铭心的印象。

冯其庸先生来南疆军区后我才知道，老人家是为上昆仑山勘察玄奘取经东归古道做准备的。我被先生的豪情壮志所震撼，但不得不告知攀登昆仑的重重艰难险阻是很难克服的。

昆仑山号称“万山之祖”，是医学家眼里的生命禁区。“天上无飞鸟，地上不长草。风吹石头跑，四季穿棉袄”是边防部队的亲身经历和亲眼所见。我在昆仑山上患过肺水肿，又在海拔4200多米的冰达坂上翻过车，深知一个年近古稀的老人考察这条古道，虽然意义深远，但愿望可能很难实现。

20多年后，看到习近平总书记在联合国教科文组织总部的讲话，我对冯老考察的重要性又有了新的认识。习近平总书记说：“中国唐代玄奘西行取经，历尽磨难，体现的是中国人学习域外文化的坚韧精神。根据他的故事演绎的神话小说《西游记》，我想大家都知道。中国人根据中华文化发展了佛教思想，形成了独特的佛教理论，而且使佛教从中国传播到了日本、韩国、东南亚等地。”如果我们把冯先生的考察放在“一带一路”的大背景下来认识，就能更深刻地理解：冯先生的考察壮举是历史的，也是现实的；是中国的，也是世界的。

从为冯先生攀登帕米尔高原提供保障开始，20多年间我们的联系没有中断过。特别是2006年以后，我每年参加人大、政协会议或去北京出差，都会看望冯先生夫妇，并作长时间的交流。在策划编辑《汉藏交融：金铜佛像集萃》（王家鹏主编，沈卫荣副主编）一书期间，我有机会多次聆听冯先生的教诲，更是获益匪浅！

前些年我曾写过几篇文章，谈及我对冯先生的敬仰和他对我的教诲。

一篇是《长亭一曲路三千》，刊于《文景》杂志 2010 年 9 月第 68 期。为写这篇文章，我向冯先生讨教过三次。脱稿后冯老逐字逐句审定，杂志作为重点篇目推出。文章的标题取自冯先生 1995 年 8 月的一首诗。这首七绝是他赠给和田军分区雒胜政委的。原诗写道："相送楼兰古国前，长亭一曲路三千。多情最是胡杨树，泪眼婆娑在路边。"诗前有一段小记："我每到一地，都受到军队同志的照顾，这次雒政委又长途颠簸，千里送我，我实在过意不去。昨天晚上睡不着，很想给你留几句话。找来找去找不到笔墨，就把诗写在这张小纸上，给你留个纪念。"

很多人可能还不知道，且末县城当时是"一条马路两层楼，一个警察看两头"的贫困县。和田与且末的距离 25 年前差不多有 700 余公里。沿途没有公路，汽车在塔里木东部的戈壁沙漠中行驶，随时随地都有被沙暴吞噬的可能。1969 年 8 月，为了打通库尔勒到和田的战略后方，我曾跟随军区领导勘察过这条路线。那一次，车队走了 18 个小时，中间遇到两次沙暴。在瓦石峡路段，我们断后的吉普车就是从沙堆里刨出来的。雒胜政委在这片人迹罕至的戈壁沙漠中，把冯先生送上返程大道，已成为弥足珍贵的友谊佳话。

另一篇是《道德文章谁为继——悼念冯其庸先生》。这篇缅怀先生的文章，脱稿后被凤凰网发表，2017 年 2 月 5 日又被“澎湃新闻 · 上海书评”加按语转载。文章的题目取自辛弃疾《渔家傲 · 为余伯熙察院寿》“道德文章传几世，到君合上三台位”。[①] 还有一篇小文章，写于 2017 年 10 月 24 日，标题是《未入师门受师恩》，讲述冯先生赠我两本关于写诗的工具书，一本是《诗韵》，一本是《诗韵合璧》。两本书分别是上海古籍出版社和上海书店出版社出版的。书已脱销多年，冯先生是托人从网上买到的，繁体字，竖排本。书的扉页均有冯先生题签，可谓心之切切，情之殷殷。其中在《诗韵》扉页上的题签写道，丁亥三月予年八十又五壮上峨眉金顶，此皆全绳诗兄之力也，诗以留念：“初上峨眉第一峰，万山环列迎衰翁。飞泉百丈松吟曲，此是人间极乐宫。”这次登顶由南远景同志陪同，南远景关于峨眉山逸闻趣事的介绍，给冯先生印象深刻。

以上三篇文章在《瀚海留痕》一书中都有收录，但这些文字远远不足以表达我对冯先生的感情。

---

① “三台”即“尚书（中台）、御史（宪台）、谒者（外台）”之统称。

在我眼里冯先生就是当代中国的一个文化星座，这个星座有两道光芒辉耀的精神，值得我们永远学习和发扬：一是“求索”精神，二是“爬坡”精神，这两种精神都是季羡林先生概括的。

首先，说说冯先生的“求索”精神。“路漫漫其修远兮，吾将上下而求索。”这是屈原《离骚》里的话，也是季羡林先生应邀为冯先生题写的赠言。2008 年 6 月 27 日，季先生在 301 医院病房对我说过，屈原是伟大的，又是不幸的，因为爱国抱负没有实现，最后沉江溺亡。他为冯先生题赠屈原这句话包含了两层意思。一层是说《红楼梦》的研究工程宏大，只有不断求索，才能取得新的成就。另一层是说只有像冯先生这样做学问的人，才能使红学研究不断推进，发掘《红楼梦》更深层的历史意义和现实意义。

季先生知道，把《红楼梦》的著作权还给曹雪芹，主要功劳应该归于胡适。但冯先生耗费 20 年时间“拨乱反正”，得以为曹雪芹的家世在辽阳作出有力论证；由他校点的《红楼梦》（庚辰本）成为最贴近原著的版本，其里程碑意义也是无可争议的。

红学界公认，冯先生研究红学的主要贡献集中在三个方面：曹雪芹的家世考证、几种版本的比较校勘、重要文献的整理。当这些基础性研究尘埃落定，人们本以为先生可以在学术跋涉的道路上歇歇脚了。孰料年过古稀的冯先生又将研究重心转移到《红楼梦》的思想内涵与艺术成就上。

75岁以后，冯先生念兹在兹，钩沉索隐，把触角伸向《红楼梦》研究的隧道深处，在《红楼梦》研究的未知领域不断发掘。先后向世人奉献出两部新的研究成果。一部是历时三年创作、于78岁时完成的《论〈红楼梦〉思想》，一部是80岁时发表的沉淀了十年的《瓜饭楼重校评批〈红楼梦〉》。

这两部书稿的面世，推动《红楼梦》研究出现波涌浪翻的新热潮，不仅丰富了冯先生原来关于《红楼梦》研究的内涵，拓展了他在红学研究领域的深度、广度和高度，也进一步确立了他举世公认的"红学大师"地位。

但是，这些殊荣并没有使冯老裹足不前。2007年5月，我陪冯老在第三军医大学西南医院查体时，冯老仍然满怀信心地说过，如果身体没有大问题，他还要去辽阳待一段时间，进一步发掘曹雪芹家族更多的实物和资料。再后来，冯先生多次对我说，发掘实物、搜集整理资料是很枯燥的事情，不光需要经费，还要有体力、精力和时间，这些事做起来困难很多，但只要尽力，就可以做到。苦心孤诣的发掘与殚精竭虑的考辨，再加上呕心沥血的等身著述，终于使冯其庸先生登上红学研究的珠穆朗玛峰。遗憾的是，冯先生没有完成玄奘返唐后译经传道活动的研究，这是他在长安县参加四清运动时就萌发过的设想。我退休之后，曾走访了西安几座寺院，积累了一些素材，准备供冯先生研究时参考，而今却成为冯先生遗憾的见证。

如果说《红楼梦》研究让冯先生功成名就的话，那么《项羽不死于乌江考》则使冯先生的学术视野跨入了新的领域。这篇文章完成前，冯先生曾向我详细介绍了他实地考察的情况和《史记》《汉书》的记载。《项羽不死于乌江考》发表后，学术界和民间都有一些不同声音。冯老告诉我，他很关注不同意见的文章，特别希望有新的考证资料和不同观点的文章出现。但直到冯老仙逝，也没有看到他希望看到的文章。倒是冯老进一步检索文献，查实“项羽自刎于乌江”的说法始于元代杂剧。在此之前无论正史野史，都沿袭了《史记》和《汉书》的说法，而乌江自刎则是元代杂剧戏说的结果。

冯先生联系当时的学风说：“现在戏说历史，乱说历史，甚至于胡说历史的现象愈演愈烈，这是很不好的现象！再不纠正，弄得不好，后人还会遇到‘项羽自刎于乌江’这样的误说误导。”① 二月河等人写作历史题材小说时，冯先生都提示作者要多查史料，做到大事不虚、小事不拘，防止以讹传讹。

其次，说说冯先生的“爬坡”精神。这也是季羡林先生对

① “百度词条”采用了冯先生关于项羽死于东城的考证，但持“项羽自刎于乌江”观点的人仍不放弃，时不时还在争论。

冯其庸先生的赞佩之言。还是 2008 年 6 月 27 日在 301 医院那一天，季羡林先生听我介绍，冯其庸先生十进新疆，三上帕米尔高原，考实了玄奘取经东归古道，在国内外学术界引起轰动。季先生概然感叹："冯其庸这个人精神好，几十年都在爬坡！"季先生不愧是一代宗师，他对冯先生学术生涯"求索"与"爬坡"的概括，可谓提纲挈领、入木三分，既贴切生动又耐人寻味。

分析冯先生的学术生涯，"求索"是向前突破，"爬坡"是向上突破。这两个不一样的维度，在历史长河的源头交汇，绽放出绚丽的学术浪花。冯先生写就《玄奘取经东归入境古道考实》的过程，就是他学术生涯"爬坡"过程的最好体现，而且不只是"爬坡"，是爬山，是爬"世界屋脊"，是 74 岁老人超越身体极限的挑战。

为了考察玄奘取经东归入境古道，冯先生备尝辛苦，终于在 1998 年 8 月实现了他的夙愿。正是由于冯先生的不懈努力，帕米尔高原上的历史遗迹、丝绸之路上的往日瑰丽，才由玄奘及其以后的前贤延续到今天。

冯先生几次高原考察的大致情况是这样的：

第一次是 1995 年 8 月，71 岁的冯先生先后两次登上了海拔 4000 多米的高原。先是在阿克苏地区乌什县的别迭里山口勘察。别迭里山口海拔 4200 多米，氧含量很低。这是冯先生第一次经历高原缺氧的考验。虽然气短头疼，但他坚持爬上了山口。经过勘察，冯老否定了这条路线。休息了一段时间后，又开始西上昆仑，攀登帕米尔高原上的红其拉甫山口。

红其拉甫山口海拔 4900 米，这里是喀喇昆仑公路通往巴基斯坦的出境山口，高原缺氧的感觉常人难以想象。这一次，尽管冯老提前做足了功课，吃了很多苦，但仍然没有找到玄奘取经东归回国的路径。

第二次是 1998 年 8 月，老人再次登上帕米尔高原。这一年冯先生 74 岁。常言道“七十三、八十四，阎王不叫自己去”。冯先生却说，他同阎王爷开了个玩笑，阎王爷没有叫，他也没打算去。就是这一次，冯先生在海拔 4700 米的明铁盖山口发现了玄奘辉煌的历史足迹。“明铁盖”一词是柯尔克孜语，意思为“一千头公山羊”。文献记载，当年波斯商贾的千只羊和驼队马匹就是在这里被冻死的。确定古道路线后，冯先生异常兴奋，用一根削尖的木棍，在边防站围墙上刻下了当天的时间作为纪念。

第三次是 2005 年 8 月 15 日，冯先生第三次登上帕米尔高原，在明铁盖山口与中央电视台和喀什市政府勒石立碑，镌记玄奘法师取经归国入境之古道。这一年冯先生 81 岁。

从 71 岁到 81 岁，冯先生凭着“爬坡”精神，从北京“爬”到新疆；从戈壁大漠“爬”到“世界屋脊”，冯先生破解了丝绸之路上的千古之谜，为痴迷西域历史文化纵深研究的人们找到了一把开启学术视野的新钥匙，也在西域研究史的漫长道路上留下了永不磨灭的踪迹。

人们不禁要问，支撑冯其庸先生持久不懈地投身于学术研究的动力是什么？我想来想去，不外乎这样几点：

第一，挚爱中华民族文化的家国情怀。文化是一个民族、一个国家真正的血脉，是斩不断的根基。所以现在讲“四个自信”，文化自信是“兜底”的。没有文化自信，其他自信的根基不可能牢靠。冯先生作为一个学者，虽然没有喝过洋墨水，但不等于他没有机会研究外国文化。比如俄罗斯文学、日本文学、欧洲文学、美国文学等，他都可以研究，而且夫人夏老师又是俄语教授。在20世纪50年代“苏联热”的时候，冯先生也翻阅过果戈理、莱蒙托夫、托尔斯泰、屠格涅夫、契诃夫、高尔基、肖洛霍夫等人的作品，他完全有条件同夫人做中俄文学的比较研究，而且以他的求学精神和方法，也完全可以结出丰硕的研究成果，但他没有这么做。我曾请教冯老，为什么不同夏老师一起研究俄罗斯文学呢？他说，现在中国人研究中国文化不如外国人，这是很不光彩的事情，能把自家的事情做好也不容易。20世纪60年代，冯先生主编编辑注解的《历代文选》出版发行后，受到毛主席的肯定，并推荐给全党干部学习，足见冯先生对中国历代文章的涉猎是非常广泛的。

21 世纪国学热兴起之后，冯先生发现导向有偏差，又同季羡林先生联袂提出“大国学”的观点。两个人都认为，国学应该包括 56 个民族的优秀文化传统及其作品。我在一篇文章中讲过，国学不等于汉学，不等于儒学，也不等于诸子百家、经史子集。在对待中国文化的态度上，民族虚无主义和历史虚无主义都是错误的。冯先生不仅同意我的观点，还深为感慨地说，抗战胜利之前，看到中国东北、山东青岛等地被西方列强文化侵占，他就立下了对中国文化进行深入研究的志向。

冯先生勘察玄奘取经东归古道，还因为受到中国文化特别是边塞诗词的影响和玄奘取经事迹的震撼。西域壮丽雄浑的风光、玄奘追求佛典的勇气，冯先生自幼心慕，未有穷已。玄奘“乘危远迈，杖策孤征”的精神，激励冯先生“为学若能终身如此，则去道不远矣！为人若能终身如此，则去仁不远矣！”正是对玄奘取经的钦佩、对西域文化的渴望渴知渴求，使冯先生以古稀之年触摸天山、横跨大漠、登临昆仑、放眼草原，成为西域文化的饱学之士。

对待民族传统文化，没有热爱就不会有继承，没有继承就不会有扬弃，没有扬弃就不会有拓展，这方面冯先生是后人的楷模。身为共产党员、转业干部的冯其庸先生，“文化大革命”期间白天被批斗，夜里用毛笔抄写《红楼梦》八十回版本，时间长达七个多月。冯老仙逝，该手抄本已成为宝贵文化遗产。

1954 年执教中国人民大学后，他原计划用八年（实际只用了六年）的教学余暇，补充阅读春秋以降不曾涉猎的典籍。及至 60 年代初期，先生于经史子集无所不通。到中国人民大学执教以后，他同国内外几十名国学大家多有往来，使他的学问在相互砥砺中越做越大。

第二，孜孜不倦的学习精神。被毛泽东主席推荐全党干部学习的《历代文选》就是他在通览经典的基础上主持编注的。晚年的冯先生重温典籍，自觉《尚书》功底不逮，80 岁时还同弟子同席听人讲解《尚书》。在《汉藏交融：金铜佛像集萃》大型图录编撰期间，冯先生曾多次参与讨论。遇到不熟悉的专业问题，他向藏学大家王尧先生请教，向他的学生、藏学专家沈卫荣教授问学，向北京故宫博物院王家鹏研究馆员求解，表现出一代大师虚怀若谷的求学精神。

第三，实事求是的治学态度。为了考实玄奘取经东归古道，他十进新疆，三上高原，以七八十岁的高龄，先后在天山、昆仑山、帕米尔高原实地考察，填补了中外文化交流史、西域文化经略史上的空白，找到了研究丝绸之路通往波斯的重要线索，逆着时光隧道为“ 带 路”举起了火把。

2010 年 7 月 31 日，我曾在《长亭一曲路三千》一文中说过：“联系这位学界巨擘的晚年追求和治学精神，我更加相信，虽然岁月车轮压碎了丝绸之路上的片片绿色，滚滚黄沙掩埋了往昔的声声驼铃，但祖国西域的历史文明绝不会是过眼烟云，在中华民族伟大复兴的大道上，一定能绽放出新的光彩。”

最后，让我用一首小诗结束今天的发言，以表达对冯先生的缅怀：

依江傍湖望梵宫，稻香水碧吴语浓。
文臣武将知多少，红楼最忆瓜饭翁。

2019 年 6 月 1 日于无锡冯其庸学术馆

（2019 年 6 月 22 日发表于“陕西公益网”）

显学后面的隐形人

——记佛教造像研究专家暨敦煌学专家孙国璋先生

一

自从国学大师陈寅恪对日本人提出的“敦煌学”概念的内涵及外延拓展以后，敦煌学便成为一门独具魅力的国际显学。一百多年来，在敦煌学专家的榜单上，罗振玉、王国维、陈垣等先贤和一大批后俊名字赫然在列。可是打开“百度百科”，对孙国璋先生的介绍，包括出生年月在内，仅仅只有一百多个字。令人匪夷所思的是，在这个不能再简约的介绍中，孙国璋的专业特长被定位为主要研究佛教与佛教造像，对先生为之奉献青春年华和念兹在兹的莫高窟考古研究连一个字也没有提。这是对历史的漠视，还是对事实的漠视，外人不得而知。最近我收集敦煌学专家的资料时才发现，孙国璋是新中国第一位从北京大学历史系考古专业毕业的女学生，是最早离开中国科学院北京考古研究所投身莫高窟研究的女学者，是参与发掘莫高窟窟前建筑遗址并撰写发表第一篇论文在国际上引起轰动的女专家，还是《中国佛教早期图像》《丝路文化瑰宝——敦煌》《观世音菩萨》《魏晋南北朝文化——宗教篇》等专著和文章的独立撰稿人，亦是《中国古代史参考图像》（合编）、《简明中国文物辞典》（合编）等书目的编著者。可是这位视学问为五岳、视名利如杯水的谦谦君子，却在人们的记忆中沉没了。

大象无形，大音希声。在敦煌从事了20年石窟考古工作，研究了一辈子莫高窟藏经洞艺术，孙国璋至今不认为自己是敦煌学专家，只承认自己是个有敦煌工作经历的普通研究人员。然而历史已经公正地给孙国璋的学术地位定格，作为研究佛教造像艺术的专家和敦煌学专家，孙国璋是当之无愧的。

时下隐身北京鲜为人知的孙国璋，在即将叩开90岁大门之际，依然治学不辍、诲人不倦。她常年闭门谢客，却对登门求学的弟子照旧传道授业解惑，对心驰神往的莫高窟依然关注有加。她以“操千曲而后晓声，观千剑而后识器”自勉，手不释卷地阅读最新考古文献，捕捉最新出土文物信息。她在数以千万字计的莫高窟笔记中钩沉探微、吹沙淘金，把其中最为珍贵的资料送给学生，激励他们攀登敦煌学研究的高峰，让敦煌这颗世界文化遗产皇冠上的明珠，绽放出更加璀璨的光芒。

知徒莫若师。孙国璋先生的老师宿白先生认为，在敦煌学研究的现代名人榜上，孙国璋的名字是不可缺少的。宿先生是当今中国考古界的泰斗，桃李满天下，阅人无数，他对孙国璋的希冀，不光是看重她的学问底蕴，更看重她的人品操守和治学态度。宿先生是在孙国璋心田中播下研究敦煌学种子的第一人。

1951 年秋，在北京大学历史系考古专业的教室里，宿先生给刚刚入校的学生们讲课时说，敦煌文物遭受斯坦因、伯希和、橘瑞超等西方强盗掠夺一百多年了，而发源于中国的敦煌学比西方的研究也落后了一百多年，就是和日本比还有五六十年的差距。敦煌文物被盗和敦煌研究滞后，是中华民族应当反省的两大教训，是笼罩于中国文物考古工作者心头的烟云。被掠夺的文物难以追回，但我国敦煌学的研究一定要赶上西方和日本，实现这个目标的希望就寄托在你们这一代人身上。

娴静的孙国璋听着老师声情激越的讲课，和同学们一样心潮澎湃，朦朦胧胧地意识到，她们这一代人很可能是敦煌学研究新局面的开拓者。让孙国璋始料不及的是，10 年之后她真的走进敦煌学研究人员的行列，并在那里实现了为中国文物考古发掘贡献绵薄之力的梦想。

因缘际会，孙国璋是在一个偶然机会中和莫高窟结缘的。1958 年秋，孙国璋修完考古专业，以优异的成绩走出北京大学校门。因为结婚养病生孩子，五年制的考古专业她整整学了七年。孙国璋还没来得及考虑毕业后的去向，中国科学院北京考古研究所已经把学习考古专业的三名学生的档案提走了。因为学过汉语系佛教、藏语系佛教和印度佛教，考古专业理论扎实，谙熟英语、粗通俄语，又有摄影、测量、绘画基础，几位老专家打算把 28 岁的孙国璋作为业务骨干用心培养。

然而等待孙国璋的既不是整理考古资料，也不是从事野外发掘，而是和另外两个同事上兰州出差，参与中国科学院西北分院的组建工作。具体任务是动员接收从西安向兰州搬迁的陕西省考古研究所、历史研究所、文学研究所、地理研究所……尽快充实西北分院的科研力量。孙国璋突然间面临一项全新的考验，她的责任心和执行力遇到了挑战。完成这项任务，需要与不熟悉的组织和人员打交道，还得了解科研机构异地搬迁的政策、程序、问题和应对困难的办法。面对完全生疏的工作，孙国璋没有畏惧，她把兰州之行看成是补充自己知识缺陷和素质短板的机会，抓紧时间在做足功课上下功夫。

出发前，孙国璋详细了解接收工作的政策规定，预判可能遇到的各种困难，向上级和周围同事请教做思想工作的经验。规定出发的时间一到，她把两个不到 5 岁的儿子托付给母亲，丢下千丝万缕的牵挂，忐忑不安地登上了西去的列车。

兰州——丝绸之路上的重镇，西北重要的商埠，自西汉起就被称为“金城汤池”。孙国璋完全拥护国家在兰州设置中科院西北分院的决策，但能不能动员陕西几个科研所搬迁到兰州，她确实底气不足。从北京出发时，她的校友和爱人——已经在兰州和刘家峡水电站工地上往返了三年多的工程师于克礼告诉她，兰州经济发展落后，地理环境、工作条件、生活水平都比西安差，要她做好铩羽而归的思想准备。

实际情况被于克礼不幸言中。孙国璋和北京考古所的两位同事以锲而不舍的精神，前后耗费了两年多时间，在西安和兰州之间往返。他们不厌其烦地去西安进行搬迁动员，登门做思想工作，但搬迁的事情却没有多少进展。西安考古研究所的同道告诉孙国璋，陕西是文物大省，西安是十三朝古都，八百里秦川遍地都是历史遗存，连老百姓的房檐上下都可能有秦砖汉瓦，搞考古的跑到兰州是弃长就短。任凭孙国璋说得嘴巴起泡，也没一个人愿意去兰州。

孙国璋一行陷入无奈之中，在煎熬中等待文化部文物管理局的最后决定。在兰州两年多的时间里，孙国璋没有轻掷光阴。工作之余，她四处搜集文物考古文献，在中科院西北分院情报研究所查询资料，用刚刚学会的打字技术打印整理，为以后的学术研究储备知识。孙国璋在兰州等待接收陕西几家研究所的消息不胫而走，敦煌文物研究所常书鸿所长听到后，专门到兰州考察孙国璋的业务能力。经过几次面对面交流，常书鸿对孙国璋的专业能力十分欣赏，恳切动员孙国璋去敦煌实现考古发掘的抱负。孙国璋当然高兴，但去不去敦煌不是她能做主的，她向常书鸿表示，只要上级有调令，她随时可以去敦煌报到。常书鸿高兴得两次上北京，想说服文化部文物管理局和北京考古研究所把孙国璋调到敦煌去工作，但都无功而返。孙国璋见去敦煌的希望可能落空，陕西几家研究所又没有搬迁的动静，只得做好返回北京的思想准备。

常言道，机遇总是青睐高素质人才的。1961 年秋，孙国璋正在兰州街头漫无目的地徘徊，蓦然间发现北京考古所的马德志老师也在街头散步。马先生是孙国璋上大学时主讲考古发掘课的老师，见到孙国璋又惊又喜，得知接收工作一时没有眉目，当即表示由他向北京考古所领导反映，让孙国璋随他去敦煌搞莫高窟窟前建筑遗址的发掘工作。马德志告诉孙国璋，这是文化部文物管理局下达的任务，是国家立项的课题，让孙国璋参与发掘对她以后的发展有好处。考古所考虑到孙国璋老悬在兰州也不是办法，时间长了难免荒废业务，便同意了马德志的要求。不久，孙国璋跟随马德志先生走进了她梦想中的艺术殿堂莫高窟。

孙国璋面前的敦煌，植被稀疏，四顾荒凉，野风经常卷着沙土扑面而来。可是一踏进莫高窟窟区，孙国璋才知道什么是文化瑰宝，什么是艺术殿堂，她仿佛置身于梵天净土，被各种造型的佛像和壁画吸引得目不暇接。马德志为了在天冷之前抢时间发掘，不等孙国璋细看洞窟，便指定她负责发掘 53 号窟前的建筑遗址。

53 号窟是盛唐时期开凿的一座大窟。据文字记载，与之匹配的窟前寺庙规模亦恢宏壮观。遗址被好几米厚的沙土覆盖着，马德志经过测算，大体划定了遗址位置，孙国璋随即开始了她独立发掘遗址的工作。上大学时老师曾领着他们三个学习考古专业的学生参与过几次考古发掘，但发掘的遗址是王侯将相墓，学生们只能看着老师和民工小心翼翼地挖坑刨土，自己动手的机会很少。时下孙国璋独当一面负责发掘，既可以动口又可以动手，高兴的心情可想而知。她一边指导民工掀开层层沙土，一边仔细扒拉每一锹沙土中的小件文物，从中发现诸如耳环、织锦、铜扣等容易遗漏的衣饰。不到 10 天工夫，当埋在沙土下面的唐朝方砖露出地面时，遗址的规模和结构展现在孙国璋面前。在马先生的指导下，孙国璋以严谨的态度实地测算、拍照、绘图、制表，并做了详细笔记，一次采集的资料数据达 5 万多字。一个多月后，孙国璋根据实地发掘观察的情况和采集的资料数据，撰写了学术报告《敦煌莫高窟窟前建筑遗址》。这是莫高窟窟前建筑遗址研究史上的第一篇报告，是敦煌艺术研究领域的一次突破。马德志十分看好这篇报告，并把它推荐给《考古》杂志发表。

进入10月，民工回乡过冬，窟前遗址发掘只得暂时停止。发掘兴致正高的孙国璋又跟随马德志回到北京，第二次踏进了北京考古研究所的大门。

三年多过去了，从北京到兰州，从兰州到敦煌，孙国璋正在一步一步地向着预设的专业目标靠近时，没承想又回到了她熟悉的北京。她脸上留着被戈壁风沙摩挲过的痕迹，手上留着被铁锹把子磨出的老茧，再回到北京考古所时，倒是有些不适应了。说不清心中的是离开莫高窟的惆怅，还是对再回莫高窟的向往，总觉得自己已经同那座魅力无穷的艺术宝库结下了不解之缘。在孙国璋眼里，那里的每一座洞窟都是一座文物富矿，都是考古工作者可以大有作为的地方。

已经上小学的两个儿子，怯生生地看着风尘仆仆归来的妈妈，眼里露出迷茫的神情。孙国璋能看出孩子对母爱的渴望，但她没有把更多精力和时间放在孩子和家务上，她要抓紧时间给自己“充电”，为可能再回莫高窟工作储备知识。孙国璋把所里有关莫高窟的书籍和文献搜集起来，潜心钻研，请教师友，释疑解惑，从理论和实践的结合上弄通了一些在莫高窟窟前遗址发掘中没有解决的问题。

二

孙国璋在工作中表现出来的品格和才学，给常书鸿留下了深刻印象。孙国璋返回北京后，常书鸿多次同文化部文物管理局和北京考古研究所信函联系，希望调孙国璋去敦煌文物研究所工作，哪怕借调几年也可以，但却迟迟没有回音。远在敦煌的常书鸿哪里知道，北京考古所正当用人之际，孙国璋还没有发光发热，当然不愿意把她放走。常书鸿情急之下，一年跑了两次北京，当面同几个部门交涉，表示不给孙国璋他就待在北京不回去。精诚所至，金石为开。通过长时间的不懈努力，1963 年秋天，常书鸿终于把孙国璋从北京考古所“挖”到敦煌去了。

调令下达之前，孙国璋征求爱人和父母亲的意见，请他们帮助自己拿主意。于克礼支持孙国璋服从组织安排，认为去敦煌学有所用，能发挥考古专业的特长。母亲担心敦煌生活环境艰苦，要女儿考虑成熟后再作决定。父亲对母亲的说法不以为然，认为敦煌当地 9 万人能安家立业、生儿育女，孙家的女儿为什么就不能去？工作调动是组织的决定，不是自己可以选择的。留恋城市生活，不想去艰苦地方工作，是没有出息的表现，也不是孙家的家风！孙国璋后来多次讲过，父亲是个寡言少语的人，留在她记忆里的话并不多，但这几句话却像警钟长鸣，随时都会在她脑子里发出响声！她理解父亲是为了化解母亲顾虑说这番话的，当即表示自己不怕艰苦，只要能在敦煌艺术研究中做出成绩，就是多吃几公斤沙土也心甘情愿。

1963年深秋，孙国璋告别父母和孩子，给远在刘家峡水电站工地上的于克礼发了一封电报，第二次登上西去柳园的火车，从那里转乘汽车，前往敦煌艺术研究所报到。孙国璋到研究所才知道，一个多月前她的学妹樊锦诗也被常书鸿要到敦煌来了。樊锦诗被分配在美术组，孙国璋被分配在考古组。樊锦诗是孙国璋毕业之后进入北大历史系学习考古专业的，两人相见恨晚，一见如故，从此结下了终生不渝的友谊。

在外行眼里，考古发掘就是挖坟掘墓，一辈子和沙土泥巴打交道，工作又脏又累，能搞出多少名堂？但在孙国璋看来，考古发掘是对中华历史文明的敬畏，是对祖宗勤劳智慧的礼赞，更是对民族传统文化的追寻。孙国璋始终认为，文化是国家的根本，是民族的血脉，文物又是文化的重要载体，抢救文物就是抢救文化、传承文化。秉承这个理念，她正式上班没几天，就全身心地组织窟前遗址的发掘工作。从此，这个身高只有一米五的年轻女子，身上没有名牌大学的影子，脸上没有富家小姐的痕迹，有的只是三伏天的汗水、三九天的冻伤。

老子讲过，天下难事必作于易，天下大事必作于细。让孙国璋想不到的是，这项看起来不难不大的发掘工作，一干就是四年多。四个春夏秋冬，她和同事们呕心沥血，精心发掘，不仅从40多座窟前遗址的地基砖石中找到了一些洞窟开凿的年代依据，为研究窟内建筑、造像和壁画提供了新的佐证，还绘制了模拟遗址结构的平面图。后来中央工艺美术学院的师生依据这些图纸缩小比例，做成了窟前建筑坍塌前的模型，为莫高窟增加了一道古老而新颖的景观，也为瑰丽的敦煌艺术增加了新的内涵。令人遗憾的是，这几十具饱含孙国璋心血的模型，多数已经被岁月吞噬得残缺不全，但孙国璋相信，总有一天这些窟前建筑的复制景观还会同游人见面。

就在孙国璋埋头发掘遗址时，她耗费心血撰写的《敦煌莫高窟窟前建筑遗址》论文在《考古》杂志上发表。文章发表后国内反响不大，但在国际敦煌学界引起轰动，在日本敦煌学界反响尤其大。这篇发掘报告让全世界知道，敦煌不仅有莫高窟、藏经洞，还有曾经辉煌过的窟前建筑，而沉睡遗址中的瑰宝，又隐藏着中华文明多少秘密呢？全世界的考古学界再一次把目光向敦煌聚焦。

堪称石破天惊的《敦煌莫高窟窟前建筑遗址》报告后来在国际学术会议上宣读，再次引起轰动，国内外专家纷纷申请要去敦煌勘察。就在这时候中国开始了“文化大革命”，刚刚兴起的莫高窟窟前建筑遗址研究热潮，被“文化大革命”的烈焰吞没了。

孙国璋获得了殊荣，但没有人知道生活煎熬留在她心底的灼伤。最使孙国璋焦虑的是两个孩子的教育问题。“养不教，父之过；教不严，师之惰。”这是《三字经》留给后人的遗训。

可这两条都让孙国璋犯难。丈夫于克礼作为水利部的骨干工程师，常年在刘家峡水电站的大坝工地上操劳，连一年一度的探亲假也落实不了。10 岁的大儿子于建达一个人住在刘家峡水电站兰州办事处，日常生活完全靠自己打理。9 岁的小儿子于建桥跟着孙国璋，在敦煌县城上学。县城离莫高窟 50 里，孩子吃住都在敦煌艺术研究所设在县城的办事处，星期六晚上接回，星期天晚上送走。一家四口分散在四个地方，孙国璋身为人妻、人母，难免为丈夫和孩子牵肠挂肚。

于建桥初到与北京有天壤之别的敦煌时，根本不相信这个四野苍凉、草木稀疏、飞沙走石的地方将是他要长期生活的地方。再看看母亲的房间陈设，除了泥台子书架和硬板床，剩下的就是土炉子、泥墩子，连吃饭的筷子也是用红柳枝削成的。晚上不光没有电灯，煤油也要定量供应，灯捻子撮得又细又短。于建桥背着孙国璋同几个从内地刚到研究所的小朋友合计，准备找机会逃离敦煌，返回北京。可是当听说莫高窟附近白天晚上都有狼群出没时，孩子们再也没有过逃离莫高窟的念头。

于建桥所在的小学，敦煌的同学不会说普通话，于建桥又听不懂敦煌话，整天生活在陌生孤单的环境中。为了使孩子尽快适应新的生活，孙国璋鼓励孩子主动和本地同学交朋友，同时利用星期六晚上和星期天给孩子补习功课。学校教学质量上不去，尽管孙国璋耗费心力补课，小儿子的成绩还是上不去。晚年的孙国璋回忆起这段艰辛日子时不胜感慨地说，小学教育是人生的起跑线，起跑时没有跟上去，再朝前追就困难了。六七年过去了，孩子虽然能说一口流利的敦煌方言，但北京和敦煌的巨大反差在儿子心中留下的阴影一辈子也没有彻底消失。长大后兄弟俩能理解父母的无奈和苦衷，但刘家峡和莫高窟却使两个儿子的命运离开了于克礼和孙国璋希望的轨迹，而且挣扎了一生也没能逆转。

“文化大革命”开始后，红卫兵大串联，学校停课闹“革命”，正上初中的于建桥被送到乡下，成为党河水库大坝上接受再教育的下乡知识青年，那一年于建桥只有 14 岁。后来水利部有个干部到党河水库检查工作，得知于建桥是于克礼的小儿子，严肃批评了敦煌的做法，将未成年的于建桥调到张掖学开汽车，使这个少年有了一门终身受益的实用技术。

被于克礼带到石门水库工地接受再教育的大儿子于建达，勉强读了初中，16 岁时被铁道部宝鸡电化器材厂招工录用，后来与师傅在当地农村的侄女结婚成家。郁闷的心情与生活的重负，使这个儿时充满梦想的翩翩少年，安葬完父亲的骨灰还未满三周年，自己却在花甲之年走到了生命的终点。孙国璋在白发人送黑发人的痛苦中大病一场，又坚强地挺了过来。于建桥虽然按政策规定回到北京，并与一名普通女工结成连理，但受初中文化程度限制，只能从事一般性的工作。父母是北京大学的高才生，又都是各自专业领域里的权威专家，于克礼还是国际水利大坝委员会两个中国委员中的一个，而两个儿子和儿媳却只有初中文化水平，孙国璋埋在心底的痛楚是可想而知的。但孙先生不怨天尤人，她坦然接受了命运的安排，嘱咐儿子一定要做好本分的工作，什么时候也不要让组织为难。

孙先生告诉我，她能在敦煌静下心来搞专业，是受了父亲家国情怀的影响。父亲是北京教会学校毕业的中学生，又是留学日本 7 年的心外科医生，但学成后毅然回国。卢沟桥事变后，在北京同仁医院工作的父亲不说日语，不和日本人交往，不为日本人做事，与在中国的日本朋友也断绝了关系，在医院只说汉语和英语。张家口战役之后，政府一声号召，他和医院几位同事立即奔赴东北救治伤员。临走前父亲告诉全家老小，这是国家的安排，是他为国家效力的机会，他不能提任何条件，克尽全力救治伤员，是他这个外科医生的责任。这些话在孙国璋脑子里打下了很深的烙印。有一段时间，孙国璋得知丈夫和孩子都渴望全家人能生活在一起，而且北京好几个单位也希望她回去，便动了把两个孩子带回北京读书的念头。可这个念头一萌生，父亲的话就像北斗星一样在她脑子里闪烁。从此，她再也没有想过要离开敦煌。即使在生活、工作最困难的时候也没想过要与命运抗争。在孙国璋看来，工作岗位是国家根据需要安排的，你不服从安排想调动，不是与命运抗争，而是与国家抗争！这样做不符她家的家风，也不是父亲的遗传，更不是她的性格。“春蚕到死丝方尽，蜡炬成灰泪始干。”孙国璋暗自下定决心，要像春蚕吐丝那样，把自己的一生献给莫高窟，献给敦煌学。

三

孙国璋在敦煌最难熬的日子是十年“文化大革命”。运动开始后，“破四旧”的风暴席卷全国，连世界洞窟艺术皇冠上的明珠莫高窟也未能幸免，窟前建筑遗址的发掘被迫中断。修复洞窟的工匠们由于对研究所知识分子喜欢侍弄花花草草有看法，对研究人员秋季还能分享窟前果园收获的四五百斤苹果、梨有意见，以“破四旧”为名挖掉了窟前的全部果树，铲除了草坪和花坛，但对洞窟的“四旧”谁也不敢动一镢头。泥瓦工清楚，莫高窟的文物是国家的宝贝，有些文物还是工匠们经手修复的，他们对洞窟的保护意识和研究人员一样强烈。当研究所按照上级要求，动员全所人员用土坯和泥巴封闭洞口时，泥瓦匠成了骨干，不分昼夜地加班加点，只用了半个多月就把该封的洞窟大门全部封死。

孙国璋和她的同事本以为，把洞窟封死，莫高窟就不会遭到厄运，但兰州传来的消息却让大家陷入新的惊恐慌乱之中。

消息说，兰州大学要组织造反团到敦煌“破四旧”，把莫高窟里的“牛鬼蛇神”砸得片甲不留。噩耗传来，全所群情激愤，个个心如火燎。在万般无奈的情况下，经请示上级同意，研究所再次全员动手，同当地农民齐心协力，把敦煌到莫高窟的公路挖断了几公里，使汽车根本无法通行。

莫高窟幸免于大劫不久，孙国璋和一部分同事被下放到敦煌县的一个公社劳动锻炼。孙国璋和同事分头住在社员家里，与社员同吃同住同劳动，听社员倾诉轻易不对外人说的心里话，关系亲密得像一家人。时间虽然不到一年，但却使她终身受益。在同社员们实行“五同”的日子里，孙国璋还学会了一些农活。农民纯朴的品格、吃苦的精神、勤俭持家的优良传统，净化了孙国璋的心灵，让她看到了自己的差距，为她准备在敦煌待一辈子打下了坚实的思想基础。

俗话说，早起的鸟儿有虫吃。从公社劳动锻炼回来，洞窟没有启封，书籍不知去向，孙国璋没有浪费年华，立即把工作重点转移到整理过去积累的资料上。这些资料是洞窟被封前采集的。当时考古组和美术组的研究人员，每人都有一套洞窟钥匙，可以随时进入洞窟临摹或考证。冬季遗址发掘工作停工之后，洞窟便成为孙国璋的唯一去处。她每次选择最有代表性的洞窟，零距离地观察、测试、计算和拍摄照片，而后把窟内的雕塑、壁画的年代、规模、质地、色彩和故事内容记录下来，晚上去陈列室，围着一盏汽灯和 20 盏煤油灯，对照佛教经典，查寻窟内雕塑和壁画所展现故事的来龙去脉，考证确凿无疑后再整理成文字保存。日复一日，年复一年，孙国璋在青灯黄卷中采集整理了南区 100 多个洞窟的完整资料，各个洞窟中佛像的前世今生、壁画的故事梗概，孙国璋大都了然于心，这为她后来撰写《丝路文化瑰宝——敦煌》打下了坚实的基础，也使她成为研究佛教造像艺术的专家。调到中国革命历史博物馆（后来的中国国家博物馆）后，她多次在北京大学、中央民族大学等高校和中国革命历史博物馆、全国县级文管所所长培训班讲课，对莫高窟建筑、雕塑、壁画中许多鲜为人知的故事常能信手拈来，讲述精彩迭出。学生们普遍反映，听孙老师讲课，有一种跟着教授级导游参观莫高窟的感觉。

孙国璋治学严谨，即使是熟悉的专业领域，她也不囿于自己整理的资料。每次接到授课邀请，她都要尽可能搜集新资料予以补充。她要求自己在做学问上丝毫不能掺假，哪怕不拿片纸只字能讲两三个小时的课，事前也要写成讲稿，以备经得起学生查问和同行检验。

孙国璋先生秉持人生有涯学无涯的求学理念。莫高窟洞窟启封后，她又把研究的重点转移到佛教造像上。她从学习佛教造像演变历史入手，观察窟内不同时代佛像的趋同与差别。时间久了，孙国璋渐渐能够分辨出各个朝代佛像的主要特征和细微节点。由于敦煌地处古代丝绸之路的要冲，是通往西域和吐蕃的重镇，吐蕃辖治敦煌又长达60余年，因此，莫高窟的佛像不仅表现出不同王朝喜好的风格，而且也表现出相连地域的不同风格。印度、巴基斯坦、阿富汗、尼泊尔、孟加拉以及中国新疆、中原地区的佛教造像，都不同程度地影响了莫高窟的佛教造像艺术。有比较才能鉴别。比较研究的时间久了，孙国璋渐渐发现，不同时期塑造的佛像，受到了斯瓦特风格、东北印度风格、克什米尔风格、尼泊尔风格的影响，也有西藏造像风格和中原造像风格的影子。孙国璋更加深刻地认识到，莫高窟造像风格的演变过程，实际上反映的是佛教中国化的过程，这些造像是佛教中国化的载体，是我国各民族文化交流融合的见证。

对莫高窟佛教造像的深入研究，使得孙国璋具备了鉴别佛教造像的扎实功底。后来她被甘肃省博物馆借调了一年多，有机会亲眼目睹、亲手触摸、亲自鉴别历代不同风格和工艺的金铜佛像。孙国璋识别佛像的知识和鉴定佛像的眼力，得到国家文物事业管理局和文博同行的充分肯定。段文杰就任敦煌研究院院长前，曾带领孙国璋等人去新疆考察了鄯善吐峪沟、库车库木吐拉和拜城克孜尔等佛教石窟。新疆之行的一个多月，丰富了孙国璋对西域佛教洞窟文化的了解，她也成为中国革命历史博物馆物色的佛教造像鉴定专家的不二人选。

1978 年 8 月，经过几轮专家评定和逐级报批，孙国璋带着依依不舍的心情，告别了她为之沉醉的莫高窟，成为中国革命历史博物馆鉴定佛教造像的首席专家，同时成为国家文物鉴定委员会佛教造像鉴定专家组成员。

四

离开本来一辈子也不想离开的莫高窟，回到生于斯长于斯学于斯的北京，主修考古和佛教艺术专业的孙国璋被分配到中国革命历史博物馆陈列部工作。陈列部是研究展品陈列的部门，有关佛教艺术品的陈列内容并不多，但馆藏文物中有不同材质、不同年代、不同风格、不同尺寸、不同工艺的佛像、法器和唐卡，有些唐卡上的佛教故事竟与莫高窟壁画中的故事同宗同源，这使孙国璋大喜过望。除了负责培训各种展览的讲解员，她把其余时间和精力主要放在研究和鉴别馆藏佛像上。

功夫不负有心人。几年下来，孙国璋对各种金属佛像的大同与小异、宏观与微观、早期与晚期、真品与仿品、鎏金与不鎏金的差异形成了自己的认知和鉴别方法。在学校打下的美术功底，在莫高窟观察临摹积累的经验，不但使孙国璋鉴别雕凿、雕塑、雕刻、堆积、组合等类型洞窟佛像的能力有了长足进步，而且使其鉴定金属佛像的水平也有了新的跃升。这期间国家文物部门连续十年举办全国县级文管所所长培训班，孙国璋每期都要担负佛教艺术这一课题的授课任务。为了把课讲好，孙国璋博览群书，查阅文献，搜集国内外最新考古成果，力争每一课都能给听众打下知识的烙印。她坦诚地对学员讲，她不懂文物管理，只能就佛教艺术的鉴赏识别、考古发掘和文物资源的保护价值讲讲自己的看法。由于授课联系中国文物历史，联系莫高窟艺术实际，联系外国文物保护事例，又能用通俗生动的语言讲得深入浅出，孙国璋的授课每次都获得好评。擅长讲文物考古课和佛教造像课的名声传出去以后，北京好几所大学和文博单位陆续邀请她去授课。孙国璋白天忙完本职工作，晚上还得精心备课，即使是已经讲过的课目她也要修订补充，绝不炒冷饭、照本宣科。孙国璋认为，知识积累就像爬楼梯，每一个台阶都要踩到实处，不然就爬不上去。她把每一次讲课，都看成是学养的积累和咀嚼，都是不断消化吸收的机会。

孙国璋早年精读过《中国通史》，选修过“二十四史”，但对中国文物史缺乏全面系统的了解。20 世纪 80 年代初，文化部文物事业局组织专家编写《简明中国文物辞典》，孙国璋作为编纂骨干被抽调过去，参与这项填补我国文物领域空白的工程。编委会成员都知道，被戏称为“破六朝”的三国魏晋南北朝，是我国王朝更迭频繁、战乱纷繁复杂的历史时期，文物词条编纂起来难度很大。编委会让个人选题时没有人愿意碰这个时期的词条，最后只得指定孙国璋担任组长，会同另外两名同志，完成“破六朝”时期的词条编纂工作。孙国璋在莫高窟研究过两汉、三国时期的佛教发展史，对始兴于北魏、继续于两晋和南北朝的洞窟文化造诣深厚，但她没有满足于已有的学问。一边搜集相关资料刻苦补充知识，一边撰写自己分担的词条，同时还要对其他同志撰写的词条逐字逐句地统稿，孙国璋怎么也没有想到，530 多个词条竟然花了他们五年多的时间。孙国璋和同事们的心血凝结成文字，《简明中国文物辞典》成为国内外文物工作者案头必备的工具书。

文物词典编纂工作结束时，孙国璋虽已经接近退休年龄，但更重要的担子还等着她挑。1989 年，国家文物局把孙国璋、杨文河借调出去，同北京故宫博物院四位老师傅一起整理海关查抄的金属佛像。这批佛像重量达 120 多吨，数量达 20 余万件，是改革开放后不法分子向境外走私时被各地海关罚没的，海关按照规定将收缴的佛像送到北京，装在麻袋里，堆在故宫博物院一间大屋子中。文物局指定的故宫四位老师傅，说是孙国璋、杨文河的助手，其实都是从琉璃厂磨炼出来的高手，他们虽然不熟悉佛经和佛教故事，但都有一双经年累月练就的火眼金睛。佛像一上手，即使没有款识，单凭翻来覆去地看几遍、摸几遍，也能分清铸造的材质、年代和风格。孙国璋有佛教造像理论的扎实基础，又熟悉鉴别洞窟佛像的知识和方法，也懂得鉴定金铜佛像的基本常识，但同与佛像打了几十年交道的几位老师傅相比，她发现自己在感性认识上还有很大的差距。孙国璋抓住机会向老师傅们请教，从造型、服饰、法器、铆钉、焊接、痕迹、镀金、镀银、锈色、包浆等细节上学到了不少真学问，鉴定佛像的理论和实践水平都有显著提高。文物局当时要求，古代佛像和藏传佛教造像的识别鉴定，是整理工作的重点，尤其是对夹杂其间的宫廷造像更要重视。孙国璋、杨文河同老师傅们据此精神，把鉴别精品放在明清时期宫廷造办的金铜佛像上，为国家保留了一大批珍贵的佛教文物。其中西藏、青海等地拉回去的各个时期的佛像就装了一节火车。现在有人凭个人收集的信息说，明朝永乐、宣德年间铸造的金铜佛像仅有两三百件，孙国璋听到后不禁哑然失笑。她告诉笔者，文物贩子也知道物以稀为贵的道理，把传世永宣佛像说得越少，佛像的价格就越高，浑水摸鱼的人捞钱的空间就越大。

1990 年，孙国璋到了退休年龄，也收到了退休通知，但领导却明确告诉她既不能退更不能休。此后，除了不担负行政事务，孙国璋的业务工作量反而有所增加，邀请她授课的大学和其他科研机构也越来越多。但工作再繁忙，孙国璋也没有放松整理莫高窟的资料，并且花了一个多月的时间，完成了台湾万卷楼图书公司约写的《丝路文化瑰宝——敦煌》一书。这本不到 8 万字的专著，对丝绸之路的形成过程，对河西走廊的前世今生，对敦煌古城的兴衰枯荣等重大史实作了精到通俗的介绍。在这部著作中，孙国璋挑选莫高窟有代表性的 70 余座洞窟，运用自己采集的第一手资料，对其中蕴含的思想深度和艺术价值作了生动形象的叙述，内容简繁得体，文风朴实清新，成为后来人研究莫高窟艺术的重要参考书目。遗憾的是，迄今为止，孙国璋这部销售一空、一书难求的专著，连她本人都不知道书的印数，不知道再版的次数，也没有收到过一分钱的稿酬，出版方转送的三本书被她的学生一抢而光。

孙国璋把名利看得很淡，晋职都听组织安排。有一段时间，文博单位的某些公职人员“走穴”，社会上有些文物倒爷多次希望孙国璋出山站台，有些被人捧上天的所谓鉴定家也多次想拜她为师，但都被孙国璋拒绝，她不想让蝇营狗苟的逐利者玷污自己的名声。在有关单位组织专家集体鉴定文物时，孙国璋从不隐瞒自己的观点，一是一，二是二，即使有不同看法，在对方拿不出充足根据之前，她不会放弃自己的判断。后来孙国璋发现，经她和另几位专家鉴定的一件文物，估价只有几万元，送到另外一个搞鉴定的人手里，居然估了 80 万。孙国璋也因此而得罪了一些人，成了有些文物利益团伙既想请又怕请的“马列主义老太太”。孙国璋对她器重的学生说：“国家拿钱养我们这些人，就是要我们为传承民族文化做点事情，我们不为人民负责，只向钱看，良心上过不去呀！如果为了个人捞钱，我可能早就搬到自己的别墅住去了!”

抱着为传承民族文化做点事的态度，孙国璋对组织交给的任务从来没有打过折扣。1996 年一天，有位领导对 66 岁的孙国璋说，西藏正在建设博物馆，上面让馆里派个专家去拉萨帮助指导，谈了几个人都说去了担心身体不适应，不知道孙老能不能给馆里帮个忙，助西藏博物馆一臂之力，时间在 20 天之内。领导把话说到这个份儿上，孙国璋感到很为难，毕竟自己是个 66 岁的退休老人，光靠吃苦精神有可能完不成任务。回家后她把领导的想法给丈夫说了，于克礼认为，看看西藏博物馆的佛教藏品，对以后的佛教艺术研究肯定会有帮助，便鼓动她做好准备，还是去一趟为好，实在撑不住再回来也比留下遗憾强。孙国璋没料到说好 20 天时限的任务，她做了四个多月才回到北京。

在西藏博物馆帮助工作期间，自治区文物局的同志对孙国璋敬重有加，不但陪她参观了大昭寺、布达拉宫、扎什伦布寺等寺庙、宫殿，而且还向她展示了许多珍贵的佛像藏品。孙国璋不仅为西藏璀璨的佛教文化所震撼，也更加深入地了解了汉藏民族源远流长的文化交融历史。西藏之行的收获，进一步丰富了孙国璋的学识，也对她研究莫高窟在吐蕃时期开凿的洞窟艺术有了新的启发。

2007 年 10 月，已经 78 岁高龄的孙国璋接到中国国家博物馆吕章申馆长的电话，受邀同国家文物鉴定委员会委员、佛像鉴定专家步连生，北京故宫博物院研究馆员、佛教艺术鉴定专家王家鹏等八九位权威人士共同组成专家组，由吕章申亲自带队前往成都，从收藏家李巍先生鉴藏的金铜佛像中为国博挑选一批精品。那一天，孙国璋一行走进李巍的佛像展厅，视觉上被精美绝伦的佛像冲击得眩晕，心灵上被民族文化遗存震撼得狂跳。吕章申组织专家从数百尊佛像中挑选了 22 尊精品带回北京，充实了国博的馆藏佛像。2009 年 4 月 8 日，在全国政协副主席孙家正和国务院有关部门负责人的见证下，国博在人民大会堂为李巍先生无偿捐赠的金铜佛像举行了隆重的捐赠仪式。22 尊鎏金佛像陈列在人民大会堂北大厅，熠熠发光，融汇汉藏，贯通古今。孙国璋目睹眼前的珍贵文物，心头滚过一层热浪，她为李巍先生珍重民族传统文化的精神所感动，更为李巍先生无私奉献的精神所感动。自此以后，李巍先生在北京的金铜佛像收藏馆，成为冯其庸、金维诺、王尧、步连生、孙国璋、王家鹏、沈卫荣等先贤后俊和外国友人切磋佛教文化、探讨佛教艺术的重要场所。

2016 年 8 月，当孙国璋听说有人无端攻击 G20 峰会期间的金铜佛像展览时，老人家对几个胡说八道的人嗤之以鼻。她不无讥讽地说，偏见比无知离真理更远，让他们先把金铜佛像的 ABC 学好，再张开乌鸦嘴说三道四去吧！

“加强文物保护利用和文化遗产保护传承”，是党的十九大报告提出的重要任务。即将迈向九秩年华的孙国璋先生坚信，中华民族的优秀传统文化一定能生生不息、绵绵不断！一定能魅力无穷、风采盎然！

2017 年 11 月 11 日

（2018 年 1 月 23 日发表于《当代敦煌》）

千古藏学一宗师

——王尧先生头七祭

被沈卫荣教授告知王尧先生撒手人寰的那天晚上，我一时茫然，枯坐良久，只顾自言自语：怎么说走就走了呢！

按说我已年逾古稀，有了“存亡惯见浑无泪”的阅历，但先生的音容笑貌在脑中盘桓，痛惜之情始终无法自抑。几经辗转难寐，索性披衣下床，想把心底的哀痛诉诸笔端。未料刚刚写下题目，眼睛便模糊起来。拭去眼角的泪水，再次动笔还是没有写成。孤灯长夜，闭目卧床，念兹在兹，何时入睡竟浑然不知。

今天是王尧先生的头七，按照民间传说，先生的魂灵是要回家探望的。但探望谁呢？夫人已先他而去，子女大概也返回欧洲，孤魂归来难免凄凉，一如他终老前的单身日子那样。于是我在唏嘘中不禁发问，中国有几个王尧？一代藏学宗师的最后时光，何以不能得到及时救治和重点关照？是缺钱吗？肯定不是。那缺什么呢？

对学界泰斗生前不能尽心关爱施仁，身后却精心编织哀荣，真是匪夷所思！

近十多年来，随着对季羡林、冯其庸、王尧先生的求教增多，他们在我心中已臻圣贤。他们是中华民族的活瑰宝，是中国文化的活载体；他们在各自学术领域所做出的历史性贡献，不仅让同辈高山仰止，就是后学翘楚恐怕一时也难以企及。于是他们能跨入期颐之年、走进人瑞之列，便成为我的夙愿。然而天意难测。本以为在今年王尧先生米寿庆宴上，还有机会再请他释疑解惑，未料先生却于寒岁的冷漠中悄然离去！这是继季羡林先生之后，逝去的又一位我心中的学界巨擘。

王尧先生学贯汉藏，蜚声中外，在世界藏学界久负盛誉。我对先生的敬慕攀附，缘起《汉藏交融：金铜佛像集萃》大型图册的策划。2007 年春，经冯其庸先生举荐，该图册由北京故宫博物院佛教造像鉴定专家王家鹏研究馆员与中国人民大学国学院沈卫荣教授，依托李巍先生收藏的明清金铜佛像合作编撰。其主旨在于借助这批珍贵文物，拓展汉藏佛教你中有我、我中有你的研究视野，对汉藏民族交融、佛教交融的历史进行新的探索，把这一领域的研究不断推向深入。王家鹏与沈卫荣都是王尧先生的弟子，沈卫荣更是先生经年嫡传的高足，是国内外藏学界的后起之秀，两人珠联璧合，殊为难得。季羡林、饶宗颐、冯其庸、王尧、谈锡永等名宿得知这一喜讯兴奋不已，先后命笔题词撰文，期待大作早日告成。

编撰工作开始之前，王尧先生已两度仔细参观过佛像展示，感慨置身于这批金铜佛像前时，顷刻之间仿佛到了别有洞天的艺术殿堂。受邀为图册题词，先生却表示题词不足以表达心情，他要专门写文章谈谈感受。不久，年过八旬的老先生便以“汉藏佛教交融　汉藏佛像辉映”为题，撰写了一篇美文。先生在文中希望，把其编成世界一流的佛教造像图册范本，编成流芳千秋的传世之作。文章言简意赅，哲理通达，令人百读不厌。后来我主编《汉风藏韵》一书，将此文列为首篇先飨读者。

王尧先生得知我在驻疆、驻川部队首脑机关工作期间曾多次进出西藏，先后造访过几十座蒙、藏寺庙，于是我们的共同语言日渐增多，及至后来已无话不谈。有一次我向先生介绍参观古格王国遗址的情况，他听得仔细，问得仔细，并对自己有生之年不能亲往考察而深感遗憾。我把参观古格王国遗址后吟成的诗句呈给先生请他指点。诗中写道：“吐蕃衰微遗苍凉，古格王国落八荒。雪山夕照听鸦啼，不该裂土乱封疆。”先生听完即席点评：“裂土封疆可谓找到了古格亡国的根子。吐蕃、古格是这样，中原历代王朝有哪朝哪代又不是这样呢？家天下者难免社稷不保！”

王尧先生 60 多年的学术生涯，始终贯穿着维护国家统一和民族团结的原则。我曾在先生的文章中看到过这样一段话：“我们的国家是由五十六个民族组成的一个多民族、多元文化统一的国家，不管是汉族还是藏族，我们都是中华民族的一个组成部分；不管是汉人，还是藏人，我们都是中国人。”“汉藏两个民族不管在政治上、经济上，还是在文化上、宗教上早已紧密相连，不可分割。”先生在他的文章中指出，国际上“一些可能是出于无知，或者是别有用心的人舌灿莲花，不顾历史事实地否认明代汉藏两个民族间十分紧密的政治和宗教关系”，“这显然是对中华民族文明发展的历史，特别是对明代汉藏关系史缺乏起码的了解而自以为是的谬论”。王尧先生依据文献史实和实际亲历而作出的这些论断，有如金石掷地，在国际藏学界引起强烈反响，收到了拨乱反正、还原历史真实的效果。藏传佛教北美宁玛派谈锡永上师告诉我，王尧先生在国际学术会议上以流畅藏语所作的学术报告，使他的海外粉丝与日俱增，赢得了国际藏学界正直同行们的真诚敬重。

王尧先生把“汉藏交融，美美与共”的哲理作为学术导向，始终坚持不渝。我多次聆听先生借用费孝通“各美其美，美人之美；美美与共，天下大同”的名言，赞颂藏文化源远流长、璀璨厚重，是中华文化园地中的一朵奇葩。他经常语重心长地勉励学子，研究藏地、藏人、藏学、藏传佛教，一定要发掘藏文化的珠玑瑰宝，努力做到眼无遗珠。王尧先生在这方面更是率先垂范，堪称师表。集藏族民间格言哲理大成的著名诗集《萨迦格言》，就是由他耗费心血译成汉文，连续几个月在《人民日报》文艺版上连载的。这也是王尧先生研究藏传文化的一个标志性成果。在王尧先生看来，“展示汉藏、藏汉佛教艺术特点，不但对于我们重温汉藏佛教互相交流和融合的历史，建立汉藏两个民族间文化和情感上的亲和关系大有助益，而且对于我们今天构建中华民族这一全国人民共同的民族认同，树立起各个民族同为中国人的民族自豪感具有极其重要的意义”。王尧先生的博大胸怀和宽阔视野，是同他与西藏僧俗群众心连心、同呼吸、共命运的深厚感情分不开的。

王尧先生专攻藏学，毕生从事古藏文资料的收集与研究，发表论文数百篇，出版专著十多部。有些文章和专著被公认为藏学研究者的必读经典，他是这一领域无出其右的拓荒者。就连南宋小皇帝赵㬎被蒙古军队俘虏后，千里颠沛到萨迦寺埋名落发，融通藏文，成为卓有成绩的译师这一千古悬案，也是王尧先生从浩如烟海的古藏文资料中发掘的。每次讲到这个故事，老先生总有一番感慨，叹息赵㬎后来蒙冤罹难是悲中之悲。否则，他可能成为旷世译师。即使在今天看来，赵㬎对汉藏文化交流的贡献也是不可磨灭的。王尧先生通过发掘文献资料捕捉蛛丝马迹的治学态度，获得了国内外藏学界的一致认同。他钩沉探微的治学定力和深厚扎实的学术功底，堪称学界一大楷模。

王尧先生博古通今，兼融汉藏。他与海外藏学研究的权威机构和学术名流一直保持着密切联系，时刻关注藏学研究的方向和成果，同时也时刻关注国学研究的方向和方法。前几年王尧先生看到国学研究领域一时热度“爆棚”、鱼龙混杂，常常于喜忧之中发出感叹，认为国学不能把范围搞小了，把内容搞少了，更不能把博取噱头的说书调侃视作国学研究之道。他与季羡林、冯其庸先生同时主张，要用“大国学”的视野研究国学、弘扬国学。2008 年 6 月 27 日，受冯其庸先生之托，我同李巍先生专程去 301 医院就国学研究有关问题向季羡林先生请教。季先生在交谈中说道：“国学不等于儒学、汉学，中华文化具有广泛的包容性。用大国学的观念看，不光包括儒释道，还应当涵盖少数民族的主流文化，反映中华民族文化的交融。”我把季先生的看法转告冯其庸先生、王尧先生后，两人都很高兴，鼓励我把同季先生的访谈写成文章发表，以矫正国学研究中的小视野和片面性。后来我在《文景》杂志和香港《文汇报》发表了《哲人归大夜　千古传圭璋》的文章，传递了几位先生的“大国学”观点，对国学研究的内容拓展和方法求实还是有所助益的。

作为一代藏学宗师，王尧先生始终奉“传道授业解惑”为人师圭臬，终身身体力行，不曾懈怠。他对尧门弟子教诲不倦，对别家学子解惑不烦，对有所作为的门生多有嘉勉。有一年我翻阅白寿彝先生主编的《中国通史》，发现陈庆英、沈卫荣的名字赫然在列。陈、沈两位教授都是王尧先生的得意弟子，我不清楚这部通史还有多少名人在列，但尧门两弟子同时并列于《中国通史》却实属罕见。王尧先生见我对此事颇为吃惊，禁不住粲然一笑：“荀子讲青出于蓝而胜于蓝。韩愈讲得更明白，弟子不必不如师，师不必贤于弟子。我给他们几位搭过梯子，但能爬到高处，主要还是凭他们自己的努力。现在看来他们这一代人只要继续用功，完全有实力攀上藏学研究的新高峰！”从这番谈话中不难看出，先生对陈庆英、沈卫荣两位教授的骄人业绩是深感欣慰的。

写到这里，我不由得想起《读书》杂志刊发的王尧先生为沈卫荣教授撰写的一篇书评。书评的题目是《语文学的持守与创获》，所评沈卫荣的著作为《西藏历史和佛教的语文学研究》。在这之前，先生曾问我对沈卫荣教授的专集《寻找香格里拉》一书的看法，我当即告知诸多心得，尤其是回应顾彬的那篇文章使我获益匪浅。先生点头称道，说他打算为该书写一篇评论向读者推荐。后来虽未读到先生的书评，但该书脱销再版，估计先生是知道的。收到先生《语文学的持守与创获》的书评时，我发现该篇评论的内容其实涵盖了《寻找香格里拉》与《西藏历史和佛教的语文学研究》的主要篇目。在这篇书评中，年过八旬、归隐林泉的王尧先生按捺不住高兴，竟戏称他也成了沈卫荣的粉丝。从这样亦庄亦谐的激赏，足以看出王尧先生对沈卫荣海外学成归国的兴奋心情。在先生看来，“卫荣毅然归国，冀为中国西域研究尤其是藏学事业培育薪火，实为至佳的人生选择”。这样的厚爱较之其先师于道泉对高徒王尧的厚爱可谓有过之而无不及。沈卫荣教授以深掘精进的学术成果回报恩师厚爱，也使王尧先生看到了弟子们锲而不舍的求索精神。

在编撰明清金铜佛像的大型图册时，王尧先生多次讲过，汉藏交融历史过程中出现的金铜佛像，是中华民族大一统的真凭实证，是明代汉藏两个民族间十分紧密的政治、宗教和文化关系的象征。对这批金铜佛像的归宿，王尧先生十分关注，多次嘱咐藏家选择汉藏佛教交融重镇建立博物馆永久保存。对我提出的“把藏品变为展品，让文物传承文化”的主张，王尧先生亦给予首肯，认为这是让文物“重见天日”、让观众“饱享眼福”的最好选择。他还把当年为了弄清大黑天神（摩诃葛剌）被蒙古人奉为“国之护法”的根由，抱着“上穷碧落下黄泉”的精神，查找浩瀚资料、遍访“国师”遗迹的艰辛向我作了介绍。后来佛像图册举行开光发行仪式，王尧先生高兴得修饰仪容，正装出席，当场发表热情洋溢的讲话，肯定陈放在面前的金铜佛像图册是他平生见到的海内外佛教最好的图册，堪称汉藏佛教交融的最新硕果。

王尧先生是一位令人起敬的贤者、学者、长者。他身材伟岸，面相方正，举止儒雅，谈吐幽默。但凡涉及藏学佛学问题，他从不居高临下，总会于古今中外的名人名著名言中引经据典，娓娓道来，令人如沐春风，口服心服。由于早年遍历藏地河山，广交藏民僧俗，精通藏文藏语，加上不同凡响的人格魅力和表达技巧，先生自20世纪80年代以来，在国际藏学界的声望与日俱增，高朋云集，成为中国在国际藏学界的不二权威。20多年前，哈佛大学梵文与印度学系资深教授兰纳德（Leonard W. J. van der Kuijp）总觉得自己的中文名字“王德古”不大称心。因仰慕王尧先生的学问，后来恳请先生为其另赐一中文名字。兰纳德是美籍荷兰人，先生盛情难却，略加思索，便借用荷兰语的谐音，建议兰纳德将中文名字改为“范德康”，之后又对此名含义详加解释。范德康听后喜不自禁，将其中文新名遍告天下朋友。从此，很多人只知这位梵文和印度学大家的中国名字，却不知道他的荷兰名字。一次在京诸友雅聚，我问范德康教授如何报答王尧先生赐给他中文名字。答曰：“敬酒！以醉为敬！”说完，他站起来请王尧先生浅酌，自己毕恭毕敬连干数杯，在场诸君皆大欢喜。

往事如烟，难以尽述。2015 年 12 月 17 日晚，王尧先生在不忍割舍的藏学萦绕中倒下了！

王尧先生走了！他走出了我的视线，但永远走不出我的怀念。

王尧先生辞世隔日，我曾口占一首七绝表示哀痛，今录于后，作为对先生的永久怀念。

悼王尧

投身雪域正风华，露宿风餐共落霞。
一代宗师归大夜，千贤抛泪咏《萨迦》。

2015 年 12 月 24 日

（2016 年 2 月 28 日发表于“澎湃新闻”）

李巍先生的收藏与金铜佛像的归宿

依法收藏文物与违法走私文物之间是一场没有硝烟的较量。当一个爱国的收藏家把他的收藏目的融于弘扬中华民族文化的伟大目标时，他就会为之奉献一切，包括人生不可重复的年华和只有一次的生命。

——题记

李巍先生从未想到，他的收藏生涯会以如此美好的形式画上句号，他的珍贵藏品会在如此辉煌的殿堂向世人展示。

四月京华，夜风习习，皓月当空，喧哗的都市渐渐平静下来。来来往往的出租车，像一条条流动的彩练，为乘车人编织着希望的梦想。

李巍凭栏远望，他多年的夙愿就要实现了！面对即将捐赠给中国国家博物馆的二十多尊稀世金铜佛像，李巍心潮起伏，久久不能平静。终于，强忍的泪水如同一粒粒佛珠，滚落在安详恬静、精美绝伦的佛像面前。被泪水模糊的目光中，似有几位气韵生动、神采典雅的高僧大德，正在佛祖座前诵经弘法，为李巍的祖国和同胞祈福。

一

共和国六十华诞前后，中央电视台和其他媒体播发的两条有关明清金铜佛像的新闻，在海内外的收藏界引起轰动。

先是2009年4月8日，中国国家博物馆在人民大会堂举行文物捐赠仪式，隆重接收李巍向国家博物馆捐赠的22尊明清金铜佛像，并在会场当众展示；后是2009年11月13日，中华书局在中国藏学研究中心举行发行仪式，隆重推出用李巍藏品图像编撰的《汉藏交融：金铜佛像集萃》大型图册，并当场向境内外十多家学术研究机构馈赠该书。

两个堪称盛况的仪式，两次让媒体兴奋的新闻发布会，让“汉藏交融”“金铜佛像”一段时间内成为圈内人士谈论的热门词。一些没有参加新闻发布会的文物爱好者，纷纷打听李巍的住址和电话，希望一睹这位收藏家的风采与藏品。

捐赠给中国国家博物馆的22尊金铜佛像，专家们估价约三亿多元人民币。这批珍贵文物，是中国国家博物馆吕章申馆长亲自带队并组织国家顶级鉴定班子，专程往返成都、北京，从李巍收藏的上千尊佛像中精选出来的。其中，明朝永乐、宣德年间的几尊宫廷珍品，几百年来未曾面世，既是李巍金铜佛像藏品中的拔萃之宝，也是明清金铜佛像工艺的封顶之作。

《汉藏交融：金铜佛像集萃》一书，则是当代中国国学界、佛学界、藏学界、美学界、文博界诸多前贤名宿与时俊大家集体智慧的结晶，是一株深深植根于中华民族文化沃土的佛苑奇葩。在国家新闻出版总署、北京故宫博物院、中国国家博物馆、中国藏学研究中心、中国人民大学的关心和支持下，北京故宫博物院藏传佛教文物专家王家鹏研究馆员、中国人民大学汉藏佛学研究中心主任沈卫荣教授，会同国家文物鉴定委员会步连生副研究员、中国国家博物馆孙国璋研究员、中央美术学院金维诺教授等诸多专家学者，从李巍藏品中精选出 99 尊佛像，逐一研究考证，制作彩色图录，撰写长篇论述而编辑成书，前后耗时达三年之久。

学界泰斗们深知编好《汉藏交融：金铜佛像集萃》的分量，莫不殚精竭虑，呕心沥血。久卧病榻的季羡林先生为该书题写了“为中华文化增辉”的祝词，远在香港的饶宗颐先生为该书补题了“汉藏交融”的祝词。多次造访过李巍佛像展室的冯其庸先生先题写了“雪域瑰宝，史苑金证”八个大字后，仍觉意犹未尽，又夤夜命笔，填写《八声甘州》一阕书赠李巍。

王尧先生不仅多次在佛像展室向李巍面授藏传佛教常识，还亲自为该书作序，赞叹李巍的藏品造像样式之丰富、铸造技术之精美，远远超出了他的期待，对李巍为保存艺术珍品付出的辛勤劳动表达了由衷的敬意。北京故宫博物院郑欣淼院长、中国国家博物馆吕章申馆长、中国藏学研究中心拉巴平措总干事、旅居北美的藏传佛教大师谈锡永等学界名流，都以吟诗、撰文、题词等形式，对李巍的收藏给予赞许，对图册的出版表示祝贺。

二

李巍收藏佛像是从一次意外幸运开始的。拿到那尊小佛像时，他是一名年轻的军官，当时“破四旧”的拳头还在社会上不停地挥舞，这使李巍心里着实紧张了一些日子。但是，祖辈们虔诚敬佛在幼小心灵中留下的影子，让他挥之不去。从此，这尊小铜佛伴随着李巍度过了40个年头的收藏生涯。

李巍的外祖母笃信佛教，家中设有佛龛供奉菩萨。早晚一炉香，晨暮三叩首，是老人每日必做的功课。泥胎菩萨虽然不大，但造型生动，神韵安详，纤尘不染，眼神中透出的慈爱，常常让李巍感受到一种无声的呵护。母亲去世后，李巍由外祖母收养。随着年龄增长，在外祖母烧香拜佛的潜移默化中，李巍逐渐消除了失去母亲的精神孤独感，也知道了佛家普度众生、大慈大悲的浅显道理。为了求得佛祖护佑，李巍七八岁时，外祖母又带他去洛阳的白马寺烧香拜佛。这些童年打下的烙印，成了李巍后来收藏、保护佛像的潜在意识和动力源泉。

成年后的李巍虽然不赞成家里供佛，但喜欢到麦积山、炳灵寺、莫高窟、塔尔寺、拉卜楞寺等佛教圣地游览。千尺断崖上的古刹，临流据险的梵境，云蒸霞蔚的佛山，每次都让身临其境的李巍感受到佛地的清净超然。

20 世纪 60 年代中期开始，我们的民族和国家蒙受了一场长达十年的社会混乱和文化浩劫。看到列祖列宗几百年甚至上千年前造的雕塑、祠堂、牌楼被砸得七零八落，蕴含着佛教文化历史的名刹古寺、佛像神龛惨遭损毁甚至被夷为平地，李巍心中有说不出的酸楚和焦虑。李巍知道，历史是不能复制的，因为历史属于过去。但怕祸从口出，他不敢向别人透露自己的心情，只能暗自惆怅。有时星期日得空，便一个人偷偷地到附近的寺庙废墟上发呆，同偶尔碰到的还俗僧人悄悄发出几声无可奈何的叹息。

李巍所在的单位，是一支测绘部队，一年中有大半时间在甘青藏地区作业，干部战士常常在群众家中借住。1971 年底，部队到青海执行任务，已经是新闻干事的李巍在塔尔寺附近的一户老百姓家中借住。天灾人祸让这户人家的日子十分贫寒，六七岁的男孩在零下 20 多度的严冬中衣不遮体，赤脚上的冻疮不停地渗血。李巍不忍心孩子受冻，便把自己携带的毛背心和尼龙袜子送给孩子穿。辞别这家人时，孩子的汉族父亲和藏族母亲连声道谢，孩子母亲含泪给李巍挂包里塞了一个拳头大的小包。小包用牛皮纸裹得严严实实，李巍不知道里面包的是什么，再三表示不肯收下。孩子的父亲见李巍拒收，便凑到他跟前说："解放军，收下吧，佛祖会保佑你们这些好人的。"听到"佛祖"二字，李巍心里一怔，连忙收好纸包告辞。

返回西宁途中，李巍坐在颠簸的汽车上，忐忑不安。实在忍耐不住，趁停车休息时到背人处打开纸包一看，果然是尊小铜佛。李巍来不及多想，赶紧把小铜佛藏起来。小铜佛让李巍违反了一次群众纪律，也唤起了他对佛像的美好记忆，点燃了心底收藏佛像的热情。李巍不止一次地感叹，这尊小铜佛是他人生转折的一个重要标志，它让李巍与将军的目标渐行渐远，与收藏家的目标渐行渐近。

回到部队，李巍每过一段时间，总要背着人把小铜佛拿出来端详一番。同时，也开始留意散落在民间的金铜佛像。1973年夏天，李巍去青海出差，听说西宁钢厂要把一批残破佛像和废铜烂铁一起回炉，他立即赶到钢厂询问。值班看管的是一位藏族老工人，告知他确有其事，并让李巍到废料场自己去看。看到成堆即将回炉的金铜佛像个个肢体残缺、伤痕累累，李巍愣愣地站着，不知道说什么好。老师傅看到李巍难过的表情也唉声叹气地说：“造孽呀，连佛像都砸成这样了！”他告诉李巍，这些废料都是各地“破四旧”缴来的，过些日子还要送几车过来，让他到时候再来看看。在这位工人师傅的同意下，李巍从废料堆中选了几尊残缺不全的小佛像，打算带回去请人修补，看看能否恢复原貌。藏族老工人是一位虔诚的佛教徒，当李巍把几尊残缺佛像捧在手里时，老工人双手合十，喃喃自语，慈祥的眼神把李巍打量了好久。李巍把身上仅有的钱和烟留给老工人，并特意叮咛，请他帮忙打听哪里有散落在老百姓家里的佛像。在这之后，李巍又同这位藏族老工人见过两次面，掌握了民间一些很有价值的金铜佛像线索。

带着几尊残缺不全的小佛像，李巍暗中察访，看看能否找到会修复的人。然而任凭李巍踏破铁鞋，既没有找到会修复的人，也没有找到敢修复的人。让李巍欣慰的是，在这期间，他不但结识了一些家中可能藏有佛像的大户后人，还结识了一些因“文化大革命”而落魄的活佛、头人、大千户、大管家以及寺院的僧官、住持等民族宗教界人士，这为他后来收藏佛像建立起广泛的人脉关系。李巍没有挂招牌，没有做广告，但他的名字不胫而走。李巍保护佛像、收藏佛像的名声在西北一些地区悄悄地传开了。

三

十年内乱结束后，改革开放的春风吹遍了江河源头、雪域广漠，青藏高原贫穷落后的冻土开始消融。随着党的民族政策日益完善、宗教政策逐步落实、群众脱贫致富的愿望日趋强烈，散落在民间的金铜佛像也慢慢地走出百姓家门，逐渐成为文物收藏者竞相追逐的热点。

20 世纪 80 年代中后期，金铜佛像藏家的信息越来越多。李巍发现，有些受境外委托的文物贩子，已经把金铜佛像作为他们猎获的重点目标。为了不使佛像珍品流失到境外，李巍认真学习有关文物保护法律，争取多种渠道和持有佛像的群众交朋友，力所能及地帮助他们解决实际困难，动员群众不要让佛像被文物贩子套走。

佛像的交易并不以李巍的愿望为转移。流窜在牧区的文物贩子还是把一些珍贵佛像弄走了。为了争夺先机，李巍和妻子变卖了家里能换钱的几乎所有财物，以至全家三口连着几年席地而眠。但就是这样节衣缩食，李巍收藏佛像的资金依然捉襟见肘。再加上他的收藏只能利用业余时间，常常因经费和时间落实不了，眼睁睁地看着许多精美的佛像落到文物贩子手中，李巍急得满嘴起泡也无可奈何。

李巍是个有血性的军人，忠于职守，不甘落后，刚过 37

岁，便跨入副师职军官的行列。按照军官成长规律和李巍的发展势头，到50岁左右时，他的肩上应该闪耀着金光闪闪的将星。“不想当将军的士兵不是好士兵”——这是跨入军营第一天就铭刻在李巍脑子里的信条。每当想到自己有可能成为一名共和国将军时，李巍都会心潮澎湃，热血沸腾。可是，随着时间的推移和收藏佛像遭遇困难，李巍的“收藏梦”开始向“将军梦”挑战了。

李巍陷入了两难选择——或者放弃收藏，或者脱下军装。在食不甘味、寝不安枕的痛苦抉择中，李巍以孙子“兵无常势，水无常形”的名言为自己壮胆，不顾战友们的劝阻，放弃了引颈可及的将军理想，朝着遥不可及的收藏大梦迈步而去。李巍的妻子鞠传莉也是个军人，20多年的相濡以沫，她深知李巍的个性——开弓没有回头箭，有时候即使一头撞到南墙上，也要看看是墙硬还是头硬。经过反反复复的思虑，鞠传莉同意了李巍的选择，并用“将相本无种，男儿当自强”的古人豪言，激励李巍克服困难，追逐目标。

1991年初，刚刚迈入不惑之年的李巍，揣着8003.16元的转业军人安置费，走出恋恋不舍的军营，惴惴不安地踏进了宁夏回族自治区转业干部安置办公室的大门。

让李巍始料不及的是，安置办的一位干部明确地告诉他，宁夏地方小，单位职务少，两年前的师职转业干部还没有安排完，他年纪轻，先找点事干干，过几年倒出位置再想办法解决他的工作问题。殊不知就是这次开门不给羹的遭遇，竟使李巍的工作安置成了入海泥牛，再也没有音讯。之后李巍虽然多次询问，但都被人以种种借口回绝。四年过去，李巍的档案也被遗失，迄今无踪无影。

没有正式工作，没有固定收入，“将军梦”放弃了，“收藏梦”圆不了，李巍感到周身寒彻，第一次陷入了人生深谷。几个月耗下来，头发脱落，面容憔悴，人一下子见老了。李巍虽然十分痛苦，但没有挣扎，更没有怨天尤人。“三军可夺帅也，匹夫不可夺志也。”想到孔老夫子这句名言，李巍萌发了下海经商的念头。他想凭自己的努力，披荆斩棘，在脚下开出一条生命旅程中的新路。

丢掉“铁饭碗”，寻找“新饭碗”。权衡利弊，八方讨教，犹豫徘徊，李巍的精神备受煎熬。经过反复调查论证，在妻子和亲友的支持下，李巍把开发洮砚作为赚钱收藏的突破口，开始踏上同市场打交道的坎坷之路。真是“山重水复疑无路，柳暗花明又一村”，工作安置那扇门被人堵住了，命运却为李巍打开了另一扇大门。

四

洮砚是我国四大名砚之一，历来被文人墨客视为案头雅品。隋唐以降多有诗词吟颂洮砚，乾隆皇帝对洮砚更是酷爱有加，曾在一首诗中写道：“鹦鸽佳色自洮来，压倒端歙生面开。取出绿波犹带水，女娲留得补天材。”在乾隆眼里，洮砚压倒端砚等，品居四大名砚之首。李巍朝经暮史，从古人赞颂洮砚的诗词中寻找灵感和精神，为自己生产洮砚积蓄文化底气。

洮砚的原料产地，在洮河流经的甘肃省卓尼县境内。执行外测任务时，李巍曾看过洮砚石材的开采过程，这使他很快进入角色。在当地政府和群众支持下，经过两年多的不懈努力，李巍的洮砚厂恢复了传统生产工艺，送出去的洮砚样品颇受专家好评。但是，李巍毕竟不了解文化用品的行情，误以为专家的肯定就是市场的需求信号。于是洮砚厂以生产精品为目标，多方搜求古砚照片，聘请高级工匠集体攻关创新，以中国古典四大名著和神话传说中的系列人物为原型，在构图、选料、造型和雕工上下功夫，把审美情趣和人文内涵凝聚在洮石之上、砚池之中。正当李巍像劳碌一年的农夫，期盼着丰收的喜悦到来之际，市场反馈的信息再一次把冷水浇到他正在发热的头上。营销人员告诉他，忙于解决温饱的人不想把钱花在不能吃不能喝的洮砚上，已经解决温饱的人也不忙于用贵重的洮砚附庸风雅。砚台滞销，资金断链，佛像收藏再次落进难以为继的困境。李巍第二次陷入人生的深谷。

面对进退两难的局面，军人的血性让李巍再次下了壮士断腕的决心。1992 年 4 月 6 日，李巍揣着东家借西家凑的 2 万美元，带着 86 方洮砚和字画瓷器漂洋过海，踏上了听说遍地可以淘金的新加坡。

飞机落地，李巍没有去宾馆下榻，在朋友的帮助下，他到一栋公司办公楼的五层借了一间房间，把带去的物品陈放在十多平方米的地板上，开始了文化产品的经营生涯。

李巍的住地不在商业区，陈放在五层的物品极少有人问津。春去冬来，眼看着带去的钱越花越少，赚钱的希望越来越小，李巍真正体会到了热锅上蚂蚁的滋味。连一床被褥也舍不得买的李巍，枕着报纸睡在地毯上，夜夜不安，天凉时，只好找一块盖布搭在肚子上。这家公司下午 4 点钟下班后锁门，李巍必须在 4 点以前把饭买回来，把晚上要用的水准备好，否则既出不去也进不来。夜里没有厕所用，只好用塑料袋代替马桶，第二天厕所一打开，急忙倒掉，生怕被别人看见。新加坡的物价同他们的收入一样高，尽管李巍一天只吃两顿饭，而且顿顿都是咸菜、咸鱼干下米饭，经常因营养缺乏满嘴起泡，也舍不得多花一毛钱买一听罐装豆奶喝。白白耗了两年，兜里的钱已所剩无几，生意却不见动静，李巍已经有了跳身马六甲海峡的念头。

“精诚所至，金石为开”，就在李巍绝望之际，《周易》中“否极泰来”那两卦在他的身上应验了。有一天，经一位朋友介绍，李巍带上他的洮砚、瓷器和字画到新加坡世界华文图书展览会上试试运气。哪知这次参展竟让李巍绝处逢生，九天下来，李巍的展品销售一空。没有买到洮砚的顾客十分遗憾，不断有人询问李巍什么时候还能进货。“潮平两岸阔，风正一帆悬”，乘着刚刚兴起的势头，李巍赶紧让国内连发几批洮砚，在新加坡举办了一次规模空前的“中国洮河绿石砚精品展”。从此，一批接一批承载着中华民族文化内涵的精美洮砚，在中国台湾、香港和新加坡、日本等地打开销路，一段时间内甚至供不应求。

中华民族传统文化的魅力吸引了境外客人，也拯救了几近落魄的李巍。他把自己的公司定名为“东方瑰宝艺术有限公司”。一大批汉藏群众在开发、推销洮砚产品中积累了财富，李巍也在夜以继日组织洮砚生产中，聚积了收藏佛像的经济实力。

五

韶华易逝，记忆难弭。将近 20 年了，每当年逾花甲的李巍讲起在新加坡的磨难时，总是深感不堪回首，老泪难遏。但李巍没有后悔，毕竟他以自己的阳刚心性和血肉之躯挺过了佛像收藏生涯中最为艰难的岁月，为抢救国家的珍贵文物做了一份努力，尽了一份责任。

从古以来的有识之士都认为，收藏家收藏的是文物，传承的则是文化，因而把文物看得比金钱更珍贵。李巍秉承古人之见识，认为文物收藏不光要有雄厚的资金、过人的胆识，更要有保护珍贵文物的强烈意识，尤其对传世不多的明清宫廷金铜佛像，更要加倍地小心保护。

金铜佛像收藏市场虽然多数在民风淳朴、较为偏远的少数民族地域，但那里也不是风平浪静的乐土。虽然看不见硝烟，听不见枪声，但正邪的对垒从未终止，胜败的决战时有发生。在长年累月的收藏交往中，李巍发现有些佛像收藏者实际上就是境外文物贩子的代理人。他们或压低价格蒙骗持宝人，或抬高价格同文物部门竞争，在这种情况下老百姓经常上当受骗，文物部门则“望宝兴叹”，不少金铜佛像被走私到境外，甚至流失到异国他乡。有一次，李巍看到被境外一家公司拍卖的一尊鎏金佛像，正是他几年前多次想收藏都因资金短缺而未能遂愿的那尊佛像，胸口堵得气都喘不上来，连续几天吃不下饭、睡不好觉，心灵受到重创。李巍暗自立誓，即使倾家荡产，也不能让佛像珍品在自己的眼皮底下再流失到海外。

经过反复论证，1997 年初，李巍以破釜沉舟的决心，整合所有资金，在四川省广汉市组建三星堆古酒厂，一举叩响了白酒市场的大门。由于管理经营好，酒品信誉高，酒的销售一路看好。澳门回归前夕，远销海内外的三星堆古酒战胜多家名酒，终于在几轮竞标中拿下了生产澳门回归纪念酒——“九九澳特纯”的订单。

财大才敢气粗，力大方敢扛鼎。有三星堆古酒作依托，李巍同境外文物贩子一较高下的信心更为坚定。有一次，李巍在新加坡接到国内打来的电话，说一尊永乐年间的稀世鎏金佛像可能在近几天被境外文物贩子拿走。李巍放下电话直奔机场，买下当天最后一张机票，以志在必得的决心，直奔这尊佛像的藏家所在地。飞机落地后，李巍未出首都机场，又搭乘最后一班飞机飞往兰州，飞机在兰州中川机场落地时已是满天繁星。李巍跑出机场，跳上早已联系好的出租车，一路狂奔，连夜赶到西宁，终于抢在文物贩子下手之前几个小时，以高出外商的价格把这尊佛像收藏下来。现在，这尊佛像的庄严宝相，已经在中国国家博物馆正式展出，供人们瞻仰。

如果说收藏佛像的资金曾使李巍几度处于困境，那么收藏佛像的艰辛则使李巍多次处于险境。1989 年秋，李巍到青海牧区收藏一尊佛像，因为道路泥泞，赶到牧区时天色已暗，正在李巍四顾无人时，一只猛虎般大小的藏獒突然从黑暗中向李巍猛扑过来。尽管李巍是个将近一米八的大块头，又穿着厚厚的皮大衣，但因赤手空拳，还是被这只猛犬逼得连连倒退。正在无计可施的危急时刻，多亏一位藏族老阿妈喝退藏獒，李巍才侥幸脱险。

常年在青海走访，又经常为老百姓排忧解难，李巍同藏族同胞的关系十分密切。一旦发现佛像线索，大家总要想方设法先告诉他。1996 年春节前，青海一位熟人告诉李巍，有个老乡希望李巍收藏他家的一尊四臂观音像。核实地址后，李巍立刻从西宁租了一辆夏利车，想在午饭前赶到目的地。谁知汽车开了 300 多公里就抛锚了，车子趴在海拔 3000 多米的高山便道上，大风扬雪，寒气透骨，司机使出浑身解数，也未能排除故障。这时已是凌晨 4 点多钟，气温降到零下 30 多度，随身携带的食物早已吃光，体内的热量也几乎耗尽。李巍和司机冻得全身上下没有知觉，冻僵的双手甚至连修理工具也拿不住。经验告诉李巍，如果再过几个小时得不到救助，两个人不冻死也要冻残。就在李巍眼看要踏上死亡边沿的时候，一辆卡车的灯光从远处山上射了过来。恍惚之中，李巍感到山上的灯光如同佛光，把他的眼前照亮了，把他心头的恐惧驱散了，李巍知道这一下有救了。俗话说“男儿有泪不轻弹”，当卡车司机把车停在李巍面前时，李巍和夏利车的司机再也控制不住自己的泪水了。卡车司机原来是个藏族高原汽车兵，听说李巍是为请一尊佛像才在这里陷入困境，立即动手帮忙修车。返回西宁后，李巍因又冻又饿大病一场，但不等身体完全康复，他还是赶到 500 多公里之外的高原牧区，把这尊四臂观音像请回西宁。

收藏佛像的沧桑岁月，让李巍与金铜佛像结下不解之缘。

李巍的床头常年供奉着一尊永乐佛像，晚上不端详佛像，睡觉也不踏实，有时深夜醒来看看佛像才能心神安宁。收藏佛像不仅净化了李巍的心灵，让李巍懂得了人为本、善为上、和为贵的深层道理，还让李巍感悟到佛教造像所具有的文化内涵和艺术魅力，激励李巍为保护民族优秀文化遗产继续奉献一己之力。

六

2010 年 4 月，美国哈佛大学的范德康教授、印第安纳大学的史伯苓教授、德国波恩大学的史卫国教授在北京讲学，看到《汉藏交融：金铜佛像集萃》一书后十分惊喜，一定要让老朋友沈卫荣教授介绍他们参观李巍收藏的金铜佛像。参观之前，三位佛学专家对李巍以一己之力收藏上千尊金铜佛像还心存疑虑。参观结束后，三人都很惊讶，连声赞叹：“太好啦！太精彩啦！了不起！震惊！震惊！”外国专家虽然只能用简单的汉语表达对中国佛教造像艺术的由衷赞美，但却让李巍感受到无比的自豪和欣慰。

2011 年 4 月 9 日，沈卫荣教授从维也纳大学发电子邮件告诉我，正在奥地利一起开会的哈佛大学范德康教授已和他商定，今年夏天到北京住一段时间，两人共同从李巍的藏品中精选出几十尊明清宫廷金铜佛像，合作一部全英文的金铜佛像图集向海外发行，让中华民族文化瑰宝的璀璨光辉在异国他乡绽放。

光阴荏苒，流年似水。40个年头过去了，收藏、保护佛像的激情依然在李巍胸中澎湃。一座以明清金铜佛像为主要展品的佛教造像艺术景观，正在从蓝图变为现实。把藏品变为展品，把文物变为文化，是优秀收藏家梦寐以求的境界，李巍正在向这个境界攀登。李巍坚信，作为中华民族文化瑰宝的明清金铜佛像，永远是中华民族华冠上流光溢彩的明珠。

2011年“5·12”前夕

（2011年7月29日发表于“人民网”）

雕琢神态　塑造气韵

——记著名雕塑艺术家纪峰先生

在现代中国雕塑艺术家排行榜上，纪峰这个名字绕不开，尽管纪峰自己不这么认为。纪峰多次对人说，自己只是个从小玩泥巴的农门弟子，虽然在中央美术学院大门口徘徊过，但在举棋不定的关头，还是听从冯其庸先生的举荐，走进了韩美林先生的工作室。

纪峰是幸运的。在冯、韩二位大师中，得一人传道授业解惑已属不易，能被两位大师同时收为弟子，足见大师慧眼识珠，亦见纪峰睿智过人。从此，纪峰白天跟韩先生学画习塑，晚上跟冯先生学典习字。至于如何做人，两位先生更是耳提面命，常使纪峰有醍醐灌顶之悟。时日稍长，他渐渐懂得，做雕塑艺术不只是在三维空间同泥巴、石膏打交道，还有诗和远方。心灵与心灵的对话、艺术与艺术的碰撞，还会使人迸发出新的创作灵感。

板凳要坐十年冷，功夫不负有心人。在将近十个寒暑里，纪峰心无旁骛，孜孜以求，终于在1999年走出师门，放飞梦想，迈出了独立工作的第一步。

哲学讲，量的积累必然会出现质的飞跃；佛学讲，渐悟之久必有顿悟，说的都是从量变到质变的过程。走出韩先生的工作室和冯先生的瓜饭楼时，熟悉的朋友戏说，纪峰不是博士胜似博士。纪峰与围墙内学院派的同龄人，在雕艺与学养上已经不可同日而语了。

初露峥嵘的纪峰成名后依然虚怀若谷，以海纳百川的气度，在实践中学习，在学习中实践。但有余暇，他会一个人揣摩当代雕塑大师叶毓山、吴为山等人和欧洲雕塑大师米开朗琪罗、罗丹等人的作品造型和雕工。他憧憬通过不懈的努力，使自己的作品在写实中蕴含写意，在写意中凝结写实，既承袭中国的雕塑传统又吸收西方的雕塑精华。因为自感学养没有科班出身的人深厚，他购买中央美术学院的教材和各种有关雕塑的书籍，像海绵一样吸收其中的营养，改进自己的创作构思和雕琢艺技。这使纪峰的专业知识和学术修养有了长足的进步。

2015年11月，我参观纪峰在北京的雕塑作品展览后，对他取得的艺术成就十分惊讶！也很想听听国内雕塑大师对他的评价。中央美术学院原副院长叶毓中教授是我的老战友，其兄叶毓山教授是我国老一辈雕塑艺术家的翘楚。2016 年春节我打电话给叶先生拜年，顺便询问他知道不知道纪峰这个雕塑家。叶先生客气地告诉我，哪能不知道！给季羡林先生塑的肖像就能说明他的水平嘛！后来我把叶先生的评价转告冯先生，冯先生却说，初露头角，还是低调一点好！我深切感受到冯先生的“舐犊之情”，把原本想写的评介文章搁下了。

常言道，书山有路勤为径，学海无涯苦作舟。冯先生曾谆谆教导纪峰，学而后知不足，教而后知困。纪峰牢记先生教诲，不光下功夫读万卷书，而且披星戴月行万里路。在将近 20 年里，纪峰除了伴随冯其庸先生仔细研究过新疆的几座石窟群雕外，云冈石窟、龙门石窟、麦积山石窟、鸣沙山莫高窟都留下了他的足迹。不少庙宇建筑中的塑像，也使纪峰从中获得了灵感。这使他对中国传统雕塑的总体风格和个体神韵有了独特的见解和把握。他认为雕塑人物的过程，就是雕塑者与被雕塑者心灵对话的过程。他从每件作品的构思、设计、塑型中不断丰富“以神主形”的雕塑观念，形成了中国画写意手法与写实手法在雕塑艺术上的有机融合。

纪峰是谦虚的。即使已经成绩斐然，每有重要创作题材，深思熟虑之后他都要向冯、韩两位先生请教，以求抓住精要，少走弯路。冯其庸先生逝世前，纪峰先后为冯先生雕过不同规格的石膏像和青铜像。冯先生仙逝后，纪峰说："冯老的形象装在我心里，一想到老先生的教诲，我除了努力努力再努力，不敢有丝毫懈怠！"

2018年元月，我专程去京东通州张家湾，参观纪峰作品的展示。进入宽敞的展厅简直不敢相信，纪峰竟然为几十位国学大师和各界名流制作了肖像。看到曹雪芹、季羡林、饶宗颐、启功、钱仲联、周有光、刘海粟、周巍峙、徐邦达、杨仁恺、乔羽、叶嘉莹、黄文弼、杨宪益、王昆、马季、李文华、姜昆、二月河、徐荣祥、藏医宗师措如·次朗活佛等名家和哈佛大学安德鲁·威尔教授的塑像会聚一堂，个个形神兼备，人人栩栩如生，我仿佛置身于雕塑艺术的殿堂。文化的清氛在展厅中升腾，我心里充满了崇敬和感慨之情。看到冯其庸、韩美林先生铜像神韵生动、风采逼真，我禁不住对纪峰这两位恩师鞠躬致敬。

如果说为国内大师名流塑像，展示了纪峰对人的非凡观察能力和雕塑表现能力，为赤道几内亚总统奥比昂雕作的巨型塑像的过程，则更能折射出他的美学功底和宏观把控功力。巨像制成，总统委派专人前来验收，看后赞赏不已。塑像运到赤道几内亚，纪峰又亲自前往安装。为外国总统塑像，这是中国雕塑艺术史上的一段佳话，也是纪峰雕塑生涯中一次重要的艺术实践。

我是1993年9月下旬在南疆军区结识纪峰的。他那次伴随冯其庸先生考察玄奘取经东归古道，冯先生有让纪峰开阔视野、丰富阅历的初衷，此行使纪峰获益良多。在南疆军区期间，冯先生专门向我介绍了纪峰的人品和悟性，说他天赋高、好读书，将来会发展成出色的雕塑家，言辞中对纪峰寄予厚望，给我留下很深的印象。

韩愈云："世有伯乐，然后有千里马。千里马常有，而伯乐不常有。"我为纪峰有冯其庸先生和韩美林先生这样的伯乐而庆幸。

26 个年头过去了。当年有点腼腆的小青年，已成长为国内诸多学术大师高度认同的著名雕塑艺术家。作为忘年之交，纪峰竟然也为我塑了一尊铜像，忝列群像之中，真可谓受之有愧，却之不恭。

2015 年参观纪峰雕塑艺术作品展览，我曾吟成五绝一首，今录于此，聊表谢忱：

赠纪峰

生来禀赋高，昼夜淬工刀。

界首新才俊，京城展艺雕。

2019 年 6 月 25 日

下笔惊风云　落墨染毫巅

——试论吴振西诗书画艺术

按照时下的热词，诗书画皆工的艺术家应该归属于“跨界”艺术家。其实，所谓“跨界”艺术家古已有之，只是为今鲜见罢了。清时，有人送联给郑燮，联云：“三绝诗书画，一官归去来。”上联指唐人郑虔诗书画皆工，时称“郑虔三绝”；下联指东晋陶潜于任上挂冠归隐，作《归去来兮辞》。上溯古代文人雅士，能在多个领域挥洒自如、汪洋恣肆者寥寥无几。放眼当代艺术名家，“三绝诗书画”者更是凤毛麟角。即使确有其人也不会轻易抛头露脸于江湖，他们或散居山野，闭门谢客，专注读书；或身栖深宅，作伴孤灯，埋头笔耕。但也有徒具虚名的浅薄之徒，被好事者捧腚而吻，冠以开宗立派的“三绝泰斗”“艺术大师”。如此这般，受者得意，授者窃喜，个中买卖秘而不宣。然而实至名归的大师并不买账，我曾目睹耳闻季羡林、冯其庸先生调侃“大师”封号，听罢令人捧腹。

近十年来，经著名艺术评论家南远景先生引荐，我有幸结识了四川书画界几位造诣深厚的艺术家，但未见一人张牙舞爪、不可一世，诸位皆为斯文雅士、谦谦君子，吴振西先生便是其中一位。其实，振西先生还真是个性情中人，他为人刚直，好恶分明，待友真诚，敢作敢为，是典型的军人性格，但他对待书画艺术的态度却低调谨慎，圈内很少听到有关他的杂音。对别人评介他的作品也不热衷，生怕给人落下“蜀中无大将，廖化作先锋”的笑柄，后见我态度执拗，不好婉拒，才勉强提供了一些资料。是故，我管中窥豹，对吴振西先生的人品作品有了新的认识，这里姑妄论之。

一、秉持初心的人格

1951 年生于安徽池州的吴振西，天赋异禀，自幼酷爱诗词书画，7 岁便有美术作品在报刊发表。上小学时，他已将《杨家将》《说岳全传》中的人物画得栩栩如生，在学校引起轰动。受此激励，吴振西萌发了当书画家的初心，而且一以贯之，秉持不变。1970 年底，就读于安徽一所大学的工农兵学员吴振西，因书画特长被征召入伍，不到一年又被部队推荐到四川美术学院就读。吴振西在冯建吴、李文信、白德松等几位享誉全国的老教授的悉心教诲下，心中架起了一座美术彩虹。然而事不遂人愿，原本想在美术专业上大展拳脚的吴振西，毕业后却被部队要回，分配到政治机关工作。吴振西持守初心，利用一切业余时间巩固书画功底，并且抓住参加对越自卫反还击战的机遇，展现他的诗书画专长，画了不少战场速写发表在各类报刊上，为战友们的戎装风采添加了几缕血色浪漫。

经过战争洗礼和军队锤炼，转业后的吴振西走上新的领导岗位，在正厅级职务上笑迎夕阳，洒脱退休。40 年从军从政的生涯，吴振西阅人无数。退休后看到一些喜欢欣赏自己脚印的人，如同拉磨的驴子，老在原地转圈圈，心中感悟良多。一种时不我待的紧迫感让他果断作出抉择，秉持初心，重操画笔，在梅开二度中回归艺术田野并辛勤耕耘。

人的成长是需要榜样的。吴振西先生坦言：“我的楷模就是在美院教我的白德松教授。他是我国当代为数不多的著名国画人物大家，艺术创作思想的高深、知识学问的广博、做人的修为与风骨的境界对我影响甚深。”白先生只看重学生的人品学问，非常反感把官衔与艺术放到一起。即使对中国美协主席，白先生也没有看客下菜。谈艺术聊学问可以，谈职务待遇不屑一闻。看到赞佩他的文章中出现“著名国画大师白德松”字样时，老先生当着众人说，“称我为大师是对我白德松的侮辱”。中国文联和中国美协 2018 年 8 月在中国美术馆为白老 80

寿辰举办画展。开展前三天他到北京，看到展板及宣传册上写满了各种各样的头衔，以及“当代国画大家国画展”的展标，老人家当即找到中国文联副主席冯远，要求宣传册重印，布展重来，废除所有头衔和称谓，自己取名为“一个纤夫的足迹——白德松画展”。在中国美术馆举办画展期间，《人民政协报》《中国书画报》慕名拜望老先生，提出要采访先生并以两版刊登老先生的作品及其绘画学术思想，被老先生拒绝。保利集团原想以两千万重金收藏其展览中的一幅作品，当有关人员带着买家面见老先生时，老先生当头一句“我白德松的画不值这么多!”弄得在场的人哭笑不得、不欢而散。这些别人当作笑谈的真实故事，在吴振西先生脑子里却像长鸣的警钟，经常在耳畔响起。吴振西深为敬重地赞叹：“先生的行为方式在当代知识分子中似乎很难找到，但他的行为方式所展现的高尚情操和精神境界，我这个做学生的是一辈子也学不完做不好的。白老的人品、画品对我影响甚深，我与他既有师生之分，更具挚友之情。在对待艺术的态度上，我一向怀着敬畏之心，凡事非常谨慎，生怕稍有不妥而伤害了先生并伤及我与先生的情谊。”

近朱者赤，近墨者黑。受白德松先生传道授业解惑的熏陶，吴振西一直笃信：“书画家归根到底要以作品说话，即使名气再大，头衔再多，作品平平，也只能是空有其名、虚张声势而已。如果我在这些问题上稍有不慎，易给人乱炫耀、瞎显摆之嫌。讲心里话，像我这等平常之辈真无半点值得显摆之处。”吴振西先生的谦逊是实在的。他在微信中说：“以前在工作岗位上，根本没有时间和精力操弄个人业余爱好，退休后重新捡起，权当自娱自乐。现在有不少好友愿意为我操办大型画展，出版豪华画册和诗集，不知何故，对于这些劝说我均闻而却步，辜负了好友的一片美意。一些诗词仅在报刊上发表过，现在也不知道散落在哪个角落。”得知吴振西先生退休前夕，四川美术出版社出版过一本《当代书画名家精品图典：吴振西画选》，我希望能获馈赠。吴振西先生却以画册冠名太夸张、作品质量也很差而婉拒。

老话说“文如人”“诗品出于人品”。吴振西深谙其中哲理，退出领导岗位后，持守初心，逐梦始终，转身回归艺术创作之路，一步一步地登上了诗书画高地。

二、托物言志的诗词

孔子曰：“不学《诗》，无以言。”又说：“《诗》三百，一言以蔽之，曰，思无邪。”可见不学诗不仅难以与人交流，还会影响人的道德修养。所以，《诗经》被列为“五经”之首，“三绝诗书画”把“诗”列于首位，也就不足为奇了。

诗是抒情的艺术，它被现代人视为情感的凝铸，是人类社会生活在作者头脑中引起强烈反响的情感释放。诗歌以高度集中的艺术概括、丰富深沉的艺术思想，表达诗人的特定感受，具有浓郁的抒情色彩。而语句凝练、抑扬顿挫、朗朗上口的中国古典诗词，更能赢得儿童的喜爱。吴振西喜欢植根于传统文化沃土的古典诗词，他孩提时代就在古典诗词中徜徉。继《三字经》《百家姓》《千字文》这些带韵的启蒙读物之后，13 岁时吴振西已通读了《三国演义》等中国名著和《悲惨世界》《基督山伯爵》等外国名著，对《千家诗》《红楼梦》中的诗词大都能熟练背诵，有些还用蝇头小楷抄录下来，成为老师和同学争相传阅的范本。这些童子功为他后来的诗词创作打下了坚实的基础。随着年龄和阅历的增长，加之军队政治机关对干部学养和素质的要求，吴振西深入研究古体诗、近体诗、新体诗、打油诗、顺口溜和自由诗的区别，深入研究大量古今诗学经典，在熟练掌握诗的格律、联句、修辞用典和起承转合的基础上，注意把感悟提炼成诗词语言，或信笔而写，或题跋于画，粗略估计已有几百首之多。其中多数是托物言志或写景抒情，即使是吟咏春花秋月的风雅诗，在其意蕴深层也能触摸到作者的风骨。吴振西先生说："我喜欢写诗，尽管写得不好，但我尽力追求诗（包括我的书画作品）的意境美，哪怕只有那么一点点。"

诗是想象的艺术。"诗以言志"是说诗人在强烈的感情推动下，以“思接千载”“视通万里”的跨度，“观古今于须臾，抚四海于一瞬”的感触，用精美语言形象地浓缩时间和空间，展现诗人的内心世界。吴振西先生牢牢把握诗的想象特点和修辞手法，以托物言志的抒情诗放怀长吟、纵情高歌，每每把读者带入他营造的诗情画意之中，《游巴中光雾山》即有此种效果：

南江十月景不同，看残黄菊又丹枫。
一番霜信消肥绿，二月花光逊老红。
是处妍姿笼晓雾，有时艳影落西风。
停车怅望情何极，诗在秋山夕照中。

写这首诗时诗人已过花甲，进入暮年。从古至今，以垂暮之年咏晚秋之景的诗词无以计数，但基调难免有悲秋之情，而吴振西先生这首诗通篇洋溢着英雄迟暮人未老的热忱。先看首联：黄菊开败了，丹枫又红了。黄菊与丹枫的色彩对比，巧妙地写出了秋天的神韵。次看颔联：霜把绿叶打瘦了，丹枫的老红比二月春花还烂漫。再看颈联：笼罩妍姿的浓雾被西风吹散，丹枫的艳影又呈现在诗人眼前。末看尾联：不要为秋天而惆怅，夕阳中的丹枫已被诗人凝练成绚丽的诗句。这首诗用残菊、瘦绿、晓雾、秋山反衬丹枫的老红、妍姿、艳影、夕照，字里行间融入乐观独白，流露出诗人的浪漫情怀，丝毫没有悲秋的伤感。读吴先生的《游巴中光雾山》，自然会想到刘禹锡的《秋词》：

自古逢秋悲寂寥，我言秋日胜春朝。
晴空一鹤排云上，便引诗情到碧霄。

又联想到杜牧的《山行》：

远上寒山石径斜，白云生处有人家。
停车坐爱枫林晚，霜叶红于二月花。

我以为吴氏与刘氏、杜氏的咏秋虽然格律不同，却有异曲同工之妙。

在吴振西先生托物言志的抒情诗中，饱含家国情怀的佳作更能体现诗人的价值取向。《极目阁抒怀》便是一例。诗云：

黄河万里卷涛来，挟势惊雷亦壮哉，
纵目川原堆锦绣，春风扶我送高台。

在这里，诗人不仅看到了黄河卷涛挟雷的气势，更看到了堆起来的锦绣河山。这个“堆”，让诗人的胃口被吊起来了，站在此处眺望，“锦绣”不能尽收眼底，只得请春风“扶我”再上“高台”。一个“扶”字把春风拟人化了，让人不仅看到诗人对“春”的热爱，还看到尽管体力不支，诗人依然对壮美河山有着无尽的热爱。这样触景生情的诗句，绝不逊于王之涣《登鹳雀楼》触景生情的名篇。

《听鹃》是诗人退休后的一首抒怀诗。全诗写道：

少年投笔戍疆边，卅载征尘染鬓斑。
中夜江南听鹃语，乡情一缕绕营盘。

这首诗表明，经历了30年军旅生涯的吴振西，从少年时代走入两鬓斑白的老年，回眸征程依然自豪。只是晚年更是乡情萦怀，亦有“子规半夜犹啼血”的怅惘。把杜宇化鹃的典故藏于诗中，也是一种技巧。

吴振西从内心对毛泽东十分敬仰。他崇敬开国领袖的丰功伟绩，钦佩毛泽东的诗词书法。参加“毛泽东诗词研讨会”后，他作诗两首抒发感怀。之一写道：

大略宏猷万世雄，更兼文采冠寰中。
捉鳖揽月等闲耳，旷古无双毛泽东。

之二写道：

> 学通今古寥无人，浚发心源日日新。
>
> 马上词章枕边句，依然光焰压星辰。

吴振西的诗发乎于心，是心声的表达，也是源自人生经历的感悟。

三、法度严谨的书法

汉字书法历史悠久，它以不同风貌反映时代精神，其艺术青春与时俱进，是世界独一无二的艺术瑰宝，是中华灿烂文化的绚丽奇葩，具有深厚的群众基础和无与伦比的艺术特征。书法的规范、规则和秩序，是书法的法度。最早提出“法度”的是东汉书法理论家崔瑗，他在《草书势》中提了“法象”的概念，强调“观其法象，俯仰有仪，方不中矩，圆不副规”，用自然之物之形象连接汉字笔画。这种对汉字书写规范性和秩序性的表述，同时也道出了汉字的审美价值。

学问悟行，必有所成。吴振西先生对书法艺术的酷爱，与其自幼对“书画同源”的认知分不开，更与其后来的书画兼修分不开。他幼年勤习篆、隶、楷诸家名帖，中学专习二王，后来沉醉于临摹张旭、怀素、黄庭坚、孙过庭、米芾等名家的经典草帖，同时研究“晋人尚韵，唐人尚法，宋人尚意，元明尚态”的书法形体，追寻书法演变轨迹，熟练掌握了“起行收笔要准，提按顿挫要稳，运笔变化要匀”的书写法度。他在潜心钻研书法理论的基础上不断进行书法创作，从而形成了自己的书法面貌。其草书布局合理，结构严谨，章法有度，笔酣墨饱，险峻狂放，气势磅礴。其行书挥洒自如，朴拙雄健，正中寓欹，紧中见放，行云流水。其行草交错的书法，铁线银钩，酣畅淋漓，动静融通，荡气回肠，如灵蛇吐纳，恰似交响乐章，给人以美不胜收的享受。

吴振西先生不仅以书法艺术见长，还有深厚的书法理论造诣。2019 年 5 月 26 日，在研讨毛泽东给朱德贴身警卫管开智题词的座谈会上，吴振西的发言引起强烈反响。发言的原文摘要如下：

> 看了毛泽东主席、朱德总司令 70 年前为革命老前辈管开智的亲笔题词，心潮澎湃，久久难平。毛泽东同志作为一代雄才大略的历史伟人、中华人民共和国的开国领袖，我们更多了解的是他革命家、思想家、外交家、军事家的一面，较少了解他在诗词、书法等领域的非凡成就。他精诗词、通书法，是中国当代诗词大家、书法巨匠，与历史上任何一位书法家相比都不逊色。毛泽东的书法雄浑豪放，气势如虹，

他对中国书法的振兴和巨大贡献，特别是在中国书法史上创造了千古一绝的“毛体”，树立起中国书法艺术的一座巍巍丰碑。作为共和国的缔造者，毛泽东毕生都用毛笔，连指挥战役的电报都用毛笔书写。毛泽东的书法艺术是革命的记录簿，真实地记载了中国共产党波澜壮阔的革命史、奋斗史、战斗史以及社会主义建设史。毛泽东的手书墨宝十分珍贵，是留给华夏儿女宝贵的物质财富和精神财富。“前进”二字，是毛泽东1949年10月19日题写的。题词以其极为深厚的传统书法功底，超凡脱俗的鲜明个性，推翻“蒋家王朝”后的胜利者姿态，集崇高、雄健、豪放、险绝、飘逸于一体的美学形象，无往而不胜的雄杰气概，一挥而就——“前进”。此时，我们耳旁仿佛响起了“宜将剩勇追穷寇，不可沽名学霸王”“打过长江去，解放全中国”的伟大号令，看见了“百万雄师过大江”“天翻地覆慨而慷”的胜利景象。“前进”包藏宇宙、气吞山河，其震地之威、威武之势，令人鼓舞，催人奋进。毛泽东书法无与伦比的才气、豪气、灵气、霸气与神气，在“前进”二字中激荡洋溢。学习欣赏毛泽东书法，让我们既领略到龙蛇飞舞、大气磅礴、豪放酣畅之美，更感受到指点江山、激扬文字、吞吐天地、独领风骚的伟人风采。题词《前进》风格独特，法度严谨，结字飘逸，行笔如神，具有强烈的视觉美感。首先，崇高俊美的体势特征，给读者以强烈的视觉冲击和精神震撼。题词以行草书入笔，以纵取势，横短竖长，捺短撇长，突出主笔，风姿卓越。或一竖贯穿，似中流砥柱，顶天立地；或一撇飞扬，如黄河之水，飞流直下。这种以纵长之姿立字的结构造型，很容易让读者与巍峨的高山产生联想，在艺术审美范畴中，如此崇高俊伟的汉字形体，必然会产生强烈的视觉冲击和精神震撼。其次，“前进”二字中欹侧险绝的体势特征，丰富了中国书法的美学范畴。在字的结构安排上，毛泽东善于“化险为夷”。写横时画短，且由左下向右上作近四十五度的大角倾斜，恣意拉长竖或撇画，从而构成斜长的平行四边形。字的形体左低右高，由欹侧而顿生险绝之势。虽是大角度的倾斜造险，因其字重心稳定，主线立根，故有斜而不倒、险而不危、威风凛凛、器宇轩昂的气势。题词通体贯穿的和谐之美，与“自己动手、丰衣足食”“推陈出新”“向雷锋同志学习”等题词有异曲同工之妙。“前进”二字，如巨斧斜劈山峰，飞瀑悬挂峭壁，狂风摇撼修竹，大鹏展翅冲天，一派昂扬奋举之态，大有米芾、黄庭坚纵横捭阖之风，而欹侧之势尤甚。它以不平衡求平衡的特异形体，打破书法通常的整齐、匀称等结构组合规律，别开生面地以险绝峻拔之美出奇制胜，丰富了中国书法的美学范畴，因此更具有独特的审美价值。第三，“前进”二字夸张变形的体势特征，体现了毛泽东书法创作的浪漫主义。毛泽东的书法，发乎情意，纵笔自由，随意改变运笔基本节奏，以笔画的长与短、粗与细、曲与直、断与连，以及字体的大与小、肥与瘦、正与欹、疏与密等悬殊变化，形成强烈反差，使本来“居动以治静”的行草书，更加狂放恣意、苍劲姿媚。然而，通观全篇，还是不齐之齐、无序之序、散而不乱、浑然和谐地成为一个完美的整体。这种前无古人的夸张处理，让笔墨更具有生命色彩与活力，使读者在惊奇、激动、震撼中得到超妙的审美愉悦。清人刘熙载说：“书，如也。如其学，如其才，如其志，总之曰如其人而已。”如果说艺术作品是人的本质力量对象化，那么，以抒情达意为主旨的书法作品则会表现书法家的功力、才情和学养。毛泽东崇高、俊伟、豪放、超迈的书风，是他崇高而伟大人格力量的外化，是与他伟大政治家的胸怀、军事家的才能、哲人的思想、学人的修养、诗人和艺术家的气质分不开的。

朱德总司令不仅是一位伟大的革命家、政治家、军事家，也是一位了不起的诗人和书法家。学习欣赏朱老总为其贴身卫士管开智所作《努力工作》的题词，不仅倍感亲切和温暖，而且在思想境界上得到一次难得的升华和提高。朱老总自幼就是一个有着中华文化归属感的典型中国人。当我们从审美角度欣赏他的书法艺术的时候，可以鲜明地感受到他质朴、雄浑、稳健、风骨凛然的特点。这一特点，一方面是他人格精神的自画像；另一方面，也是他戎马一生、为人民鞠躬尽瘁的真实写照。朱老总的题词与毛主席的题词，在意境上是珠联璧合、相映生辉的姊妹篇。《努力工作》是迄今为止我看到的朱总司令书法作品中写得最好的精品。这幅作品融颜、柳于一体，不仅布局合理、章法谨严、疏朗洒脱，而且遒劲有力、古朴雄健、典雅俊逸，既蕴含深刻的革命道理，又有很高的审美志趣。朱老总的书法法度森严，绝无扭捏做作之态，能以平实质朴的书法造型抒发内心的真实感受。朱德的书法是大智慧的产物。欣赏朱德的书法，是一种美好的精神陶冶。其书法气象上的勇猛精进与笔势仪态上的从容稳健的合一，正是孟子所说的“诚者，天之道也。思诚者，人之道也”的最佳体现。他的书法，是“仁者与天地万物为一体”的艺术再现，是有文化价值指向的精神符号。

朱德的书法实践与他的革命生涯紧紧地联系在一起。他把书法品位融入崇高的革命精神和道德情操，具有强烈的艺术感染力。从学习和欣赏朱德书法艺术中，可以进一步领略他优秀的政治素养、卓越的指挥才能、高尚的道德情操和坚贞不渝的革命精神。

环视当代书画艺术界，有的画好，有的字好，书画兼工的实在屈指可数。窃以为吴振西先生如能像他的老师白德松先生那样传道授业解惑，风行草从，书画界的道德操守和专业水准都会有新的升华。

四、妙到毫巅的国画

吴振西先生是经过严格专业训练的画家，国画、油画造诣深厚；山水、人物俱佳；写意、工笔皆长，尤以山水画名播画坛。国画《屈原》获全军书画作品大赛银奖，《大江东去》被紫光阁收藏，《硕果累累》被联合国总部收藏。八一建军节前，我有幸观赏振西先生的丹青新作，又是一饱眼福。其中一幅大三尺山水画扇面，让人满目生辉，不忍舍视。作者在右下角的题跋中写道："松风流水皆诗意，云影春风尽画禅。岁在丙申之春于锦官城听雨楼上。颈疾缠身，久未着墨，今夜月白风轻，心情尚可，故伸纸涂鸦，以舒身心是也。"画意与题跋显露出先生沉疴缓解后的豁朗心情，被松风流水、云影春光渲染出物我两忘的境界。画框系棕色红木，衬底为一色白绫。画面空灵，装裱仿宋，咫尺千景，古意盎然。远看，似闻飞流直下三千尺的激荡；近赏，似见扶杖归来犬吠急的幽深。扇面流光溢彩，四周皆有留白。扇下方的弧形留白，装裱后恰似一弯明月擎着一座春山，在浩瀚无垠的太空游弋，让人心驰神往，遐想无穷。著名书画艺术家邹文正老先生看过此画说：“这幅画的布局、结构、题款若多一笔就成了多余，若少一笔就美中不足。”老先生认为：“这幅山水一看就感觉到古韵十足，但就笔墨、布局、色彩、线条、气韵而言，却无一点泥古的痕迹，看后让人耳目一新，痛快至极。”

出于对山水画情有独钟的嗜好，我在劳作之余，总会打开石涛、黄公望、黄宾虹、关山月、傅抱石等大家的画集欣赏一番。在鉴赏比较中发现，吴振西先生的山水画确有法古不泥古的个性，可谓“博采百家、面貌一新”的集大成者。邹老先生是画坛名宿，他的点评乃大家之言，不仅有理，而且有据。得知邹老有此评论，我又认真赏阅了吴先生既往的18幅山水画照，再次与开宗立派的名人山水画仔细比对。渐渐发现吴先生的山水画，虽然也有黄宾虹的水墨、黄公望的浅绛、何海霞的重彩等诸多大师的痕迹，但每一幅作品都是他独具匠心的创造，都是在他潜心钻研前辈大师艺术精髓、深追远承、博采众长、广泛吸纳丰富营养的基础上，用自己的心自己的情，描绘出的一幅幅既感动他自己、也感动别人的既外美更内美之作品。

吴振西先生绘画路子较宽，人物、花鸟、山水都画，近些年山水画得多一些。他的画无固定模式，一切皆有感而发。兴来之时欲罢不能，遂抻纸着墨，洋洋洒洒，一挥而就，即所谓大写意；沉静之时心如止水，则精雕细刻，所画之画谓之兼工带写；有时眼前阳光灿烂，提笔涂鸦，随类赋色，称之为浓墨重彩。通览振西先生的画作，无论人物、花鸟、山水绝无重复的作品。他讨厌无病呻吟、故弄玄虚、装腔作态。吴振西说，“我的每幅画都是画我的内心，表达我的情感”。这是他对艺术的敬畏，更是他对外部世界的敬畏。

我以为吴振西先生的作品，就其总体造型布局与笔墨意趣可概括为四个字——美不胜收。这种美能使欣赏者在愉悦的情感活动中，寻求自我与作品的共鸣，实现情操的陶冶和人格的升华。眼前的春山扇面图，即让人眼睛为之一亮。其对视觉的冲击力，自然会引发心灵的同频共振，唤起人们对春天的向往和追求。后来我才知道，振西先生研习八大山人的作品是下过苦功夫的。八大山人笔下的造型、笔势、设色、留白，早已潜入他的作品之中，成为气韵与众不同的特质。

美术作品所集中表现的美，常常呈现为不同的形态：可以是“大漠孤烟直，长河落日圆”的壮美，也可以是“连峰去天不盈尺，枯松倒挂倚绝壁”的峻美，还可以是“峨眉山月半轮秋，影入平羌江水流”的秀美。傅抱石说：“个性是画面的生命，是画面价值的根本”。吴先生的山水画个性，在于他融“三美”为一体，高山之中有青峰，峻岭之中有平湖，秀峰之中有残阳。这种源于生活、高于生活的结构布局，既反映了作者扎实的生活积累，也表现了作品的鲜明个性。被明以降画论家推崇为山水画之祖的王维说过："凡画山水，意在笔先。"吴振西的山水画之所以与众不同，大抵也是"意在笔先"。用现代话语解读王维的"意"，至少有两层意思，一是意境，即形象、具象；二是意思，即思考、思想。吴先生深谙"意"之内含，又是山水画宗师黄宾虹的同乡同道，对徽山徽水的具象和思考必有其独到之处。40 年后，吴先生步黄先生之后尘，自徽入川已近 50 年，巴山蜀水给予吴先生的创作灵感，已经到了心有灵犀一点通的境界。即使这样，被颈椎沉疾折磨得痛苦不堪的吴先生，最近还冒着"秋老虎"的炙热，抱病远赴雅安写生。这样对生活的倾情拥抱，才是真正的艺术人生。

世界美术史表明，大画家形成个人的风格，总需要一个与之契合的机会，通过深入生活达到与物体接近顿悟的方式获得认识与表现的飞跃。百余年来入川的画家，几乎都遇到了这样的契机，获得了飞跃。傅抱石的顿悟和飞跃，就来自他当年入蜀生活的八年时光。陆俨少、李可染等人，也是在巴山蜀水的"心源""造化"间，发现了最适合入画的景致和最宜表现个人风格的样式。正如傅抱石在《壬午重庆画展自序》中所说："画山水的在四川若没有感动，实在辜负了四川的山水。"经过近半个世纪的浸润，振西先生对巴山蜀水早已了然于心，所以"意在笔先"也就不足为怪了。

吴先生接续"三绝诗书画"的传统精神，诗通古韵，书爱行草，画重意境。书画兼融，自成一格。遥想春江花月的柔情，放眼丹枫映山的秋韵，聆听《高山流水》的旋律从吴先生拂尘而抚的古琴中流淌出来，眼前仿佛映出了“采菊东篱下，悠然见南山”的旷然景象。清人盛大士《溪山卧游录》曰：“画有士人之画，有作家之画。士人之画，妙而不必求工；作家之画，工而未必尽妙。故与其工而不妙，不若妙而不工。”

吴振西先生有工妙兼备之绘画功力，有披坚执锐之军旅生涯，有战火硝烟之炙烤经历，有赋予笔墨线条生命的异禀，他的艺术成就终究会是累累硕果，垂挂在中国画的历史园地里。

苏轼在评论吴道子画佛艺术的诗中说：

吴生画佛本神授，梦中化作飞空仙。
觉来落笔不经意，神妙独到秋毫颠。

苏轼是我国历史上少有的文化巨匠，“画圣”吴道子被后世推崇备至，怕是与苏轼的激赞分不开的。我们有理由期待，吴振西先生一定会向着“妙到毫颠”的境界发力。

2019 年 8 月 28 日

（2019 年 9 月 30 日发表于“今日头条”）

喜怒哀乐　尽在笔端

——李凤杉写意人物画解读

之一　万绽墨染六十秋

从白描连环画起步，到写意人物画登顶，李凤杉先生走过了整整一个甲子。岁月何其长也，步履何其艰也，心力何其瘁也！

荀子曰：“不积跬步，无以至千里；不积小流，无以成江海。……锲而舍之，朽木不折；锲而不舍，金石可镂。”大概是古今文脉相通之故，我以为两千多年前荀子讲的这些话，就是为李凤杉先生存照的。

而今的李凤杉虽然年逾古稀，仍孜孜不倦，终日在宣纸上走笔，在长案上深耕。率性的齐鲁人基因，典型的东北人形象，纯朴的老军人气质，在凤杉身上融为一体，使他洒脱得像个旷达无羁的超人。若不是目睹他作画时铁画银钩一挥而就、喜怒哀乐尽出笔端，单凭其貌而论，真看不出他是一位紧追蒋兆和先生笔墨的写意人物画家。

李凤杉做人作画不做戏。在东北鲁迅美院师从冯建新、许勇、顾莲塘教授研习人物画时，他就自立誓言：不污鲁迅名，携笔绘征程。退出工作岗位后，他不像有的被吹为“大师”的人那样道貌岸然、欺世盗名，也不像有的自诩为“学院派”的画家那样长发披肩、胡须络腮，更不像有的江湖画匠那样描摹造假、坑蒙拐骗。一切沽名钓誉、亵渎艺术的蝇营狗苟之举，李凤杉都不屑一顾、嗤之以鼻。

李凤杉做人作画的偶像是周思聪先生和她的恩师蒋兆和先生。女画家周思聪是写意人物大师蒋兆和的嫡传弟子，也是当代写意人物画界仅次于蒋兆和的第二座高峰。在中央美术学院进修期间，李凤杉的授业老师是周思聪的丈夫卢沉。周思聪慧眼识人，在与李凤杉的接触中发现这个年轻人天赋异禀、可堪造就，不知不觉中成了为李凤杉传道授业解惑的老师。

名师可遇不可求。在周思聪的点拨下，李凤杉不仅学到了写意人物画的真谛，更重要的是学到了老师做人的真诚。周思聪在病榻上为李可染先生画像的事情特别让李凤杉感佩不已。李可染先生去世以后，一家出版社要为他出版一册画集，编辑要求画集用宣纸印刷，里面的作者像不能采用摄影作品，要用一张白描人物肖像，这样才能保持整体格调的一致。让谁来画这张肖像呢？李先生的家人先想到了周思聪，但考虑到她此时已重病在身，便想请她的丈夫、著名画家卢沉先生来完成，故拿了几张照片交给卢沉。后来周思聪知道了此事，说还是由她来画，并打电话请李家又补充了几张照片。之后没几天，李家人接到电话，说周思聪过世了。当时大家都没心情再问肖像的事情，而且非常后悔，觉得不该去烦劳一位临终的人。周思聪殁后，卢沉在整理夫人遗物时，意外发现了一张《李可染先生肖像》。这是周思聪在自己手已经无法正常执笔的情况下，用两根手指夹着毛笔画成的。当时虽然有照片，而且她承受着肉体与精神的双重痛楚，但她丝毫没有在艺术上偷懒，照着照片敷衍画像，而是严肃认真地创作，画出了她对恩师的独特感受。在生命的最后时刻，她仍坚持为恩师亲画肖像，并且是纯粹的艺术创作，真是感人至深。这幅白描肖像没有着色，成了周思聪先生的存世绝笔。

天公不与师长寿，人间留得万古名。在恩师的陶冶下，李凤杉努力用自己的笔墨回报时代、讴歌生活。1986 年，连环画《长长的乌拉银河》获得中国连环画最高奖——“金杯奖”。1994 年他随蒋兆和、徐悲鸿、黄宾虹、石鲁、傅抱石、李可染、陆俨少等前辈大师脚步，拥抱巴山蜀水，落根锦官城南，在写意人物画的“高原”上开始了新的驰骋。2016 年，由南远景撰文、李凤杉配图的中国古今将帅评传《云卜论兵》正式出版。其中评介的将帅 108 人的写意画像均出自李凤杉笔下。该书以图文并茂扬名于世，不仅为国内各大图书馆所收藏，还被摆上了美国西点军校的书架。

李凤杉写意人物画的功力，没有辜负周思聪先生的眼力；李凤杉的不懈努力，没有辜负军队锻造他的阵地；李凤杉的骄人成绩，也没有辜负与他风雨同舟 50 多年的结发之妻周贵芬的心血。

之二　万卷书山掘深泉

如果说生活是绘画之源，读书则是绘画之根，有源无根画如浮萍，有根无源画若枯蒿。绘画要在“根源”上下功夫，要求画家不能只讲笔墨技法，更要通过美术语境表达作品的诉求，反映作品对人物的心灵观照，这需要画家具备丰厚的学养。

国画是平面造型艺术，形似与神似是造型的重点与难点。东晋顾恺之“以形写神，以形传神”论，宋以后的“形神兼备，形似神似”论，历来被画家奉为圭臬，李凤杉对此有更独到的理解。若是依葫芦画瓢来表现形神兼备，他尽可以接续师承，参照蒋兆和的《流民图》、周思聪的《矿工图》等传世名画，也可以参照刘文西、王子武、吴山明等大家的作品，但李凤杉不愿意这样做。他的人物画多将高古先贤诉诸笔端，通过群贤毕至、名士吟哦、仙家出游、散人访友、童子嬉戏等人物场景，展现古人的生活百态，这对画家无疑是一个巨大的挑战。

李凤杉认为，写意人物画所强调的形神关系，不单是从形象上刻画人物的性格，还要表现画家本人与所表现的对象在精神层面的合一，这是画家与所表现的对象在灵魂层面的碰撞，是写意人物画的“天人合一”。

神无形而虚，形无神而僵。神出于形，形不开则神不现。如何为作品中的古人“造形出神”，便成为必须跨越的鸿沟。在障碍面前，还是李白“今人不见古时月，今月曾经照古人”的诗意打开了李凤杉的茅塞，他意识到只有穿越时空，回到古时“月下”，才能实现自己与古人的对接，表现古人的神态与气质。

前人的经验揭示，探求这种古今对接的奥妙没有捷径，刻苦读书是不二法门。只有在故纸堆里盘点春秋、对号入座，寻找与自己“息息相通”的历史人物，才能使笔下的人物源于生活，高于生活。

李凤杉以“书山有路勤为径，学海无涯苦作舟”的古训为引领，开始爬“书山”，掘“深泉”，找“源头”，寻“活水”。如此这般，不仅逐渐摸索出了先读书、后动笔的创作路子，而且触摸到画中人物所处的时代脉搏、生活环境和人文气息。创作连环画《贞观之治》之前，李凤杉先后选读了《资治通鉴》，通读了《大唐正午》。创作连环画《周世宗柴荣》时，先后选读了《五代史》和《宋史》等史籍。创作连环画《计捉鳌拜》时，先后读了《清史稿》《清宫三百年》等正史野史。创作连环画《兵圣孙武》时，李凤杉不但下功夫研究过《孙子兵法》，还涉猎了牧野之战、长平之战、马陵之战、巨鹿之战、垓下之战、漠北之战、官渡之战、赤壁之战、淝水之战等著名历史战役的相关资料，增加了《兵圣孙武》蕴含的历史信息，也为今天一些动漫作品提供了大量可资借鉴的素材。1993 年创作连环画《史圣司马迁》时，由于在选读《史记》上认真做过功课，李凤杉开笔创作时，皓月当空，万籁俱寂，仿佛见太史公岿然昂首，秉笔问天，在历史深处踽踽独行，直面作者，连李凤杉自己也为之震惊。1997 年至 2001 年，创作《红楼梦》《西游记》《水浒》《三国演义》人物画各 100 幅，其时，李凤杉将四大名著置于案头，“文房四宝”变成“文房五宝”。2003 年创作 20 多米长的鸿篇巨制《大宋词人图》，李凤杉不仅重读了《宋史》，还精读了入图诸家的著名诗词。

朱熹在《观书有感》一诗中写道：“半亩方塘一鉴开，天光云影共徘徊。问渠那得清如许，为有源头活水来。”海量的阅读使李凤杉不仅有了创作的活水，对谢赫的“六法”也有了独特的理解，尝到了掘深泉而得甘醴的滋味。他在消化吸收史籍营养中，得出了自己关于形与神关系的通俗认识，即表现“形”与“神”的六要素。表现“形”的三要素是相貌特征、形体特征、衣着特征，合称“形象三特征”。形可以夸张，但万变不可失人形，不能因为夸张，把人画成猴子，也不能凭想象让司马迁留上曹雪芹的长辫子。表现“神”的三要素是五官造型、肢体造型、道具造型（随身物品的用途），合称“神态三造型”。神靠形传，传神的核心是不能脱离五官，不能分不清人的喜怒哀乐。形神兼备，不能凭想象把建安七子画成竹林七贤，也不能把关云长画成赵子龙。如此布局构图，再在背景中画龙点睛、在题跋中剖肌见骨，即使是扬州八怪，其个性也能从画面上分辨出来。解读李凤杉的《唐人张旭》《高原厚土》等经典作品，从中可以看出他在写意人物画中对六要素的娴熟运用。

读书与绘画的关系，是吞与吐的关系。读书是把东西“吞”进去，绘画是把东西“吐”拿出来。如果把它们比喻成拳击，读书是收拳，绘画是出拳，收拳越到位，出拳越有力。同样的道理，学养越丰厚，绘画越脱俗。“读书破万卷，下笔如有神”，不光是指写文章，绘画也在其中。君不见古往今来，哪一位国画大师不是满腹经纶的饱学之士呢？

李凤杉的知识积累，由渐变到突变，由量变到质变，由渐悟到顿悟，是与他的绘画艺术相辅相成的。他把书本知识运用到绘画实践中，又用绘画实践充实书本知识，使他的写意人物画呈现出波浪式前进与螺旋式上升的轨迹，也完成了由连环画签约画家向写意人物画著名画家的华丽转身。2003 年 5 月，李凤杉《大宋词人图》脱稿后，著名艺术评论家南远景先生为该画题跋云：

> 词到两宋，如日中天，娇花放蕊，登峰造极。豪放如苏轼、辛弃疾，咏千古风流、抒一腔忠愤；婉约如柳永、李清照，织一帘幽梦、叙十里柔情，震古烁今，延及后世。辽人李凤杉者，当世丹青高士，画界翘楚。笔墨清醇，气韵生动，人物造像功夫，堪称一流。更兼为人豪爽，心底干净，多与君子为伍，常伴古人神游，唐宋文人骚客、诗词泰斗皆为其友。壬辰岁首，镇纸泼墨，纳百多大宋词家于一体，融万千思古幽情于春风，手边云起，笔下波生，线描写意，浓墨渲染，六尺生宣，群英荟萃，百米长卷，栩栩如生。夙兴夜寐，衣带渐宽，遂成《大宋词人图》。其携图示余，惊愕不已，因书其卷末。

南先生的“惊愕不已”说明，李凤杉先生在落笔之前，对于他要造像的大宋词人是做足了功课的。

陆游在耄耋之年嘱咐儿子："汝果欲学诗，工夫在诗外。"陆游是个明白人，既讲了行又讲了知，他本人就是知行合一的实践者。李凤杉先生虽然出生在放翁之后，但明白了"工夫在诗外"的真谛，相信其知行合一的实践当比放翁有过之而无不及。

之三　万里写生观世态

人，是社会活动的主体。人物画无论是工笔画、写意画、重彩画，还是兼工带写画，都得围绕着"人"下功夫研习。这方面的功夫深浅，不但决定作品的优劣，也能突显画家的艺术态度和洞察社会的能力。

画圣顾恺之在《论画》开篇就讲道："凡画，人最难，次山水，次狗马。"顾恺之把"人"列为难画之最，我琢磨至少有五条依据：一曰人是动物，变动不居；二曰千人千面，各不相同；三曰人有感情，情随事迁；四曰人有来往，相交互动；五曰人有思想，神态各异。仅此五条足以说明画人之难，也对人物画家的写生能力提出了与作山水画、花鸟画不同的要求。

20 世纪以来，随着西画东渐，国画博夷之长，对写生实践有了新的要求，推动国画写生跨向新的高度。李凤杉初入画门，正是徐悲鸿、刘海粟、蒋兆和、李可染等先辈大力为国画输入写生血液的时候，这使他一起步就没有走弯路。从拿起画笔开始，李凤杉的足迹遍踏东北全境、八百里秦川、四川大凉山、陕北黄土高原等万里关山。在深入达斡尔族生活的森林期间，他徒步寻觅写生对象，经常遇到野兽出没。深入彝族村寨期间，当地饭菜纳而不适。在川西写生时，高原反应带来血压波动。凡此种种困难，都没有动摇李凤杉打牢写生功底的决心。正是这种行万里路的写生，使他对各地汉族、彝族、达斡尔族、藏族的人体结构、面部特征、生活方式以及服饰特点等有了深入详细的了解，为创作打下了坚实的基础。

李凤杉的万里写生行，不是单纯地描摹人像，而是通过与人的接触，感受喜怒哀乐，观察世态炎凉，不断深化对人的形与神的认识，让主观意识更准确生动地反映创作对象，从而使他的作品充满了生活气息和生命张力。《高原金秋》的画面中，藏族青年在健壮牦牛、南飞雁阵的衬托下，独立高丘，眺望远方，喜笑颜开。留白上旷野纯净，天高云淡；藏族青年喜形于色的表情跃然纸上。这让观画者联想到劳动的艰辛，丰收的幸福，藏民的纯朴。《天籁》构图简洁，赋色厚重，画面突出了一对彝族青年在篱笆外的形象和情态。彝哥正面动情吹彝笛，彝妹背身听笛声；哥哥笛声悠扬，妹妹娇羞含蓄，无论哥哥吹奏的水平怎么样，在妹妹听来都是天籁之音。在“此时无声胜有声”的二人世界里，一正一背，脉脉含情，动感极强。这样的表现方式，是对现实生活的理性观照。如此生动的画面，如此准确的造型，没有扎实的写生功底，没有深厚的生活积累是创作不出来的。

应当肯定，李凤杉的写生功夫汲取了不少西画的元素，但其线描的技巧却打着深刻的国画烙印，而这种烙印正是国画写生的语境和表现。在技法上它并不比西画逊色，在时间上它并不比西画滞后。近些年画坛上挟洋自重的人闭目塞听，把西画写生视为皇冠上的明珠，而对国画历史淡而化之，无疑是国画艺术领域的历史虚无主义和民族虚无主义在作祟。北宋前期的画院画家赵昌为使画面生动，在地面挖一大坑，置花木于其中，每遇风霜雨雪前往观之，而后把心得绘于画中，题为“赵昌写生”，其存世遗作可以佐证。在这之前，“对境作画”“对景作画”的理念就相继出现，甚至在西汉时期状物描形就可能已经形成。相传汉元帝就是依照画工们所绘的肖像来选择后宫嫔妃的，美人王昭君由于没有贿赂画师毛延寿，被画得不好看而未被召幸。王昭君被遣嫁匈奴王前，汉元帝召见她，发现她的美貌而后悔不已，遂对毛延寿等画工处以极刑，昭君出塞也成为千古流传的故事。由此可见，肖像写生在两千多年以前已为汉皇室所看重。

总而言之，绘画作为社会认同的文化形态，是作者通过视觉对客观对象作出判断的结果，是主观意识对客观事物的印象。这种主观印象，不像射手发现猎物时只凭单眼瞄准那样的瞬间直觉，而是时间与空间参与其中的视觉方式，是画家汲取他人经验而反复比较思考获得的理性认识的综合印象。用时下的话说，画家的基本功越扎实，对世态的感悟越深刻，对创作主题的把握就越准确。

李凤杉还在“万里写生观世态”的道路上前行，他一定会发现，广袤的大地上还有诗和远方。

之四　万缕线描纵情怀

具有 60 年画龄的李凤杉，有 40 多年是在人物画的土地上深耕的，1 万多幅作品为他铺垫了登上美术殿堂的台阶。而这些万缕线描的作品，无不饱含着浓浓的家国情怀、深深的历史内蕴。

孔子说：“知之者不如好之者，好之者不如乐之者。”从线描连环画到写意人物画，李凤杉卧薪尝胆，剥茧抽丝，在精心研习中逐渐形成有自己特色而不失法度的风格。平心而论，这当然得益于他的天赋，更可敬的是他对绘画艺术的痴情与日俱增。“不画画活着有啥意思”，就是他对自己沉迷于作画的最好诠释。

线描是中国画的主要造型手段，是运用线的轻重、浓淡、粗细、虚实、长短等笔法表现物象的体积、形态、质感、量感、运动感的一种方法。李凤杉对人物画的传统“十八描”用过苦功，对“曹衣出水”“高古游丝”“吴带当风”的笔法了然于心，但在绘画实践中又不作茧自缚、画地为牢，具体到每幅作品，或时分时合，或时续时断，或时粗时细。由于他把写意线描、写意着色、大写意的笔法融为一体，形成了粗中有细、放中有收、俗中有雅的韵致，在与前人、他人像与不像中独树一帜。踏入花甲以来，他的笔法日渐精进、炉火纯青，人物画无论骨骼肌肉、衣褶，都是一笔到底，非常准确，而且质感细腻。观览李凤杉所绘四大名著中 400 名人物的鸿篇巨制，可见人物造型古朴超俗，精神气质逸趣盎然。山水画的石头硬折纹理也被他移植到人物衣褶上来，线条更加灵动“筋道”，刚柔并济。

傅抱石说：“由于中国画的构成，是以线（笔法）为主要的基础，这种以条条组成的中国绘画，其唯一的特征，就是它具有高度的概括性和集中力。”“一般说来，线的使用是绘画方法中最困难的方法，差之毫厘就势必谬以千里。”1953 年 11 月 19 日，傅抱石在南京师范学院美术系授课时进一步指出：“中国画的线是形（第一使命）神（第二使命）兼备的，是客观（第一使命）主观（第二使命）一致的。这线的形神兼备和主客观一致的要求，就是中国一切造型艺术的要求，也就是中国绘画传统表现形式发展的基础。”李凤杉无疑是忠实秉持并践行傅抱石先生的“笔法”理论的，这在他许多以高古贤士为题材的长卷中体现得淋漓尽致。多次出现在李凤杉笔下的竹林七贤，尤其能彰显李凤杉在线（笔法）上的功底。

竹林七贤被后人视为一个群体，被贴上“豪尚虚无，轻蔑礼法”的标签，处世方式任情率性是其共同特征，而最能表现这一特征的，就是谈玄和饮酒。但实际上，竹林七贤多才多艺，在音乐、书法和绘画等方面各有擅长，成就斐然。他们满腹经世之抱负，却身经乱世之痛苦。在出世与入世的两难面前，他们崇尚老庄，坐而论道，纵情于山水，隐逸于竹林，抚琴于泉下，沉醉于酒中，成为愤世嫉俗的另类。李凤杉在其《高士清谈图》中，以淡墨晕染背景，竹木稀疏；以泼墨表现顽石，坚硬不阿；以线描勾画人物，既以长袍宽袖烘托出七贤的共性，又借抚琴和醉酒，分别表现嵇康和阮籍的个性。这让观画人在不知不觉中想起嵇康的《琴歌》：“凌扶摇兮憩瀛洲，要列子兮为好仇。餐沆瀣兮带朝霞，眇翩翩兮薄天游。齐万物兮超自得，委性命兮任去留。”想起唐人王绩的《醉后》：“阮籍醒时少，陶潜醉日多。百年何足度，乘兴且长歌。”这样设计结构，经营位置，无疑达到了诗情画意的效果。

对于现代人物的把握，李凤杉更是得心应手。在题为《村里人》的一组人物画中，他主要运用线条和墨色的变化，以勾、皴、点、染，浓、淡、干、湿，阴、阳、向、背，虚、实、疏、密和留白、题跋等表现手法来描绘物象和经营位置，以简约清新的艺术语言，表达出独特的艺术魅力。李凤杉还是“书画同源”的践行者。他书法宗“二王”，路子传统，章法严谨，以行草见长。但他在画上落款时力避冗长，多则五六个字，少则一两个字，画龙点睛，让画说话。李凤杉说：“画家靠艺术语言表达思想，如果作品让人看不明白喜怒哀乐、爱恨情仇，而写一堆字在上面说明画的意思，那还不如不画。”我是认同李凤杉的见解的。

李凤杉为学为画不负岁月，为人处事襟怀坦荡，是我见过的画坛达人！我以为他的画虽然成果斐然，但还是需要继续努力，争取新的进步。酒是百年香，姜是老的辣！这是我的祝愿！

2019 年 9 月 15 日

（2019 年 8 月 12 日发表于“今日头条”）

丹青不知老将至　凌云健笔意纵横

——叶毓中杜甫诗意书画探因

三年之前，在“细雨鱼儿出，微风燕子斜”的时节里，成都杜甫草堂博物馆举办叶毓中教授“杜甫诗意书画展”，纪念杜甫诞生 1295 年。

杜甫是李唐王朝由盛而衰时代出现的伟大诗人。叶毓中是中央美术学院工写俱卓的画坛大家。以杜甫之诗意，入叶毓中之书画，实属珠联璧合，相得益彰。书画开展之日，草堂路塞，观者如织，莫不盼先睹为快。弥漫着书卷之气的诗情画意与蕴藏其中的民族雄魂，给人以持久的视觉冲击和心灵震撼。自此之后，但凡吟诵杜诗，叶毓中的书画都会在脑中活腾起来，教人回味无尽。

作为中国文学史上影响最大的诗人，杜甫忧国忧民，一生坎坷，历来备受推崇，被后人尊为平民诗人之宗。作为吞吐时代风云变幻、反映百姓悲欢离合的诗章，杜诗被后人誉为凌驾一代、妙绝千古的吟唱。晚唐以降，褒扬杜诗者日渐增多，写意杜诗者不乏其人。跨入新世纪以来，沸沸扬扬的画坛，林林总总的画家，热热闹闹的画市，以杜诗入书入画者更是络绎不绝。然而纵览前贤时俊，千余年来能向世人一次呈现 89 件杜甫诗意书画精品（其中书法作品 28 件）者，唯叶毓中一人耳。

画界历来认为，以唐诗入画，不仅要对诗文融会贯通，更要对诗意心有灵犀，还要洞悉诗者的情怀。这就要求画家既要有娴熟的笔墨功力，更要有厚重的人文修养。随着对古今杜甫诗意画作品的广泛涉猎，我渐渐发现，有宋以来，表现杜诗的绘画，多以山水为主。而叶毓中表达杜诗的绘画则主要以人物为主，仅成都杜甫草堂博物馆这次展出的 61 件绘画作品中，就有 35 件是围绕人物构图的。观照人物及其命运，是叶毓中此类绘画的主导格调与审美要义。很显然，以人物画表达杜诗诗意，较之以山水画表达，其难度是不言而喻的。如果把杜甫诗意人物系列绘画喻为千钧之鼎，通观当今画坛，能扛此鼎者屈指可数。但叶毓中不同，他不但有扛鼎之力，且举重若轻。20 世纪 80 年代独领风骚的经典连环画《李白与杜甫》，90 年代名扬国内外的工笔重彩系列画《唐风》，近些年来借古开今、兼工带写的杜甫诗意系列画，等等，都是叶毓中擅长以人物绘画表达杜甫诗意而无人比肩的例证。

“杜甫诗意书画展”之后，我与叶毓中及其夫人画家武曼宜教授有过两次攀谈，对其何以追寻唐诗情怀、解读杜诗情结作过一些探问。再后来又遵照“操千曲而后晓声，观千剑而后识器”的古训，阅读了天地出版社出版的《杜诗全集今注》，闻一多、冯至、叶嘉莹等先生关于杜甫与杜诗的论述。回过头来再体味叶毓中的杜甫诗意书画，感悟也就深了一层。

掘深井而见甘泉。深入探讨叶毓中杜甫诗意书画的主要成因，我以为似可从20字入手道往说来。

一曰师古求新。历史是由昨天走到今天的。这是唯物史观对世人的昭示。作为美术教育家和美术理论家，叶毓中深知个体自我的每一次伟大的揭示，都源于同古典世界的重新接触。据此，他多次谈道：“我们的学习不仅仅是面向国外，也要挖掘我们民族自身的绘画元素，从远古的陶器纹饰到时下的各流各派都应予以研究。这样的学习过程其实更是发现自己的过程。”踏入画门以来，他不仅系统地研究过中外美术历史和美术名作，而且临摹了大量的传世绘画，用他自己的话说，《清明上河图》《韩熙载夜宴图》《富春山居图》《八十七神仙卷》，等等，都临摹过很多遍。质朴天真的原始艺术、神秘瑰丽的青铜艺术、李唐盛世的宫廷艺术，乃至宋元之后的文人画以及近现代融入西方元素的中国画，叶毓中都了然于胸、纳之于心。

叶毓中是一位思想型画家，虽然他深谙传统画的表象与本质，但他的审美取向并没有定格在传统画的历史隧道之中，而是沐浴着时代之光，不断探索着笔墨创新之路。在他看来，“整个世界的发展就是创新”，“绘画的价值在于开启人的创造力”，“绘画的主要功能在于丰富我们的想象”。画家“不要重复别人，也别重复自己”。他以“师古人之心，勿师古人之技”的治学态度作画育人。在师古求新观念的支配下，他的作品虽然有着很强的现代感，甚至被有的评论文章认为有西方印象派的意味，但仔细观赏就会发现，他卓尔不群的线描功力、自成一家的画面布局和浑然天成的幻化色调，形成了具有浓重传统文化的审美境味和独辟蹊径的创作技巧。韩国著名评论家吴光洙在为叶毓中的画集撰写的序文中写道，“叶毓中先生使用工笔重彩的方法，创造出别于水墨画的风格，是一位代表现代中国美术的著名艺术家”，“翻开了中国现代美术新的一页”。“最令人感动的是他的作品没有被西方文化所熏染，守住纯洁的审美世界，根据传统文化，发展新的造型”，“蕴含着独特的民族情感”。这个评价，也可能是韩国总理及其阁僚纷纷参观叶毓中在韩国画展的动因。

二曰读诗悟画。叶毓中对绘画本质的独到见解和对杜诗的反复探究，使他对杜诗中蕴含的绘画素材感悟更为深刻。叶毓中认为，“绘画是时代留下的精神符号”，杜诗是“诗史”。用绘画体现杜诗所处时代的千景万象，就必须以形象的美术语境置换深刻的诗歌语境，把语言元素转换成绘画元素，通过诗与画的心灵对接，让人感受李唐王朝的兴衰与枯荣，体味诗画的情愫与意蕴，珍惜今天的安宁与幸福。这种“画是诗，诗是画”的艺术观，为叶毓中置入了牢固的中国画“基因”，使他更加注重从精神层面感悟和体验生活，不断领会人生之“道”。在他的诗意绘画中，无论是工笔重彩，还是写意水墨，常常散发出浓厚的人文气息或淡淡的空灵禅意。

基于读诗悟画的艺术思维，叶毓中对唐诗特别是李白杜甫诗歌的吟诵与研修是下过苦功夫的。从蒙童时期的吟诗、习字，到后来的学画、当兵、教书乃至从政，他与唐诗夙夜不离，即使在大破“四旧”的风口浪尖，他也没有让自己的唐诗宋词精神家园失守。25 年的军旅生涯，金戈铁马的驰骋，爬冰卧雪的历练，使叶毓中对唐诗的感悟愈发深刻。无论是在零下三四十度的酷寒中野营，还是在零上四五十度的酷暑中操练，唐诗始终是他战士血脉中的一股热流。特别是杜甫“临危莫爱身”“穷年忧黎元”的情怀，关心国运、叩问乱世、蒿目时艰的人格，为叶毓中用绘画表达杜诗诗意提供了丰富的学养和广阔的空间。他的创作激情在“文化大革命”巨石的压抑下仍时有涌动。他以“流年也喜非虚度，确有豪情无限哀”的惆怅心境自我激励，即使在岁月动荡的年代，也没有虚掷年华。《李白与杜甫》《汉魂》《唐风》《宋韵》以及杜甫诗意画等系列作品，都是在1972年开始构思的。日积月累的国学功力与孜孜以求的治学精神，不仅使杜甫忧国忧民的愁肠、墙上呼之欲出的骅骝、窗外清脆鸣柳的黄鹂的诗句，在他笔下化为诗意，同时也滋养了叶毓中自己的诗词创作土壤，成就了他作为诗人书画家的独特角色。以至于荣宝斋出版社刊行的《叶毓中诗词三十六首》中一些流光溢彩的名言佳句，已经不胫而走、脍炙人口。

三曰循意布局。布局即章法，是中国画审美价值的基本取向。绘画是一种平面造像艺术，绘画作品的意境是画家通过美术语言表现出来的境界和情调。画家的才情睿智、笔墨技巧只能在作品立意许可的前提下，依据艺术程式、法度规限纵横徜徉、恣意挥洒。因而，画面布局是否合情合理合法度，对于一幅作品的立意高低、内涵深浅、效果雅俗具有决定性的影响。这是对画家选择题材、升华立意、安排构图、运用笔墨等能力的综合检验，也是对其生活积累、人文修养、形象思维等要素的有机融合。同样的素材，在不同画家的作品中，有的意韵生动，有的刻板呆滞，其中布局得当与否，是区别两者的重要标志。

叶毓中是一位营造绘画意境的高手。在《草堂诗篇传到今》这幅画中，画面上既没有此类绘画当中常见的那种“八月秋高风怒号”的萧瑟，也没有“归来倚杖自叹息”的无奈。但画面传递出来的喜于形而悲于心的信息，却形象地讴歌了杜甫“安得广厦千万间，大庇天下寒士俱欢颜”“吾庐独破受冻死亦足”的恤民情怀。这幅画不但突破了杜诗的诗意，而且把杜诗的诗意升华到了新的高度，每每给人以心灵的撞击。这种循意布局的强烈意识，在叶毓中的杜甫诗意画中随处都有展现。《望岳》是杜甫早年最重要的代表作品之一，也是叶毓中杜甫诗意画的开卷之作。这幅被叶毓中题名为《仰止话高山》的作品，以线描勾画山崖，以青色渲染山色，整体格调大气深沉：山上主峰奇峻突兀，凌空拔起；山下平野千里寥廓，广袤无艮，给人以上连碧霄、下通海角的视觉冲击。至于诗人是登临绝顶，是位居山腰，还是仰面望山，注家历来说法不一。叶毓中在这幅画的布局中，让《望岳》的作者牵马山下，选取可望岱宗正面的角度抬头远眺，不仅使人想起“高山仰止，景行行止，虽不能至，然心向往之”的千古名句，更把杜甫抱怀的治世雄心壮志表现得淋漓尽致。这种营造意境的高超手法，在《登岳阳楼》《房兵曹胡马》《春日忆李白》《旅夜书怀》等作品的布局中，都展示得悠长深远，让人叹服。

四曰状物传神。绘画艺术不是照相艺术，它是客观物体见诸画家主观印象的形态反映，因而具有很强的民族文化印记，反映主体的审美判断。在儒释道文化影响下的中华民族的性情特征，决定了传统的国画艺术不仅注重事物的外形状态，更注重事物的内在神情。被誉为画论鼻祖的顾恺之关于“以形写神”“传神写照”的理论，即说明了“形”与“神”的关系。“形”是传“神”的手段，传“神”才是描绘的主要目的。因而“形”已经不仅是事物外貌的写照，而是经过取舍和加工之后传“神”的载体。在这些千锤百炼的传统艺术营养的滋润下，叶毓中把发自艺术家内心的创作冲动和审美追求，贯注于杜甫诗意画的全部作品之中。在关注状物写形的同时，他以其丰厚的生活积累和敏锐的心理感受，用饱含热情的笔墨和游刃有余的技巧，揭示杜诗的内涵，拨动观者的心弦，让人们在诗与画的长廊中体验诗画的意境、神韵，探寻人的命运和物的品质。这是叶毓中杜甫诗意画一个最为鲜明的个性特征。

叶毓中状物传神的另一个特点，是画中立意、画外点题。在杜甫诗意画的作品中，一些乍看是游离于画面的标题，仔细琢磨却让人茅塞顿开。像表现《望岳》诗意的《仰止话高山》，表现《登岳阳楼》的《月升伴月浮》，表现《茅屋为秋风所破歌》的《草堂诗篇传到今》，等等，都不失为画龙点睛之笔。而画家把表现《江村》诗意的画作题名为《师母姓杨》，则更加耐人寻味。一般说来，人们对杜甫夫人是司农少卿杨怡的女儿是较少知道的。《江村》一诗，本是诗人定居草堂之后对闲适生活的描叙，但画家却舍去诗中的其他描叙，让紧靠棋盘木墩、正在替诗人缝补衣衫的杨氏居于画的中心位置，并冠以“师母”的称谓。这不但让人对杜甫夫人这位端庄勤俭的贤妻良母留下深刻印象，也暗含了画家对杜甫夫妇师道尊严的敬重。类似这样的点睛之笔，是叶毓中状物传神功夫的画外之音，这同齐白石先生《蛙声十里出山泉》的画题，有着异曲同工之妙。

五曰工写交融。“精于工笔，擅长写意”，是叶毓中在当代中国画坛打下的不可磨灭的印记，但他并未就此停步。近 20 多年来，他朝思暮想的是“试图用写意的方法画工笔，用工笔的方法画写意，打破工笔与写意的界限，创造一种自己的形式”。在长期的实践中，叶毓中逐渐形成了亦工亦写、兼工带写、工写交融的表达系统，使工笔重彩与水墨写意在不同的个性中找到了相通的共性。1993 年，以这种形式创作的《唐风》系列画在中国美术馆展出时，曾经让观者眼睛为之一亮，心头为之一震，把人们的审美空间拓展得更高更宽更远。这种被沈鹏誉为“超越镣铐”的创作样式，在叶毓中的杜甫诗意画中获得了新的变化和发展。把工笔重彩的装饰性与水墨写意的抒情性合而为一，构成了博大与精深的统一、随机性与耐看性的统一。在杜甫诗意画系列中，叶毓中在线与面的亦动亦静、亦虚亦实的变幻中，使现代绘画元素与古典人文情怀水乳交融，铁线与游丝刚柔相济。其以“染”突破“线”、以“线”贯穿

“染”的技法，在画面上烘托出形式与神韵契合的内在魅力和文化精神。“超越镣铐”的画法，使叶毓中的笔墨技术从“必然王国”跨入“自由王国”，从而确立了他工写交融的绘画理念和表现形式。

中国传统文化对画家的国学修养有很高的要求，无论是院体画还是文人画，都要求画家遵循“书画同源”的理念，工书法，精绘画，通诗词。在传统文化理念的引导下，叶毓中自幼诗书画并习，且一路坚持，经年不辍。即使过了不惑之年，每天仍要临帖读帖，如此方能卧榻安枕。在他看来，书法的实用性虽然正在消失，但作为一种艺术样式，书法仍然蕴含着文化气息，散发着艺术魅力，承载着民族气质。叶毓中把书法、绘画、作诗熔入一炉，让创作激情在题材、形态与内容的转换中燃烧。长此以往，叶毓中已构建并形成了自己别具一格的书法造型。在时下的翰林墨海中，即使叶毓中不具其名，面对他的书法作品，观者也能一目了然。这次的杜甫诗意书画展中，叶毓中用甲骨、钟鼎、篆、隶、真、草等不同书体，书写了 28 首杜诗，让人们见识了叶毓中书法的恬淡宁静、放达情怀。

叶毓中教授是诗人、画家、书法家、美术教育家，但他最看重、最珍视的还是 20 多年的戎马生涯。他有“燕山雪后春光好，早把南花向北移”的诗人气质；有“画山情满于山，画水情满于水”的画家心性；有“变化若风云，翱翔若龙凤”的书家气魄；有“修身永远胜于修艺”“君子见大水必观”的师长风范。但朝暮萦绕于心际的，还是“崖头高挂黄金甲，露叶霜枝战地花”的战士情怀。可以断定，即将步入望稀之年的叶毓中，仍然会以“守土有责”的战士精神，诠释画家的丹青翰墨。他在鲜为人知的案上灯下，以不减当年的激情，用心血和才智，继续为弘扬中华文明书写新篇章，编织新画卷。

2010 年 3 月 30 日

（刊于 2010 年第 6 期《文艺争鸣》）

为有源头活水来

——邓晓岗先生水墨竹柏画浅析

孔子云："智者乐水，仁者乐山。"我以为夫子此言之后还可狗尾续貂，再加一句：兼仁兼智者，山水兼乐也。因为只有睿智沉稳的人，才能在中国传统书画中有深造诣，有大成就。此见非演绎古人之意，乃今人邓晓岗先生给我的启示也。

熟悉邓晓岗先生作品的名家近年来已有共识，以为在当今中国艺术殿堂中，晓岗确是一位书、画、律三艺兼通的才子。

在邓晓岗的故乡重庆，有人称其为"怪才、奇才、鬼才"。对此"三才"之说，我不敢拍马苟同。如果说前"两才"是褒，后"一才"则是寓贬在其中了。"鬼才"是指有小聪明的人。而晓岗未逾半百，却集中国美协、中国书协、中国音协会员于一身。此种资质，岂是"鬼才"？实乃"睿才"也。

晓岗不谙乐谱，却创作出几十首脍炙人口的歌曲，赢得杨洪基、阎维文、郑绪岚、李丹阳、王宏伟、祖海、周强、雷佳、哈辉等众多歌唱家倾情演唱，并于2006年成功举办“屈全绳·邓晓岗原创作品音乐会”。他非书画科班出身，其作品却多次参加文化部、中国美协、中国书协的书法、美术展览并大获其奖。难怪有人评其书画虽师法古今，却独辟蹊径，以至于求字者盈门，索画者守株。

晓岗在艺术上取得的成就固然缘于他的天赋，但也同他丰富的人生经历、深刻的哲学思想与夙夜求进的学习精神密不可分。晓岗世居渝北，历代躬耕，父辈以上虽不通书画，但他幼时受父亲的朋友、画家水华（已故重庆著名花鸟画家）的影响，遂与书画结下不解之缘。启蒙后，农家务实的民风培养了晓岗昧旦晨兴的求学精神，茅舍抱竹的清幽环境滋养了晓岗耐得寂寞的艺术追求。时至今日，他对竹和树的偏爱，写竹画树的灵感，都能从其家乡的茂林修竹中找到基因。

晓岗在大学主修哲学，哲学使人深刻，书画使人灵动，音乐使人睿智。音、书、画的结合造就了晓岗的艺术人格，使他面对多舛的人生坚毅乐观，面对博大的艺术孜孜以求。晓岗书画作品高雅的格调、灵动的神韵，无不与其哲学素养和对人生经历的感悟相关。“草木秋死，松柏独存。”正是哲学和艺术的双重熏陶，使晓岗在初涉商场失意，继而婚姻失败，后又在三次死里逃生留下终身残疾面前，始终保持着对生命的豁达、对艺术的执着。2007 年，晓岗从检察官工作岗位病退后，即重蹈商海，搏击风浪，以书画为符号，以艺术为脉络，把创意文化做得红红火火。晓岗一时名噪重庆，成为山城一张光鲜的名片。2010 年，晓岗急流勇退，毅然放下炙手可热的生意，在北京置房建馆专门从事艺术创作。由此足见晓岗对艺术的崇尚和痴迷，诚如斯人所言："生活中，我是一个小兵，但当我执笔作画时，我已变成一个纵横驰骋的将军。我的思想、我的情感、我的气度和胸怀，统统融入手中的画笔之中……"

晓岗习画不过 10 年，然而其 30 年的书法功底早已为他的绘画打下了坚实的基础。晓岗的水墨花鸟画虽基于传统笔墨而又不囿于传统。他道法自然，用笔自由而又不失法度，技巧精熟而又变化无穷；线条的节奏和韵律动如行云流水，沉如泰山立地，提按顿挫、轻重缓急、疏密浓淡运用自如，随意而出。他笔触老辣，洞察物体，胸中竹柏成于先，笔下竹柏形于后，故落笔与物象浑然一体，形神兼备，难辨虚实。而这些美术要素的有机融合，都源于他坚实的书法功底和对音律的深刻感悟。

端详晓岗的墨竹、古柏、寒梅、艳荷，总有一股古韵新风扑面而来。其中的墨竹与古柏，更是神韵清幽，意蕴深邃。晓岗所画古柏，主干均由书法线条组成，状如坚丝捆扭，势如苍龙虬曲。其侧锋行笔力发千钧，有排山倒海之势，推出的线条参差错落，刚劲有力，节奏分明，变化诡谲，山水画中的皴擦点染等技法亦随笔而出。在古柏树枝的画法上，晓岗以长锋羊毫逆推出锋，树枝遒劲，笔力雄健。他大胆运用水墨互破的技法，以破笔开花随意点出古柏的叶，水墨渗透的特殊效果把古柏的叶表达得栩栩如生。圆润茂密、生机盎然的树冠，与苍劲傲然、历久弥坚的树干形成鲜明的对比。其落墨晕水、枯湿搭配，相得益彰，使得笔下的古柏气势撼人，活力四射，古朴而雄劲，沧桑而矫健。“众芳摇落尽，独有岁寒心”的古柏意境跃然纸上，让人看后无不为之感叹。

晓岗对艺术的敬畏一以贯之，程门立雪的求学精神更有过于人。虽逾不惑之年，仍仰望师楷，2010 年经叶毓中先生举荐，晓岗专程前往北京，拜著名花鸟画家郭怡孮先生为师。郭先生传道授业解惑，待晓岗至诚至真。其对花鸟画技法特别是笔法的传授更让晓岗受益匪浅。郭先生指点：“一支毛笔，中锋、侧锋、逆锋、偏锋、破锋等十八般武艺招招都要用上，这样画出来的线条将更加丰富多彩。”受此启发，晓岗在毛笔的笔法运用上剖古析今，悉心借鉴，把一支毛笔用到了极致，也使得蕴藏书法功力的线条在绘画上状物达情，畅神达意，笔下气韵灵动而内涵厚重。

墨子云：“江河之水，非一源之水也；千镒之裘，非一狐之白也。”晓岗师古不泥古。他初作墨竹，即着意追求墨竹画的古韵。两宋以降，文同、苏轼、高克恭、李息斋、姚绶、宋克、王绂、夏昶、浦华、郑板桥等诸多画竹大师的经典之作，晓岗逐一研习。他把笔墨的枯润浓淡、轻重缓急、疏密聚散等融于竹势、竹干、竹节、竹枝、竹叶之中，画面上竹之反、正、向、背、转、侧、低、昂、雨打、风翻均姿态各具，栩栩如生，颇有特色，使得风竹柔中见刚，雪竹冷峻生动，老竹苍枝凛然，每每使人深切感受到蕴含其中的“趋然之韵，挺然之节，苍然之姿”，将人带入特定的深远意境。晓岗精心研琢这些先贤大师的作品，捕捉灵魂，发掘精髓，汲古纳今，为我所用。近年来，他独创的水墨雨竹已突破古人传统的写竹模式，整个画面中，水墨一体、浓淡相融、枯湿相生，气韵通畅，节奏明快。几枝枯劲的竹竿横斜，风雨之中，酣畅淋漓，精神无比，让人产生无限遐想，可谓笔墨拓新，不落俗套，清新的美感和朦胧的诗意尽在其中。

晓岗爱竹如痴如醉，宅无竹不居，夜无竹不寐。为了伴竹画竹，他在花园遍植金丝竹、青竹、钢竹等十余种竹子，常常品一杯养心清茶，静看竹子四季变化。晓岗所创作的《出林图》便来源于写生观察得来的灵感。他在画中准确地抓住了新篁出林时的各种姿态特点和精神气质，一枝枝只有几片俏皮竹叶的新篁突然高高地伸出一大片茂密的竹林，形式非常新颖而又极富生活气息。那出林的新篁似乎正在诉说着生命成长的故事，把古人“春笋怒发”一词诠释得淋漓尽致。难怪郭怡孮先生看后评价《出林图》中的新篁乃创新之举，认为晓岗在写竹名家中已有了自己的美术符号。

晓岗视写生为创作的基石，但凡有暇，总要外出写生。他三下蜀南竹海，观竹春之细软、夏之茂密、秋之疏淡、冬之凋零，使笔下之竹形于尘世而神于化外。他踏访姑苏园林，观森森古柏之形态，叹神工鬼斧之造物。四川广元的千年汉柏，黑龙江伊春的原始森林，都成为他笔下的灵物。晓岗丈二匹水墨原始森林之所以让人耳目一新，不仅在于该画气势恢宏，意境深邃，水墨之韵无穷，更在于他表现原始森林这一题材时，把生活中对森林的感受融于严谨的构图与缜密的章法之中，达到了自然浑成的境界，展现出画家的胸怀、胆识和气魄。“墨海中立定精神，混沌里放出光明”，长锋羊毫驱使水墨在丈二匹宣纸上恣意驰骋，快节奏出现的飞白决定了古树挺拔的力度，慢节奏顿挫的水墨渗润让古树上的苔藓自然而生。画中水汽氤氲，近树古老而挺拔，远树朦胧而茂密。低矮的灌木用破笔开花随意层层点染而成，水墨并用，墨点的形状变化莫测，近看是一朵朵瑰丽绽放的墨花，远看是一丛丛生机盎然的树叶。晓岗的创作亦如在弹奏一曲水墨森林的交响曲——《森林之韵》。

观晓岗先生的水墨画作，无论是咫尺小品还是齐壁泼墨，都能让人感受到一种气度和襟怀。新篁古柏，老干虬枝，生命之力浸透其中，古韵之律流淌其中，灵动而精微，典雅而深沉，常常使人流连忘返。

学无穷尽，艺无止境。晓岗先生已经在水墨画的创作道路上找到了自己的通幽之径，他只要一步一个脚印，坚实不懈地往前走，更为精彩的天地一定会在他的前面展现。

2012 年初夏

（刊于 2012 年第 5 期《美术向导》）

解读王洛宾

——最美的音乐在自己的国土上

20 世纪 50 年代的王震将军麾下，曾经有过两个文化才子，一曰马寒冰，一曰王洛宾。马寒冰调入总政文化部后病亡，王洛宾历经磨难不离新疆。

今年，是王洛宾先生水还火归 15 周年。

流火七月，我躺在病床上，仔细阅读关于王洛宾的两部传记。一部是王洛宾之子王海成所著的《我的父亲王洛宾》，一部是言行一、王海成合著的《王洛宾》。两部作品各具特色，还原历史，秉笔直书，读来让人颇受触动。王洛宾的音容笑貌和历历往事，又一次在我的记忆中掀起波澜。

我的触动，既因为王洛宾独步古今的音乐创作实践，又因为王洛宾心贯白日的人格魅力，还因为王洛宾命运多舛的坎坷人生，同时也融入了我同王洛宾交往中的友情和思考。当然，两位作者对王洛宾高山仰止的真挚崇敬，对既往史实钩沉索隐的严肃态度，也让我为之钦佩。

王洛宾是发掘整理西部民歌的宗师，是拓展创新西部民歌的泰斗，也是人民音乐家坚守职业道德的典范，他以其辉煌的艺术成就，站到了世界文化名人的高坛之上，受到国内外广大听众的喜爱。在多元文化纷呈的时代，深入解读王洛宾，放声唱响主旋律，对于弘扬民族音乐文化，激励民族奋斗精神，是大有裨益的。

坎坷，是人生的磨刀石

我和妻子孙兰回忆，我们第一次听到《在那遥远的地方》，是小学老师蒋自超先生演唱的，虽然老师唱得声情并茂，但我对这首歌的词曲作者却不知其详。20 世纪 60 年代我们在乌鲁木齐安家后，才渐渐知道了王洛宾卓越的音乐成就与坎坷的人生经历。

王洛宾在北京出生成长，是 1937 年 10 月投身革命队伍的青年知识分子。王洛宾的传奇人生，不仅在于他政治生涯的沉浮反差大，还在于他艺术生涯的传世名曲多。在音乐艺术领域里，王洛宾是一位百不一遇的旷世奇才；在人生跋涉长路上，王洛宾则是一位历经坎坷的艰难行者。28 岁时，第一任妻子洛珊弃他而去；38 岁时，第二任妻子黄玉兰撒手人寰。1941 年，他被兰州反动当局以“共产党嫌疑”罪名秘密逮捕，在兰州城北大沙沟监狱囚禁三年。1952 年，他因西宁居所被抄，误解政府对国民党起义人员的政策而“逾假不归”，被从北京押解回新疆，判处两年劳动改造。1960 年，他因替受污辱的青年女演员申冤，被滥用权力的人以莫须有的罪名，判处有期徒刑 15 年，剥夺政治权利 20 年。1975 年刑满出狱后，继续被政治管制。在无固定工作、无固定收入、无固定居所的苦苦挣扎中，一直熬到 1981 年才被彻底平反。从这些坎坷中不难看出，1941 年到 1981 年的 40 年间，王洛宾有 30 年是在不自由的环境中生活的。

王洛宾不仅长期在政治压力中挣扎，而且生活上也多次陷入困境。黄玉兰病故后，王洛宾独身拉扯三个儿子，就连孩子冬天穿的毛线袜子也是他亲自织的。1975 年出狱后，王洛宾既没有户籍，又无处安身，被暂时安排在监狱新生队参加劳动。新生队是获释人员就业前的过渡性单位，62 岁的王洛宾不能久留，只好背上泥瓦匠工具，站在马路边上等人雇工，想用在监狱学到的手艺挣饭钱。在等待安置的日子里，他看过库房，做过小工，还为一些小单位写过短剧。直到新疆生产建设兵团工一师请他创作歌剧时，音乐才帮助他打开了暂无居食之忧的门闩。

在人生的坎坷面前，王洛宾是一个不服输的人。他不止一次地对学生们说，别人之所以放弃你，是因为你先放弃了自己。相信自己还是放弃自己，常常决定一个人的命运。王洛宾是一个视坎坷为磨刀石的人，坎坷与磨难没有动摇他立志音乐的选择，也没有动摇他爱国爱党的信念。他始终相信，人民需要音乐，人间需要光明。洛珊离开后，王洛宾以更大的热情创作抗战戏曲，宣传抗日战争。兰州三年苦狱，军统特务没有从王洛宾嘴里捞到贬损共产党的任何口供，王洛宾却用歌声把狱友凝聚到一起。

1958 年，王洛宾在被监控使用的情况下，仍满腔热情地参与创作歌剧《两代人》和音乐剧《步步紧跟毛主席》。音乐剧的主题歌《萨拉姆毛主席》一经唱出，很快传遍大江南北。剧组在北京怀仁堂为中央领导同志演出专场时，毛主席情不自禁地站起来鼓掌，但王洛宾却在新疆，无缘分享那份本该属于他的荣誉。

王洛宾同所有爱国者一样关心国家的命运，在思想上不愿被时代抛弃，渴望早日获得创作的自由。他创作的歌曲中，有 300 多首是歌颂共产党、歌颂解放军、歌颂社会主义新中国的。“文化大革命”开始后，铁窗后面的王洛宾还煞费苦心，以汉语、维吾尔语、英语三种文字填词，把《共产党宣言》谱写成篇幅很长的《共产党宣言大合唱》，成为世界音乐史上为《共产党宣言》谱曲的第一个音乐家。当别人对他的鸿篇巨制不置可否时，王洛宾却执着地认为："这个大合唱也许现在没人唱，但是将来总会有人唱，并且说不定是外国人先唱。"1976 年毛泽东主席逝世，王洛宾在悲痛中创作歌曲《在农场的田野上》，以自己特有的方式，表示对开国领袖的悼念。

虽然王洛宾在厄运面前有过彷徨甚至逃避，但在人生重要的十字路口，他每次都作出了正确的选择。1931 年"九一八事变"发生后，王洛宾甘愿放下学业，加入北京学生南下请愿团到南京请愿，积极参加抗日救亡活动。1937 年"卢沟桥事变"发生后，王洛宾义无反顾地参加八路军西北战地服务团，组建青海抗战剧团和青海儿童抗战剧团，用一腔热血和抗战音乐唤起民众的抗日热情。担任青海军阀马步芳的上校音乐教官时，王洛宾创作音乐作品，鼓动军民抗战，坚守了爱国进步青年的政治底线。

1945 年，马步芳当面劝说王洛宾加入国民党，王洛宾冒着风险犯颜谢绝，让马步芳一时语塞。1949 年，王震将军率部解放青海，让一兵团宣传部部长马寒冰动员王洛宾参军，王洛宾毫不犹豫地随军西进。行军途中，他为王震将军的诗作谱曲，创作歌曲《凯歌进新疆》。指战员唱着战歌，西出雄关，叩开了新疆的大门。

进入20世纪80年代以后，夕阳的霞光在王洛宾头上辉映，他的许多作品在国内外听众耳畔萦绕。1986年冬季，我和新华社记者顾月忠参加“王洛宾作品音乐会”时，曾问王洛宾恢复名誉后的感想，他告诉我们：“人不但要学会记，还要学会忘。唐僧取经九九八十一难，我比唐僧幸运多了。现在大家都讲噩梦醒来是早晨，我也不想过去了，只希望每天早晨都能看到太阳。”

最美的音乐就在自己的国土上

晚年的王洛宾曾用诗一般的语言写道：“人们都说，丝绸之路是骆驼队踩出来的，如果你喜爱音乐，就会发现，它是用美丽的民歌铺成的。”但是，大学时代的王洛宾，却对西洋音乐偏爱有加，充满热情。

20世纪前半叶，许多受过“五四”运动新文化洗礼的年轻人都认为，巴黎不仅是工人运动的发祥地，还是文化艺术的大殿堂，而美术和音乐则是这座殿堂上两颗耀眼的明珠。因此，一些有志于文化艺术事业的年轻人，都视巴黎为圆梦之地，王洛宾也不例外。

王洛宾在北京师范大学专修音乐时，主要接受西洋音乐的熏陶，受教员和教材的影响，一直梦想着有一天能坐在巴黎音乐学院的课堂里，聆听西洋音乐的美妙旋律，学习西洋音乐的作曲技巧；同时把中国的音乐精髓介绍给西方，让外国人了解中国民族音乐的精华奥义。

为早圆巴黎梦，王洛宾一走出大学校门，便忙于教书赚钱。他在北平扶轮中学担任音乐教师的同时，还兼任了另外两所中学的音乐教师，整天行色匆匆，在三所中学之间往来穿梭。看到积攒的路费一天比一天多，王洛宾感到去巴黎的日子一天比一天近。在父亲一位朋友的帮助下，当了三年音乐教师的王洛宾终于办好去法国的工读手续，等待踏上开往巴黎的轮船。这时的王洛宾，仿佛看到了埃菲尔铁塔上的朝霞，听到了巴黎圣母院的钟声。

就在王洛宾准备启程之际，侵华日军一手制造的“卢沟桥事变”发生了。卢沟桥的枪声改变了中国的命运，也改变了王洛宾的命运。1937 年 10 月，他离开北京，前往山西八路军驻地，参加丁玲领导的八路军西北战地服务团，投身到宣传抗日救国的斗争洪流之中。

1938 年春天，王洛宾同战地服务团的萧军、塞克等人按照延安的指令到达兰州，准备前往新疆组建剧团、宣传抗战，后因新疆军阀盛世才阻挠而未成行。

去新疆的计划落空后，王洛宾不改初衷，在甘肃、青海进行抗日宣传，时间长达十年之久。在这片贫穷广袤的土地上，他被西部民歌的魅力征服了。王洛宾发现，西部民歌像一块块珍贵的璞玉，等待着人们去精心雕琢。在兰州、西宁等地演出时，王洛宾搜集了大量的民歌素材。这期间由他整理创作的《在那遥远的地方》《达坂城的姑娘》《半个月亮爬上来》《掀起你的盖头来》《青春舞曲》《阿拉木汗》《喀什噶尔舞曲》等十多首脍炙人口、广为流传的民歌素材，就是其中的一部分。这些厚重的原始积累，为王洛宾后来的音乐创作注入了深厚持久的活力。

西部民歌特别是新疆民歌的馨香，让王洛宾为之倾倒，去新疆的梦代替了去巴黎的梦。王洛宾发现，“最美的音乐就在自己的国土上”。1992 年 10 月，我代表新疆军区在乌鲁木齐假日酒店设宴，庆贺王洛宾创作的《在那遥远的地方》荣获文化部、中国唱片总公司颁发的“金唱片创作特别奖”，王洛宾携儿子、儿媳和孙子如约而至，显得格外开心。酒酣耳热之际，他从儿子王海成手中拿过金唱片，说：“这张唱片是对我个人的奖励，更是对民族音乐的推崇，我是很看重的。”“我之所以走上民族音乐的道路，自己的民族自尊心是一个极重要的因素。”“没有民族音乐的哺育，我写的民歌就会营养不良，缺乏底气，就唱不起来，传不下去。”说完王洛宾放声唱了一首新创作的歌曲——《塔里木恋歌》。歌声的优美旋律中，蕴含着老人对新疆大地的深沉眷爱。

20 世纪 50 年代的王洛宾，曾在南疆军区文工团工作过几年。那时，他不光深入农村牧区，搜集民间音乐素材，还深入边防部队，搜集军事音乐素材。新疆解放初期，骆驼是我军向昆仑山驻防部队输送物资的主要运力。1952 年，为了创作一部歌颂骆驼队指战员的作品，王洛宾跟随官兵长途跋涉、爬冰卧雪，在氧气稀薄的昆仑山上，完成了大合唱《英雄的骆驼队》的构思，下山后连夜创作，一气呵成。

1993 年 2 月，我由新疆军区调至南疆军区任政委时，王洛宾和我约定，他还要回南疆军区，为边防部队写歌唱歌，到和田、喀什、阿克苏发掘民歌素材，在喀什举办专场音乐会，向各族军民表达他的感恩情怀。那天交谈王洛宾兴致很高，下班时我留他吃饭，他却笑着说："茅台留到喀什喝。音乐会不开不喝，音乐会成功了不醉不休。"去喀什开音乐会，成为王洛宾晚年的向往。

新疆是久负盛名的歌舞之乡，王洛宾是歌舞之乡名副其实的领歌人。1949 年随王震将军进疆后，他的大半人生便烙上了无法剔除的新疆印记，即使走出蹲了十几年的监狱大门，王洛宾也没有离开新疆，一直到他生命的最后一刻。在王洛宾看来，新疆民歌已融入他的血液，浸润他的灵魂。在将近半个世纪的岁月中，天山南北，绿洲牧场，戈壁大漠，军营边卡，到处都有他留下的脚印，到处都有他留下的歌声。有资料表明，王洛宾整理创作的 1000 多首音乐作品中，有 700 多首融入了新疆原生态民歌的丰富元素。晚年的王洛宾用充满哲理的语言告诉人们："我多年走在荒漠边缘，我的体会是，越是荒凉寂寞的地方，人的想象力就越丰富。"他郑重地向朋友表示："我不会放弃新疆民歌，这是我的生命和生活的全部。"王洛宾用他的躯体和灵魂兑现了这个庄严的承诺。

德国诗人音乐家舒曼说过："要留神细听所有的民歌，因为它们是最优美的旋律的宝库。它们会打开你的眼界，使你注意到各种不同的民族性格。"王洛宾用 60 多年的音乐实践证明，在音乐艺术领域，越是民族的，就越是世界的。

王洛宾留学巴黎的愿望没有实现，但他的作品却被收入巴黎音乐学院的教材，成为世界歌星罗伯逊的保留曲目，在五洲四海的星空中回荡。

音乐是宗教，爱情是信仰

爱情，是古今中外音乐创作的永恒题材。王洛宾搜集整理创作的民歌中，爱情歌曲占了很大的比例。这不仅因为优秀的西部民歌都闪烁着爱情的火花，还因为王洛宾自己对爱情的深切感悟和专注态度。王洛宾善于从爱与被爱的角度观察客观事物，发掘创作素材，创造音乐形象。诚如他自己所言："五线谱上的音符，在琴弦上流淌，生命和爱情便有了新的乐章。""尽管我这一生很坎坷，我的爱情都没有好的结果，但我仍然觉得爱情就是信仰。”王洛宾正是以宗教般的虔诚，主导感情世界，倾注情感心力。

青年时代的王洛宾对爱情歌曲颇有灵感。他在大学的处女作《云游》，就是对新月派诗人徐志摩爱情诗的配曲，毕业汇报演出时，博得师生们的一致赞扬。萧军反映抗日题材的长篇小说《八月的乡村》，被鲁迅先生认为是“显示着中国的一份和全部，现在和未来，死路和活路”的重要作品。作品中女主人公安娜吟诵的情诗，也被王洛宾冠以《奴隶之爱》的标题谱曲，很快传遍了中国大地的角落，王洛宾也成为给近代中国小说谱写插曲的第一人。

王洛宾长于捕捉民歌中迸出的情感火花。被他最初取名为《马车夫的幻想》最后定名为《达坂城的姑娘》的维吾尔族民歌，王洛宾初次听到时虽然不懂其中的内容，却被旋律中流淌的天籁之音触动了。当弄清楚这是一首维吾尔族情歌时，他经过一夜的重新编写，把本不适合汉族人演唱的民歌，变成了简短流畅、轻松欢快、适合多民族演唱的维吾尔族新民歌。这是王洛宾编写的第一首维吾尔族民歌，也是我国第一首用汉语编配的维吾尔族民歌，王洛宾由此成为中国现代史上推动新疆民歌在全国传播并走向世界的第一个音乐家。

富有诗意的纯情与浪漫，是滋润音乐创作的甘泉。融入藏族、汉族、哈萨克族和欧洲音乐元素的《在那遥远的地方》，就是一首在青海湖畔用心泉浇灌出来的曼妙民歌。很难想象，如果 1940 年夏天王洛宾没有去青海湖畔的金银滩草原，如果没有在草原上与藏族姑娘卓玛的邂逅，如果没有卓玛绕到王洛宾身后，扬起多情的鞭子轻轻在他背上抽打一下……《在那遥远的地方》就不会诞生，更不会成为一首跨越地域、跨越时代、跨越语言与民族的华人声乐艺术品。时到晚年，王洛宾依然难忘辽阔宁静的草原，难忘白云点缀的蓝天，难忘卓玛轻轻抽打在他背上的那一鞭。他发自内心地谈道："边疆的民谣情歌使我每天都感到惊喜，也得到很多收获。""丝绸之路的情歌，就是叙述男女之间没有任何条件的相亲相爱。"所以，他总是怀着质朴纯洁的心态，在自我感动中创作情歌。每当一首新的爱情民歌创作成功，王洛宾胸中都会有热流涌动。

王洛宾恪守的信条是："一个音乐家不只要因音乐而伟大，更要因人格而伟大。"王洛宾一生充满浪漫，但那仅仅是对他钟爱的音乐和民歌而言。与他奔放不羁的外表相反，在他的骨子里占主导地位的，仍然是中国的传统观念。他曾经正色告诉朋友："歌曲是创作。创作要有素材，要有感情，有激情，但不能说素材里的人就是你的情人，这不成笑话了？"王洛宾对待爱情专注如一，特别表现在他对妻子的态度上。1941 年，王洛宾虽然感觉自己被兰州当局抓进监狱是洛珊"出卖"了他，但在创作著名的《青春舞曲》时，他还是把自己的心情融入其中，并用“我的青春小鸟一去不回来”这样的词句表示对两人那段美好日子的怀念。1951 年黄玉兰病故后，王洛宾悲痛难禁，抱愧终身，宁可自己拉扯三个孩子，也没有与别人再结连理。

中年的王洛宾，才华横溢，相貌堂堂，虽然连经挫折，但暗中仰慕他的女性仍不乏人，只是王洛宾从不回应。晚年的王洛宾，像蔚霞满天的夕阳，引起女性的更多关注。对此，王洛宾都会温文尔雅地闪身躲开，既不让对方尴尬，也不使自己为难。王洛宾的学生、兰州军区乌鲁木齐总医院女医生吴建邦告诉我，总医院好几个女同志想结识王洛宾老师，但都被老师婉拒，老师心中有黄师母，老师不忍回首师母因他而亡的悲剧。

王洛宾的感情是深沉而内敛的。20 世纪 90 年代初，当台湾女作家三毛像一团火一样在王洛宾身边燃起的时候，她最终还是无法将王洛宾这座冷峻的冰山融化。王洛宾只能以一首名为《等待》的忧伤歌曲，表达对三毛热烈、真挚、坦率的感情。

乐于创作爱情民歌与半世孤身不续，反映了王洛宾爱情观的价值取向，也构成了他传奇人生的悲剧成分。

苦难中也有美，并且美得更加真实

恩格斯讲过：“音乐是生活中最美好的一面。”尼采认为：“没有音乐，生命是没有价值的。”海顿更是不无夸张地说：

“当我坐在那架破旧的古钢琴旁边的时候，我对最幸福的国王也不羡慕。”在解读王洛宾的过程中，我发现王洛宾的生命早已化作流淌的旋律，在他所处时代的长空中波动回响。

王洛宾的一生，是把音乐当作宗教崇拜的。唯其如此，他才发现“幸福中有美，幸福本身就是美；苦难中也有美，并且美得更加真实”。这个理念，是王洛宾的生活态度，也是王洛宾的创作哲学。在这个理念支配下，即使精神遭到打击，身体遭到摧残，他的音乐灵魂没有被碾碎；即使高墙隔断了原野，铁窗锁住了视线，他的创作火花没有被熄灭。在人生最黑暗的时期，他仍然激励自己：“我心中有架钢琴，日日夜夜弹奏乐曲，手指断了，心还在弹，没有人能使我离开音乐。”正是凭着这种自强不息的精神，他不仅“在苦难中发现了许多平常人美丽的心灵并获得创作源泉”，还发现“人必须有梦想，生活才有意义”。王洛宾的梦想，就是“要写出最好的歌曲让大家传唱五百年”。

20 世纪 90 年代中期，王洛宾在国内外的声誉登上了巅峰，但他始终没有忘记艰苦岁月、艰苦地区给予他的创作动力。1995 年 6 月下旬，王洛宾在北京参加他从艺 60 周年音乐会，我和孙兰到宾馆看望他。谈到他的艺术成就时，王洛宾在引用了司马迁《报任安书》的几句话后说：“‘艰难困苦，玉汝于成’，没有宫刑之难，哪有《史记》这部‘史家之绝唱，无韵之离骚’？苦难是人生长歌中的音符啊！”这次交谈，我对王洛宾百折不挠的精神内涵又有了新的认识。

长期的监狱囚困，让王洛宾失去了人身自由，但他没有在自由来临之前消极等待，空耗生命。王洛宾以生命不息、创作不止的态度，在狱友中搜集素材，在劳动中发现素材，一支又一支歌曲在他的囚室诞生。在兰州监狱三年多，他写出了《炊烟》《蚕豆谣》《我爱我的牢房》《云曲》《想·惦·忆》等10多首歌曲。在新疆监狱十几年，王洛宾创作的民歌多达20余首，《草原上的金太阳》《天上的云》《高高的白杨》《撒阿黛》等民歌，都是这一时期创作的。其中被称为“囚徒之歌”的《高高的白杨》尤为感人。

《高高的白杨》，是以被人诬陷的年轻狱友吾甫尔江的爱情悲剧为题材创作的。吾甫尔江被错抓入狱，新婚妻子精神受到沉重打击亡故，吾甫尔江为纪念亡妻，立誓蓄发留须。王洛宾从吾甫尔江的爱情悲剧中看到了人性的大美，以遏制不住的激情写下了三段凄美的歌词，配上伊犁民歌的旋律，向人们奉献出一曲传唱不衰的维吾尔族情歌。在回忆《高高的白杨》创作经历时，王洛宾若有所思地说：“我的很多成功作品，往往不是在幸福中创作，而是在痛苦中完成的。”

人类的音乐史表明，音乐能为幸福锦上添花，更能为苦难雪中送炭。当音乐找到与诗的内在联系时，音乐能使人的精神迸发火花。因此，王洛宾十分重视歌词的编写，他所创作的民歌特别是情歌，绝大多数歌词都是由他自己改写或重写的。每一首歌词，都是一首浪漫的爱情诗。有的情歌，即使离开曲谱吟诵，也会令人感动。歌曲《等待》的歌词就让人唏嘘不已。这首感怀三毛的歌词写道："你曾在橄榄树下等待又等待，我却在遥远的地方徘徊再徘徊。人生本是一场迷藏的梦，且莫对我责怪。为把遗憾赎回来，我也去等待。每当月圆时，对着那橄榄树独自膜拜。你永远不再来，我永远在等待。等待，等待，等待，等待。越等待，我心中越爱。"① 从这首歌中可以感受到王洛宾苍凉悲伤而追悔莫及的心境。

王洛宾对悲剧美有着独特的敏感，对阳光美更有着热烈的关注。年轻美丽的女警察沙阿代提·托乎提，就曾经是王洛宾心中美丽的偶像。在女主人公毫无所知的情况下，王洛宾以《撒阿黛》为歌名，专门为这位女警察写了一首乌孜别克风格的赞歌。这支从王洛宾心中流淌出来的歌曲，强烈地表现出人世间无限美好的恋情，唱出了作者渴望自由的心声，表达了对自然、对人类的大爱。20 多年后，当沙阿代提·托乎提得知《撒阿黛》是为她而写的歌曲时，简直不敢相信"在那样艰苦的情况下，王老师还能有这样一份美好的心情，写出了《撒阿

① 注："橄榄树"即歌曲《橄榄树》，系三毛作词的经典作品。

黛》这支歌”。

当《高高的白杨》《撒阿黛》等歌曲广为传唱并被收进大学教材后，人们从王洛宾的故事中渐渐悟到，生活并不缺少美，缺少的是发现美的眼睛。逆境中的王洛宾因为有一双善于发现美的眼睛，才能不断地从自己的心弦上弹拨出最美的旋律。虽然王洛宾笔端有时淌出的不是音符而是心底的血，但他高兴，因为美的旋律能使传歌者和听歌者快乐。

跨入20世纪80年代，公道被还给历史，荣誉被还给王洛宾。1988年，王洛宾享受副师级待遇光荣离休，荣获中国人民解放军“胜利勋章”。1991年，王洛宾享受国务院批准的政府特殊津贴。1992年，《在那遥远的地方》荣获文化部、中国唱片总公司颁发的“金唱片创作特别奖”。1993年，《在那遥远的地方》《半个月亮爬上来》被评为20世纪华人音乐经典作品。这期间，《洛宾歌曲集》、《在那遥远的地方》歌曲集、《丝路情歌》歌曲集、《纯情的梦——王洛宾自选歌曲集》相继出版，一场接一场的王洛宾音乐会在国内外连续举办。王洛宾透过歌曲，把美的享受奉献给人民，人民用热烈的掌声和绚丽的鲜花，把耀眼的音乐桂冠回馈给王洛宾。

1994年12月28日，深圳举办王洛宾音乐会时，恰逢王洛宾81岁生日。会场上五六千名观众全体起立，齐声高唱《祝你生日快乐》。王洛宾获得了音乐家梦寐以求的最高荣誉——

人民群众的爱戴。

王洛宾的歌曲唱响在华夏大地，也唱响在联合国总部的哈马舍尔德礼堂。1994年，“丝路情歌——王洛宾作品音乐会”在这里举行，150多个国家的常驻联合国代表观看了演出。音乐会后，联合国教科文组织向王洛宾颁发了“东西方文化交流特殊贡献奖”。王洛宾成为获此殊荣的第一位中国公民。

1995年5月初，我由南疆军区政委调任总政宣传部长。离开新疆前，我同孙兰专程去乌鲁木齐总医院，探视刚刚做完胆囊手术的王洛宾并同他道别，祝他的身体早日康复，祝他的传记早日出版。我们怎么也想不到，这次道别竟成了诀别！

1996年3月14日，83岁的王洛宾先生在乌鲁木齐总医院逝世。

王洛宾没有来得及实现重回南疆军区的愿望。他和我的约定，成为埋在我心底的沉重记忆。

2011年9月8日

（刊于2012年第1期《中华文化论坛》）

参考文献

1. 王海成：《我的父亲王洛宾》，新疆美术摄影出版社2005年版。

2. 言行一、王海成著：《王洛宾》，陕西师范大学出版社2010年版。

为有心泪拾遗曲

50 年前的战友来信告知，古稀之年的张洪波依然神情呆滞，语言表达迟钝，任凭大家想方设法也未能唤回他早年丧失的记忆。但搜集张洪波音乐作品结集出版的工作已获进展，范维华同志将 33 首歌曲的清样寄给了我。在此时多少还算是让人有些欣慰的消息，让沉淀在我心底的酸楚再次漫上心头。

张洪波是 1962 年从西安入伍的，自幼家境贫寒，曾在西安音乐学院附中求学，还当过小学音乐教师，后与我在同一座军营中共过甘苦，是 20 世纪 60 年代新疆部队中难得的音乐人才。他参与创作的一些歌曲，从军内唱到军外，从新疆唱到北京，从过去唱到现在，而且还在年复一年地唱下去。其中《边防战士见到了毛主席》被赞为《毛主席的战士最听党的话》的“姊妹歌”，鼓舞着一代又一代西陲军人向祖国奉献忠诚。张洪波的音乐作品像一座丰碑，矗立在新疆部队的文化阵地上，令人如仰高山。

依稀记得，我是 1966 年秋在阿克苏驻军的葡萄园前与张洪波道别的。在这之前，张洪波参与创作的《听说边防军下了山》《双送礼》等作品，同《毛主席的战士最听党的话》等节目一起，被所在部队的战士业余演出队带到北京，参加总政治部的文艺调演，前后献演了 50 余场，在中央领导同志和首都广大观众中留下了美好的印象。张洪波虽未进京，但他热情不减，刻苦有加，音乐创作进入了灵感丰沛的高峰期。他以革命战士的赤诚和热烈，讴歌共产党和毛主席，歌颂解放军和新疆各族人民。他苦心孤诣地搜集素材，夜以继日地捕捉旋律，如醉如痴地编织曲谱，从音乐创作的成功中获得了难以替代的愉悦和快感。然而，热情创作的张洪波，并未幸免于时代的悲剧。

张洪波的人生悲剧，是“文化大革命”期间发生的，但却没有随着“文革”的结束而落幕。当历史的车轮校正方向，迎着曙光呼啸而去的时候，青年音乐家张洪波却在关中大地上形影相吊，抱杖牧羊，在病痛折磨中老去。

虽然创作过 200 余首音乐作品，但张洪波没有留下片纸只字，那些从他笔尖下流淌出来的美妙曲谱亦荡然无存。这次结集付梓的 33 首歌曲，是战友们一个音节一个音节地从记忆深处集体发掘出来的，其难能可贵不言而喻。歌曲小集虽然薄如草履，但在我心中却重逾千钧。它寄托着战友们对张洪波命运的叹息，更蕴含着战友们对在张洪波身上发生生命奇迹的期望。

2011 年冬季，我在西安看到张洪波的两张近照。若非战友提示，我断不会把记忆中的张洪波与照片中的叠加成一个人，前者曾是名动天山南北的音乐才俊，后者却是黄土地上满头堆雪的垂暮羊倌。但他们确实是同一个人，确实是同一个张洪波！

我暗自惊叹，无情的岁月让一切都模糊了……

20 世纪 70 年代末期的拨乱反正，让张洪波恢复名誉，他有了衣食保障。但从悲剧中走出来的张洪波却成了一个残疾人，丧失了正常的思维功能和语言功能，不能与人交流沟通，意识不到改革开放让他的生命沐浴到春天的阳光，更无法回到跌宕起伏的音乐世界。张洪波在日出日落、花开花谢的时光里打发着剩余的岁月，把常人难以察觉的残愁余绪传递给与他朝夕相伴的羊群，从那里寻找心灵的寄托与晚年的慰藉。但战友们仍然心存侥幸，苦苦等待他回归社会、回归正常人的生活。

历史是从昨天走来的。纳入《张洪波创作歌曲集》的歌曲，都是张洪波被抛入命运谷底之前的作品，难免打上那个时代的烙印，但却蕴含了一个青年音乐家对事业的追求。即使今天，人们仍然能够从《双送礼》《听说边防军下了山》《边防战士见到了毛主席》等歌曲的优美旋律中，感受到张洪波那时的审美情趣与坦荡情怀；感受到那个时代部队的精神风貌与军人的价值观念。这不正是我们今天所要建设的文化“软实力”吗？

张洪波的悲剧不是哪个人的过失酿成的，而是时代造成的不幸。我庆幸不幸的张洪波有一群年届古稀却依然至真至诚的战友。张洪波的音乐作品能保留至今，战友们功不可没！张洪波的音乐作品能载入史册，战友们功不可没！50 年来，战友们没有忘记张洪波这个人，没有忘记张洪波写的歌。这让我想起万绿的一句诗，“只有逝去的岁月，没有逝去的灵魂”。

高山流水，历史会向张洪波的战友们致敬！

2012 年春节

（刊于 2012 年 2 月 14 日《解放军报》）

一个为病人活着的医生

——回眸第四军医大学王锦玲教授

王锦玲教授是国内著名耳鼻咽喉头颈外科专家，中国人民解放军空军军医大学（第四军医大学）西京医院耳鼻咽喉头颈外科教授、主任医师，博士研究生导师。她长期致力于临床聋病、眩晕的诊治及耳聋机理和防治的基础研究，并将科研与临床相结合，形成专长和特色。她医德高尚，医术精湛，医风严谨、细致、亲切、耐心，以解除病人疾苦为己任，深受患者信赖和赞誉。她为人师表，甘当人梯，因材施教，教学相长，重视思想品德和科学作风培养，充分发挥研究生潜能，全力促进研究生成材，被陕西省学位委员会评为省优秀博士生导师。任科主任期间，励精图治，艰苦奋斗，锐意进取，推进学科建设全面发展，以医疗为基础，以教学为中心，以科研为先导，以人才培养为重点，形成以耳聋诊治及基础研究、耳显微外科头颈外科为专长的科室特色，为学科全面建设较快发展打下较坚实基础。1995 年科室被总后评为基层建设标兵单位，并荣立集体二等功，个人荣立三等功三次。1989 年被授予“全国三八红旗手”称号。1990 年获中华人民共和国人事部授予的“有突出贡献的中青年专家”称号。2003 年退休后接受科室返聘继续参加门诊服务患者至今。2013 年获中华医学会耳鼻咽喉头颈外科分会授予的“突出贡献奖”。2015 年获中华医学会耳鼻咽喉头颈外科分会授予的“树人奖”。2019 年被陕西省医师协会授予“德艺双馨医师”称号。

一

若有诗书藏于心，岁月从不败美人。即将进入九秩的王锦玲教授，虽然华发压鬓，眼角有了皱纹，但那种由内而外的优雅气质和溢于言表的慈祥神态，让她在从容淡定中散发出高龄知识女性特有的魅力。

65 年的从医生涯，使王锦玲活出了风采，活出了诗意，活出了价值——数以十万计的生命在她的关爱下解除或减轻了病痛。

我是因病认识王锦玲教授的。一晃 32 年过去了，王锦玲依然出现在接诊医生的行列里，或在门诊或在病房，即使对登门询诊的病人也热情如故。金碑银碑，不如老百姓的口碑。人们口口相传，都知道王锦玲教授是个为病人活着的医生！

32 年前，我作为兰州军区政治部宣传部部长，正在驻平凉某师准备全军两用人才现场会。听说总政余秋里主任和全军各大单位派人参加这个会议，兰州军区首长十分重视，司令赵先顺、政委李宣化亲自开会部署，副司令马伟志牵头抓落实。同时指定政治部副主任李月润和司令部副参谋长为组长，军训部部长宋步先和我为副组长，带司政后机关干部蹲在平凉驻军，保证各项具体工作一一落实。

连续两个多月加班加点，分配给我的会议文件全部就绪，十多年来经常发作的上颌窦炎却日趋严重，我被折腾得食不甘味，寝不安枕。后来见现场会的日期一时定不下来，我从平凉坐汽车去西京医院，想在那里作几天对症治疗，待病情好转后返回平凉参加会议。

1987 年 8 月 15 日我到达西安。第二天陕西省军区宣传处处长王宗义、干事魏季棉和兰州军区宣传部理论研究室主任牛俊民、干事于建文陪我到西京医院耳鼻喉科看病，科主任王锦玲教授亲自接诊。王锦玲温文尔雅，轻声细语地问了我的病程和症状的每个细节，当即写了申请报告，让我去放射科拍 X 光片。

我们一行登上放射科四楼，我进去拍片子，其他同志在外边等候。我出来不到半个小时，一位男医生拿着诊断报告说："可能是恶性肿瘤，已经浸蚀到眶底外延了。"我们四个人并排坐着，刚才还在说说笑笑，听医生说完像挨了一闷棍，其他人一下子没反应过来，我的心顿时缩紧了。医生看我脸色不好，换了口气说："病人是你吧？不要紧张！我们这是一家之言，你还得做别的检查。就算是癌症，早期手术也能根治！"

说得轻松！不要紧张，能不紧张吗？癌症！又不是长了个疖子！我听完脑子像抽了真空，思维瞬间凝固了。15 年前在昆仑山麻扎达坂翻车，我有死过一回的经历。医生还在叮嘱，我已经恢复了平静。

电梯一直上不来，我谢过医生，咚咚咚地同大家从楼梯上下去，直奔王锦玲教授的诊断室。

王教授仔细看过放射科的 X 光片和报告，略微思考了一下说："你先住进来，我们再安排进一步检查。"她说话时依然轻声细语，而且嘴角还挂着一丝安慰我的笑纹，只是眼神比接诊时有了不易察觉的变化。

8 月 18 日，西京医院耳鼻喉科门诊给我做鼻窦 CT 检查，显示右侧上颌窦被软组织影填塞，眶下及鼻窦前内壁骨质吸收破坏。初步诊断：右侧上颌窦肿物待查。

8 月 19 日我住进耳鼻喉科病房。经治医生郭梦和同护士长把我安排到 39 床，我有生以来第一次住医院，开始经受可能是癌症甚至是死亡的考验。

环境能改变心境。住进病房，穿上病号服，看到来来往往的医护人员和病人，我觉得自己真的病了。中午胃口不好，本来可以吃8个包子，只吃了4个再咽不下去。天气闷热，心情烦躁，毫无睡意。尽管还没有确诊，但放射科的报告、CT的结论白纸黑字，恐怕不是误诊误判。一时间“癌细胞”像无数条蛆虫，钻进我脑子反复纠缠，逼着我不得不考虑下一步怎么办。

假如真是癌症，是早期还是晚期？如果扩散了，我是治疗还是放弃？老婆、孩子的生活靠什么维持？是继续留在兰州，还是回西安老家？我边想后事边估摸能活多久。若能再活5年，女儿大学毕业，大儿子考上大学，小儿子也该上高中了，到时我就是一伸腿眼睛也能闭上。如果癌症是晚期又该怎样安排？我父母过世早，弟弟日子紧紧巴巴，我撇下的孤儿寡母是靠组织还是靠战友？……想来想去，觉得还是不要给组织添麻烦，托付给牢靠战友可能是上上策……

命运如船，思绪如潮，到底靠哪个码头，一时间飘忽不定。这时候我才省悟，对于组织，你是之一，你倒下了，革命自有后来人；对于家庭，你是唯一，你倒下了，家就塌了。我在心里向命运抗争，为了老婆、孩子，老子也要多活几年！

胡思乱想理不出头绪，翁同龢那副名联却从记忆深处冒出来了：“每临大事有静气，不信今时无古贤。”我躺在病床上，反复琢磨这副对联，仔细回忆我的病程，忐忑不安的心情渐渐平静下来。我问自己，这个“上颌窦癌”的根子与15前的车祸有没有关系？是不是在车祸中受伤的后遗症？我在肯定与否定中徘徊，思绪不知不觉回到1972年的中秋节。

那个中秋节的前的9月15日，我被从高原肺水肿的濒死状态中拯救出来。9月21日由阿里边境守防部队紧急下送到三十里营房医疗站，在那里继续接受治疗。9月22日，护送车在麻扎达坂发生车祸，北京吉普从海拔4200多米高的公路上翻滚下去，连续在下面两层盘旋路面上弹起来，最后在第四层盘旋路面的一堆大石头中间卡死了。石头堆离路沿2米左右，下面是70多米深的峡谷，从公路边探身看下去，真有点毛骨悚然、命悬一线的感觉！

我们一行四人被张昌奎副师长连夜救下山。六师医院拍摄的X光片显示，我左肩胛骨骨裂，右侧脸颊骨裂，左侧五颗牙齿松动，脸肿得像鼓起的热水袋。医生先给我消炎消肿，其他伤病回乌鲁木齐，让军区总医院治疗。

那一年我28岁，压根没把伤痛放在心上。半个多月后回到乌鲁木齐，脸不肿了，肩部疼痛缓解，在阿里高原同死神两次擦肩而过的经历成为往事，后来压根没再想过。我继续上边防，下部队，造文件，写文章，得空还钻到地下室，掏几本封存小说找个地方偷偷看。

1975年冬季，一场感冒让我患了严重的上颌窦炎，感冒痊愈后左侧上颌窦炎症消失，右侧炎症却日趋严重，昼夜通气不畅，只能用左鼻孔呼吸，面向左侧睡觉。医生看了多次，每次或滴几滴麻黄素，或吸一会儿鼻通药，再无良策可施。

1976 年春季，右侧还是鼻塞，军区总医院耳鼻喉科张清波主任安排我作 X 光检查，片子显示右上颌窦有炎症分泌物。张主任是协和医院加强到军区总医院的权威，他建议我接受上颌窦穿刺治疗，抽出里面的脓液，把抗菌药注射进去，我当即同意。张主任亲自操作，第一次穿刺之后，症状明显减轻，通气也比以前顺畅，我以为病根挖掉了，高兴的心情溢于言表。1976 年 11 月，右侧上颌窦炎复发，浓涕不断，非常痛苦，接着右眼视力明显下降。李浩副主任给我做了中鼻甲部分切除手术，同时做了穿刺清洗，我的病情再次得到缓解。自此以后，我的病灶一直在穿刺—缓解—再穿刺中循环。十多年时间做了四五十次穿刺治疗，感觉时好时坏。到后来，一副假斯文的眼镜也迫不得已被架到我的鼻梁上。

1985 年乌鲁木齐军区与兰州军区合并，我被调入兰州军区宣传部任部长。考虑到兰州医生不了解病情，我两次上颌窦穿刺，都是回乌鲁木齐总医院请张清波主任做的。最后一次做完还拍了 X 光片，返回兰州后忙于工作，没再同张主任联系过。

三个小时的胡思乱想，我终于从一团乱麻中找到头绪——打电话给乌鲁木齐总医院张清波主任，请他同放射科商量，把我过去拍的上颌窦 X 光片寄过来，和西京医院的 X 光片进行对比。

20 世纪 70 年代中期，我在 301 医院陪护过两位首长，掌握一些临床常识，知道恶性肿瘤病程短，良性肿瘤发展慢。两年多过去了，如果乌鲁木齐总医院拍的片子和西京医院拍的片子差异不大，那说明右侧上颌窦内的肿物可能不是致命的癌，而是别的什么东西。这么一想，我像溺水人抓住了一根稻草，马上就想找王教授报告。

我刚穿好衣服，听到有人敲门。门一拉开，王教授带着两位医生进来了。

二

王教授问我中午休息了没有，我如实回答，之后迫不及待地报告中午回顾脸部受伤和后来治疗鼻窦炎的详细过程。王教授和两位医生不肯坐，一直站着听我讲完才说，如果有几年前的片子比照，对现在诊断肯定会有参考价值。上颌窦穿刺还得再做一次，从窦腔内取出一些组织进行病理检查，病理报告是诊断的基本依据。接着，她详细询问了我的生活习惯和家族病史，嘱咐我要少吸烟，最好把烟戒掉，吸烟会影响治疗效果。

说到这里，我真的感谢王教授在我戒烟上花费的心血。那天我虽当着王教授的面答应戒烟，实际上并没有下定决心。那几天正在为病受煎熬，香烟成为我减轻精神压力的依赖，有时候每天要吸一包多，晚上睡不着也是靠吸烟打发时间的。后来王教授查房闻到烟味，又提醒过两次，我表示把随身带的烟吸完，就下决心改掉这个恶习。

王教授哪里知道，对我这个有 18 年烟龄的人来说，烟可不是说戒就能戒掉的。有道是“跟着先生上学堂，跟着秃子当和尚”，我本来不吸烟，是在新疆军区战胜报社一位副科长的“教唆”下上瘾的。

那是 1969 年 10 月，军委战备命令下达后，军区前指进入指挥坑道，报社那位副科长同我谈得来，对国家前途命运忧心忡忡。他有空就到我办公室吹牛，这位老兄烟瘾特大，一上午吸十多支烟只用一根火柴，临走时烟灰缸只有一个烟屁股，他是一根套着一根吸的。坑道的房间只有 10 平方米左右，我每周累计有两天是在他的烟雾笼罩中度过的。开始他给我吸“中华”，这是中国最好的烟，我连想都没想接过来就吸。说来奇怪，从吸第一口烟开始，我从来没被烟呛过，不知不觉中上了瘾。那老兄见我有了烟瘾，开始玩起心眼——左边口袋装“中华”，右边口袋装“牡丹”。每次到我房间先给我递支“牡丹”，趁我不注意时把手伸进口袋拿“中华”吸。再后来他还是从口袋摸“中华”吸，给我的烟却换成了“大前门”。把戏被我识破后，他见我烟瘾大了，索性耍赖不给我烟吸了。“上贼船容易下贼船难”，有了烟瘾，老向别人伸手不好意思，我只得自己买烟吸。纳赛尔说过，戒烟像和情人诀别一样艰难。

我没有纳赛尔的体验，但想到王教授苦口婆心的劝导，我终于下了烟戒的决心。当时也琢磨过，如果真是癌症，我就多买几包大“中华”，好好过过烟瘾，死了也值；如果不是癌症，就坚决戒掉，至少能省一副棺材钱。

一天上午，王教授领我去耳鼻喉科检查室复查，已经退休三年多的刘乾初教授在仪器前等着。刘教授是科室的前任主任，王教授等刘教授检查完我的鼻腔、喉咙和两侧耳膜后说：“各项检查结果出来后，科里要组织讨论，医院可能安排大会诊。要不要手术，根据会诊的情况再作决定。”

刘教授只问了我一句：“你还在吸烟?”我点点头红着脸出来了。

我的上颌窦穿刺是王教授亲自做的，因为在乌鲁木齐已经做过多次，我几乎没有疼痛的感觉。做完穿刺，王教授把从窦腔内取出的组织送到病理科做活检。我清楚这是确定腔内肿物性质的关键环节，连续两天坐卧不宁，等待病理检查结果。这时候我已作了最坏的打算，王主任每天都会安慰我，但我烟没少吸。为了掩饰内心的紧张，熟人来医院探视时，我常说些大话给自己壮胆，诸如“民不畏死，奈何以死惧之!”“杜鹃半夜犹啼血，不信东风唤不回”，等等，尽量装出天命难逆、顺其自然的样子。

病理报告出来了，具体怎么写的我记不清了，只记得王锦玲教授一脸喜色地告诉我，可能是个良性包块。我不敢相信自己的耳朵，拿过病理报告反反复复看了好几遍，上面没见一个“癌”字，我高兴得不知道说什么，连续说了几个“太好了，太好了！”

此后几天，王教授亲自领着我到有关科室做检查。颌面外科周教授很直爽，他在一个人脸模型前比画着说：“现在科技发展了，硅胶材料可以恢复人脸的原形。如果脸部术后需要修复，可以用硅胶材料填充。你看，这个模型与真人脸有啥差别？”周教授的开朗和乐观态度给我留下了很深的印象。眼科主任蔡教授年纪偏大，文质彬彬，先让护士检测了我的视力，而后用仪器仔细看了我的双眼，又问我为什么要戴眼镜。我告诉蔡教授，我两只眼睛原来的视力都是 1.5，1976 年右眼视力越来越差才配的眼镜。蔡教授对王教授说，可能是上颌窦的肿块顶到眶底了，估计手术后视力会好转。

几个科室的检查都没有确定是恶性肿瘤，也没有确定是良性肿瘤，这时候我就特别注意观察王教授说话的语气和神态，从中作出对病情的判断。就在我综合各项检查结果，感觉越来越好的时候，来医院探视我的人也越来越多。这时候我才知道，兰州军区机关和一些部队领导都听到了我患癌症的消息。来探视的同志除了军区领导、机关干部，还有总部机关、新疆军区、二十一军、四十七军和陕西省军区的领导。来探视的同志中，有的说话委婉，有的说话坦率，但意思基本一致：作最坏的打算，盼最好的结果。人多嘴杂，使我心乱如麻。这些看似安慰又近似诀别的话，使我的精神处于“善意叮嘱又蕴含无奈”的刺激之中。我进一步作了最坏的打算，同妻子孙兰开始商量身后需要安排的事情。

一个星期后，乌鲁木齐总医院把我 1985 年拍摄的上颌窦 X 光片寄过来了。王主任看过片子，露出笑容对我说：“两年多变化不大，看样子很可能是囊性增生，我们还要让放射科看看，听听他们的意见。”王尔贵副教授同郭梦和医生把过去的片子和西京医院的片子作了对比，也认为变化不大。

虽然对右侧上颌窦的肿块性质尚无定论，但王教授查房时的神情变化我能捕捉到。有一天陕西省军区政治部主任蒋金锵来病房探视，王教授正好在现场。她把蒋主任叫出去说：“从病程发展的时间看，不像是恶性肿瘤，也没有发现转移病灶。我们准备了两种方案，病人的预后不会有多大问题。”

王教授离开后，蒋主任对我说：“大难不死，必有后福。昆仑山车祸中能死里逃生，这次能把病根挖掉，也算是因祸得福！”

蒋主任的话让我感动。哀莫大于心死，我的心还活着，又何必自寻烦恼呢！蒋主任离开后，我口占五绝以明心志：

秋云报岁寒，雁阵向江南。

百岁梧桐树，春来绽秀颜。

这一夜，我睡得很踏实。

三

王教授请示医院为我会诊的报告得到及时回复，我在十分焦虑又不得不耐心等待中听候通知。王教授告诉我，组织相关科室给病人会诊，是集思广益、攻克疑难病症的重要举措。这种会诊通常由院机关协调，院领导主持，参与会诊科室的专家事前必须详细向我了解病情，以便提出意见，让我有个思想准备。

会诊之前，我差不多每天都要接受相关科室教授的询问和检查，王教授则有条不紊地进行会诊准备，等待医院通知。

这期间我在与科内医生交谈中陆续知道了一些王教授的家庭背景和从业经历。

王锦玲祖籍广东南海。1922 年父亲调到上海一家商业银行分行工作后，举家迁沪定居。由于敬业勤奋、家风清正，王家 9 个子女全部考上大学，成为各方面的专业人才，在家乡被传为佳话。王锦玲在上海出生成长，1950 年考入南京大学医学院。1951 年该院改制为第五军医大学，王锦玲于当年 9 月参军，因成绩优异毕业后留校工作。1954 年第五军医大学与西安第四军医大学合并，王锦玲被分配到第四军医大学第一附属医院（西京医院）工作。

一个文静素雅的江南女子，告别十里洋场和六朝古都，开始了她在大西北的戎装生涯，担当起救死扶伤的重任，用青春年华铺成台阶，一步步地攀登医学高峰。从山清水秀的鱼米之乡来到关中平原的黄土沃野，王锦玲经历了环境气候的洗礼，也经历了信念意志的考验。当年一起入学的一些同学调回宁沪工作时，意气风发的王锦玲已经在眺望西京医院耳鼻喉科的未来，在四医大的一片沃土和一代宗师姜泗长教授及刘乾初教授等老师的雨露哺育滋养下，在追求、实现她人生最大的心愿——做一名能解除病人疾苦的好医生！

这些不仅增加了我对王锦玲教授的敬佩，也增加了我对她父母的敬重。我不禁心生感慨："染于苍则苍，染于黄则黄。"若望子女成龙成凤，不教子女读书用功，到头来只怕是一场黄粱梦。

那段时间也是我观察王教授精神状态和工作状态的日子。在我眼里她上班早下班晚，有时候我晚饭后从外面转悠回到病房，她办公室的灯还亮着。后来我才知道，她撰写了 300 多篇论文（其中作为第一作者创作的有 98 篇），担任 20 多部专著的主编、副主编，参与 9 份专业杂志的编稿审稿工作，为 40

多位硕士、博士研究生修改毕业论文，这些大都是在临床工作以外挤时间完成的。有几次看到她晚上抢救病人，白天仍然照常上班，我不由自主地想，假如我真的得了癌症，我在遗嘱里一定要子女将来当医生，王锦玲教授就是他们的楷模。

当然，感慨毕竟代替不了治疗，但耳闻目染、观察思考强化了我对王教授做手术的信心，我期盼早日会诊，早日手术，早日解脱。

我的愿望终于实现了。1987 年 8 月 30 日，李开宗副院长主持有耳鼻喉科、眼科、颌面外科、放射线科等科室专家参加的校院内大会诊。我认为自己是唯物论者，有面对现实的勇气，无论会诊是什么结果都能坦然接受，希望王教授批准我旁听会诊。王教授婉拒了我的要求，同意陪我的干事黄富强旁听。两个多小时后黄富强回来告诉我，专家会诊确定，先行右侧上颌窦探查术，如系良性，由耳鼻喉科做根治术；如系恶性，眼科、颌面外科参与手术。下班前王教授又对我讲了会诊的结果，大意是专家们不排除右侧上颌窦处是恶性包块，但病程时间长，眶底浸蚀范围没有明显变化，认为良性的可能性还是比较大的。

王教授离开后我反复琢磨，看来两种可能性都存在，只不过良性的可能性要大于恶性的可能性。可能来可能去，还是模棱两可！我有些泄气。

黄富强要返回平凉参加两用人才现场会，军区宣传部南远景干事到医院照顾我。小黄离开时，我给赵先顺司令和李宣化政委写了一页纸的信托他呈上。信的主要内容就两句话：是福不是祸，是祸躲不过。谢谢军区首长关心，后事听从组织安排，保证不添任何麻烦。

四

还是大仲马说得对："命运的转机总是在最绝望的逆境中突然到来的。"1987 年 9 月 1 日这天，可能就是我命运逆转的一天。

上午王教授来病房对我说："手术定在 9 月 3 日。你放心，手术由我和王（尔贵）副教授做，老主任（刘乾初）在台前坐镇。"之后她还说了一些安慰话，笑眯眯地出了病房。王教授离开后，我和孙兰都很高兴，不管结果是好是坏，压在心上的石头快落地了，我有迷途中看到一缕晨曦的感觉。

女儿、大儿子远在新疆，小儿子因为开学返回兰州，只有孙兰在病房陪我。我俩商量明天把黄富强、南远景叫上下馆子，吃饱喝足再上手术台，话刚落音，黄富强、南远景来了。他俩住在陕西省军区招待所，离西京医院挺远，来回坐公交车。好在那时路上不堵，有一路车直达西京医院，单程 20 分钟左右。我让小南给军区宣传部理论研究室牛俊民主任打电话，告诉他我手术的时间。我是被牛俊民、于建文送进病房的，他们对我的病一直很关心，不告诉他们我过意不去。

9 月 2 日下午，陕西省军区政治部蒋主任在宣传处处长王宗义陪同下来病房看望我，说他们已经知道我的手术时间，晚上省军区政治部为我置酒壮胆，祝愿手术顺利成功，我欣然接受。

当天的晚饭我这一辈子也忘不了，特别忘不了那只一尺长的甲鱼。甲鱼是延安军分区王德甫参谋长带来的，除了一只大的，还有十多只小的，最小的也有一个巴掌大。常言道，酒不醉人人自醉。那天晚上我在脚踩生死门槛的感觉中放胆举杯，差不多喝了半斤多茅台，到了墙走人不走的境界，最后，被南远景、黄富强和省军区宣传处的魏季棉干事架上汽车。

南远景把剩余的甲鱼养在大水桶里，每天在招待所炖一只带到医院。千年的王八万年的龟。这些甲鱼为我康复补充了元气，注入了活力。而今忆及当时，蒋金锵主任、王德甫参谋长、王宗义处长仍然在我的脑海里浮现。我常想起古人的两句话："施恩图报非君子，知恩不报是小人。"人，没必要记住你帮过别人，但要牢记别人帮过你。不忘人之恩是有良心，忘记人之恩是白眼狼。何况像王锦玲这样给予我第二次生命的医生们，像在生死未定之际帮我提振信心的战友，他们的高尚情操让我永远难以忘怀。

9月3日上午，王宗义处长和南远景、黄富强、魏季棉等几位干事，是在手术室门外陪着孙兰度过的。在等待命运宣判的两个多小时里，他们都相信善有善报，都相信我会逃过一劫。

上午9点钟，我的手术由王锦玲教授和王尔贵副教授亲自主刀，刘乾初老教授参与指导。虽然术前检查右眼眶下缘及上颌窦腔顶外上壁有骨质缺损，诊断为可疑肿瘤，但两位教授还是选择微创手术，未从鼻右侧面部切口，也未从眼部开径，而是从上唇内右侧切口，细心彻底清除窦内病变组织，未伤及眼部组织。

这种手术简直是螺蛳壳里做道场，空间狭小，视野狭窄，难度很大，但手术做得非常成功。术中发现右侧上颌窦腔填满软组织，呈息肉样、囊肿样组织，分离时流出大量棕色似油脂样闪亮液体，部分呈干酪样，囊壁主要附于上颌窦外上顶壁，摘除后可见眶下缘骨壁大部缺损，边缘不整齐，上颌窦顶外上壁亦有骨质缺损，显露眶内容物表面光滑。术中冰冻病理检查，右侧上颌窦豆渣样物，大量血细胞中可见胆固醇结晶及炎性囊性坏死组织，未见瘤细胞。术后病理报告显示此为黏膜组织慢性炎症，并肉芽组织伴坏死、出血囊性病变、胆固醇结晶。报告结果排除恶性肿瘤可能，与临床所见相符，考虑可能为以前外伤骨折后形成的出血性坏死性炎性假瘤。手术后诊断为：右侧上颌窦囊肿及慢性上颌窦炎（出血性坏死性）。

当我被人从手术台上唤醒后，看到几位教授眉开眼笑，心里明白了八成，但术后出现的复视让我看不清大家的真切笑容。王锦玲教授高兴地说："是囊性增生，不是恶性肿瘤。"我听完一骨碌爬起来想下手术台，被王尔贵副教授摁住了。我努力控制自己，没有流露出失态的表情，但流进心里的泪水是滚烫的，那一刻我记得自己只会说"谢谢"两个字，其余的话都被哽在喉头的热流堵住了。

手术室门外，孙兰和守候的同志早已从冰冻病理报告中知道了结果。看到我被推出手术室，争着同我握手，祝贺我让死神的希望落空！祝贺我没有让癌症的企图得逞！

中午给我的病号饭是流食，我听说其他病人吃包子，坚持不吃流食吃包子。护士长先给我拿了 3 个，我一眨眼吃完了，后来又拿了 6 个包子，总算满足了我的食欲。那一刻我真正体会到活着真好！包子真香！

当天晚上，先是李宣化政委的秘书杨信宏给我打电话表示祝贺，后来李政委又亲自给我打电话表示慰问，嘱我安心治疗，不要急于出院。平凉现场会结束后，军区领导先后来医院探望我。参加现场会的总政郭林祥副主任是我在新疆军区工作时的老政委，因为回京参加会议来不了医院，特意委托总政宣传部邵华泽部长代表他到病房探望我。我向他们一一介绍了王锦玲教授的医术医德，大家都为之感动。

自此以后，王教授安排我在病房里接受长达一个多月的恢复治疗。其间左下肢曾发生过静脉炎，走路不方便，南远景每天推着轮椅送我去做治疗，有几次还把我推到兴庆公园散心。为了节约开支，黄富强离开后，南远景从住两人间改为只住一张床，每天穿梭于招待所和西京医院，对我照顾得无微不至。看到招待所有我喜欢吃的菜，总要给我打一些拿到病房里来，自己常常因赶不上吃饭时间而饥一顿饱一顿，给我留下了宅心仁厚的深刻印象。

王教授对我手术后的治疗更是关心备至。她见我右侧下鼻甲骨形增大，恐影响鼻窦内下方的对孔处引流，于 10 月 6 日同王尔贵副教授又对我做了右下鼻甲前端部分切除术。手术中经纤维鼻内镜观察，鼻窦腔内黏膜光滑。第二次手术对孔保证了上颌窦术后引流通畅，从此再未发生过病情反复。

有一天，四医大陈景藻副校长邀我一起观摩气功表演，我顺便谈了对王锦玲教授的印象。陈副校长说："她是我们的一面旗帜!"陈副校长是留苏博士，又是理疗专家，他这句话是对王锦玲教授医术医德的高度概括，我至今记忆犹新。

后来几年，王教授每年都要我做术后复查。1991 年，我调任新疆军区政治部主任前，最后一次去西京医院请王教授复查。她开玩笑说，新疆山高路远，再也不能翻车了!

人的精力是有限的。王教授敬畏生命，关心病人，对业务一丝不苟，几十年忘我工作，这使她的身体一度处于透支状态。

2002 年，年逾古稀的王锦玲教授因汇编全军会议材料，连续多日伏案工作，以致出现股静脉血栓进而形成双侧肺栓塞，这是一种极为凶险的疾病。王教授呼吸困难，生命垂危，住院后经溶栓治疗和自我调理终获重生。她将自己的感悟告诉人们，病人也可以是自己最好的医生，只要积极配合医生，像战士一样主动参与治疗疾病的战斗，就能多一份治愈的可能。

人一辈子生不由己，死不由己，生与死之间的岁月长短因人而异，但总要经历这样那样的事，总要结识这样那样的人。有的人将被岁月湮没而远逝，有的人将被镌刻在心头而永存。

32 年过去了，岁月模糊了我对许多往事的记忆，“王锦玲”三个字却被年华打磨得光鲜锃亮，深深嵌入我的心底。王锦玲教授不愧是军队的功臣，不愧是国家、军队科技进步奖的多次获得者，不愧是“全国三八红旗手”，不愧是陕西省“德艺双馨医师”的获得者。在庆祝共和国 70 周年华诞之际，祝福王锦玲教授及其丈夫芦璠先生瑶草不谢，翠柏常青！

2019 年 9 月 26 日

（2019 年 10 月 7 日发表于“今日头条”）

没有镌刻的碑文

——追忆“5·12”汶川特大地震中

为救灾牺牲的邱光华机组五烈士

回忆像一组长焦镜头，穿越时空隧道，让五年前“5·12”汶川特大地震的震撼场景重现眼前。

那一天——2008 年 5 月 12 日 14 时 28 分，在轰隆轰隆的山崩地裂声中，美丽的映秀镇坍倒了，繁华的北川城被巨石掩埋了，欢笑中的聚源中学一瞬间塌陷了……

突如其来的 8.0 级大地震，把成千上万座房屋摧毁，把成千上万个家庭撕碎，把数以万计的生命扼杀，而连续不断的余震和次生、衍生灾害，还在继续吞噬着濒临死亡的生灵！

这一天大难临头，这一天举世怵目，这之后的抗震救灾，让中国在人类应对自然灾害的历史上谱写出新的篇章。

在党和政府举国动员抗震救灾的号召下，子弟兵的能量释放出来了，全民族的能量释放出来了，共和国的能量释放出来了。迸发的能量汇聚成光芒，让身陷危境的受灾群众在塌陷中看到了生还的希望；迸发的能量汇聚成暖流，让无家可归的人们在惊恐中获得了自救的力量。大灾的破坏，救灾的辉煌，灾后重建的壮美景象，让全世界看到了中国的自信。这自信为中国人实现中国梦指明了方向，这自信为中国人实现中国梦插上了翅膀。中国梦在每一个中国人心中，在每一个中国人足下，在 13 亿中国人同舟共济、抵御风浪、勇往直前的航船上。

五年前的大地震逐渐变成历史，但在抗震救灾中献身的邱光华机组五位烈士——邱光华、李月、王怀远、陈林、张鹏却与天地共存，与日月同辉。他们的生命在蓝天定格，他们的忠诚在蓝天书写，他们是抗震救灾中的铁血儿郎！

在这之前，邱光华只给我留下过依稀的印象。那是 2004 年春天，我到陆航团了解年度工作开局情况时，曾同邱光华同志见过一面。团领导给我简要介绍过他的情况，我得知他是羌族特级飞行员，是第一次在布达拉宫广场降落的直升机机组成员。返回路上团领导又补充说，邱光华是 1974 年经周总理批准招收的那批飞行员之一，是参加过长征的红军战士的后代。邱光华不同意给首长介绍这些背景，他认为这是周总理对少数民族的关心，是祖辈无可替代的勋劳，更是他做一名合格飞行员的动力，不能成他炫耀自己的光环。这件事给我留下的印象很深，但邱光华是什么模样我后来却记不清楚了。2008 年 5 月 31 日飞机失事、机组遇难后，我曾为此而自责过。但仔细一想，我军辈出的英雄模范中，又有几个在壮举闪亮之前被人们关注过模样呢？从井冈山到老山，从张思德到黄继光，从雷锋到李向群，他们原都是星群中的一颗星，原都是兵列中的一个兵。这平常的星，只有当他燃烧自己、陨落大地那一刻，你才能发现星与星的不同。这普通的兵，只有当他义无反顾、献身人民那一刻，你才能看到兵与兵的不同。邱光华和他的机组就是五颗照亮苍穹的星，就是五个顶天立地的兵。

然而，正常人谁也不敢相信，被组织恳请为邱光华机组纪念碑撰写碑文的一个文化人，竟因稿酬低于 6 位数而托词婉拒。部队同志失望了，远在故乡的我困惑了。纪念碑落成在即，被耽误的时间无可挽回，烈士们的简要事迹便成为今天我们看到的碑文。

是夜，我几次仰望星空，通宵未眠。既为那个文化人的婉拒感到无奈，也为那个文化人的追求感到可怜。部队的浩然正气让烈士英灵没有被玷污，战友的严词拒绝让烈士墓碑没有被亵渎，我为烈士们庆幸！也为战友们自豪！

现在的碑文虽然朴实无华，但它告诉中华儿女：

五位烈士是五棵挺拔的青松
他们让军装的绿色辉映碧空
五位烈士是五盏鲜艳的红灯
他们让八一军徽照亮苍穹
五位烈士是五座巍峨的山峰
他们让军队的意志凝聚成永恒
这些话没有镌上烈士墓碑
这些话永远镌在我心中

五年过去了
烈士们已经化为长虹
激励后来者扬鞭驰骋
我们接替他们担当
我们继续他们传承
我们完成他们未竟的使命
这些都需要奋斗
需要实干
抑或需要流血牺牲
因为每一寸国土都镌刻着
共和国军人的忠诚

五年过去了

中国百姓心目中还有军队抗震救灾的身影

这场灾难让我们懂得

和平年代的军队尊严

要靠军队自己塑造

和平环境中的军人形象

要靠军人自己珍重

不要奢望公民都能理解军队

不要埋怨社会对军人的批评

人民群众的衷心爱戴批评

永远是子弟兵的动力

永远让子弟兵与人民水乳交融

这深情激励军队弘扬优良传统

这深情激励军人自强不息

跃马征程

那场抗震救灾战斗启示我们

阳光总在风雨后

梅花香自苦寒中

和平年代里军队更要争气

和平环境中军人更要自重

不因艰难而退却

不因委屈而抱怨

不因误解而不平

要像邱光华机组那样

即使没有硝烟弥漫

即使没有枪声炮声

也要敢于在风云中搏击飞行

因为人民需要我们无限忠诚

因为祖国周边并不安宁

2013 年 3 月 31 日

（刊于 2013 年 4 月 8 日《战旗报》）

看书展　忆故人

暖阳如秋，寒意尽消。12 月 2 日下午，我乘车来到成都市会展中心。

天府大道车流滚滚，马路两侧风景如画。银杏的黄，榕树的绿，枫树的红，把本来不起眼的紫叶李夹在中间，半遮半掩，反倒显得羞羞答答、楚楚动人。

会展中心前面，“2019 天府书展”一组大字映入眼帘。看到书展的主题是“爱阅读·会生活”，我不禁怦然心动。这不正是当年原国家新闻出版总署石宗源署长说的“让读书成为生活的一部分”那句话的新版本吗？

展厅外的墙面上，全国二十余家出版集团和大大小小出版社的招牌五颜六色，令人眼花缭乱。我的车好不容易等到一个车位，赶到展厅门口，已经是下午三点半了。

四川人民出版社办公室副主任石龙早早在2号展厅门外等我。石龙是老朋友石宗源的亲侄子，今天在书展大厅门口见到这个年轻精壮而又不失斯文的小伙子，石宗源的形象霎时浮现在脑海。

石宗源同志1964年考入西北民族学院，毕业后在甘肃农村劳动锻炼，直到成长为省委常委、宣传部长，在甘肃待了35个年头。我认识他时，他在甘肃临夏回族自治州任州委书记。我在兰州军区政治部任宣传部长。1997年秋季，他作为甘肃省委宣传部长，我作为总政宣传部长，一起参加中央党校省部级干部进修班学习，我们在本来就熟悉的基础上又加了一层同学友谊。他转任吉林省委副书记、国家新闻出版总署署长、贵州省委书记期间，我们的联系也没有中断过。孰料2013年3月28日，石宗源在十二届全国人大常委会委员、财政经济委员会副主任委员任上一病不起，再也没能回到他准备继续呕心沥血、殚精竭虑的办公室，他才67岁呀！

我走进展厅时还在想，石宗源同志若健在，他一定会来这里，继续他在原国家新闻出版总署秉持的观点："中国不仅要成为新闻出版的大国，还要成为全民阅读的大国，要使读书成为中国人生活的一部分。"我一边回味石宗源2013年两会期间在人民大会堂同我喝茶时的交谈，一边抓住石龙的手，好久没有松开。

时近下午 4 点，读者依然如织，或寻觅展位，或驻足阅读。小石同我边走边聊，并将四川人民出版社社长助理、编辑章涛，编室主任陈欣，他爱人、四川文艺出版社编辑、总编室副主任朱丽巧介绍我认识。其实，石龙本人也是一位编辑，他秉承伯父意愿，从中央电视台转职四川人民出版社，想为四川的出版事业做出自己的贡献。这个刚满而立之年的年轻人，迄今已参与编辑了一批榜上有名的图书：《丝路之魂：天府之国与丝绸之路》《消费社会与当代小说的文化变奏：1990 后的中国小说批评》和“社会主义核心价值观与当代中国发展丛书”等图书都是从他手上付梓的。我暗自思忖，石宗源同志应该为有这样一位事业有传的后人而含笑九泉了。

我重点浏览了四川、北京、上海和陕西几家出版单位的展位，发现好书令人目不暇接，但重复出版的书目多，反映当代“三农”题材和军事题材的书目偏少，这恐怕得引起国家有关部门的重视。民以食为天，“三农”题材的书目关系种粮人的积极性，国家应该资助能写“三农”题材的人多写这方面的图书。“兵者，国之大事，死生之地，存亡之道，不可不察也。”在当今的新时代，强大的舆论支持和理解，是军队砥砺前行的动力，是军人燃烧激情的火炬，在这个领域里图书的效应是不可估量的。

走出展厅前，我特意到陕西出版集团展台前看了一圈，有关贾平凹的书有好几本，但购者寥寥，陈忠实的《白鹿原》、路遥的《平凡的世界》则已售罄。

一路走来，我发现趴在展台前读书的年轻人最多，各个出版社展台也都是年轻人，这大抵说明当今时代的读者主体是年轻人，出版从业者的主体也是年轻人，我这个望八老翁应该向年轻人致敬！

“2019 天府书展”虽是四川出版近年来首次举办的大型图书展览，但办得书香四溢、亮丽养眼、可圈可点。书籍是知识储备的重要途径，是人类进步的阶梯！

夕阳橘红，环球中心如波浪起伏的巨大顶盖上反射出耀眼的光华。

我眺望窗外，遥想“2020 天府书展”的蓝图，禁不住为成都激动起来！成都，一个读书声正在压倒麻将声的都市！

2019 年 12 月 1 日

第三辑

一瞥万象

我登高远眺，万家灯火在拉萨的大街小巷闪烁，欢快的音乐从四面八方传来，可是在我的耳朵里，此时此刻仍然回响着卓玛稚嫩的歌声，流淌着《逛新城》的旋律。

跨越时空沧桑的天国景观

——大足石刻个性特征浅议

大足县①，系重庆市辖县，原属四川省辖治。大足石刻，亦称大足石窟，与敦煌、云冈、龙门、麦积山石窟，并列为中国五大佛教造像石窟。1999 年 12 月，被联合国列入《世界遗产名录》，是人类共同的财富。关于大足石刻的研究和评介，近年来多有专著论述，本文仅就该窟不同于别窟的几个特征表达愚见，以求教于知其所以然者。

① 2011 年，经国务院批准，重庆市撤销双桥区和大足县，设立大足区。——编注

一、凿窟中断之际别开洞天

佛教石窟造像，是佛教造像艺术的重要门类，从其随佛教进入中国，便以顽强的生命力和独特的感召力而登堂入殿。在世界范围内，我国石窟数量之多、分布地域之广、延续时间之长、遗迹保存之好，可谓独领风骚。而大足石刻更以其鲜明的个性特征，不同凡响，别具一格。

大足石刻从唐高宗永徽元年（650）尖子山摩崖造像算起，历经五代、宋、元、明、清，至今已延续了1300多年。开凿大小石窟、石刻上百处，雕像5万余尊，铭文10万余字；造像内容80%是佛教题材，12%是道教题材，5%是三教合造题材，3%是历史人物题材。诸多石刻石窟中，当数北山和宝顶山石窟摩崖造像规模宏大、艺术精湛、内容丰富。这些塑于晚唐而盛于两宋的佛像艺术，绽放着中华民族文化的绚丽风采，成为中国晚期石窟艺术中屈指可数的重要遗存。

石窟艺术在中国的发展，曾于魏晋和盛唐时期两次在北方形成高峰，为人类留下了一座座宏深的艺术宝库。敦煌石窟、大足石窟以及在几代皇室主导下开凿的云冈石窟、龙门石窟、麦积山石窟，创造了我国雕塑艺术史上鼎盛时代的灿烂辉煌，迄今仍伫立在世界石窟艺术的巅峰。

石窟艺术作为一种文化现象，是伴随着政治、经济和社会发展而发展的，这就决定了晚唐以降，在中国北方不可能再有新的大规模的石窟艺术出现。“安史之乱”使唐朝元气大伤，“会昌废佛”使佛教陷入绝境，受这两个方面的影响，佛教石窟艺术在晚唐逐渐衰败，至南宋已成断续之势。在此期间民间虽有零星开凿，但多为供奉之用的小型神龛，脱离社会视野，自然不能引起关注。可就是这一时期，四川的石窟造像方兴未艾，大足石刻脱颖而出。其造像规模和雕刻水平不仅成为现存不多的晚唐以后石窟艺术的杰出代表，而且以晚霞般的绚丽多姿，为佛教石窟艺术编织了最后一幅气势恢宏的画卷，成为中国乃至世界石窟艺术史上光彩夺目的一颗明珠。

大足石窟艺术的出现绝非偶然，与四川佛教渊源深厚有着密切联系。据《拔协》记载，早在吐蕃赤德祖赞时期，奉命前往汉地求取经籍的吐蕃使者，归途路过益州（今四川成都）时，就得到金姓和尚赠送的三帙经书及两月口粮，并礼送两日路程后作别。其后赤德祖赞之子赤松德赞继位，又派 30 人的使团赴唐求经，“帝随派骑士乘御马前往益州，请来和尚，得其传授”。这些都表明当时四川的佛教是很兴旺的。同佛教活动相应，四川一些墓葬中出土的东汉末年少量混杂于世俗题材乃至神仙道术图像中的佛像，亦能揭示四川地区造像艺术的源流。另外，“安史之乱”虽动摇了唐王朝的根基，但对四川波及不大，蜀中社会相对稳定，经济文化繁荣。玄宗、僖宗两度

"幸蜀"时，达官贵人、文人墨客、名士高僧亦趋行入蜀，使四川的佛教日渐兴隆。加之蜀王崇奉密宗，亲赐四川密宗大阿阇梨柳本尊以"唐瑜伽部总持王"的封号。这样一来，佛教石窟造像的盛行也就不难理解了。

二、密宗衰微之际重振法门

大足石刻的密宗造像，是在北方密宗一蹶不振的背景下出现的。这是我国晚期石窟造像中的一个独特现象。唐玄宗开元年间，号称"开元三大士"的印度僧人善无畏、金刚智和不空来到中国，传播密宗，并将其正式引进朝廷。由于唐玄宗的支持，密教法师一时成为显贵，待遇比禅师更加优渥。自此以后，以长安、洛阳两京为中心，密宗势力在李唐后期曾盛极一时，朝野僧俗都以修持密宗为幸事，密宗造像及相关物品也应运而生。

佛教无节制的膨胀和寺院经济无限制的扩张，严重削弱了朝廷的实力，这就使内外交困的唐武宗不得不对佛教施以重压。会昌五年（845），武宗李炎支持下的"灭佛"运动达到高潮，寺院经济瓦解，寺庙佛坛毁塌，经籍法典散失，僧尼脱寺还俗，佛教宗派失去了繁荣的客观条件，在惶恐不安中谋求生计，一段时期几近寂钟息鼓。而密宗践行者对五花八门修持方法的疏离，也促使密宗脱离信众，进一步走向衰败。

"会昌灭佛"之后，就在世人以为密宗已无力东山再起之际，四川的密宗之火却在尚未熄灭的灰烬中重新燃起，晚唐以后安岳、巴州、大足等多处石窟艺术的复兴，就是最有说服力的事实。其中，跨越1200多年的大足石窟造像，以密宗题材为主，重要典藏和重大经变都有表现。北山佛湾中，晚唐、五代、两宋的密宗造像各占50%左右。宝顶山石窟更是一座完备而有特色的密宗道场。其中不仅有占岩面88平方米、有830只手臂的千手千眼观世音，十大明王，孔雀明王，药师经变，地藏十王变，地狱变，毗卢道场等许多密宗题材造像，还有反映晚唐以后密宗在两川地区流传情况的祖师传承谱系和经典石刻。

大足石窟中大量密宗造像和宝顶山密宗道场的出现，是同四川密宗的两代宗师柳本尊、赵智凤分不开的。据史料记载，柳、赵二人活动的时间及影响前后跨越晚唐、两宋达400年之久，这也把密宗的历史推进了400年左右。在他们的虔诚弘法和苦心经营下，广大僧众在大足石窟中创建了一座我国独有的、规模宏大的密宗曼荼罗。这颗在晚唐以后中国石窟艺术中绽放光彩的密宗遗珠，为研究中国密宗史和密宗造像史增添了一大批极其宝贵的资料。

三、“三教融合”之际塑造和谐

人类发展的历史规律表明，在多元文化形态存在的思想领域和社会生活中，总有一种文化形态占据主导地位。这就决定了佛教这个外来宗教，只有同中国的传统文化——儒、道相融合，才能在新的环境中落地生根。即，佛教与儒教、道教的交融整合是其必然的历史选择。

佛教从两汉之际踏入中国土地，曾长期受到传统文化观念特别是儒家观念的挑战，引起多次争论。经过相互碰撞、互相借鉴，到魏晋南北朝以后，中国传统文化已不再是纯粹的儒家文化，而是儒、佛、道三家汇合而成的文化形态了。

隋政权的建立，结束了近300年的战乱和分裂，进入中原的各民族，也基本上与汉族融合为一。接受历代帝王崇佛或“废佛”的教训，开皇元年（581），隋文帝杨坚即诏令在全国范围恢复佛教。杨坚力图建立以儒学为核心，以佛、道为辅助的调和三教思想的统治政策。隋炀帝杨广虽以暴君著称于史，但其以三教相互制约的思想却很清晰，对佛教采取既积极支持又严加控制的政策，明确以儒治国，佛、道辅之。而佛教的几次起落，使其在隋代已形成了必须接受王权支配，并在王权保护下发展的思想。隋亡唐兴。李唐诸帝对佛教的态度萧规曹随，基本沿袭隋朝政策，以儒为主体，调和并用佛、道之长。为此，唐代诸帝多次采取“三教谈论”的方式平衡儒、佛、道的关系。有宋一代，外受其他政权的步步紧逼，内部的阶级对抗日趋严重，在内外交困中，宋王朝极力加强君主专制。这时顺应时势的佛教也从泛泛地救度众生，转向实际地忠君爱国；

从泛泛地主张“三教调和”，转到依附儒家的观念。这期间佛教还引进了“天下国家”“忠君忧时”之义，使佛教为国家、为政权的发展稳定服务的目的逐渐明朗。这一观念的确立，是中国佛教发展史上具有里程碑意义的事件。

佛、儒、道的相互补充、相互整合的理念，必然要反映到佛教造像艺术领域。但迄今为止，在一处石窟中“三教并列”乃至“三教一窟”的造像却极为罕见。而大足石刻的一个重要特征，就在于用造像艺术让三教“共为表里”、和谐相处。大足石刻中数量可观、系统完整的“三教并立”石刻和“三教一窟”造像，为当时人们期盼佛教禳灾祈福的良好愿望作了生动的诠释。其中，南山石窟的“三清洞”是大足石刻中最大的道教石窟；石篆山儒、佛、道三教窟龛并列尤为引人注目——三龛造像按儒、佛、道依次排列，是在同地点、同时代由同一镌匠雕成的形制相同的造像。其中“孔子及十哲”的摩崖造像形名俱全，是目前发现的唯一一处关于儒家师徒的摩崖石刻。妙高山“三教合一”的2号石窟则更为典型。这说明，宋代“三教合流”的舆论导向，特别是宋孝宗等人提倡的“三教融合”的主张，在社会上产生了很大影响，并且被造像艺术家定格在石窟艺术的记忆之中。

四、梵音唱晚之际“迎佛入俗”

中国早期的佛教造像，由于受克什米尔造像和东北印度波罗王朝造像风格的深刻影响，明显打有天竺的烙印。加上佛教传入中国之初不服水土，流传只能被限于上层社会的圈子之中。佛教造像也同中国人的相貌、神态和服饰多有差异。而包罗万象的杂咒、星占和卜算，更让佛教向民间扩展遇到了严重挑战。这使佛教在不断自我反省中不得不走下神坛，踏入尘世。随着儒、佛、道三教的逐渐融合，佛教的神秘面纱逐渐褪去，宗教化的精神要素慢慢衰减，代之而行的是向世俗化的靠拢与回归。与之相适应，佛教艺术也随着宗教义理的平民化而显露出世俗的精神和情致，大足石刻就是生动一例。

在信众心目中，佛教给予人的不仅是身后的善报，更多的是对现世心灵的慰藉、对地位财富的庇护、对健康愉悦的保佑。这些愿望在大足石刻中都有生动的表现。在已经发现的石窟中，造像艺术家们雕塑的佛像及故事，已经融入平民的生活之中。石雕中很多人物造型端庄丰满、体态匀称，写实性强，给人以强烈的尘世凡人之观感。特别是北山佛湾的观音群像，姿态各异，楚楚动人，神态表情仿佛是大家女子。这些摘掉天神光环的造像，注重人性观照，融入百姓生活，使虚无缥缈的天国与俗世间的距离在无形中消弭了。

大足石刻的不同寻常之处，还在于通过石刻艺术，为佛教经变注入了现实生活的内容。许多场面宏大的造像，人物真切，内容生动，具有鲜明的生活气息和地方特色。特别是大佛湾摩崖造像中的《观经变》《地狱变》《父母恩重经变相》等造像，都是从生活中提炼出来的艺术形象。这些表现佛教经变故事的场景，把石窟艺术生活化的题材拓展到空前广阔的境地。其立意构图，不仅在内容取舍和表现手法方面力求与世俗生活及审美情趣紧密结合，而且在技法上一扫拘谨刻板之风，把造像中的人物置于动态的生活环境之中。仔细欣赏就会发现，菩萨形体曼妙而不造作，服饰华丽而不轻浮，表情温柔而不妖艳。佛像面容亲切近人，身体丰硕健壮，衣着大小贴身。其他如达官显贵、绅士庶民，亦大多栩栩如生，从各个侧面浓缩了当时的社会生活，为研究晚唐至两宋的人文世态提供了宝贵的形象资料。

五、石窟成像之际雕工镌名

古代中国，石匠、镌匠同铁匠、木匠、泥瓦匠等庶民劳工一样，统统被视为出卖力气的“粗人”，他们筑王室太庙而不得入内，雕金梁银栋而不能久视。所以雕塑的石刻作品，无论是齐壁巨雕，还是弹丸微雕，很少看到雕工镌名。以至于匠师们把传说中的鲁班视若神祇，以寄托对自己艺术创作的追怀和渴望获得社会尊重的心愿。但这样的想法在当时的社会生活中罕能如愿。大足石刻中虽然也有类似不足，但情况大不一样。据初步统计，其中有记可考的镌工就达 50 余人，这也是大足石刻有别于其他石窟的一个重要特征。

在这批有名可查的镌师匠工中，以文氏家族历时最长。从 1085 年到 1096 年文惟简率文居正等四子在大足县西石篆山镌刻圣僧志公算起，到 1224 年前后其玄孙文艺留下的造像题记截止，时间长达 170 年之久。另一位镌师伏元俊在北宋靖康元年（1126）前后就率子伏世能及族人在大足北山开窟造像。时光流逝，斗转星移。一千多年后的今天，当我们欣赏这些镶嵌在世界遗产皇冠上的明珠时，不禁对那些有名无名的雕刻大师们生出无尽的缅怀。

大足石刻穿越时空沧桑，为世人展现出一幅绚丽多姿的天国景观，是中国石窟造像艺术史上最后一座丰碑。它把中国石窟造像艺术向后延续了 400 余年，在中国石窟造像艺术的殿堂里，闪烁着独具特色的光辉，也给后人留下了许多尚未解读的历史信息和想象空间。

2010 年 5 月 20 日

[刊于 2010 年总第 67 期《文景》(第 7—8 月合刊)]

参考文献

1. 任继愈总编，杜继文主编：《佛教史》，中国社会科学出版社1991年版。

2. 黄明信：《吐蕃佛教》，中国藏学出版社2010年版。

3. 文史知识编辑部编：《佛教与中国文化》，中华书局2005年版。

4. 沈卫荣、谢继胜主编：《贤者新宴》，中国藏学出版社2010年版。

5. 黎方银：《大足石窟艺术》，重庆出版社2002年版。

6. 茹遂初主编，王川平编著：《大足石刻》，五洲传播出版社2006年版。

7. 赵贵林、赵桉编著：《大足石刻》，广东旅游出版社2009年版。

8. 陈灼：《大足石刻史话》，中国戏剧出版社2008年版。

结缘金铜佛造像记

我不是佛教徒，但却与佛教有缘。个中缘由还得从大唐玄奘法师骨灰初葬于我的故乡说起。

故乡位于西安市浐河东岸的白鹿原上。玄奘法师圆寂后，唐高宗依其生前所嘱，将其骨灰安葬于斯。总章二年（669），玄奘骨灰从白鹿原迁至长安县少陵原重葬，并建五层佛塔作祭。次年因塔建寺，唐肃宗亲题“兴教”塔额，兴教寺由此得名。

玄奘骨灰缘何迁葬，迄今无据可考，但民间传说却不绝于耳。幼时听老辈人说玄奘迁葬当日，白鹿原信众十分沮丧，上万人聚集谏阻，恳请朝廷不要惊扰圣僧，愿其在天之灵护佑大唐国泰民安。上中学时，同乡老先生刘耕向学生讲述，玄奘骨灰初葬于白鹿原西坡云经寺，与西汉薄太后陵近在咫尺。迁葬有违圣僧遗愿和佛教仪轨，是大唐王朝由盛而衰的一个转折点。

后来查阅文献始知，刘耕老先生所言并非信史，实为民间演绎传承。但“佛教”的概念却由此入耳入脑，玄奘“乘危远迈，策杖孤征”的精神和“决志出一生之域，投身入万死之地”的豪气更令我肃然起敬，甚至向往将来做个研究玄奘的学者。此愿萌发后我的热情一度不能自已，曾于入伍前懵懵懂懂地去过西安城内外十余座佛寺，总想在香火氤氲中寻觅玄奘的余息。

1962 年中印边境形势因印军频繁入侵挑衅而渐趋紧张。为反击印军入侵，我从西安入伍到新疆戍边。当时虽没有赶上打仗，但此后在丝绸之路沿途的新疆军区、兰州军区及驻军单位工作长达 30 多年。在仰止玄奘、流连西域的岁月里，我利用常年外出执行任务后的闲暇时间，先后造访了丝绸之路沿途的大部分汉藏佛寺。吐鲁番、库车、拜城、疏勒、于田等地的古寺遗址亦不曾遗漏。这些经历使我有机会走完玄奘取经往返的境内全程，深为玄奘九死一生犹不悔的求学精神所震撼。20 世纪 80 年代初再读《大唐西域记》校点本，对玄奘追求信仰百折不挠的意志更为敬仰，对佛教之所以能在东土落地生根也有了新的理解。然而由于军旅匆匆，加之学养不逮，我连一篇有关玄奘的文章也未能写出。这个未了之愿也许是我余生的最大遗憾，每念及此不禁喟然长叹！

1995 年我奉调总政治部宣传部供职，办公室紧傍旃坛寺，宿舍区靠近西黄寺，站在阳台上即可眺望雍和宫。之后几年，我把节假日的大部分时间都花在造访京城的佛寺道观上。京城数座元、明、清皇家寺庙所展示的对藏传佛教的崇敬与信奉，给我留下了深刻印象。这个时期我到一些部队蹲点调研，工作之余也造访了不少佛寺道观。

1998 年，我转隶成都军区任职，从 2007 年免职到 2013 年收到退休命令，至今 20 个年头。退居二线后，我用主要时间造访西南地区的佛寺道观。随着见识的积累，我对汉传佛教、藏传佛教和南传佛教的异同有了进一步的了解，对在儒释道文化相互交流融合的历史背景下形成的中华传统文化有了新的认识。

60 多年来，我在造访一些声名远播的古寺名刹时，常常为信徒对佛陀顶礼膜拜的虔诚所感动。如果说这其中令我感动的是宗教信仰的力量，那么老战友李巍同志令我感动的则是他保护佛教文化的执着，他让我看到了一个退伍老兵践行社会主义核心价值观的爱国情怀。

李巍同志是 20 世纪 70 年代初期开始收藏元明清金铜佛像的。为实现不让古代金铜佛像珍品流失海外的夙愿，他放弃眺望可及的将军目标，于 38 岁时转业下海经商，为收藏金铜佛像积累资金。40 多年来他凭一己之力，收藏元明清金铜佛像达千尊之多，其中不乏明永宣时期金铜佛像的精品。佛像收藏初具规模后，李巍同志接受我“让藏品变为展品，让文物传承文化”的建议，先后向中国国家博物馆、吉林省博物院和普陀山

佛教协会捐赠金铜佛像和法器500尊（件）。2018年又向普陀山佛教协会捐赠了256尊（件），总计达756尊（件）

习近平同志指出：“文化是一个国家、一个民族的灵魂。”“文化自信，是更基础、更广泛、更深厚的自信，是更基本、更深沉、更持久的力量。”佛教文化是中华民族优秀传统文化的丰厚内容，更是广大信众的精神家园。李巍同志呕心收藏与坦荡捐赠古代金铜佛像的善举，弘扬以爱国主义为核心的民族精神，为增强中华民族的文化自信提供了新实证和正能量，得到党和政府的充分肯定，受到人民群众的广泛点赞。

作为李巍同志收藏金铜佛像的见证者，我多次就他藏品的相关问题向国学大师季羡林、冯其庸先生请教，向藏传佛教专家王尧先生和沈卫荣教授请教，向金铜佛像鉴定专家王家鹏研究馆员和周卫荣研究员请教，每次请教都获益匪浅。近几年季羡林、王尧、冯其庸先生相继辞世，我至今悲痛未了。现在我把有关文章结集付梓，表示对他们的深切追思，表示对沈卫荣、王家鹏、周卫荣先生的衷心感谢，也表示对李巍同志为国家为民族所做贡献的崇高敬意！

2017年3月15日

（本文收录于中华书局2012年版

《汉风藏韵：明清宫廷金铜佛像论集》）

永乐金铜佛像与汉藏文化交融

白驹过隙，韶华易逝。虽然十个春秋过去了，但深受明清佛教造像艺术震撼的那个场景，却依然珠烁晶莹，鲜如当初。

那一天，当我虔诚地走进李巍金铜佛像展厅时，便有了置身旷世古刹的感觉。眼前藏香缭绕、佛光辉映，耳际梵呗缥缈、似远犹近。端详数以百计的各类佛像，镌有“大明永乐年施”“大明宣德年施”款的金铜佛像，风格汉藏交融，外观雍容华贵，给人以不可名状的视觉冲击与冥想幽思。

在千姿百态的佛像中，佛祖诸像雍容丰满，长耳垂肩，神态庄严，似在观照众生的福祉。菩萨造像或立或坐，面相慈悲，身姿优雅，似在倾听信众的诉求。护法神像威猛英武，手执法器，目极大千，似在守护天国的净土。伎乐造像婀娜多姿，各具风采，让人联想到西方极乐世界的绚丽盛景。这些造像艺术中的东方瑰宝，以其古雅幽深的沉静和纤尘不染的光鲜，净化人的心灵，慰藉人的感情，使我们一行观瞻者久久驻足，流连忘返。

“大乐之成，非取乎一音。”这批堪称国之瑰宝的金铜佛像初次面世，学界业界方家始则为之一惊，继则接踵而来，观瞻研究的专家学者和大德高僧数以千计。从2007年起，季羡林、饶宗颐、冯其庸、王尧、谈锡永、步连生、孙国璋、金维诺等国学界、藏学界和佛教造像界的宿儒，对这批珍贵文物的考证和研究给予密切关注与具体指导。著名藏学家、佛学家、中国人民大学沈卫荣教授，著名佛教造像鉴定专家、故宫博物院王家鹏研究馆员，更是耗费大量时间和精力，联手国内外资深学者，分别对这批藏品进行了文献考证和实物鉴定。青铜器文物鉴定专家、中国钱币博物馆馆长周卫荣研究员，还用现代精密仪器分析了这批藏品的化学成分和成像年代。

近几年来，参与研究这批文物的专家学者苦心孤诣，通幽洞微，已经取得了一批重要的学术成果，这对于佐证并拓展汉藏文化交融的内涵和外延，具有弥足珍贵的现实意义和历史意义，同时也从一些侧面对蕴含其中的丰厚历史信息作出了耐人咀嚼的解读。

解读之一：永乐造像风格，贵在汉藏交融

佛教传入中国以来，虽几经兴废，仍在变革中发展。在影响中国的文学、艺术、哲学、建筑甚至生活习俗的同时，佛教造像也逐步淡化梵像风貌，展现出本土造像的神韵，显示出中国文化对外来文化的受纳与包容。

藏传佛教造像、汉传佛教造像以及汉藏交融风格的佛教造像，共同构成了具有中国特色的佛教造像艺术。在吸收犍陀罗和印度佛教造像风格基础上发展起来的独具一格的中国佛教造像，是佛教演变的载体，是人类智慧的文化遗存，更是汉藏历史交融的艺术结晶。

汉藏佛教文化交融源远流长，自元朝西藏正式纳入中央版图，藏传佛教在中原的传播日趋深入。永乐时期的宫廷佛教造像，在继承元廷造像风格的基础上，从汉藏信众共同接纳的艺术形象着眼，把各美其美的汉藏造像元素有机融合，铸成了美美与共、汉藏交融的永乐金铜佛像。解读这一艺术瑰宝蕴含的历史信息，不仅有助于了解汉藏佛教交融的历史缘由，更有助于认清汉藏民族和谐的历史必然性。

纵观我国近两千年的佛教造像史，永乐宫廷造像所具有的标程百代的地位是无以替代的。其时，在隶属于“御用监”的“佛作”中，技艺精湛的工匠在官吏的监督下，依据宫廷要求

和藏传佛教定型的造像模式，融入内地传统的审美情趣、表现手法和工艺特点，按照严格的量度和仪轨统一制作佛像。由于选材用料考究，制作规范精细，600 多年来永乐造像以神韵精美曼妙、仪态华丽端庄而独步中外，以造型匠心别具、风格兼容汉藏而冠绝古今。时至今日，精美绝伦的永乐宫廷金铜佛像，依然让藏传佛教、汉传佛教和南传佛教的僧俗信众为之倾倒。

永乐造像的审美价值，不仅体现在巧不可阶的工艺水平上，更体现在汉藏交融的造型特征上。这种亦藏亦汉的殊特造型，留下了那个时代的鲜明印记，蕴含着明朝中央与西藏地方维护国家统一、实现民族和谐的原始信息。这是汉藏交融历史本真的艺术表现，展示了藏传佛教和汉传佛教血脉共通的文化认同与国家认同，为我们研究西藏的发展史和明代的治藏史提供了弥足珍贵的金铜见证与确凿无疑的人文标识。

明成祖朱棣是否虔诚信仰藏传佛教，《明史·西域传》仅以“兼崇其教”（指藏传佛教）一笔带过。治史诸家虽各有所断，但因史料不足，迄今尚无定论。不过出于政治目的，成祖以推崇藏传佛教为名，设法笼络藏僧上层则是不争的事实。其把金铜佛像作为回赐入贡藏僧首领的贵重礼品，把藏传佛教与汉传佛教的造像元素精心整合，使之成为汉藏佛教信众都能认同的造像艺术，也就不足为奇了。今天，我们虽然没有翔实的史料探究形成这一艺术风格的具体过程，但成祖主导下的宗教理念和价值取向，无疑是永乐造像风格的基本依据。这是朱棣对佛教文化乃至中华文化的宝贵贡献。

解读之二：借重藏传佛教，旨在安疆固土

宗教发展的历史表明，任何形式的宗教艺术，都是与其所处时代的发展趋势和社会背景紧密关联的。永乐造像亦不例外。这种造像的汉藏交融风格和流金重彩的华贵造型，就是成祖借重藏传佛教，感化藏地僧众，增强藏民对大明王朝的国家认同，进而实现其安疆固土目的的治本之作。

为了把藏传佛教作为联系西藏上层的重要纽带，元朝皇室在西藏归顺元廷前后，就特别支持最强的萨迦派发展。1260 年忽必烈即蒙古大汗位后，更尊奉萨迦派五祖八思巴为国师，后又加封其为帝师、大宝法王，统领天下释教。在元朝中央的推动下，藏传佛教在藏、蒙和汉族地区加快传播，其布法之广、教徒之众、影响之大，一度臻于极盛。鉴于藏传佛教雄厚的社会基础和广泛影响力，明初诸帝延用元朝“因其俗而柔其人”① 的策略，不但没有中断藏传佛教与内地的联系，而且给

① 《元史》卷二〇二《释老》，中华书局 1980 年版。

藏传佛教以优渥礼遇。通过“仰僧善道”“化愚俗，弭边患”①，积极凝聚藏传佛教僧众对明朝皇权的向心力，强化中央政府对西藏的管辖，防止西藏上层因中央政府改朝换代而裂土自重，脱离大明。明廷的治藏政策，从基本原则到具体方法，都是围绕着这一目标制定和实施的。在这种时代背景下，永乐造像艺术独特风格的出现，便成为历史的必然。

藏族群众全民信奉藏传佛教，藏传佛教领袖在藏地享有至高无上的权力和威望，争取其宗教上层人士为明中央政府所统辖，是治理西藏的有效途径。据此，明立国伊始即遣使入藏，告谕各个部族教派，明朝已经建国，并诏谕元朝旧封官员入朝受职。② 洪武六年（1373），萨迦派摄（代）帝师喃加巴藏卜入朝，受封“炽盛佛宝国师”，所举元旧封官员60人悉数接受封授。次年八思巴之后公哥监藏巴藏卜入朝，又被尊为帝师。③这几次重要封授，为藏传佛教接受明朝的治理奠定了基础。

成祖即位后，对藏传佛教更为重视，在改变独尊萨迦派旧制的同时，对萨迦派、噶举派、格鲁派的政教首领均予敕封，共尊厚待，不断加强中央政府与西藏上层喇嘛的直接联系，形成了更为完善的制度安排和统治秩序。其主要政策举措如下：

---

① 《明史》卷三三一《西域三》，中华书局1980年版。

② 王毓铨主编：《中国通史》卷九，上海人民出版社1999年版，第379页。

③ 王毓铨主编：《中国通史》卷九，第379页。

众封多建。永乐年间先后封授萨迦派、噶举派、格鲁派的藏族喇嘛五王、二法王、二西天佛子、九大灌顶国师、十八灌顶国师，其他僧官受封者不计其数。① 明政府还制定了西藏的僧官制度，分设法王、大国师、国师、都纲、喇嘛等级别。为了保持中央政府对西藏地方的绝对统治权威，朝廷规定，法王以下各级僧官任免或继封，都由明朝中央政府决定。凡袭封受赐者，必须“敕书勘合”。要求三教领袖“务敦化导之诚，率民为善”，“抚安一方”。②

厚赏羁縻。明廷规定，凡三教受封为“国师”以上的僧俗官员，都有资格派代表进京朝贡，贡品自定。对入朝进贡的藏地官员，明政府给予优厚回赐，赐品价值往往数倍于贡品。由于各类佛像特别是金铜佛像乃佛门重品且价值昂贵，入贡者极为看重，夙夜欲得，朝廷亦作为极品礼物予以赏赐。明政府允许朝贡人员来往经商，有些受赐物品还在沿途出售。因为朝贡名利两收，藏地首领竞相前往，代代相效，随行人员也日渐增多，以至于后来朝贡使团踵迹相接、络绎不绝，由最初的几十人发展到后来的数千人。入贡人数激增，明中期以后“虽屡申约束，而来者日增”的趋势并未得到有效遏制。③

① 杜继文主编：《佛教史》，中国社会科学出版社 1991 年版，第 512 页。

② 《明史》卷三三一《阐化王传》。

③ 王毓铨主编：《中国通史》卷九，第 381 页。

行政建置。元朝末年，随着萨迦派的衰落，教派纷争迭起，僧侣贵族和世俗贵族矛盾加剧，刀戈相加时有所见。这些乱象促使明朝对西藏的管理体制进行改革变通。从洪武时期起，明廷不再把藏地封给任何地方王侯，而是完善西藏地区的行政建置，让西藏作为相当于省的行政区直辖于中央，并委任不同级别的官员，依据明朝制度建立起军政统治秩序。行政机构的任务是“绥镇一方，安辑众庶”①，不干预宗教事务；册封的五王为宗教领袖，直接隶属于中央，各王之间互不相辖。②这些政策的实施，加强了藏地政教首领对中央政府的依赖关系，形成了藏族喇嘛和地方势力的权力制衡，使教派、部族互相牵制，平衡发展，保证了藏地的社会稳定与政令贯彻。

扶植新派。格鲁派是明初新创的教派，起初虽影响不大，但内部戒律严谨，且创始人宗喀巴熟悉佛教重要经典，长于从事宗教社会活动，又与明廷建立了密切关系，格鲁派在藏地的声望与日俱增。永乐十二年（1414）宗喀巴派弟子释迦也失进京朝见，明廷即封授他为“大慈法王”。③ 格鲁派势力后来日益扩大，是同明廷的有力支持分不开的。褒奖格鲁派的举措，为西藏佛教的发展开拓了新的方向，注入了新的活力，对其他

① 《明太祖实录》卷九五，上海书店1990年版。

② 郑汕主编：《西藏发展史》，云南民族出版社1992年版。

③ 王毓铨主编：《中国通史》卷九，第381页。

教派整饬寺院、严格戒律、约束僧人，产生了积极的影响。

修寺建庙。永乐时期，北京藏传佛教寺院达十多座，在京番僧均由朝廷供养，寺庙修缮亦由朝廷负担。不仅如此，朝廷还抽支重金，在藏地修建寺院。青海瞿昙寺创建人三罗喇嘛因有功于明，成祖多次派出钦差监督扩建该寺，并于永乐十年封瞿昙寺班丹藏卜喇嘛为“灌顶净觉弘济大国师”，封索南坚参喇嘛为“灌顶广智弘善国师”。敕封的国师之名，由其后传弟子世代承袭。[①] 瞿昙寺不负皇恩，在明朝治理青海期间发挥了重要作用。

成祖的策略，使“西番之势益分，其力益弱，西陲之患益寡”[②]。西藏各地上层僧侣和俗官，协助朝廷抚化部族，劝善属民，社会秩序稳定，民族关系融洽，保证了西北、西南边疆的安全和巩固。定期朝贡与回赐的政策导向，还形成了藏地上层尊崇明朝中央政府的局面，增进了藏汉经济文化交流，加强了明朝政府对西藏地方的监督和管控。据《明实录》记载，对于前来内地的喇嘛，只要不参与政务活动，不传播淫秽之术，朝廷允许他们随意游历内地名山佛刹，驻锡安禅，授徒传教。许多藏僧久居内地弘法译经，有的甚至建立起自己的寺院道场。

---

① 里功：《论永乐帝时期宗教对明朝统治的作用》，《北京社会科学》2007 年第 3 期。

② 里功：《论永乐帝时期宗教对明朝统治的作用》。

“众封多建”“厚赏羁縻”，使藏青甘川的地方权贵和僧侣集团受益匪浅，倾心内附的愿望更为强烈，成祖借重藏传佛教安疆固土的旨意如愿实现，但其对藏传佛教的崇信却未见增加。后来武宗阁臣梁储论及个中缘由时说道：“我祖宗朝（永乐、宣德）虽尝遣使，盖因天下初定，藉以化导愚顽，镇抚荒服，非信其教而崇奉之也。”① 这大概是对成祖借重藏传佛教根本目的的最好诠释。

解读之三：误导臣民崇佛，意在巩固皇权

朱棣并非信佛但崇佛的另一个重要意图，是借助佛教的光环，为其篡嗣夺位制造“君权神授”“顺应天意”的舆论，进而缓解社会矛盾，强化皇权政治，实现其“人间共主”的宏图大略。

朱棣在位22年，始终以儒术作为思想统治的核心。但是，成祖明白，佛教所具有的社会张力和潜在的政治能量是不容低估的，放纵或禁绝都会造成严重后果，甚至动摇王朝的政权基础。依据这个判定，朱棣即位后，以正统儒学为主，以释道兼而辅之，实行儒释道三者结合的治国理念。在成祖看来，愚民的最好办法，是让百姓拜佛问道，用轮回转世、因果报应之理

---

① 《明史》卷三三一《西域三》。

念安身立命。为了给臣民造成皇帝崇佛的印象，成祖还对洪武时期的佛教政策作了调整，把利用、控制兼施，着重加强控制改为适度控制，重在利用，并且颇见成效。

沿袭太祖崇佛传统。明太祖朱元璋曾落发为僧、后造反称王的开国皇帝，17 岁于濠州（安徽凤阳）皇觉寺出家，25 岁投入起义军。这些所谓的非统经历虽为称帝后的朱元璋深忌，但他的 8 年僧龄及目睹元朝崇尚放纵喇嘛所产生的诸多流弊，使其对佛教内幕与社会政治的关系深有所知。为了防止佛教惑众滋事甚至造反起义，朱元璋对寺院人数、僧尼年龄、度牒年次及给牒考试都有严格规定。但因出身微妙、善待高僧、论经讲道、敕封喇嘛的表象，他仍被《明史》列为“颇好释氏教”的皇帝。[①] 朱棣以藩王夺统，名分不正，底气不足，国人多有所诟。在这种情况下，依父为子纲的古训沿袭太祖之制，显然为其崇佛找到了“祖脉”。

重用有功僧人道衍。朱棣在“靖难之变”中以“清君侧”起兵，以“夺皇位”收场，本来有悖“四维”，却假道衍之名，以佛助其成为幌子掩人耳目。僧人道衍是发动“靖难之变”的主谋，成祖即位后，复其姚姓，赐名广孝，使之常居僧

① 王毓铨主编：《中国通史》卷九，第 1057 页。

寺，冠带而朝，退仍缁衣。[①] 皇帝的偏爱使道衍和尚成为当朝第一高僧，天下僧人莫不仰慕，朱棣亦被视为崇佛好僧之帝。

平衡汉藏佛教关系。虽然藏传佛教明初在汉地还有较大影响力，但汉传佛教无论在宫廷还是民间仍占主导地位。在这种情况下，成祖不仅要安抚藏传佛教，还要关照汉传佛教，不使朝廷的礼佛政策失衡，防止因偕重藏传佛教而引起汉传佛教的不满。永乐宫廷制作的金铜佛像就是兼容两者的最好实证。此外，成祖还于永乐十七年御制佛曲，钦颁大报恩寺乐奏，其他佛寺皆趋而奏之。[②] 永乐十八年，成祖为《法华经》作序，之后又亲撰《僧人传》，树立僧人救世恤民形象。道衍攻击程朱理学的专著《道余录》虽为儒家所不齿，但在成祖的恩准下亦畅行于世，成为一时流行之述。永乐初年，上书道衍“诋讪先儒”的朱季友，竟因此罹祸。[③] 被人誉为华夏第一钟的永乐大钟（在北京大钟寺）重达46.5吨，内壁铸汉文约23万字，内容多与佛事有关。诸如此类举措，逐渐消除了成祖“靖难之变”的阴影，淡化了他残酷屠杀建文遗臣的暴行，使他成为“放下屠刀，立地成佛”的皇帝。

成祖以崇佛误导臣民，目的在于发挥佛教“阴翊土度”的

---

① 杜继文主编：《佛教史》。
② （明）幻轮：《释氏稽古略续集》卷三。
③ 王毓铨主编：《中国通史》卷九，第1060页。

作用，让人相信善恶报应，而不是让人削发出家，对私自披剃者往往严厉惩处。永乐五年正月，成祖得知江南军民子弟私自披剃为僧者达 1800 余人，盛怒之下悉数发配辽东、甘肃戍边。此举足以证明，无论佛教、道教还是儒教，都是帝王进行思想统治的工具，而永乐宫廷制作的金铜佛像也只是成祖政治舞台上的一种“道具”。然而这种作为“道具”的永乐造像，不仅在社会发展的进程中发挥过积极的政治作用，即使今天乃至将来，其本身所具有的精神内核和艺术价值也无可替代，因为这是我们民族和谐的历史见证，是对我们民族文化的一种衣钵传承。

解读之四：安邦治国之举，成在审时度势

永乐金铜佛像蕴含的历史信息，让人想到四川成都武侯祠的那副名联：“能攻心则反侧自消从古知兵非好战，不审势即宽严皆误后来治蜀要深思。”当年毛泽东曾把这副名联推荐给到成都军区任职的刘兴元将军，足见一代伟人对审时度势的高度重视。今天用这副名联分析成祖治藏方略的成功原因，就可见审时度势是为至要。

检索 600 多年来的史典论述，总的说来，诸家对明朝中央政府的治藏方略是给予肯定的。有明一代的近 300 年间，基本保持了太祖、成祖时期治藏政策的连续性，西藏社会相对稳

定，农牧生产日益发展，西藏地方与中央政府保持着正常的隶属关系。这个局面使明王朝解除了后顾之忧，能够集中力量征伐蒙古，稳定社会，恢复经济，巩固皇权，也使国家在四五十年内基本实现了由乱到治的目标。

明朝自洪武起，便存在着来自北方蒙古诸部的威胁。蒙古贵族的侵扰，几乎与明朝相始终。仅太祖在位的31年中，对蒙古的征伐即达20年之久。永乐迁都（1420）以后，成祖六次御驾亲征，五次鞭指蒙古。虽然蒙藏之间有着长达100多年的政治、宗教、军事和经济联系，可谓百年世交，但在明军伐蒙的屡次交战中，藏地政教首领始终未见出兵援蒙。事实表明，明朝中央政府的治藏政策和举措是正确的，尤其是对藏传佛教的管理与引导，可谓审时度势，抑扬适当。这样既保证了藏地的稳定和发展，又保证了西北、西南方向大片疆域的完整和巩固。

洪武、永乐时期，因连年征伐，军需繁重，民力凋敝，以致“中原草莽，人民稀少”①，朝廷财力因之窘迫。在明政府恢复生产的努力中，西藏及邻近藏地虽无力援助内地，但内部社会稳定，对外没有冲突，使明政府能够集中精力繁荣经济、化解矛盾，同样为安藏治国做出了重要贡献。在政府的倡导下，这一时期内地与藏地的经济交流也日益频繁，除了绵延不

① 王毓铨主编：《中国通史》卷九，第338页。

断的朝贡贸易之外，西藏和内地的茶马互市贸易更加活跃，“行茶之地五千余里”。永乐八年，只陕西河州卫一地，就以茶叶换得役马 2714 匹。[①] 永乐年间开通的雅川（今四川雅安）至乌斯藏的驿路，成为西藏与内地人员往来、文化交流和经济互补的重要通道。

永乐年间的明朝，被史家誉为“疆域迈汉唐，国名播西洋”[②] 的泱泱大国；明成祖则被《明史》誉为“威德遐被、四方宾服”[③] 的一代明君。分析这两个方面的成就，藏地僧俗民众的支持和配合功不可没。由此可见，在多个民族、宗教并存的统一的国家里，审时度势地制定并执行正确的民族、宗教政策，对于国家强大和民族和谐至关重要。这就是永乐金铜佛像所含历史信息给予我们的根本启示。

解读之五：多元文化交融，强化文化认同

中华民族是一个多元一体的民族，也是一个多元文化交融的民族。永宣金铜佛像汉藏交融风格所蕴含的汉风藏韵和汉魂藏脉启示我们，文物是民族记忆的载体，是民族历史的物证，而文化交融则是民族交融的先导。这是人类文明史的一条共同

① 《明实录》卷四八，贵州人民出版社 2016 年版。
② 王毓铨主编：《中国通史》卷九，第 204 页。
③ 王毓铨主编：《中国通史》卷九，第 204 页。

规律。文化交融的实质是思想的交融、精神的交融，是生存观念、生产观念、生活观念和生育观念的交融，因而是优势互补的交融，可谓各美其美、美美与共。历史的经验和教训表明，一个民族、一个国家只有在多元文化的交流、交锋、交融中筑牢根基，把定方向，扬长补短，才能使自己的文化软实力不断提高，不断丰富，与时俱进，不为人制。

文化认同是文化交融的必然结果，是民族认同与国家认同的前置条件。文化的力量深深熔铸在民族的生命力、创造力和凝聚力之中。因此，提高全体国民的文化自觉、自信与自强，应当成为建设文化强国、提高国家软实力的首要任务。

源远流长、博大精深的中华民族优秀传统文化，融入了56个民族的优秀传统文化，是中国人民共同的精神家园。研究民族文化交融史，不仅要尊重各个民族文化的多样性与丰富性，更要展示与传承中华民族优秀传统文化的同一性与共融性。如果我们不首先确立一个包括所有民族在内的国家认同，不首先确立一个包括所有民族优秀文化在内的文化认同，片面地强调各个民族各自的民族认同，甚至罔顾史实地强调本民族文化与其他民族文化之间的差异性，否认各民族文化之间你中有我、我中有你的历史交融，那么一切片面构建本民族文化认同的努力就会走向它的反面，成为国家和社会的一股离心力量。放眼全球，这种教训酿成的悲剧，经常会在我们的视野中闪现。

民族文化交融史的研究工作，是建设社会主义文化强国的一项不可或缺的内容。它既是回归历史真实的跨地域、跨民族、跨文化的学术工程，更是增强中华民族向心力、凝集力、生命力的固本工程。因为历史与现实都已昭示：文化软实力是一个民族精神力量的主要象征，是关乎一个国家生死存亡、兴衰成败的重要因素。

为汉藏交融历史研究提供实物和图像的李巍先生，是佛教造像文化的守护者和传承者。他让我们看到，收藏文物是在为民族为国家收藏历史、收藏文化、收藏生生不息的中华根脉。文物虽然是历史的见证，但文物不等同于历史。不同时代的文物，必然打有那个时代人间悲欢离合、民族强弱荣辱、政权兴衰成败的烙印。虔诚地收藏、鉴定与解读文物，是对中华民族辉煌历史与传统文化的观照与敬畏。只有把藏品变为展品，让文物传承文化，文物的历史价值才能展现出来；文物才能穿越历史隧道，重新绽放出奇光异彩！

我以为这样做，是对习近平总书记关于“让历史说话，让文物说话”要求的理解和贯彻。

2016 年 6 月 15 日

（收录于中华书局 2012 年版
《汉风藏韵：明清宫廷金铜佛像论集》）

汉藏佛教文化艺术交融的认同基础

浙江省美术馆以“汉风藏韵”的诗意展标，举办“中国古代金铜佛像特展”及“汉藏佛教艺术与国家文化认同学术论坛”，专题研讨著名金铜佛像收藏家李巍先生的珍贵藏品，是弘扬中华民族优秀文化的举措。展览和论坛让我们看到把藏品变为展品，让文物传承文化的时代意义和社会影响。

文物是历史的见证和载体。中国古代佛教造像艺术是中华民族艺苑中的一朵奇葩。它不仅蕴藏着传统文化的丰厚内涵，而且凝聚着民族交融的历史结晶。收藏并展示我国古代汉藏金铜佛像，是彰显佛教文化艺术的文明之举、爱国之举。历史将为这次展览和论坛记上浓墨重彩的一笔！

通过对藏品的解读，我们更深一步地看到，汉藏佛教文化之所以能互尊互补，汉藏佛教造像之所以能共存共荣，根本原因是这两种文化在其深层次的历史进程和跨地域的现实表征中，有着共通的传统观念和理性辩证的感情认知。这主要表现在四个方面：

其一，认同一个国家。

从元朝西藏被中央政府直接管辖之后，西藏僧俗民众对国家的认同与时俱进，中央王朝对西藏的辖治也与时俱进。尽管这期间英国曾多次妄图侵占西藏，但都遭到藏族同胞的强烈反抗。

1900 年八国联军的入侵，使清王朝彻底滑向崩溃的边缘，英国趁机加紧了侵略西藏的步伐。为了绕过清政府直接同西藏"直接交往"，英属印度总督乔治·寇松多次致信十三世达赖喇嘛土登嘉措，希望与他单独对话。十三世达赖洞察其奸，坚决不与对方接触。寇松认为："这真是世上最稀奇古怪、不可理解的事情。在离我们边境只有 200 英里的地方，竟然有一伙赤手空拳的和尚敢于长期蔑视我们。"恼羞成怒的英国殖民主义者，在与沙皇俄国的竞争中，加快扩大殖民地盘，大肆掠夺西藏资源。1904 年英国万人武装使团在其政治专员荣赫鹏率领下，由中锡边境入侵亚东峡谷。消息传到拉萨后，十三世达赖召开全藏会议，在驻藏大臣裕钢的支持下号召全藏僧侣人民不惜重大牺牲，誓与佛教大敌英国侵略军决一死战！在这位爱国、爱藏、爱教的大喇嘛号召下，入侵英军一路遭遇藏族僧众和兵民的顽强抵抗，遭受了他们占领印度时没有过的重大伤亡。在英军攻打江孜紫金寺时，藏军和僧兵英勇奋战，在悬殊的武器装备条件下，杀敌50余，僧兵也牺牲了40多人，紫金寺化为焦土，在抗击侵略的史册上写下悲壮的一页。在抗击英军的血战中，英军炮兵指挥官扎聂萨海被从林芝赶来救援的藏兵用大刀砍成两段，同时被砍死的还有15名英军。英军医生感慨："西藏人的英勇举世无双。"在令英军付出了极大代价之后，7月7日江孜宗城堡失陷，弹尽粮绝的500多名藏兵全部跳崖牺牲。他们以视死如归的精神捍卫雪域山河，以血肉之躯向自己的祖国效忠。

在血战江孜的抗英战役中，使用火枪长刀的藏族兵民，面对英军的洋枪洋炮，前赴后继，浴血奋战，表现出维护国家统一的坚强意志。维护国家领土完整，实际上反映了对自己祖国的归属感。在这方面已故十世班禅额尔德尼·确吉坚赞堪称爱国、爱藏、爱教的伟大楷模。

1956年班禅因佛事应邀出访印度，一小撮敌对势力蛊惑班禅弃国出走，被他断然拒绝。随后他向访问印度的周恩来总理表示爱国爱藏的不二决心并提前回国。"文革"期间班禅蒙冤，出狱后依然不改初心，在讲经传法中始终坚持国家要统一、民族要团结、宗教要服从宪法的主张，在我国宗教界产生了广泛的影响。

长期以来，国际敌对势力一刻也没有放弃过把西藏从中国分裂出去的图谋。在他们的策划煽动下，1959 年西藏地方上层反动集团发动武装叛乱，当时虽有少数僧侣因受蒙蔽而卷入其中，但广大藏族民众维护祖国统一、反对民族分裂的信念始终坚如磐石。

回顾过去，展望未来，敌对势力不会放弃把西藏从祖国分裂出去的图谋，还会变换手法继续捣乱破坏，但这只是他们的一厢情愿。分裂势力屡次失败的结局，让佛教信众们更加清醒地看到，统一的、包容的多民族的中国根脉，在藏族僧俗民众的心中越扎越深，祖国无可替代的感召力、向心力和凝聚力在广袤的藏族聚居区越来越强。

西藏自治区是全民信教的地区，这种越来越强的凝聚力，实际上已经转化为藏传佛教和藏族僧众对国家越来越强的认同感。藏传佛教与汉传佛教有了这个共同的血脉基础，从根本上形成了命运的共同体、利益的共同体、交融的共同体。

其二，认同一个佛祖。

无论是藏传佛教的四大派，还是汉传佛教的八大宗，大家都把释迦牟尼视为佛教始祖，认为佛陀不仅是佛、法、僧“三宝”的集大成者，还是第一个讲经传法的凡世超人。这使释迦牟尼在世界佛教信众中享有至高无上的圣誉。在汉传佛教的寺庙中，大雄宝殿无论规模大小，都有释迦牟尼的塑像，或坐或立或卧，法相庄严，神态慈祥。信众供奉香火，也主要是向释迦牟尼顶礼膜拜。藏传佛教最早修行佛、法、僧“三宝”的第一座正规寺庙——桑耶寺，是集汉、藏、印三种风格于一体的宏伟建筑，至今仍保存完整。这座寺庙大雄宝殿中供奉的释迦牟尼法相，是建寺时用哈布山上的整块巨石雕刻的。像高 3.9 米，头戴宝冠，身着僧衣，偏袒右肩，身披袈裟，手持接引印，结跏趺坐，给人以祥和睿智的强烈印象，让膜拜者心灵震撼，神思遥远，久久不能忘怀。

拉萨大昭寺释迦牟尼 12 岁的等身塑像，传说是佛陀在世时按照其身高和真容塑造的。藏族僧俗信众对这尊佛像崇拜之虔诚，是别人难以想象的。时至今日，仍然能够看到僧俗信众的真诚与坚持。无论春夏秋冬，每天都有成百上千的善男信女跋山涉水，千里迢迢，五体投地前往那里瞻仰拜谒。被誉为藏传佛教皇家寺庙的北京雍和宫，大殿供奉的三座佛像，释迦牟尼同样居中而坐。这足以说明，即使崇拜藏传佛教的清朝皇室，佛陀的智慧与慈悲在他们心中也是至高无上的。

为了使心中的释迦牟尼具有超自然的神力，佛教信众以其丰富的想象力为佛陀的身世和修持锦上添花，从大纵深、多维度、全方位赋予佛陀许多神秘莫测的传说，而且故事离奇、内容玄奥，引人入胜。久而久之把本来是王子贵胄的释迦牟尼加以神化，使其成为“一德立而百善从之”的救世圣人。正是汉藏信众梦笔生花的传说，为佛教特别是藏传佛教增加了更多神秘的宗教色彩。

其三，认同一个渊源。

汉传和藏传佛教对于佛教发源于古印度的迦毗罗卫国（现在的尼泊尔境内）早已形成共识，即使在信奉小乘佛教的斯里兰卡、缅甸、泰国、越南南部、老挝、柬埔寨和我国云南的傣族、景颇族地区，教徒对佛教的发祥地同样不持异见。佛教传入中原与传入藏族聚居区的时间虽然有早有晚，路径也不尽相同，但汉传佛教和藏传佛教对释迦牟尼的王子身份、苦修过程、参悟真谛、立身成佛、游方传教的故事传播久远，汉传佛教和藏传佛教的根本典籍和行为准则都有若干共同之处。

汉传佛教和藏传佛教同属于大乘佛教，这使两派的血脉渊源更加亲近。绵延不绝的文化，是保证一个民族生命活力的全部要素。佛教传入中国的历史，就是一部涵化异邦文化、发展本土文化的历史。

从汉藏佛教造像艺术风格互相融合的过程，也能看出佛教各派对其渊源的认同。早期的西藏佛教造像受克什米尔造像以及东北印度波罗王朝造像风格的影响，线条简单，造型稚拙。十四世纪中期以后，随着汉藏文化交流的频次增多，西藏佛教造像受汉文化的影响日益彰显。这一时期的佛教造像比例协调、造型准确，细节刻画生动，五官端庄优美。受克什米尔造像影响的元素已被弱化、简化、淡化，代之呈现的是本土的、成熟的、恰到好处的新颖造型，展现的是精美曼妙的艺术风韵。同时期的明代宫廷佛教造像，不断吸收藏族造像的特点，与中原造像元素互补，博采彼此诸长，从而为我们留下了精美绝伦的永宣佛像。这类佛像不仅是佛教信徒眼中的瑰宝，也是世俗民众收藏的珍品，甚至还是异教徒爱不释手的艺术瑰宝，前面我们说到的荣赫鹏就是其中的典型事例。

1940 年 9 月 7 日，纳粹德国的飞机轰炸伦敦时，荣赫鹏宅邸被炸，瓦砾堆中仅存的完好物品竟然是他从西藏带回的一尊佛像。1942 年荣赫鹏死后，那尊佛像也被安放在他的棺木上面。这个在西藏大开杀戒的刽子手如此珍重佛像，自然不是要放下屠刀立地成佛，后人只能设想他渴望得到的宽恕不只是来自耶稣还有佛祖。这个史实足以说明，旷世精美的金铜佛像的魅力已经超越宗教信仰的界限，成为人类重要的物质文化遗产。

其四，认同一个宗旨。

所谓宗旨是指佛教信仰的主要目的和价值取向。从这个意义上讲，慈悲为怀、以善为本、普度众生可以说是佛教的宗旨取向。转凡如圣、转恶向善、转迷为悟也可以说是佛教的宗旨取向。蜀汉刘备所说的“勿以善小而不为，勿以恶小而为之”，讲的也是这个道理。而我国民间的普遍看法则更简明扼要，认为佛教就是劝人做个善良人、纯正人、灵魂干净的人。老百姓这样的表述不仅生动形象，还蕴含着佛教世俗化、直白朴素而又深刻隽永的哲理。

为了践行宗旨，汉传佛教和藏传佛教都要求信徒不仅要熟悉教义，信仰“三宝”，奉行“三藏”，还要恪守“五戒”。据佛典记载，佛陀在传道之初，信奉者尚能注意道德自律。后来因信众增加，良莠混杂，行为失范，佛陀便开始制定一些禁条，以确保佛教宗旨的实现和僧众行为的端正。藏传佛教在践行“五戒”基础上发展的“十善”，涵盖的内容更为宽泛，对于规范信众的伦理道德、保证佛教宗旨衣钵相传起到了重要作用。今天看来，“五戒”“十善”是提高僧俗民众情智素质的需要。西藏有大量藏传佛教、本教寺庙以及众多僧侣、信众，充分发挥这些僧侣和信众在西藏各项建设中的积极作用，引导他们在善念、善言、善行中释放正能量，抵制分裂势力和消极因素对社会的负面影响，是西藏宗教界应该担当也能够担当的重要使命。

近几年我们强调践行的社会主义核心价值观，从内涵和外延上都融合了各类文化的精髓。国家层面的价值目标——富强、民主、文明、和谐；社会层面的价值取向——自由、平等、公正、法治；公民层面的价值准则——爱国、敬业、诚信、友善。无论我国的哪一个宗教，都应当以这样的目标、取向和准则，引导信众践行宗旨，惩恶扬善，在形成社会主义核心价值观的实践中与时俱进，为宗教注入新的发展活力，提供新的人文环境，构建新的社会基础。

2016 年 8 月 16 日

参考文献

1. 黄明信：《吐蕃佛教》，中国藏学出版社 2010 年版。

2. 李安宅：《藏族宗教史之实地研究》，上海人民出版社 2005 年版。

3. 王尧：《藏汉文化考述》，中国藏学出版社 2011 年版。

4. 李菁：《西藏、藏传佛教的真实与传说——专访中国人民大学国学院副院长沈卫荣》，《三联生活周刊》，2013 年第 34 期。

5. 才让：《藏传佛教信仰与民俗》，民族出版社 1999 年版。

6. 杨辉麟编著：《西藏佛教寺庙》，四川人民出版社 2003 年版。

7. 罗迎福：《宗教问题简论》，新疆人民出版社 1992 年版。

8. （英）彼得·弗莱明：《刺刀指向拉萨》，西藏人民出版社 1987 年版。

因缘殊胜普陀山

东海之滨，一望无涯。普陀山外，水天浩渺。造访举世闻名的南海观音菩萨道场，仿佛置身于缥缈的梵宫洞天，令人目不染俗，心静神宁。一路走来，尘世烦恼在波光粼粼的海天佛国中消弭殆尽。环顾古刹净土，颂辞遂从心底涌出：南海观音别五台，为度众生踏浪来；应谢慧锷知进退，万顷碧波铁莲开。站在不肯去观音院前的香客和游人合十而立，穿越时空长廊，眺望万顷碧波，仿佛看到日僧慧锷叩别观音菩萨的无限虔诚，看到海上铁莲花瞬间让出航道的神奇之景。

光阴荏苒，白驹过隙。屈指算来，距当年观瞻普陀山寺庙的日子已逾 35 个春秋。而今重登观音道场，实为垂暮之年一大幸事。

船靠码头，但见远方海天一色，近处祥云缭绕。普济寺内外，五湖游人如织，四海香客接踵。善男信女在膜拜观音菩萨时倾诉离愁别恨，其情其景令人动容。

是夜，暮鼓沉沉，风清月朗，涛声拍岸；清晨，钟声悠悠，旭日饱满，渔舟摇浪，尽展海天佛国的胜地风光。拾阶登顶，木鱼声声贯耳，佛乐悠悠入心，我于陶冶中思忖：五台山、普陀山、峨眉山、九华山乃菩萨教化众生的四大道场，缘何普陀山游人不绝于崎岖山道、香客不止于阴晴冷暖？纵览史志记载，把脉圣地风水，因缘殊胜尽在七大优势之中。

一曰冠名蕴含梵意

佛教由古印度传入中国2000多年来，在与本土文化的交汇融合中，虽然形成了具有中国特色的观音道场、观音文化、观音信仰，但其源流初肇始终为佛门信众追慕，普陀山由梅岑山改名即是其中一例。据德、美等国学者考证，唐玄奘在《大唐西域记》中所记载的菩萨道场“补怛洛迦”，本是南印度海上哥摩林岬附近的岛屿，缘何中国浙江省舟山群岛的普陀山后来却成为观音大士宣说大慈悲法的道场？剖析个中原因大致有以下三则：其一，南印度海上观音菩萨道场遥不可及。若中国佛教徒跋山涉水远赴南印度哥摩林岬朝圣，显然路途过于遥远，安全没有保障，于是如同西天佛陀在中国各地“落户生根”一样，本土观音道场亦应运而生。这不但体现了“佛在心中”“立地成佛”的佛门理念，也是中国文化对外来文化包容与吸纳、传承与创新的重要标志。其二，地理环境相似。《大唐西域记》介绍，观音菩萨道场补怛洛迦环境优美，香草碧绿，花木生机盎然，飞泉镜湖相映，观音菩萨于金刚宝石上结跏趺坐说法。依此地貌特征比照，舟山群岛的梅岑山东南也有一个名为洛伽山的小岛，地理环境与《大唐西域记》中记载的观音道场颇多相似之处。于是“梅岑山－洛伽山”渐渐被“普陀洛迦山”所代替，及至明万历年间，“普陀山”便成为普陀洛迦山的简称。这样冠名，发音近似梵语音译，内涵又与观音菩萨南印度海上道场通脉，佛教徒与信众不用舍近求远，普陀山观音道场便成为无可替代的朝拜圣地。其三，不肯去观音传说影响深远。据《佛祖统纪》记载，唐大中十年（856），日僧慧锷自五台山请得一尊观音菩萨像，拟护送回国供奉。舟过普陀山搁礁不动，锷及同行人于潮音洞前祷曰：“若尊像于海东机缘未熟，请留此山。”言毕，礁隐舟浮。慧锷即将观音像安置于洞侧张姓人家中，张氏后来舍宅建寺，俗称“不肯去观音院”。在民间传说中，慧锷舟至普陀山洋面时更是险象环生。前两次出海皆为风浪所阻，耐心等到第三次放船，海上却涌出一片铁莲花，舟受阻不动。慧锷见状大惊，当即祷告：菩萨若不愿东渡，自己愿在此处建寺供奉。话毕，海上铁莲花让出一条退路供慧锷返航。慧锷郑重践诺，专门建寺供奉不肯去观音。自此以后，佛门信众皆以慧锷建寺为普陀山观音道场之肇始，并且认定普陀山乃观音菩萨的自选道场，亦是修持观音菩萨道的不二法门。

名蕴梵意，地似梵境，道场又为观音菩萨亲自选定，天时地利人和皆备。由此可见，普陀山成为国内外观音菩萨信仰者崇拜的圣坛净土，并非有人刻意为之，实属因缘际会。

二曰护佑海上丝路

宗教信仰作为一种文化现象，始终与社会经济发展相生相伴。海上丝绸之路开通以后，往来商贾常年出入风浪，莫不把身家性命寄托在神灵保佑上。普陀山作为海上丝绸之路的重要航站，不仅是各国商船避风、候风、候潮的港口，更是南来北往中外商贾祈求航海平安的福地，是古代海上丝绸之路的心灵港湾。据史料记载，在海路运输繁忙季节，每遇大风大浪，普陀山港湾便成为观音菩萨保佑的“海上天堂”。白天桅杆林立，白帆点点，晚上烟火相望，灯火朦胧。这种盛况在南宋时期达到顶峰，普陀山观音道场的声誉也随之从舟山群岛走向半个亚洲。

人们相信观音菩萨能护佑往来海上商贾的人财安全，“令诸众生，大风不漂，水不能溺”，其自然成为海商信仰供奉的神灵。加之异象传说为普陀山观音道场推波助澜，南海观音便成为海上丝绸之路的守护大士。据元盛熙明《补陀洛迦山传》记载："海东诸夷，如三韩、日本、扶桑、阿黎、占城、渤海，数百国雄商巨舶，由此取道放洋，凡遇风波盗寇，望山归命，即得消散。"

可见，地域优势也是孕育文明优势的温床。中国滨海地区秀丽小岛数以万计，缘何唯有普陀山观音道场成为陆海香客商贾往来拜谒的圣地净土？追根溯源，普陀山是海上丝绸之路必经之地是其经久不衰的主因之一。今天的"海上丝绸之路"正在成为"一带一路"倡议中连接全球友好合作的金丝带，普陀山作为这条金丝带上的璀璨明珠，必将辉映出更加耀眼的光芒。

三曰远离法难兵燹

佛教传入中国后，主动吸收本土宗教元素和民俗文化，逐渐形成了儒释道三教并立的局面。然而由于儒道思想在中国历代王朝和广大百姓中不可动摇的地位，致使佛教在发展传播中受到多次重大挫折，其中史称"三武一宗之厄"的法难对佛教打击尤甚。这四次法难的主导帝王——北魏太武帝拓跋焘、北周武帝宇文邕、唐武宗李炎和后周世宗柴荣，被佛门视为"四大灾星"。在这几次"灭佛毁法"事件中，僧尼被迫还俗，寺庙被拆毁，经卷被焚烧，僧田被没收，佛教在中国的发展几乎一蹶不振。

令人欣慰的是普陀山因远离陆地，孤悬海上，唐代以后几次法难都未对其造成破坏，有些内地僧人在弃寺逃难中，还漂洋过海投奔普陀山礼佛弘法。据史料记载，鼎盛时期的普陀山寺院僧众达4000余人，被誉为“震旦第一佛国”。

如果说法难是人祸，那么水火对佛教寺院造成的破坏则是天灾。“天下名山僧占多”是中国佛道两教寺庙分布的最大特点。寺院建于云蒸霞蔚的深山峡谷，好处是远离尘世纷扰，有利于信众静心修持；弊端是建筑多为土木结构或草舍茅庵，抵御自然灾害的能力十分薄弱，尤其遇到山洪大火时更是束手无策。历史上不少名刹古寺就是在水淹火焚中毁于一旦的。幸运的是普陀山建寺千余年来，从未因为自然因素和人为因素发生过火灾和水患。这大概是普陀山僧人虔诚礼拜观音菩萨的最大福报。

在中国历史上，因改朝换代而发生过多次战乱兵燹。普陀山得益于“海天佛国”的地理优势，即使在内地兵连祸结的岁月里，寺院香火也从未间断。一些在战乱中背井离乡的难民甚至冒险涉海，到普陀山膜拜观音菩萨，诚祈禳灾、救苦救难。

幸免于法难，远离战乱，未罹水火之大灾，是普陀山观音道场延续至今的重要原因。

四曰五朝顶礼膜拜

观音菩萨是大慈悲、大智慧、大愿力的象征，是永保平安、消灾降福、普度众生、救苦救难的形象！因此，自唐以降，历代王朝对普陀山都有赠赐的记载。据史料记述，因普陀山远踞汪洋，数代天子欲往朝拜而未能成行，但朝廷派往普陀山传递皇恩的钦差大臣却不绝于途。仅唐宋元明清五朝，就有近 20 位帝王为了祈求国泰民安、天下归一，多次遣命臣内侍携重礼出海，专程上普陀山朝拜观音，褒奖高僧，惠泽诸寺。宋乾德五年（967）太祖赵匡胤专派太监上山进香。神宗元丰三年（1080），钦差大臣王舜封奉旨出使三韩，据传遇风暴而望潮音洞叩祷，遂海波趋缓，王等诸人得以平安济渡。归来后奏知皇上，神宗赵顼即赐“宝陀观音寺”御书，指派专使赴普陀山寺院赠赐。南宋绍兴年间（1131—1162），宋高宗赵构下令岛上渔民迁出，辟普陀山为“佛地净土”，主供南海观音菩萨。宋宁宗嘉定七年（1214），赵扩应主持德韶之请，赐宝陀寺圆通殿钱万缗，御书“圆通宝殿”“两道场”两额。明太祖朱元璋、清圣祖康熙等皇帝，曾多次召见普陀山高僧大德，御赐佛像、金帛、紫衣、佛经和墨宝等珍贵物品，可谓皇恩浩荡，礼遇有加。

明万历三十三年（1605）神宗朱翊钧将原来的“宝陀观音

寺”敕赐为“护国永寿普陀禅寺”，“普陀山”之称谓由此演变而成。

随着各朝代对普陀山寺庙的修缮和扩建，加之历代帝王和朝廷扶持、敕赐，帝后妃嫔、王公大臣、侯门望族纷纷厚施财物，修寺塑佛，“海天佛国”“丝路明珠”愈发美誉远播，普陀山观音道场的名声在域内海外越来越大。海内外高僧、名宦、巨贾闻讯而至，扬帆催舟，渡海不辍。每逢重大佛事活动，信众摩肩接踵，香火缭绕宝刹，其殊胜景况为佛教名山所仅见。

古人云，普天之下莫非王土。从异域传入的佛教文化特别是观音文化能扎根于王土之上，落户于百姓之家，历代王朝的理解与包容功不可没。据笔者考证，自佛教传入中国以来，除“三武一宗”排斥佛教外，其余皇帝或亲或疏，皆对佛教秉持包容态度。梁武帝四次舍身同泰寺，更是中国佛教史上的一段传奇。

五曰重视传统文化

儒释道是构建中国传统文化汪洋大海的三大源流。佛教虽是外来文化，但在传入中国后的本土化过程中，与儒道文化和民俗文化互为补充，相互借鉴，完全融入中华民族文化的沃土。佛教文化成为中华民族传统文化中的奇葩，绽放出璀璨绚丽的夺目光彩。2000 多年来，佛经的解读、仪轨的变革与修持的界定，随着中国社会的发展而不断自我扬弃，以至于有些内容成为民间习俗的重要组成部分。

佛教文化内涵与形态丰富，其经典既有诗歌、散文式的体裁，也有小说、戏剧式的体裁。对这些巨量成果，即使不从信仰层面接受，在文化层面加以传承亦大有裨益，因而佛教在传统的文人士大夫中非常普及。早在东晋，即有十八高贤于高僧慧远法师门下共修净业。及至唐宋，文人好佛之风更盛。王勃、王维、白居易、柳宗元、刘禹锡、范仲淹、王安石、苏东坡等文人重臣，都是虔诚的礼佛居士。他们的文学作品代表着作者对世界的观察、心得及生活积累，同时也是作者思想境界的反映和精神信仰的折射。古代很多文学作品蕴含的佛理、流动的禅意，正是其作者礼佛所参悟之理的流露。如果我们不了解佛教，就很难透彻领悟这些作品的底蕴。

普陀山自开山以来，始终视佛教典藏为中华优秀传统文化不可分离的有机部分，秉持不辍，沿袭至今。自初唐四杰之首的王勃为普陀山观音道场题咏《观音大士神歌赞并序》之后，历代名家到普陀山礼佛观光、修持弘法时亦多有题咏。正如中国佛教协会副会长，普陀山佛教协会会长道慈所言，这些文化遗产的作用不仅“在于宣传佛法，辅助教化，同时也为来山朝礼观光者引路导航，增加一份文化上的揽胜认知，增加一份对中华文明、文脉的厚重博大久远的敬畏”。基于这种认知，近年来普陀山佛教协会在建成佛教文化博物馆、佛教文化书画院、普陀山佛学院等文化殿堂的基础上，又先后举办“瀚墨禅香 心得自在”僧众书画展，出版发行《海天佛国》（普陀山佛教楹联集）以及僧人编撰的著作；同时，展示赵孟頫、董其昌、文徵明、康有为、李叔同、吴昌硕、郭沫若等诸多名家在普陀山留下的手迹墨宝，让世人感受到普陀山文化的厚重与深远。道慈大和尚还提倡僧众学习怀素、智永、贯休、巨然、髡残、石涛、朱耷等佛门巨擘的书画弘法精神。道慈在普陀山僧众书画展前言中写道：“近年来，普陀山佛教协会由‘香火兴寺’向文化兴教转向，不断加大普陀山文化建设的力度。”“不遗余力地建设‘观音法界’传世经典工程，以实际行动扩大观音影响力、感染力，不断增加佛教文化的底蕴实力。”这是一种可贵的文化自信和文化自觉。

普陀山在佛教文化的源流中发掘传统文化的根脉，用传统文化的营养丰富佛教文化的内涵，使佛教宗旨与社会主义核心价值观融为一体，推动佛教文化随着历史车轮的前进不断创新、不断完善、不断提升，强化僧众的国家认同、民族认同和文化认同。这是一个涵盖宗教文化的大文化观念。从这个意义上说，普陀山的佛教发展历史，既是一部祈福社会和谐的历史，又是一部弘扬民族传统文化的历史。

六曰管理与时俱进

普陀山是闻名古今中外的观音菩萨道场，在我国佛教界乃至世界佛教界都有很大的影响。而慈悲又是佛教的根本，没有慈悲就没有普度，就没有大乘。观音作为主悲菩萨，心性柔和，仪态端庄，消灾降福，普度众生，救苦救难，代表了大乘佛教最根本的特征，因而普陀山常年四海信众云集，香客络绎不绝，旅游旺季的观光者更是日达数万之众。虽然寺庙多，僧人多，香客多，游人多，水上陆上往来车船多，但行之有效的管理模式，使得这块宝刹圣地形成了恭敬肃然的礼佛秩序。

改革开放以来，普陀山佛教协会更新观念，以变应变，在继承中创新，在创新中继承，不仅加强了寺院和景区的硬件建设，而且注意建设与之匹配的软实力，使两者刚柔相济、协调发展。道慈大和尚推出“三·三”制管理模式以来，全山寺院僧众在统一调度的基础上，实行周期轮转循环，三分之一的人管理，三分之一的人弘法，三分之一的人修行。僧众围绕弘法利生任务，在佛教教育、讲经说法、学术探索、内外弘访以及写作编辑、文史研究、书画创作等功课上充实知识底蕴，丰富修持内容，形成了参悟目的明确、行为各司其职的弘法氛围。这种管理模式，既保证了全山僧众循规蹈矩、静心弘法，又营造出香客游人虔诚礼佛、文明观光的良好秩序。

近几年来，普陀山佛教协会又将朱家尖风景区纳入普陀山佛教发展的范畴，加强对往来游人的引导和规范，建立起一整套行之有效的管理机制。这使普陀山的香客游人即使在高峰期，也能发出不虚此行的感慨。

七曰金铜佛像荟萃

佛教造像是佛教信众心目中被固化的偶像，是佛教内涵的物化载体。据说佛教造像无论使用何种材质，出自哪个年代，来自哪个地域，一旦高僧大德为之开光加持，其在信众的心目中便有了佛的法身、佛的愿力和佛的功德。

普陀山寺院十分重视佛像的保护。所到之处，无论是殿堂还是佛像，都无尘埃蒙蔽，更无肢体缺损。为了弘扬观音菩萨的慈悲，1997 年农历六月，33 米高的铜铸观音菩萨像在当年不肯去观音院登岸的首龙湾岗上矗立，这是普陀山具有里程碑意义的喜事。信众认为这座临汪洋大海而立世界最大铜铸观音菩萨像，正在以其慈悲愿力为世人弘法布施。越来越多香客和游人祈祷观音大师守海护航、普度众生、慧泽四方。

南海观音菩萨铜铸像开光弘法 13 年之后，2015 年 11 月 13 日，中国著名古代金铜佛像收藏家李巍先生以无比虔诚的礼佛之心，将其耗尽大半生心血收藏的一批元明清金铜佛像和佛教法器无偿捐赠给普陀山佛教协会。这一重大善举在国内外引起强烈反响，信众普遍认为，这不仅是普陀山的一大福报，也是中国乃至全球信徒的一大福报。如此之多的古代金铜佛像在普陀山找到了归宿，不只是扩大了普陀山金铜佛像的收藏规模，更重要的是提升了普陀山金铜佛像的文化价值。李巍先生捐赠的金铜佛像绝大部分收藏自我国西北，有些是元明清宫廷制作馈赠给藏传佛教高僧大德和重要寺庙供奉的佛像，其中以大明永乐、宣德年施的宫廷造像尤为精美稀罕，可谓国之瑰宝、佛之金身。目前，普陀山收藏的古代金铜佛像已逾千尊，名列北传佛教寺院和南传佛教寺院之冠。再过两年这些佛像将在普陀山新建的“观音法界”面世。到时候礼佛香客和游人将在那里了解汉藏交融的进程，聆听汉风藏韵的曼妙，跟踪汉魂藏脉的血缘，从佛教文化层面上梳理汉藏一家的历史渊源。

四面环海、碧波荡漾的普陀山，像一颗镶嵌在海上丝绸之路的璀璨明珠。风光旖旎，幽幻独特，被誉为“第一人间清净地”。岛上山石林木、寺塔崖刻、梵音涛声、鸟语花香引人入胜。普陀十二景，或险峻，或幽幻，或奇特，给人以无限遐想，是一幅幅绚丽多姿的画卷。她将以深厚的历史文化底蕴，在“一带一路”的建设中绽放更加灿烂的光芒。

2012 年 3 月 12 日

（2017 年 10 月 17 日发表于“陕西公益网”）

巫文化源流与创新之管见

巫溪，是开创和承载古代三峡文明的殊胜之地。

跨入20世纪90年代，伴随改革开放的足音，一股研究巫文化的热流在这里涌动。来自全国各地的专家学者，把目光投向巫溪历史的深处，搜寻巫文化的原始基因。经过20多年的努力，巫文化的神秘面纱被慢慢掀开，巫文化的粗犷真容渐渐显露。

起源于早期原始社会的巫文化，是我们远古祖先幻想依靠巫的“超自然力”，用歌舞的形式和卜筮的方法娱悦魂灵、沟通鬼神，使之驱赶致病作祟之妖邪，保护氏族、村社及其成员、牲畜和作物不受损害的文化形态。这是在生产力水平极低的情况下产生的人类文化，具有原始审美价值。

一、巫文化的悲剧式命运

检阅历史要籍，浮想万年春秋，仿佛看到巫文化像一朵瑰丽奇葩，在远祖先民创榛辟莽的中华文明古土上经久绽放。它让以北京山顶洞人为代表的先民们，嗅到了人类文明的芳香，看到了农业文明的曙光。不幸的是，这朵原始文化之花，却随着社会的进步，渐渐退出人们的生活。

时代为我们提供了弘扬民族优秀文化的机遇。扬弃巫文化、创新巫文化，让巫文化在返璞归真中踏入现代文明之路，是历史的必然选择，也是改变巫文化悲剧式命运的最好选项。为此，有必要对巫文化的概念及内涵从两个方面加以区别。一个是原始巫文化或原生巫文化，一个是衍生巫文化或变异巫文化。前者是指原始社会创造、后来社会充实了健康内容的巫文化；后者是指经过移花接木、被扭曲变态的巫文化。原始巫文化“曾是真理和自由的母亲”。而衍生巫文化则“被用作装神弄鬼进行欺骗的工具”①。两者是不可以混淆而论的。

在人类历史上，巫文化是随着原始人的思维、情感和语言的产生而形成的，它为宗教和科学的发展培育了最早的细胞。原始社会受生产水平低下、科技知识幼稚的制约，作为文化现

---

① 任继愈主编：《宗教词典》，上海辞书出版社，1981 年。

象的人的认知思维、认知方式和认知行为，也必然是低下的、幼稚的。但是，如同人的童年一样，虽然在今天看来有些怪诞，但却想象奇特、内容丰富、形式庄严，是孕育中华文明的母体和摇篮。不理解原始巫文化在人类原始时代的积极影响，就难以理解不少历史现象和神话传说。

进入阶级社会以后，主张万物有灵、人神相通的巫文化及其浪漫瑰丽的色彩，被转化为封建文化的有机组成部分。“它经过《易经》的归纳而升华为哲理，又经过‘谶纬’而更富神秘色彩，再通过道教在民间广为传播，扩散到社会生活的各个方面。”①

二、巫文化的原始人诉求

历史走到今天，当我们破除禁区、剔除杂质后发现，巫文化博大精深，麟凤龟龙，蕴含十分厚重。它的优质内核之所以源远流长，是由其内在动因、生存土壤与朴素品格决定的。

任何一个时期的文化都是历史的产物。作为准宗教现象之一的巫术，虽然尚不涉及神灵观念，不同于把客体加以神化，并向其敬拜求告的宗教，但却幻想依靠“超自然力”对客体强加影响和控制，使人类和自然和谐相处。原始人的生存诉求，

① 史继忠：《巫文化对中国社会的影响》，《贵族民族研究》，1997 年第 2 期。

是“天人合一”观念和人本思想的萌芽，是人类保障自身安全的根本愿望。我们现在讲的人文精神，是指把人的地位、尊严、价值、权利、自由和发展放在首位关怀的社会文化情操。考古发现早已证明，已经具备了思维、情感和语言功能的原始人与现代人相比，二者对人文情操的认同，只有深浅的差异，没有本质的区别。

旧石器时代晚期，虽然传统的石器工具不断推新改进，但原始人的生存安全环境并没有明显改善。自然灾害让原始人手足无措，疾病威胁让原始人惶恐不安，猛兽突袭让原始人猝不及防，族群冲突让原始人面临伤亡。对于诸类尚不能认识理解的天灾人祸，人类迫切渴望有一种力量能够帮助自己驱除灾难、摆脱厄运。于是巫和巫术便顺势而生。在原始人看来，只有巫和巫术才能实现他们的生存诉求和精神寄托，为其生命本原注入力量，达到天人通和，相互感应。

巫是与巫术同步产生的社会分工，是各种行使巫术者的泛称。在原始社会各部落一般皆有，所用名称各异，具体形式亦有区别，基本职能大体相同。因为能使用巫术、预测吉凶、趋福避祸、逐魔治病，巫受到先民的普遍尊重，成为族群的头人或决定族群命运的智者。进入阶级社会后，拥有巫术的巫、史属于享有重要政治地位的国家职官。具有较高知识水平的巫和史，“都代表鬼神发言，指导国家政治和国王行动。巫偏重鬼神，史偏重人事。巫能歌舞音乐与医治疾病，代表鬼神发言主要用筮法。史能记人事、观天象与熟悉旧典，代表鬼神发言主要用卜（龟）法。国王事无大小，……必须得到巫史指导才能行动”①。春秋战国之后，巫的地位衰落，巫术的地位下降，巫和巫术向民间渗透。巫术逐渐沦为封建迷信活动的一股重要力量，从根本上丧失了其先进文化的品格。

在人类社会漫长的进程中，任何时期的文化都是一个不断积累沉淀的过程。巫文化植根于原始社会的土壤之中，涉及人的生存诉求、思维习惯、情感记忆、价值认同和审美意识，蕴含着“以人为本”的文化内核。尽管后来的衍生巫术、变异巫术使巫文化深陷泥沼，但巫文化的优质基因却以不同方式，活在我们民族的生活与记忆之中。即使近现代以来，物质生产和科学文化有了长足的发展，良莠并存的巫文化影子在中国大地上并未消失，在一些不发达的偏僻地区尤其如是。

三、巫文化的大巫山基因

巫、巫术、巫山缘何以“巫”冠名，学界观点虽有小异，但无大歧。概括而言有以下三说：一是因大巫山山形交错酷似

① 范文澜主编：《中国通史》第一卷，人民出版社 1994 年版。

“巫”字而得名，[1] 二是因巫咸封于此山而得名，[2] 三是因“群巫所从上下”而得名。[3] 以上三说虽然立据不同，但共通之处在于一个“巫”字，即认同大巫山地区（含巫山、巫溪）是巫文化的发祥地之一，巫溪宝源山是巫文化的核心区域和巫咸故里。巫文化就是从这里走向巴山楚地的。

关于巫文化何以发轫于巫山地区，《山海经》多有记载，为该书校注的古今学者数以百计。东汉之刘歆，东晋之郭璞，清代之毕沅、郝懿行，当代之袁珂等人，都有注释善本。其中长于卜筮的术数大师郭璞对《山海经》的理解，对巫咸国的定位，对群巫上下于登葆山的确认，为后人的探索奠定了基础。袁珂先生参照新的佐证资料和前人的研究成果，探微钩沉，把《山海经》的校注推进了一大步。他关于《山海经》中的“登葆山”“灵山”即今巫溪宝源山的推论，已为多数学者所认同。由此，也对巫文化的基因萌发于巫溪找到了地理依据。唯物史观认为，一个社会的文明进步，必须是物质财富和精神文化的共同进步。远古巫溪地区具备这两个方面共同进步的条件，从而为巫文化的坐胎发育提供了最为滋润的环境。

首先，这里有孕育巫文化的天时条件。巫溪地处亚热带季

① 夏征农主编：《辞海》，上海辞书出版社，1999 年版。
② （东晋）郭璞：《巫山赋》。
③ 《山海经·大荒西经》，岳麓书社，2006 年版。

风气候区，日照充足，气候湿润，岚雾缭绕，年平均气温 18 摄氏度左右，年平均降水量大于 1030 毫米，低山河谷地带年均霜日仅 11 天。这样的气候，可谓温湿两宜，居之无忧。但山高林密、封闭的环境，以及瘟疫疾病带来的威胁，又迫使原始巫溪人在自然崇拜、图腾崇拜中寻求灾难的根源和解决的办法。于是，巫和巫术的出现就成为一种必然的现象。

其次，有孕育巫文化的地利条件。巫溪素有“峡郡桃源”之美誉，是大三峡腹地最原始最神奇的一方净土，盐、药资源丰富，神秘气氛驱之不散。宝源山境层峦叠嶂，大宁河岸翠林密布；登高四顾，幽谷纵横，芝草繁生；山腰盐泉破壁喷瀑，浪溅似雪，昼夜不停。若非亲眼所见，对巫文化、盐文化、药文化源出此山，着实难以置信。毕生致力于巫文化研究的学者汤绪泽认为，“没有大自然造就宝山（《山海经》称‘登葆山’‘灵山’——汤注）的自流盐泉，以及宝山四周连绵起伏的药山，……就不可能发生古代以巫咸为首的十巫活动中心的人文历史，也就不可能产生‘巫山’‘灵山’的称谓”[①]。这个逻辑是站得住脚的。目睹寿齐日月的盐泉，吟咏古人“一泉流白玉，万里走黄金”“利分秦楚域，泽沛汉唐年”的诗句，让人

① 汤绪泽：《关于〈万县地区山脉研究〉的浅见——对巫溪地貌地形定位的探索》，《巫溪文史资料》第 12 辑，2006 年 10 月。

对巫溪的神奇魅力和往日繁荣生出无限的遐想。盐泉对面“盐马古道”的遗迹，仿佛还回响着纤夫的号子，残留着驮马的蹄痕。有着6800多个栈道石孔的断崖上，2000多年前的几十具悬棺静静地躺在那里，看着永不停歇的大宁河，把巫歌的天籁之音从远古带向未来。

再次，有孕育巫文化的人和条件。在人类发展史上，逐草而居、逐水而居、逐耕而居代表着不同的地域文化。巫溪地区不仅具有以上逐居条件，还有逐盐而居、逐药而居的优越之处。草、水、耕、盐、药这些极为重要的生产资料和生活资料，必然会使巫溪地区先民的智力发育、生产能力和生活方式高于周围地区。不难想象，和谐的氛围、充裕的食物、安逸的生活应当是当时族群文明的主旋律。迄今为止，遗址和史籍亦未见此地发生战争的记载和兵燹之灾的痕迹。在这个前提下，巫文化在这里繁荣昌炽也就不难理解了。

四、巫文化的娱悦性表象

巫文化的娱悦对象是鬼魂和神灵。巫或以歌舞迎颂善良的鬼神，使之上天言好事，下地降吉祥；或以歌舞驱逐邪恶的鬼神，使之不祸人、不害畜、不殃及稻谷作物，达到庄子所讲的“天地与我并生，而万物与我为一”的和合境界。汉代许慎在《说文解字》中解释：“巫，祝也，女能事无形以舞降神者也。

像人两袖舞形。”《辞海》亦解释巫是“古代能以舞降神的人”。从河南信阳楚墓出土的女巫张臂疾呼的舞蹈绘像，证实女巫的舞姿与许慎和《辞海》所说吻合，给人留下了舞蹈是巫文化的主要表象的联想。《尚书》《吕氏春秋》等典籍也记载，从尧舜禹到夏商周，无论占卜、祭祀、婚娶、丧葬还是医疾患、观天象，都要舞之歌之。只有这样人才能与神灵沟通，使之清楚并服从人的意愿。

巫歌是原始巫文化的重要载体和表象，也是一种原生态的古老诗歌。从长江流域、黄河流域文化遗址中不断发现的陶埙、骨哨、陶钟等原始乐器看，原始音乐与原始民歌如同并蒂莲花，曾经在华夏大地上久开不衰。“楚声”是战国时代享有美誉的楚国民歌。“楚俗好巫风，巫又往往是领唱或领舞者，楚声中的民间祀神曲《九歌》，就是巫在祀神时表演的歌舞曲。”① 《离骚》《九歌》《天问》等绮丽曼妙的诗歌，也是屈原在吸收大量巫歌巫风元素的基础上，进行了再创作、再加工的千古绝唱。

舞蹈是巫文化的主要载体和表象。它同音乐一样，曾经是原始人抒情达意的最基本的艺术手段。考古发掘表明，我国的歌舞出现在旧石器时代晚期，这也正是巫术的萌芽时期。“舞”字在甲骨文中写成像人拿着牛尾巴跳舞，而甲骨文中的“巫”

---

① 丁守和主编：《中华文化辞典》，广东人民出版社 1987 年版。

字，则像天地之间一巫一觋长袖挥舞。这些写法正是许慎《说文解字》的训诂依据和形象解读。虽然两字写法有异，但两个字都能反映出原始人双足跳跃、双手舞动的欢快情态。《诗序》写道："风化之所行，男女弃其旧业，亟会于道路，歌舞于市井。"虽是讽刺之语，但也足见其时歌舞之盛。

原始社会的劳动、战斗和宗教活动都是集体的，反映这种生活方式的歌舞也是集体的、大规模的，有些图腾舞蹈甚至是全氏族男女老少一起行动。大家模仿信奉的某种生物或祖先的声容姿态，祈求他们的魂灵保护。有的文献中还有关于先民跳的傩舞的记录。据《古今事类全书》卷十三记述："昔颛顼氏有三子，亡而为疫鬼。……于是以岁十二月，命祀官时傩，以索室中而驱疫鬼焉。"这种傩舞的遗存在巫山巫溪地区至今仍不难觅。只不过它已不是驱鬼逐疫的巫术，而是逢年过节时群众自娱自悦的傩戏。其内容与表演不仅有鬼魂精灵的神话故事，更有男欢女爱的浪漫风情。其时舞者不知疲，观者不知倦，绚丽多彩的面具与生动形象的舞姿，成为巫文化遗存中一道亮丽的风景线。

五、巫文化的多向化流变

从历史典籍提供的信息看，巫文化是从主流走向边沿，既而逐渐解体。

在巫术形成初期，巫的职能是使用巫术，平时同氏族其他成员没有大的区别。随着社会生产的进步，巫既是沟通天地、交往魂灵的组织者，又是推进文化创新的引领者。在漫长的一段时间里，手握决断权柄的巫，在领唱领舞的同时，也为传承巫文化做出了重要的贡献。

巫文化的边沿化，是在我国进入奴隶制社会之后，但即使到了殷商时期，王朝在很大程度上仍然靠巫治国。《尚书·君奭》记载，六个辅佐商汤、身居相位的人，就有巫咸、巫贤两个巫。随着巫、史分工更为明确，巫的权力也越来越小。东周时期天文历学显著进步，世俗良医用药治病，战争胜利靠人靠力决断。此类现象使人逐渐认识到天命鬼神的虚幻，巫及巫术赖以生存的基础随之动摇。在这之后，社会生产力日益发展，人对自然现象的认识更为深刻，巫也逐渐地有名无实，以致于成为无职无权的祀官和王室精神空虚的陪伺，有的甚至成为皇权的打手。周厉王“令卫国神巫监视国人，随意杀戮，禁阻说话”① 就是实例。由于被扭曲的巫术能为封建统治者所利用，巫权虽然没落，但巫术依然风行于朝野。甚至秦始皇在焚书坑儒的法令中还强调，“聚谈诗书的人斩首，是古非今的人灭族，只有医药、卜筮、农作书不禁”②。

---

① 范文澜主编:《中国通史》第一卷。
② 范文澜主编:《中国通史》第一卷。

巫文化的式微是随着巫集团的解体和分化而出现的。汉武帝采纳董仲舒、公孙弘等人的主张，罢黜百家，独尊儒术。自此，本来已被边沿化的原始巫文化名存实亡，巫术日渐走邪，巫也多方向地分解。一些巫弃巫从仕，踏进朝官的行列；一些巫靠拢儒家，成为儒门学人；一些巫建宗立教，以宗教的名义从事巫术；更多的巫则通过占卜、祭祀、算命、相术、测字、看风水等方式向民间渗透；有些巫甚至附庸邪恶势力，成为祸害一方的帮凶。

新中国成立后，巫术的消极面虽得到遏制，但由于科学知识缺失，民众文明程度普遍不高，有些地区的神汉、巫婆乘机重操旧业，装神弄鬼，以化凶为吉、禳灾祈福为名骗人骗财。这些破坏社会风气的行为屡禁未绝，是我们在精神文明建设中必须时刻警惕并应坚决扫除的文化垃圾。

六、巫文化的创新观构建

党的十七届五中全会首次提出，要“推动文化产业成为国民经济支柱性产业”，同时强调文化“引导社会、教育人民、推动发展”的三大功能，这表明我们党对文化的认识达到了新的历史高度。巫文化的创新发展迎来了前所未有的机遇。

文化创新是软实力的创新。文化创新不能离开一个国家、一个民族的固有传统、固有根本，否则就等于割断了自己的精神命脉，就会丧失文化特质。同时，文化创新还必须立足于时代、立足于生活，否则创新会成为抽象的符号。基于这些，巫文化的创新观构建似应有以下内涵：

扬清激浊，分辨是非，为巫文化定位正名。我们所说的巫文化是展示原始神韵的巫文化，而不是封建迷信的神文化、鬼文化。在发掘原始巫文化元素时，对群众喜闻乐见，已经演绎为民风习俗的巫文化元素，要特别注意珍护。对良莠并存的巫文化现象，从内容到形式加以慎重区别，千万不可一概而论，一口否定。只要坚持以人为本，有利于和谐社会，有利于经济发展，都应支持其继承弘扬，不断推陈出新。

组织力量，发掘传统，为巫文化重组基因。巫文化的基因要到文化遗址中找，到古史典籍中找，到民俗文化中找，到群众生活中找。现代文明脱胎于原始文明，创造原始巫文化的祖先并不懂什么叫迷信，更不知道他们本以为神圣的文化被后人扭曲。他们只是以丰富的想象、古朴的表意和庄严的神情，营造自己的精神家园。这应当成为今人创新巫文化的基本态度。原始巫文化内含的以人为本、向往文明、崇尚自然、勇于求索、自强不息的精神，都是留给我们的宝贵遗产，更是留给志存高远的学者们的文化富矿。只要抱着穷经皓首的信念去努力，假以时日，就一定能让更多的巫文化元素展现在世人面前。

立足当前，着眼将来，为巫文化搭建载体。为了使巫咸故里成为汇聚人文山水、贯通古今文化的“生态巫溪、诗意巫溪、和谐巫溪”，巫文化的创新必须构建工程化、项目化、具体化的操作层面，走出开放与融合并举的路子。云南丽江的巴东古乐可以做到，新疆喀什的刀郎舞蹈可以做到，巫溪当然更有条件做到。因为巫文化是全世界原始社会人类都曾有过的文化现象。在这样的原始巫文化氛围中，没有不同阶级的对立，没有意识形态的争论，没有抱怨大自然的牢骚，只有对生存的诉求，对和谐的渴望，对未来的寄托。这是惠及当代、恩泽后人的大善之举。

巫文化的源流之漫长，内容之奥妙，传播之广泛，对中华文明延续之重要，都是今人需要下功夫探索的问题，唯其如此，我们才能在“文化寻根”中看到古老巫文化的真实面孔，才能让原始巫文化放射出更加灿烂的光辉。诚如巫溪县委书记郑向东同志在“中国·重庆华夏巫文化论坛”结束时所言：“远古的巫文化已经为我们打开一扇窗口，开启了文明的道路。当今的巫文化也会为我们找回幸福的感觉，找到依托的途径。”

2010 年 11 月 10 日

（刊于 2011 年第 1 期《中华文化论坛》）

卓玛的眼泪

飞机在拉萨上空盘旋。高天湛蓝，白云缥缈，布达拉宫的红墙时隐时现。

凭窗望去，拉萨河两岸的平原山冈上，高压电塔耸立，高压线纵横交错，强大的电流把社会主义现代化的新生活源源不断地输送到广袤无垠的雪域高原，输送到奔向小康的藏胞人家。飞机下的电网打开我的记忆，八年前小卓玛向我演唱歌曲《逛新城》的那一幕景象又在眼前浮现出来。

1999 年 5 月，我到西藏山南地区了解藏族退伍战士的安置情况，在一个偏远的牧区找到了旺堆的家。从昆明陆军学院藏族中学毕业的旺堆，是部队的仪表修理工。父亲和妻子相继去世后，旺堆同几个退伍战友去深圳打工，留下两个女儿，由 60 多岁的老阿妈照料。9 岁的卓玛与 5 岁的妹妹同奶奶住在尚未通电的一间土屋里。世世代代的牛粪烟熏，夜以继日的酥油灯烤，使得不大的屋子四壁像涂了一层黑色的颜料。

在十多里外读书的卓玛常常是在两头摸黑中上学放学。我去的那天正逢老师外出开会，卓玛与同学被告知不去上学。我们上午 10 点多赶到旺堆家时，老阿妈带着小孙女外出采蘑菇去了，卓玛一个人趴在屋子墙角的矮桌上做作业，小脸紧贴着酥油灯的灯光，脑袋随着灯光的晃动微微晃动。东面的墙壁上有一孔小窗，可能是为了防止野兽袭扰，窗孔开得很高，明媚的阳光从窗孔投进屋里，像一束小电筒的灯光平射进来，在对面泛黑的墙壁上落下一小团黄斑，地面上没有丝毫光辉。屋子里光线朦胧，小矮桌上那盏酥油灯的灯焰微弱而恍惚，黄里透红的火苗像几只趴在酥油灯上的萤火虫，被窗口钻进来的一缕野风吹得东倒西歪。

高原太阳的光芒与旺堆屋子的黝黑，让我仿佛先后置身于两个世界。踏进屋子好几分钟，我的瞳孔才看清楚面前这位藏族小姑娘的模样。

卓玛个头不小，脸庞扁圆，颧骨微凸，浓密的头发被精心编成一条条小辫子垂在脑后。黑里透红的脸色告诉我，她不缺营养，身体健康。可仔细观察，总觉得这孩子眼神里少点什么。本应是清澈纯洁的眸子有些轻微的红肿，浑浊的眼角残留着成年人熬夜后才会渗出的分泌物；本应是活泼灵动的目光有些呆滞，眼神给人以空空洞洞的感觉。再凝目细瞧，这才发现卓玛的鼻孔像两个小黑洞，十分刺眼。一块儿来的同志告诉我，这孩子眼睛先天近视，上学回家后又天天在酥油灯下做作业，烟熏火燎时间长了，视力越来越差。我掏出随身携带的消毒纸巾，先轻轻擦去卓玛眼角残留的分泌物，又仔细擦净被酥油灯烟熏黑的鼻孔，再慢慢擦去脸上的泪痕与浮垢，于是一张清纯的女孩子面孔出现在我面前。我一下惊呆了，原来卓玛长了一副小明星的脸形和五官！

同行的地方同志说，小卓玛虽然还不满 10 岁，但会唱很多好听的歌，才旦卓玛演唱的《北京的金山上》《翻身农奴把歌唱》《洗衣歌》《逛新城》，等等，小卓玛都唱得有腔有调，很受欢迎。看到眼前忽明忽暗的酥油灯，我不由得想到《逛新城》这支脍炙人口的歌曲。1959 年国庆节前后，这支吸收诸多藏族音乐元素、生动表达翻身农奴对美好生活憧憬的男女二重唱歌曲，一经平措卓玛和土登在拉萨演唱便不胫而走，迅速传遍长城内外、大江南北。这支歌的第一段歌词写道：“为啥树干立在路旁，上面挂满了蜘蛛网呀？电线杆子行对行，纳金日夜发电忙，机器响来家家亮，拉萨日夜放光芒呀。”这支歌的歌词朴实鲜活，旋律优美动听，生动地唱出了藏族群众游览拉萨古城新貌的喜悦心情，是西藏人民进入新的时代在音乐史上的形象记录。它传递了藏族同胞渴望建设更多的纳金水电站，把“蜘蛛网”架满雪域高原的心声；表达了让光芒在藏族同胞心头辉映，让电灯在千家万户闪亮的生活愿景。

40 年过去了，酥油灯似已成为储存在记忆深处的历史符号，许许多多藏族同胞正在“电”的照耀下，享受着日益繁荣的改革开放成果，而小卓玛却趴在酥油灯前，在黑黝黝的小屋里用心读书。想到这里，我的眼眶禁不住发湿。我克制住即将滚出的泪水，让小卓玛选唱一支她最喜欢的歌曲给大家听。卓玛略加思索，居然开口唱出了我脑中刚刚闪过的《逛新城》。虽然这首二重唱歌曲被卓玛一个人用藏语唱得有点跑调，但专注的神情、天真的童趣，让我们一行人充分感受到她对歌曲的理解、对新生活的期待。就在大家为稚嫩的歌唱家鼓掌那一刻，眼泪从卓玛发炎的红眼角滚落下来。

卓玛的眼泪感染了我，似乎酥油灯的油烟连我的眼泪也熏出来了。看着卓玛红肿的眼睛，我清楚她的眼泪是为告别丝丝燃烧的酥油灯而流的，是为向往电灯在小屋里辉映而流的。

临告辞前，我让小卓玛坐到跟前，再次用纸巾擦拭她脸上的泪痕，鼓励她用功学习，奶奶在家时最好到屋子外面读书做作业。我问她需要什么学习用品，卓玛怯生生地摇摇头说她不要什么。卓玛是用汉语回答的，而且说得很流利。在我的再三启发下，她才细声细语地说，她想在电灯底下读书、做作业。电视里的动画片好看极了，她听同学讲过，她家里不通电，看不上电视。“电！电！电！”我抚摸着卓玛的小辫子，她对“电”的憧憬与渴望像一股电流撞击我的心扉。我只说了一句话：“卓玛，我们来的路上已经竖起了电线杆，你的心愿很快就能实现！”

从旺堆家出来，乡里的同志告诉我，政府已经在县城附近为牧民建了定居点，旺堆的父亲和妻子离世后，老阿妈心里难过，想在这里多待两年再搬家。像这样的情况还不止旺堆一家。政府的同志还表示，他们要继续动员牧民搬家，同时加快正在建设中的几个小水电站，争取三五年内让这里的牧区永远告别不通电的日子，但动员搬迁的工作还是很难做的！亡灵犹在，故土难舍。我能理解老阿妈不愿搬家的心情，更担心卓玛的视力会变得越来越差！

转瞬之间八年过去了。2007 年 6 月 20 日，我到拉萨参加西藏军区“解甲园”离退休干部住宅小区开工奠基仪式。在拉萨河畔建设一座可容纳几百户的现代化小区，是历史性的突破。它标志着西藏有了自己第一座干休所，也标志着全国海拔最高的干休所在拉萨落成。西藏自治区领导对这个建设项目很重视，自治区党委常委、自治区常务副主席吴英杰在奠基仪式上发表了热情洋溢的讲话。军地文艺工作者表演了欢乐的节目，围观的藏族群众喜笑颜开，《喜马拉雅》《逛新城》等新老歌曲，让历史与现实的旋律在布达拉宫上空交融回荡……

隆重喜庆的奠基场面在西藏电视台播出后，我忽然接到旺堆的电话，说他半个小时后带卓玛来招待所看望我，还想听听我对卓玛高考填报志愿的意见。在座的部队同志听说我有客人要来，便先后告辞，我也匆匆赶到西藏军区大门外，等候久别的藏族客人。

大门紧邻马路，一串串汽车灯光为川流不息的车辆开道，不闻喇叭响的汽车在马路上留下一阵阵轻轻的沙沙声。街道两旁的店铺上，五颜六色的霓虹灯光忽明忽暗，闪烁不定，与满天眨眼的星星遥相呼应。多年前街道上空“蜘蛛网”似的电线已被装进地下管网，成为老一辈拉萨人记忆中的昔日辉煌。白炽的路灯和商家门口夸张的灯箱，像一个个用电光制作的七彩炫影，把雪域古城点缀得光怪陆离，如梦似幻。

我正在漫步张望，一辆白色小轿车在面前缓缓停下。车门刚打开一半，旺堆便从驾驶座上挤了出来，两步跨到我面前，敬了一个只有经过严格训练的军人才能敬的标准军礼。旺堆身后，站着从副驾驶座上下来的高挑女子，看起来是个十七八岁的女学生。不等我张口询问，旺堆连忙指着女青年说：“卓玛，快问爷爷好！”卓玛？明亮的路灯下，看着面前这个戴着眼镜、文静腼腆的女孩子，我吃惊不小，一时无法把记忆中那个被酥油灯熏成红眼角、黑鼻孔的小卓玛和眼前这个亭亭玉立的大姑娘重叠在一起。旺堆瞅着我的怀疑神态，又笑着说：“首长，她就是您那一年看到的小卓玛，今年都快 18 岁了，马上就要高考，我们想听听您的意见，看看上哪个学校、报什么志愿好。”

旺堆父女俩在客厅坐定。我仔细打量卓玛，在眼前卓玛的脸上搜寻当年卓玛的影子，但了无痕迹。眼前的卓玛，脸色白里透红，度数很大的眼镜片遮不住一对清澈透亮、顾盼生辉的眸子，端庄的鼻梁下纤尘不染，莞尔一笑时露出的牙齿整齐洁白，明眸皓齿的卓玛显得如此清纯娇美。我对旺堆赞叹道，卓玛可真是灰姑娘变成白雪公主了。

旺堆告诉我，2002 年，他就把母亲和两个女儿接到拉萨来住了。现在家里各种电器齐全，从电动酥油机到电热酸奶机，从电热毯到电烤箱，从洗衣机到电冰箱，一应俱全。卓玛也笑着说：“阿爸开了个经营电器的门市部，我还学会了排除电脑的小故障。爷爷看，我的红眼病也彻底治好了！”说完轻轻地摘下眼镜，轻声细语中流露出带着柔情的自豪和按捺不住的喜悦。我这时才发现卓玛双眼泪汪汪，雪白的灯光下，一颗颗晶莹剔透的泪珠，正从她绯红的脸颊上滚落下来。

看着两腮挂泪、笑容灿烂的卓玛，我被感动了。八年前看到的泪水和今天看到的泪水，虽然是从同一个卓玛的眼中淌出的，但期盼电灯照明的泪水与喜极而泣的泪水肯定不是一个滋味！

听完旺堆和卓玛的介绍，我不假思索地说："高考就报和电有关的专业，因为电改变了西藏的面貌，也改变了你们一家人的命运！"

送走旺堆和卓玛，已是夜里10点多钟。我登高远眺，万家灯火在拉萨的大街小巷闪烁，欢快的音乐从四面八方传来，可是在我的耳朵里，此时此刻仍然回响着卓玛稚嫩的歌声，流淌着《逛新城》的旋律。

是夜，我又一次意识到，人类文明的每次重大进步，都会伴随着能源的推新与更替。在社会生活科技含量越来越高的今天，"电"作为现代能源的始祖，仍然无可取代。它所繁衍异变的新能源，都会因袭其优势基因，在人类祖祖辈辈的生活中，放射出新的光辉。

2015年1月10日

（2015年5月6日发表于"中国作家网"）

故乡的“原”与“沟”

这里所说的“原”与“沟”，即白鹿原、鲸鱼沟（又名荆峪沟)。60 年的“沧海桑田”如同高超的整容手术，把满目疮痍的“原”与“沟”，变成了鸟语花香、瓜果诱人的都市生态农业观光示范区。根植于其中的民俗文化绽放出新的风采，吸引大批游客来此观光旅游，饱览古今胜景。

毋庸置疑，白鹿原、鲸鱼沟火了！这固然与陈忠实小说《白鹿原》的描绘有关系，但深层的原因是改革开放以来，白鹿原焕发青春，释放出潜藏的能量；鲸鱼沟揭开面纱，展现出世外桃源的诱人魅力。

白鹿原位于西安市东南 15 公里处，古为皇室贵胄狩猎之地，今为关中地区旅游胜地。据《后汉书·郡国志》《水经注》《太平寰宇记》记载，自公元前 770 年周平王在此狩猎偶遇白鹿，“白鹿原”因而得名并沿称至今。

白鹿原西、南两端毗邻浐河，东、北两端依傍灞河，四面环水，居高临下，自古乃兵家必争之地。原面南北宽约 10 公里，东西长约 30 公里，原上被厚达 100 多米的黄土层覆盖。原坡从东南向西北方向倾斜，成 45 度落于四周河面。海拔高出浐河、灞河、西安 200—300 米。朗朗晴空下，站在原西端远眺，古城西安尽收眼底。

古代的白鹿原，气候宜人，物产丰富，民风淳朴。后来兵连祸结，天怒人怨，使白鹿原在新中国成立前已百业凋敝，民不聊生。参军之前，我总觉得用钟灵毓秀、人杰地灵这类形容词比喻白鹿原，是对故乡的羞辱。笑谈皆小儒，往来多白丁，才是白鹿原的真实写照。方圆 300 多平方公里仅有四所中学，每所不足 500 名学生，而且没有一所开设高中课程。因为地表缺水，村里树木难见百株。农作物只适合种植小麦玉米，祖祖辈辈靠天吃饭。三年困难时期，家家过的都是半年糠菜半年粮的日子。好在党和政府酌情补助农民口粮，白鹿原才没出现民国十八年（1929）大饥馑时那种饿殍遍野、路断人稀的惨状。因为地下水位低，一个村子通常只有一口几十米深的水井，村民对三更半夜排队绞水习以为常。遇到井水水位下降的年份，不得不吃大涝池聚积的露天雨水，有时候还得跨村买水或下到鲸鱼沟底挑水。由于长年挑水，我 12 岁时双肩已经磨出茧子。

贫穷落后的白鹿原，给我留下了不堪回首的记忆。

60 年后的白鹿原，把我脑子里的老印象彻底颠覆了。从西安东郊纺织城到白鹿原西端的薄姬陵，过去是 45 度的 10 里长坡。晴天徒步攀爬尚且吃力，雨雪天不摔几跤是爬不上去的。而今重新设计修建的双向四车道路面，最陡处不超过 12 度。公路两侧林木蔽日，满目滴翠。沥青路面上汽车、摩托车、电动车首尾衔接，盘旋而行，成为一道靓丽的风景。

近 40 年考古发掘出的地下文物表明，白鹿原早在远古时期就是人类居住繁衍生息的佳境。“水上之洲”“华胥之渚”“长寿山”“首阳山”“首山”的称谓，并非徒有虚名，而是祖先对这一方丰沃黄土发自内心的赞美。

改革开放以来，伴随着对历史文化的发掘和现代旅游文化的拓展，白鹿原文化遗存的深度与广度日益展现，旅游观光业迅速发育。时下每逢节日长假，越来越多的人参观九间房乡公王村蓝田猿人遗址，寻觅三座汉陵布局中隐藏的奥秘，探索汉代长水校尉何以在圪都村屯兵，搜寻北宋大将狄青在此安营扎寨的佐证。还有“诗佛”王维于辋川半官半隐之处、葛牌镇红二十五军军部旧址和中共鄂豫陕省委扩大会议旧址，都已成为旅游观光升温的景点与文化交流的话题。

进入 21 世纪以后，白鹿原新建主体景观白鹿仓，整合区域文化资源，集传统民俗风情于一体，打造了一处功能齐全、声名远播的休闲场所，成为西安知名的旅游新景点。

如果说白鹿原因神鹿而扬名古今，鲸鱼沟则因神鲸传说而令人叹为观止。这一传说有多个版本，其中之一说道：白鹿原古代风调雨顺，物产丰富，皆因地下有两条神鲸暗助。秦始皇兴建阿房宫时，欲在白鹿原另建离宫。神鲸恶其大兴土木，劳民伤财，怒而迁之。雄鲸自西北破土游入浐河，后由灞河经渭河回归东海。雌鲸于白鹿原中部穿裂地面，挟土带石，跃过浐河，在长安城西南今鱼化寨化龙升天，身后留下今天的鲸鱼沟，即荆峪沟。秦始皇的离宫梦，因白鹿原开裂而成一枕黄粱。

鲸鱼沟自蓝田县城南发轫，顺着台原的发育走向，在近中部切成一条长达 30 公里的“V”字形深谷。切割深度上游为 80—100 米，下游深达 210 余米。从空中鸟瞰，鲸鱼沟把肥沃的白鹿原分成北原和南原。北原世称“狄寨原”，因宋将狄青在此安营扎寨而得名。南原世称“炮里原”，其名来历需觅典籍再考。

我家的祖宅在离鲸鱼沟北沿不到千米的西车村。过去这段锦绣沟壑，植被几乎被破坏殆尽，水土流失严重，加上地质灾害频发，其貌令人目不忍睹。而今的西车村经过休养生息，被奉为沟内黄金地段，是八方游客趋之若鹜的景点。沟底荆河长年不断，清流潺湲。河长约 30 公里，源头水脉虽不算丰沛，但经沿途千眼泉水注入聚集成河。其水质纯净，清爽甘洌，富含多种天然有益矿物质。

鲸鱼沟自然风光秀丽。沟内壑谷时而弯曲，时而开阔。侧面几十条夹沟均有小瀑悬壁，恰似一幕幕水幔。随着河床起伏，河水时缓时急，时弯时直，时隐时现。沿河四座大水库及数座小水库，波光潋滟，涟漪层层。飞舟湖面，但见鱼翔浅底，游艇穿梭，蓝天白云倒映，百鸟啼声不绝。高处飞流直下，水雾弥漫，形似银幕，响似春雷，有如万马奔腾，场景蔚为壮观。夏末秋初，沟内风光旖旎，花木色彩斑斓，蝉声唱晚，烟雨空蒙，宛若人间仙境。

鲸鱼沟一年四季景色各异。阳春山花遍野，争奇斗艳；炎夏浓荫蔽日，凉意袭人；深秋红叶烂漫，如火如荼；朔冬群岭银装，玉树梨花。春夏秋冬，都会令人流连忘返。

伫立沟岸俯察，沟壑笔直，悬崖峭壁令人触目惊心。沟坡梯田叠加，绿树扶疏掩映。每到踏春时节，侧沟万紫千红，满目飞霞。被誉为“关中竹海”的西车村沟内，茂林修竹，郁郁苍苍，叶涛摇曳，宛若碧海，珍禽争鸣，野兽追逐，叫声不绝于耳。置身其中，眼前画自天成，心旷神怡，不可言状。

神鹿与神鲸的传说，为白鹿原与鲸鱼沟涂上了一层神秘色彩。这里成为上古文化遗存的宝贵资源，也延续着中华文明的重要基因。

自古以来，白鹿原、鲸鱼沟的秀美景色，深得文人骚客青睐。其中唐人吟咏白鹿原的遗诗数量最多，王维在这里写下的田园诗更是超凡脱俗，名冠古今。李白、白居易、杜牧、马戴等诗人，亦醉心于白鹿原的壮丽景色，多有诗词遗后。

李白《别韦少府》云：

西出苍龙门，南登白鹿原。
欲寻商山皓，犹恋汉皇恩。
水国远行迈，仙经深讨论。
洗心向溪月，清耳敬亭猿。
筑室在人境，闭门无世喧。
多君枉高驾，赠我以微言。
交乃意气合，道因风雅存。
别离有相思，瑶瑟与金樽。

白居易在此地遗诗两首。其《城东闲游》云：

宠辱忧欢不到情，任他朝市自营营。
独寻秋景城东去，白鹿原头信马行。

鉴于篇幅所限，杜牧、马戴及宋金时期的魏野、元好问等人吟咏白鹿原的诗词此处不赘述。

纵览古人诗词，有的登高抒怀，有的愁肠百转，有的借景叙事。但比较“诗佛”王维《辋川集》20首五绝多有逊色。

《辋川集》作于天宝初年。王维中年以后，隐居辋川，过着亦官亦隐、亦俗亦佛、啸傲林泉、隐蔽消遣的山居生活。诗人十分喜爱辋川风光，每每流连，用画家的眼睛捕捉辋川的美景，用音乐家的耳朵聆听大自然的优美旋律。在这期间，诗人不但创作了一幅使人赏之心醉的《辋川图》，而且与友人裴迪唱和，为辋川20景赋诗，得40篇结《辋川集》传世。集中绝句，大都写得空灵隽永、精巧别致，展现出诗人的禅意心境与捕捉田园风光的眼力。

在王维自撰的《辋川集》序言里，诗人将集子中所描写的孟城坳等20处地名逐一罗列出来：

> 余别业在辋川山谷，其游止有孟城坳、华子冈、文杏馆、斤竹岭、鹿柴、木兰柴、茱萸沜、宫槐陌、临湖亭、南垞、欹湖、柳浪、栾家濑、金屑泉、白石滩、北垞、竹里馆、辛夷坞、漆园、椒园等，与裴迪闲暇，各赋绝句云尔。

由此可见，《辋川集》是诗人以这20个景点即地命题、即景赋诗的结晶。诗人的性格、心境和当时在官场上所处的特殊环境，综合投射于绝句之中。

从《辋川集》所展现的景象中，我们可以看到诗人喜怒哀乐的情感变化和跌宕起伏的心灵轨迹。仕途失落，处境险恶，使王维报国的强烈愿望与奸佞迫害下的内心矛盾无法止息。剧烈的心理动荡，悲愤的感情色彩，被诗人竭力以清秀绝俗的辋川山水稀释。然而笼罩心头的阴影终难消弭。这使他的作品隐含欲罢不能、欲言又止的矛盾。当他在“空悲”“惆怅”“独坐”“长啸”中寻求化解而不能时，只得在潮起潮落的无奈中，由一腔怨愤转为淡然平静，进而悟出人生的入禅意境。

例如，《辋川集·鹿柴》云：

空山不见人，但闻人语响。
返景入深林，复照青苔上。

又如，《辋川集·竹里馆》云：

独坐幽篁里，弹琴复长啸。
深林人不知，明月来相照。

此类空灵飘逸而又内涵丰富的诗句，在王维的其他作品中并不鲜见。但像这样触景抒怀而富有禅意和禅趣的诗作，却仅此一集。

两年前，作者曾专程凭吊过当年王维在辋川归隐的唐苑寺遗址。虽说收获甚微，但沿辋河徜徉，《山居秋暝》中的佳句犹如一幅写意山水画在眼前展现：

空山新雨后，天气晚来秋。
明月松间照，清泉石上流。
……

当时我曾冥思遐想，倘若把王维作品中所描摹的辋川之景做成微缩景观，对于深化白鹿原的文化内涵、丰富白鹿原的旅游资源，无疑是一件有意义的事情。

2020年4月25日

（2020年9月14日发表于“陕西网”）

青岛的五四广场

时值五四运动 100 周年之际，青岛的五四广场像光标一样在脑海里闪现。

学生时代，我对五四运动的了解是有限的。关注的兴奋点集中在北京，而对五四运动与青岛的联系知之甚少。直到去年身临其境，才补上了早该知道的这一课。

青岛的主权归属问题，是五四运动的导火索之一，也是让近代中华民族觉悟的醒世钟。

19 世纪末到 20 世纪初，青岛是不幸的，是在侵略者的皮靴下生存的。1897 年德国侵占青岛，1914 年日本取代德国占领青岛。1918 年 11 月一战结束，1919 年 1 月巴黎和会召开。中国作为战胜国出席会议，提出收回青岛等正义要求。

然后，“和会”在美、英、法、日、意等帝国主义国家操纵下，不仅拒绝中国人民维护国家利益的要求，反而决定由日本接管德国在山东的各种特权。这使参加“和会”的战胜国中国，不但没能收回任何权利，反而受到了一次莫大的凌辱。

令人不齿的是，对这个侵犯中国领土主权的所谓“和平条约”，北洋政府不但没有拒绝，竟然准备签字承认。消息传来，神州大地群情激愤，爱国怒火像火山一样从中国人民的心底喷发出来。

5 月 4 日，北京 13 所大中学校的 3000 多名学生，在天安门前集会，抗议帝国主义侵略和军阀政府卖国，要求严惩亲日派卖国贼曹汝霖、陆宗舆、章宗祥。大会通过宣言后游行示威，途中遭到军警阻拦。爱国学生不顾军警威胁，直奔卖国贼曹汝霖住宅赵家楼。曹汝霖闻讯躲藏，正在曹宅的章宗祥被学生痛打，赵家楼亦被付之一炬。

北京学生的爱国行动，得到全国人民的支持，在举国反对的声浪中，北洋政府被迫拒绝在“和约”上签字，日本企图永久侵占青岛的阴谋被粉碎。之后又经过三年多的英勇斗争，中国终于在 1922 年 12 月 10 日收回日本对青岛的管辖权。

鉴于青岛与五四运动的特殊关系，青岛市委、市政府决定，将这处广场命名为“五四广场”。

五四广场位于青岛南区东海西路，北依市政大楼，南临浮山海湾，占地面积 10 公顷。五四广场建筑内涵丰富，植被色彩斑斓。广场以四季常绿的冷季型草坪为主调，以小龙柏、金叶女贞、龟早冬青、紫叶小檗、丰花月季等编织组图，构成花带，松柏、合欢、耐冬等花木点缀其中，与主体雕塑和海天环境融为一体，成为历经沧桑的青岛的新地标。

五四广场的标志性雕塑——“五月的风”，以螺旋上升的风势为象征，似火燃烧，似风卷云，通体烈红，傲立乾坤，远眺近睹，蔚为壮观。

“五月的风”，匠心独具，内涵丰富，充分体现了五四运动反帝反封建的爱国主义基调和民族力量。她是青岛的骄傲！是中国的意志！是照亮中华民族伟大复兴梦的火炬！

2019 年 4 月 22 日

义乌因“孝”而得名

国人常说百善孝为先。几千年来，这个“孝”字曾经演绎出许多感天动地泣鬼神的故事，义乌即因“孝”而得名。

因缘际会。受忻海平主席及其朋友帮助，在义乌籍的骆国旺先生导引下，我对地灵人杰的义乌有了初浅了解，对其厚重历史特别是孝文化的历史产生了发自内心的敬畏。

春秋时期，义乌属越国辖地。境内土地肥沃，风调雨顺，五谷丰登。按说老百姓应该丰衣足食，安居乐业，但因土地为大户兼并，许多农民沦落为农奴或乞丐。

相传有一对从山东避乱而来的颜姓父子，父名颜凤，子名颜乌。二人刚到义乌时给财主打工，后来财主见颜凤又老又病，便把父子俩赶出家门。颜乌和父亲只好行乞为生。由于食不果腹，父子俩常常饿得头昏眼花。年迈的父亲重病在身，已经奄奄一息。颜乌是个孝子，想方设法服侍父亲。有一次，颜乌在行乞途中发现一个岩洞，洞内面积不大，但可防寒避暑。颜乌喜出望外，他把岩洞收拾干净，搬来几块石板，大的当床，小的当凳，从此，父子俩在洞内安身。

转眼就是夏天，石洞内的蚊子渐渐多了起来。为了让病重的父亲不受蚊子侵扰，颜乌每天傍晚先将父亲背到洞外纳凉，然后自己回到洞里，赤身裸体躺下，让又大又狠的蚊子围住他“狂轰滥炸”。个把时辰后，饱餐的蚊子“撤退”了，颜乌才把父亲背回洞中睡觉。有时候父亲忍不住问：“儿啊，你脸上怎么这么多红疙瘩?”

颜乌总是笑着说：“爹，您眼睛不好使，我脸上红润着呢!”

天长日久，颜乌的孝顺行为感动了栖息在岩洞口的一窝乌鸦，这些乌鸦见了蚊子就吃，后来洞中的蚊子竟没了。颜乌有时要饭回来，也会省下一点食物喂给乌鸦吃。父子俩和乌鸦竟成了好邻居。

一日天刚蒙蒙亮，乌鸦突然被一阵痛哭声惊醒，原来颜乌的父亲死了，颜乌抱着父亲的遗体在洞门口哭得死去活来……乌鸦被哭声所感动，也难过得“哇！哇！哇!”地哭叫起来。

后来，有几只乌鸦相继离巢，朝不同的方向飞去。

过了几个时辰，奇迹出现了。只见成千上万只乌鸦朝颜乌父子飞来，每只乌鸦的颈上都围着白色的项圈。乌鸦在颜乌父子的头顶上转了几圈后，又向西北方向飞去，它们从一公里外的黄土地上衔来泥块，堆放到颜凤的身上……这些乌鸦你一块泥、它一块泥，忙忙碌碌地来回衔泥块。很快，乌鸦的喙受伤了，泥块都染上了点点滴滴的乌鸦血……到傍晚时分，乌鸦筑起了一座高高大大的坟墓。传说孝子颜乌死后，乌鸦又在其父坟墓旁衔土葬之。人们在这里建起了祠堂，称为“孝子祠”。

为了纪念那些筑坟受伤的乌鸦，人们把这一带地方叫作“乌伤”。秦始皇平定江南后在这里建县，名字亦曰“乌伤”，624 年改称“义乌”。

民间传说，当年乌鸦啄泥而成的大坑积水成塘，就是现在市客运中心北面的秦塘；乌鸦在衔泥途中休息的地方掉了不少泥块，成了一座小小的馒头山。

民间传说已成往事，而今孝道继续传承。义乌不只因小商品市场闻名世界，也会因孝行天下闻名华夏。

2019 年 5 月 30 日

（2019 年 6 月 5 日发表于“凤凰网”）

第四辑

书卷盈怀

思考之作、心血之作、非媚俗之作，不会随着时间的推移被人们遗忘，其恒久的生命力将在岁月的江河里历久弥新。

奇葩绽放心生香

——写在《汉藏交融：金铜佛像集萃》付梓之际

根据李巍先生所藏金铜佛造像编撰的《汉藏交融：金铜佛像集萃》终于大功告成，即将付梓面世。作为该书的总策划人，心情激动是不可避免的。

这部旷世的图集，是一株深深植根于中华民族文化沃土的佛苑奇葩。这株奇葩的绽放，生动地展示了佛教造像艺术动人心魄的无穷魅力，形象地表现了佛教造像艺术卓尔不群的神秘气氛。这是与中华民族文化根脉息息相通的又一历史见证，是佛教文化薪火相传的时代象征，更是李巍先生保护佛像的真实记录。

“大乐之成，非取乎一音。”为编撰这部《汉藏交融：金铜佛像集萃》图集，学界方家同心戮力，居功至伟。学界泰斗季羡林先生，红学大家冯其庸先生，藏学名宿王尧先生，香港文化名人、藏传佛教汉人上师谈锡永先生，对图集的编撰满怀热情，寄予厚望，不仅欣然担任图集之顾问，还倾其心智，为图集题词、赋诗、作序，增强图集的历史厚重感，充实图集的文化内涵。我们对前辈们以古稀、耄耋之年，为弘扬民族文化再发扛鼎之力，表示崇高的敬意！对中国国家博物馆及其馆长吕章申先生，北京故宫博物院及其院长郑欣淼先生、中国藏学研究中心及其总干事拉巴平措先生热情支持图集出版，表示衷心的感谢！国家级佛教造像鉴定专家步连生、孙国璋、王家鹏等先生，以其严谨的治学态度研究鉴定李巍先生收藏的佛像，担任图集学术顾问期间，更是钻坚仰高，一丝不苟，为图集的出版付出了心血。北京故宫博物院藏传佛教文物专家王家鹏研究馆员，长期从事故宫藏传佛教文物的研究工作，在藏传金铜佛像研究方面造诣精深。接受图集主编之后，严格鉴定筛选佛像，逐尊深入考证研究，整体设计结构体例，全面指导照片拍摄，精心撰写总论和全部文字说明，长年累月，不辞辛劳。享誉国内外的佛学时俊，中国人民大学国学院副院长、汉藏佛学研究中心主任沈卫荣教授，留学海外近 20 年，佛学造诣融通中西，此次兼任图集副主编，夙兴夜寐，暮史朝经，以其开阔的学术视野和深厚的学术功力，撰写长篇专论，从汉、藏、蒙、满的佛学历史交融互补中，对佛教造像艺术的形成和发展进行独具见解的探讨，对李巍先生所藏金铜佛像的艺术价值和学术意义给予充分肯定，对图集译文字斟句酌、严格把关，确保了译文的质量和水准。正是由于诸多大家殚精竭虑，才使这部图集智望佛天、慧通法海，终于成为当代一部难得的金铜古佛图像新汇。

佛教文化是中华文明的重要组成部分。佛教自东汉初年传入中国后，与儒家、道家等中国传统伦理和宗教观念相结合，渗透到中国社会的各个领域。有汉以来的中国哲学史、中国思想史、中国文化史、中国民俗史的大动脉中，始终涌动着中国佛学史的热流。因此，说佛教文化是国学大厦的有机组成部分是言之有据的。

佛教造像作为佛教传承的重要载体，蕴藏着极其丰富的文化内涵。驰名中外的克孜尔千佛洞、柏孜克里克千佛洞、莫高窟佛教壁画，誉满天下的云冈、龙门、麦积山、炳灵寺等石窟的佛教雕塑，以及长城内外、大江南北众多寺庙中的各种佛像，无不闪烁着佛教文化发展的历史辉煌，也为后人研究佛教文化留下了弥足珍贵的实物。

佛教造像在我国有着广泛的社会基础。两千多年来，规模不等、质地不同的各种佛像，不仅被供奉在晨钟暮鼓、雕梁画栋的寺庙中接受僧众顶礼膜拜，而且也被百姓供奉庭堂、敬香祈福。特别是那些千尺断崖上的古刹，峰峦环抱，凌流据险，天空云蒸霞蔚，地上草木葱郁，殿堂香烟缭绕，让人置身其境似有超凡脱俗之幻觉。几十年来，李巍先生每到一地，总要寻访这样的佛土妙境，感受佛门的清净超然，并且常常流连忘返。

作为千尊金铜佛像的收藏家，李巍先生所至诚期盼的，就是“把藏品变为展品，让文物传承文化”，使这些承载人类文化历史的灿烂明珠再现光辉，为弘扬中华文明彰显精神。现在，图集即将出版发行，他捐献给国家的 22 尊金铜佛像也将在中国国家博物馆与世人见面。我对李巍先生夙愿得以实现表示热烈祝贺！

《汉藏交融：金铜佛像集萃》以汉藏文化交融发展为历史脉络，以藏传佛教金铜佛像为主体实物，用汉、藏、英三种文字阐释了绚丽多彩的佛教造像艺术。这部具有开创意义的图集，列举大量事实，再次戳穿了达赖集团编造的“西藏文化灭绝论”的谎言，宣示了党和政府保护西藏文化的得力措施，反映了汉族民众对西藏文化的珍视和热爱。图集用铁的历史事实正告达赖集团，西藏是中国不可分割的一部分，藏族是中华民族大家庭的重要一员，西藏文化是中华文化一颗璀璨的明珠。

在图集编撰期间，我有机会聆听季羡林、冯其庸、王尧、金维诺等学界大师的教诲，有机会问道王家鹏、沈卫荣、谢继胜等学界时俊，实属三生有幸。特别是一代宗师季羡林先生对图集的关注和期望，使我终身难忘。不到一个月时间，季先生在病榻前四次听取图集的编撰情况汇报，审阅图集的选用照片，明确图集的价值取向，并为图集题写了“为中华文化增辉”七个大字，这些都给编撰人员以极大的鼓舞。季先生的“佛教也是中华文化”“现在研究佛教的人多了，这是个好事”“把这本书编好很有意义”“国学不等于儒学、汉学，中华文化具有广泛的包容性。用大国学的观念看，不光包括儒释道，还应当涵盖少数民族的主流文化”“图集一定要反映中华民族的文化交融”等精辟论述，言简意赅，对我们拓展国学研究视野、深化佛教研究内涵、揭示汉藏文化的血脉联系，进而为中华文化增辉，具有重要的导向意义。季先生没有看到图集出版而仙逝，我们十分难过。但季先生关于编撰图集的精论和墨宝，将会融入他的道德文章之中，彪炳青史，永放光辉！

李巍先生不是佛教徒，但心境却很虔诚。他幼年丧母，生活坎坷。寻求心灵慰藉，消除精神孤独，是他从小就有的愿望。看到向来以慰藉僧众为己任的佛寺佛像，在十年动乱中却无法摆脱自身遭受浩劫的命运，李巍先生感到不可名状的悲哀，继而确立了即使倾家荡产也要设法保护佛像的决心。

李巍先生收藏保护佛像，是从发掘民间佛像资源中一步一步走过来的。在几十年的寒来暑往中，他结识佛门高僧，探访坍塌佛寺，寻觅流失佛像，经常辗转于黄土高原，往返于戈壁雪域，出没于山村孤野，在日晒雨淋、风餐露宿甚至上门乞讨的艰难跋涉中，与佛像结下了不解之缘，实现了梦寐以求的收藏愿望。

盛世新中国即将迎来甲子华诞，《汉藏交融：金铜佛像集萃》亦将开光面世。我们奉此图集，向共和国60周年大庆献礼，向为图集补天柱地的所有前贤和时俊表示感谢！作跋至此，意犹未尽，遂吟小诗向李巍先生及其夫人鞠传莉女士表示祝贺：

半生跋涉了初衷，永乐金佛现京城。
茹苦含辛终有报，汉藏交融千年返。

2009年秋于北京华贸中心

（收录于《汉藏交融：金铜佛像集萃》）

甘与西陲共春秋

——我读《岁月回顾》

骊山脚下，新疆军区疗养院。春风轻柔，翠鸟鸣柳，樱花怒放。来自全国各地的休养员三三两两，漫步花径，沐浴在春光中说说笑笑。

在刚刚绽绿的石榴树下，我与45年前的指导员、新疆阿克苏军分区副司令员穆洪千同志不期而遇。久别重逢格外亲。我们回忆过去，回忆战友，回忆部队叱咤风云的岁月，回忆生命在昆仑雪域、大漠戈壁定格的战友，禁不住百感交集。临别时穆老送给我一本他写的《岁月回顾》，我感到意外惊喜。

《岁月回顾》是78岁的穆老离休后笔耕不辍的心血结晶。这本集照片、诗文、资料为一体的回忆录，不光真实地记录了穆洪千的人生阅历，同时，还从不同侧面反映了穆洪千战友们的感人事迹、精神风貌和他们所处历史时代的深刻变迁，仔细读来令人受益匪浅。

首先，《岁月回顾》写出了军人甘于奉献的精神。1962 年 10 月，他作为连队指导员，同连长王乃文一起，带领九连参加了中印边境自卫反击战。被国防部授予“战斗英雄”称号的王忠殿就是九连的战士。穆洪千提出的“吃苦绝不叫苦，缺氧不缺精神”的口号，成为九连指战员的战斗誓言。出现在穆洪千笔下的战友，或血洒疆场，壮烈牺牲；或戍守边关，奉献青春。即使置身于“天上无飞鸟，地上不长草，风吹石头跑，氧气吃不饱”之地，他们仍以“艰苦绝不叫苦，缺氧不缺精神”的英雄本色，把军人的爱国情怀和奉献精神诠释到极致。离休后穆老婉拒了故乡政府让他在山东沿海安家的好意，把家安在新疆，并做好了长眠新疆的准备。两度在阿里军分区工作过的穆老回忆：“阿里虽然苦，却是祖国壮丽山河的一角。”“这里有我战斗过的山头，有战友洒过热血的土地，有烈士的遗骨。我同这里的一山一水、一草一木以及勤劳纯朴的藏族人民建立了很深的感情。”这种深沉厚重的感情，使穆老和他的战友们在守卫边疆、建设边疆的岁月里，毫无保留地兑现了“献了青春献终身，献了终身献儿孙”的庄严承诺。

其次，《岁月回顾》写出了军人与时俱进的精神。穆洪千的回忆让我们看到，以党的旗帜为旗帜，以党的目标为目标，自觉接受党的领导，始终同党的步调保持一致，是我军战斗力的根本源泉，也是军人进步的根本保证。在穆洪千心里，“只要不倒下，就要向前进，这是革命军人的行为准则”。新中国成立前后，冲出战火硝烟的穆洪千和战友们“从务农到扛枪，从北方到南方，从操场到战场，从内地到边疆”，尽管任务不同、环境不同、岗位不同，他们没有畏难退却，也没有就地踏步，而是迎难而上，知难而进，努力追随时代步伐，自觉适应部队发展，在完成各种各样的任务中经受住了考验。穆洪千虽然是从解放战争号角中冲出来的军人，但在和平环境中依然走在时代的前列。他于 20 世纪 40 年代、50 年代、60 年代、70 年代在不同工作岗位上四次立功，多次受奖，就是他与时俱进的脚印。

再次，《岁月回顾》写出了革命军人勤奋学习的精神。战争年代，我军是一支以农民为主体的武装力量，缺少文化知识是这支军队的一个显著特点。穆洪千出身贫寒农家，12 岁才开始上学，满打满算只读了三年书。然而，革命的目的性使他和战友们认定，“学习文化是一项政治任务”，终身都不能懈怠。从新中国成立初期“向文化大进军”开始，几十年来，他们始终把社会作为大课堂，把部队作为大学校，学文化、学军事、学政治。锲而不舍的学习精神，使他们的文化知识和专业技术水平在量的积累中实现了质的飞跃，许多人成为军队和国家的专门人才，在各自的工作岗位上做出了令人仰慕的贡献。今天，当你品读《岁月回顾》中一些生动记述和诗词佳句时，谁还能想到，这些感人的文字，会出自一个只上了三年小学的老战士的笔下呢?

骊山三月，叠翠缀红，春光融融。我坐在疗养院的草坪上，细细品读《岁月回顾》，情不自禁地吟成小诗，向穆洪千老首长表达深深的敬意。

敬赠穆洪千副司令员

——读《岁月回顾》

金戈铁马壮志酬，丹心直追定远侯。
解甲归来志未竟，一腔热血续春秋。

2009 年 4 月 26 日

真挚的家国情怀

——读《戎马西域四十秋》

时值晚秋，鹰盘长空，橘压枝头。岷山脚下丹枫透红，都江堰畔银杏泛黄，清澄的江水被秋色陶醉得打着漩涡，飞起浪花，恋恋不舍地向东流去。

我无意顾及窗外的景象，思绪还在《戎马西域四十秋》展现的岁月长卷中起伏。

在我的记忆中，能一口气读完80万字的文学作品，好像只有眼前这一部。这不是一部传奇小说，也不是一部长篇散文，而是一部用日记编纂起来再现流逝岁月的生动画卷。

日记的作者是我的老战友——隶属新疆军区辖治的西藏阿里军分区原副司令员王发虎大校——一个在雪域边陲摸爬滚打、九死一生的老兵。

读完这部浸淫家国情怀之力作的最后一个章节，我蓦然发现，岁月在时空隧道中倒流，我又回到52年前“惜别灞上多情柳，携笔从戎出玉关”的新兵行列。1962年7月，包括王发虎和我在内的1200多名关中子弟，就是在爱国报国卫国的口号声中，登上无窗无座的火车，坐上头顶烈日的汽车，开始了戎马西域的军旅生涯。

从此，我结识了宝鸡虢镇人王发虎。

王发虎是战士中的文人。他身上既有关中厚重文化的基因，又有西府农民自强不息的追求。其人读书涉猎广泛，学艺兼通书画，16岁上书欲穿军装未果，旋即列座乡村教席，向农家子女传道授业解惑。及至踏入军营，又练就了“上马击狂胡，下马草军书”的功夫，成为兵营草拟军事公文的高手。过了不惑之年，学养厚积薄发，思辨功力渐露，文风亦庄亦谐。于是长卷破茧而出，也就势在必然了。

王发虎更是文人中的战士。从普通一兵到师职军官，屡获爱军精武、多谋善断之誉。阅读其人其书，你能感受到有志青年的家国情怀、忠勇军人的刚烈血性、合格党员的凛然正气。从参军到退休近40个年头里，他在每一个岗位上都留下了磨不灭的脚印。高原军人“吃苦不怕艰苦，缺氧不缺精神”的豪迈，让他把2000多个日日夜夜奉献给海拔4500多米的阿里边防。“职务顺其自然，职责不可苟且”的自律性，让他在13年的副师职岗位上勤勤恳恳工作，直到“副”字陪他脱下军装，走进退休干部的行列。“铁马冰河任驰骋，男儿当立边陲功”的气概，让他以名列前茅的成绩婉拒最高军事学府的挽留，义无反顾地登上西驰新疆的列车，第二次把命运同八千里路云和月的边防紧紧拴在一起。

阴差阳错，潮起潮落。军队几次体制编制改革，使发虎错过了踏进将军行列的机遇，但他却登上了军旅生涯的价值高峰——中国海拔最高的军分区副司令员。在被文学家称为“世界屋脊”、被医学家称为“生命禁区”的雪域高原，他终于佩戴上 30 年前曾经向往的军功章。这枚军功章，镌刻着挚爱祖国的默默奉献，记录着跋涉高原的艰辛历程，彰显着军旅生涯的血染风采，也蕴含着情感世界的喜怒哀乐。那一天，王发虎清楚，一个新的高峰正在向他招手。

王发虎迎难而上。他知道，阿里军人的征程是使命注定的艰险之路、寂寞之路、奉献之路。在这条高寒缺氧、爬冰卧雪、朝生暮死的道路上，他置胃溃疡于不顾，置车翻雪崩于不顾，几次与死亡擦肩而过。他把对父母的孝敬献给了高原，把对家庭的关爱献给了高原，把对生活的向往献给了高原。实在耐不住心灵的孤独时，他专注读史，移情书画，在墨彩的挥洒中寄托向往，在知识的陶冶中纯洁情操。从酷寒寂冷中发掘的书画潜能，让发虎守住了精神家园，营造了属于自己的缤纷世界。

鲁迅先生说过："不满足是向上的车轮。"王发虎就是一个不懈追求的人。青年时他自勉："贫无可奈惟求俭，拙亦何妨只要勤。"中年时他顿悟："人之一生，没有一帆风顺的道路。失意与挫折同惬意与顺利相伴相生。只有饱经风霜，磨砺意志，才能使自己趋于成熟。"步入暮年的发虎则告知子女："谦虚既不是自卑，也不是怯懦，而是一种智慧。如果一个人总是看高自己，狂妄张扬，到头来很可能一事无成。"我相信这些富有哲理的感言将使他的后人获益匪浅。

王发虎以他的人生感悟和聪明睿智凝结的这部著作，把日记、照片、证券、邮票、书画、文献和地志等多种要素融为一体，创造了令人耳目一新的文本，也令我再次为这位手不释卷、笔不辍耕的老兵精神所感动。陆游有诗曰："一身报国有万死，双鬓向人无再青。"陆游是 800 多年前的爱国诗人，诗中难免有渲染之辞，以其诗人的浪漫气质，未必就能跃马横刀，驰骋边关。但跨入古稀之年的发虎，却有过陆放翁诗中的阅历和情怀。他的一腔报国激情，在大漠戈壁燃烧过，在雪域高原燃烧过，在与战友们戍边征程的铁马冰河中燃烧过。现在，这一腔激情犹如夕阳辉映下的晚霞，继续在勤耕不辍的笔端燃烧。

《戎马西域四十秋》所具有的图文并茂、史论结合、虚实互补、褒贬兼顾的丰富内容，把作者沉淀在日记中的记忆碎片激活了。展卷批览，书中有作者遇到挫折后的反思，有军队遭受破坏时的痛心，更有改革开放后的喜悦和热望。而隐含其中的亲情像绵厚的甘酿，让发虎在逝去的岁月中咀嚼，回味，沉醉……

夜阑沉思，往事历历在目。抚今追昔，战友前赴后继。这让我感到历史虽然渐行渐远，战友们的音容笑貌还在眼前，还在我继续前行的道路上。我告诫自己的孩子们，一定要敬畏先辈们创造的历史，只有甘当历史的学生，历史才能帮你选择人生正确的方向和道路。

《戎马西域四十秋》的可读性，还在于作者以其亲身经历，讴歌一代边防军人践行核心价值观的感人历程，彰显西陲军事文化的独特魅力。习近平总书记强调，军队也要有自己的“风花雪月”，这就是铁马秋风、战地黄花、楼船夜雪、边关冷月。《戎马西域四十秋》是对雪域高原“风花雪月”的生动诠释。作者以其人物的真实性、史实的准确性、思辨的哲理性、文笔的生动性，把西陲军事文化的壮阔背景、浑厚底蕴和瑰丽奇葩展现在读者眼前。徜徉其中，你能在梦回吹角连营的边塞情景中，感受到边防官兵拥抱西域的炽热、依恋军队的深情、超越自我的豁达，乃至壮志未酬的抱憾。

王发虎的作品是写给家人看的，其初衷是丰富家人的家国情怀，教诲子女修身齐家治国平天下的道理。可我以为这是一部敬畏历史之书，是一部励志之书。这部作品会告诉你，在共和国军人的血脉里，赤诚爱国、立志报国、献身卫国的基因，将会代代相传，生生不息。

2014 年 11 月 10 日

（刊于 2016 年 5 月 28 日《解放军报》）

画龙多雅士　点睛一戎衣

——读《南远景中国画研究文集》

阅读好书真是一种享受。意蕴优雅、文字优美的《南远景中国画研究文集》（以下简称《文集》），我就是在愉悦中读完的。

由著名美术评论家马安信策划并作序、四川美术出版社出版的这部《文集》，一经面世，便获得广泛好评。在快餐文化风起云涌的潮流中，人们何以能从一部研究国画的严肃学术文集中得飨？有识之士认为，这是当前书画阅读群体中正在出现的一种反思现象，它促使得了“热伤风”的书画界在“冷思考”的反省中重新认识自我、重新审视作品。还有学者认为，这是因为《文集》中一些独到的见解，犹如画龙点睛，使人受益匪浅。我以为这两种原因兼而有之，还有一种原因是书画艺术被权力、金钱、美色污染，大众需要南远景这样的文章激浊扬清，正本清源，驱除污染。

南远景大学主攻物理专业，毕业后改行从事新闻宣传，至今仍在成都军区《战旗报》社长兼总编的岗位上辛勤耕耘，同时又担任全军新闻系列高级职称评委会委员，已有多部著作问世，是一位文理兼事、兵儒交融的记者、诗人和作家，也是一位在国画研究领域苦苦探索的评论家。历时20多个春夏秋冬，研究20多位书家画家，出版20多万字的学术专著，就是南远景苦心孤诣的阶段性成果。

南远景治学严谨，不慕虚名。在撰写国画评论时，他不看重研究对象头上的光环，更不人云亦云，而是看重作者的人品和作品的质量。他选评作品的基本要求是：立意不走邪，风格有个性，观众能看懂，作者不摆谱。在宁缺毋滥的思想指导下，20多年来他平均每年只研究一两个书画家及其作品，即使有声名显赫而才学不济的“名家”求访，他也不“攀龙附凤”，还将有的人拒之“南门之外”。这次推介的书画家，绝大多数都是“国字号”会员，又是“居高声自远，非是藉秋风”的实力派书画家。年逾花甲、功力深厚、以人物画见称的李凤杉，用笔洒脱，墨色简淡，转折自如，技法笔画与造型规律有机结合，达到一些“名家”难以企及的境界，但却不肆张扬，埋头于水墨丹青，与笔下的人物会意交流。南远景推崇其为

“随心所欲不逾矩”的人物画翘楚，赞其托兴寄言的《大宋词人图》数十米长卷蕴含着空灵禅意与高古境界。李凤杉笃行“人实在，画才实在”的心念，认为居心追名逐利的画家是精神乞丐，为艺术献身的画家才是富有的苦行僧。南远景深为李凤杉的人品和作品所感染，竟三次撰文评介其人其画。

绘画是给人看的。美术作品作为文化载体，能让人在潜移默化中追求真善美，鞭笞假恶丑。这就要求作品表现精气神，传递正能量。在遴选评论对象期间，南远景多次亲临画展现场，明察暗访，搜集反映，从观众对作品的解读中寻找评论灵感，矫正审美视角，发现作品瑕疵。在南远景看来，美术作品不是象牙塔里的摆设，越是观众喜闻乐见的作品越是“接地气”，越是“接地气”的画家越能出好画。这些年书画界常常有人鄙视传统，以“新”博彩，以“奇”立派，以“丑”拉票，在迎合低级趣味中蝇营狗苟，沽名钓誉。有个别书法家事后连自己写的字也不认识，竟然反怪藏家为何当时不问。有人为了在国字号、省字号协会谋个一官半职，不惜代价“攀龙附凤”，被江湖戏称为“金主席”“银会长”。

在权力左右和利益驱动下，作品不以质量论高低，而以来头定优劣。有的所谓“名家”的齐壁大画斑驳陆离，观众却不明白所画何物。南远景痛斥这种现象为书画界的“雾霾”，极力主张正本清源、剔除污染，保持国画的优良血统。

画家武海成聆听时代足音，关注百姓甘苦，把强烈的社会责任感和艺术使命感倾注笔端，先后创作鸿篇巨制，再现“九八抗洪”、抗击“非典”、汶川抗震救灾等重大历史题材，每次展出观众如潮。南远景称赞武海成的艺术嗅觉和责任担当，认为这样的艺术家才值得为之著书立传。

南远景强调回归传统，但却反对国粹主义，力主国画既要站牢脚跟，又要推陈出新。他认为：“没有一个民族可以抛弃自己的传统文化，完全依赖别人的文化走向现代化。”同时又倡导艺术家要古为今用，洋为中用，食古不化与食洋不化都会走进死胡同。他同画家们多次谈及，齐白石、黄宾虹、潘天寿之所以堪称 20 世纪的中国画大师，其共同之处就在于根植传统而不忘创新，把国画情致与时代精神融为一体。南远景把学习西洋画技比作“吃西餐”，认为“西餐也可以吃，但要吃优质西餐，还要真正消化，西方的垃圾食品是不能吃的。”他主张西方印象派的好作品也有可借鉴的地方，但借鉴不是照搬照套，而是为国画创新寻找灵感火花和交融元素。南远景多次谈道：“失去艺术最可贵的创新精神，水墨画的创作就极易陷入重复的泥淖。”“传统是‘根’，创新是‘源’，不开源浇灌，根是要枯萎的。”近年来，川籍画家米金铭在理念、技法、材质、形式等方面，突破程式化传统的束缚，融合多种当代元素，继承水墨画的优良技法，吸取西方油画的理念和方法，在深化作品内涵、拓展作品外延方面反复探索，使水墨画获得了新的精神空间和抒情张力。南远景多次目睹米氏作画，极力为其新概念水墨画鼓与呼，赞誉“新概念水墨画以崭新的面貌凌空出世，为中国画的多元化发展开辟了新的路径”。

人类的认知史表明，艺术领域的任何一种抽象，都是建立在具象基础上的。因为具象是事物的本真状态和原始面目，画家对具象把握的精确与深刻程度，最终决定作品的审美取向与价值判断。因此，南远景特别推崇画家贴近群众、贴近生活、贴近具象的创作态度。他赞成画家必须以具象为基础，把创作之根深深扎进实践的土壤，从中汲取营养、丰富感观。离开具象的抽象，必然会走向怪诞，甚至使作品染上不可治愈的“艾滋病”。时下画坛上那些人非人、兽非兽、物非物的作品，不正是被观众斥为“美术垃圾”吗!？在《守望金色阳光》一文中，南远景充分肯定画家邝明惠在创作中表现真善美的执着追求，认为邝明惠追寻阳光、守望阳光、表现阳光的金色创作理念，是其“每一幅画都关注崇高，关注时代，关注人文，都在传递着真理的声音”的根本所在。对著名画家胡真来、孟夏、李国生、刘葵、王宗虎、谭晓蔓、姚叶红、李晖、施秉伟等不懈追求真理、传播正能量的美德善行，他也给予了高度评价，充分肯定了这批画家的作品中流淌着生命的血液和生活的甘酿。与此同时，他还以“生命礼赞”为标题，对年过古稀、享誉海内外的著名军旅画家蒋宜勋及其作品作了全景式的介绍。蒋氏十多次跋涉雪域高原，生活在藏房、藏人、藏僧、藏经的氛围中，与藏马、藏牛、藏羊、藏獒零距离接触，创作理念和表现手法都有了新的突破。他在深入藏地生活的基础上创作的西藏系列画，让南远景既看到了世俗传统艺术的美，也看到了宗教信仰艺术的美，还悟出了世俗情感和宗教情感在作品中的内在统一。他被蒋宜勋画中藏族同胞坚忍、纯朴、热情、豪放的人性所吸引、所震撼，以“生命的本质永远是坚强”概括自己的观感，用蕴含哲理的话预言：“蒋宜勋先生西藏系列画所创造的田园牧歌式的艺术氛围，在当代，将如一缕春风驱走都市的嘈杂，缓解人们沉重的生活工作压力，给人以积极进取的力量。若干年后，当岁月的砥砺使人类的记忆淡漠如烟，蒋先生的西藏系列画作品将成为镌刻在人们心灵深处的生命画卷。”

《文集》选评的 20 多位书画家中，有十几位曾经历军旅生涯。著名书法家钟显金至今仍然戎装在身。转业军人徐党校虽然受过外伤，但意志坚强，埋头翰墨，在汉魏隶书的传统路子上寻求新的突破。书法家张山退伍后担任陕西省书协副主席，书法日见精进。画家萧朝德的竹画别具一格，转业到成都一家报社担任副总编辑。画家陈玛瑛以版画和焦墨画见长，曾担任多部电视连续剧的美术师。画家廖振西在人物画、花鸟画方面都有很深造诣，刚刚卸下军分区政委的担子。看到战友们从操枪弄炮到舞文弄墨的华丽转身，南远景兴奋不已。无法释怀的军旅情结，让他对这批书画家及其作品格外重视。在评介参加过对越自卫还击战的正厅级退休干部吴振西的人品与画品时，南远景以《胸中元气淋漓，笔下情思激荡》的万言长文，赞颂吴氏“当过知青、立过战功、官至正厅、衣着平平”的质朴形象，推崇吴氏“笔墨含情，笔墨存道，笔墨有魂”的立意高度和儒雅情趣，认为吴振西的“全部创作是用笔墨去承载大道理想，去体现生命之光，去表达内心深处的风云际会”。对于另一位当过兵、打过仗、上过美术学院、吃过东洋寿司的美术教授刘学伦及其作品，南远景给予了更多的关注。他在仔细解读刘学伦《成都市民欢迎解放军入城图》《金沙祭》《长城雄风》等巨幅国画后，对“书画存史”的观点有了新的认识。南远景充分肯定刘学伦的绘画功底，赞赏刘氏以过人的驾驭能力、严谨的构图能力和准确的人物造型能力，选择重大历史题材作为巨幅国画的母题，是对历史、对民族、对文化传承的责任担当，是后来人们研究历史、认识历史的宝贵财富。我完全赞同南远景的论述，在我看来，刘学伦的大题材、大功夫、大作品，更能彰显画家的大格局、大胸襟、大气象，因为它承载了历史的大事件，是对大事件的忠实图解，是可以作为大著作阅读的。一句话，刘学伦先生的这些大作品将要产生的历史影响是无可替代的。

子曰，君子以理为尚。研究国画理论，创新国画理论，是国画走向现代化、全球化的必由之路。为了深入研究中国画的过去、现在和未来，南远景阅览古今中外美术理论专著十余部，研读国画专辑百余册，逐一涉猎两汉以降书画巨擘的作品，其参观的各种规模的画展无以计数，过从甚密的画家有50多位。扎实的美术理论学养、与时俱进的学术态度，涵育了南远景独到的审美视觉与价值尺度。但凡谈书论画，他从不信口开河、妄言非议，同时也不回避作者和作品的不足。南远景认为，他所选评的画家，虽然有些名气不是很大，但正是这些植根于生活土壤、沉淀在画坛底层的画家们，用他们的心血和笔墨释放正能量、诠释“中国梦”，把中国画的基因默默地传向遥远的未来。

扬清激浊千钧笔，丹青幸识一戎衣。这就是我读《南远景中国画研究文集》的感悟。

2014年6月18日

（刊于2016年第4期《当代文坛》）

以兵寄情　以论立世

——读南远景军事人物评传《云卜论兵》

成都军区原战旗报社社长南远景撰写的《云卜论兵》一书，近几年在军事历史和军事思想领域引发持续关注。中国国家图书馆、四川省图书馆、清华大学图书馆、北京大学图书馆等数十家图书馆收藏了该书。国内外一些军事研究机构将本书作为研究中国军事史和军事思想史的重要参考，一些高校研究生撰写毕业论文也引用该书的观点和语句。该书内容以及插入的国画及书法作品先后在西安亮宝楼美术馆和四川美术馆展出，观众达10余万人次。许多读者评论该书为“兵家大观”，认为该书“阅尽五千年兵事”，是近些年国内军事学术领域一本不可多得的军事思想和军事历史教科书。

云卜为南远景的笔名。《云卜论兵》记述了中国历史上从轩辕黄帝到中华人民共和国开国将帅共108位改变历史进程的著名军事家的生平业绩。作者认为："战争之胜负，不仅取决于将帅于阵前之计谋韬略、勇气精神，亦与将帅之人格品行、素质教化紧密相关。将帅之命运，不仅取决于其驾驭战争之能力，亦取决于其志向性格、处世为人，甚至沉淀于其潜意识中的动意本能。"由此认知出发，作者从军事思想、计谋韬略、战略战术、性情禀赋等方面对将帅成败得失进行了独到而中肯的评述。

该书忠于历史，实事求是。在两年多的写作过程中，作者"广猎史籍，遍涉百家"，"大胆设想，孜孜查证"，严肃考据，独立思考，"秉公直抒，弗存私见"，不以得失论成败，不以成败论英雄。所得出的结论，不仅实事求是地总结了将帅的成败得失，而且在汲取历史经验教训的基础上，为后人提供了许多有益的启示。

作者对录入本书的历史人物有严格的筛选标准：必须是改变历史进程的军事家，而不仅仅是战功卓著者；同样战功条件下选入个性特点突出、其成败得失对后人有更多教育启示意义者。如隋朝大将韩擒虎、贺若弼、史万岁等在隋统一全国战争中都建立了不朽功勋，但只选录贺若弼进入该书。因为贺若弼父子两代人个性中都有"口不择言"的弱点，且都因此而影响了其军事作为，并因此丢了性命，故对后人教育警示意义更大。作者论述贺若弼说："倜傥英略，武毅沉雄。灭陈名将，功垂千秋。然争功于朝，矜伐无度，妄议时政，遍树敌手，因言建功，因言获罪。故无言不足以彰其志，少言不足以达其意，适言不至于招其祸，妄言必定于亡其身。为将之道，言而有智，言而有信，言而有度，言而无非。如此，成其功而远其祸矣。"

作为一部军事人物评传，"传"在《云卜论兵》中占有较大的篇幅，而"评"和"论"更是该书的核心和精髓。作者参阅了"二十四史"、《清史稿》《资治通鉴》《剑桥中华民国史》等历史经典，对收录的每一位军事家进行了独到而深入的研究；在此基础上，抓住每一位军事家最显著的特点进行评论，凝练几十个字概括其一生的成败得失和经验教训以及留给后人的启示，创造出许多名言警句，提出许多发人深思的问题。如评论项羽抓住其"杀人如麻""用人多虑"的特点，只用了58个字："秦之暴政非羽之暴力不可除，项羽者，亘古英雄也。然仅以暴力经营天下，岂不谬哉？杀人如麻，该杀的不杀；用人多虑，该用的不用。天下焉能归项氏？"评论朱德总司令，抓住其伟大人格中的一个"德"字，用了61个字："德为其名，德乃其性。军中慈父，爱兵何其深、抚将何其厚也！以其大德重望辅之毛公，犹山川江河之与大地，克成互补整合之奇功，致朱毛雄师无敌于天下。"评论楚庄王抓住其"一鸣惊人”的特点，用了55个字：“三年不飞，飞则冲天；三年不鸣，一鸣惊人；不问则已，问则九鼎；不伐则已，伐则县之；不干则已，干则必成；不战则已，战则必胜。大丈夫当如庄王。”这些半文半白的评论，语言非常凝练，充满了智慧和哲理。

《云卜论兵》1998年由陕西人民出版社出版，此后互联网上的讨论不曾中断。著名的“孔夫子旧书网”将其列为“古籍”“经典”出售。原价只有6.5元的书籍，网上最高卖到262元。2016年，应读者要求再版时，作者对部分内容作了修改。十几年来，国内学者对书中人物及论断进行了比较深入的研究，形成一些学术成果。由于该书影响不断扩大，再版的《云卜论兵》，由著名国画艺术家李凤杉先生为108位将帅每人画了一幅写意人物画插入书中；全国近百名书法名家以各体书法书写了《云卜论兵》评论将帅的文字，从而使新版的《云卜论兵》图文并茂，好评如潮。

南远景《云卜论兵》面对历史，独立思考、探索本质、揭示规律，终成一家之言。诚如《云卜论兵再版序言》所言：“立万仞之巅可一览苍茫大地，具敏锐慧眼方洞穿历史烟云。远离世事浮云，拒绝急功近利，于嘈杂中静心思考，潜心研究，青史终留记忆，文字亦可长存。”

著述，其生命在于思想。滚滚红尘，思想之树常青。《云卜论兵》以兵寄情，以论立世，向智慧海洋寻探，往思想深处开掘，其存在价值业已彰显。可以预料，这部思考之作、心血之作、非媚俗之作，不会随着时间的推移被人们遗忘，其恒久的生命力将在岁月的江河里历久弥新。

2019 年 5 月 17 日

观察与思考的沉淀

——读邓晓岗随笔集《独眼》

秋天，是个收获的季节。

立秋不久，邓晓岗先生在电话中告知，他拟于年底前把撰写的百余篇短文结集出版，好给自己半百之年有个交代。晓岗是我相知甚久且友谊笃厚的忘年之交，得知他要出书自然乐见其成，并答应读后写一篇短文评介。

去年我在网上看过晓岗批评书画界乌烟瘴气的一篇短文，因为切中时弊，该文在网上热传。听说他还有一百多篇文章尚未发表，我着实有些吃惊。他笔耕不辍、集腋成裘的精神让我感叹：同是日出日落，观者风景殊异。只要你是一个勤奋的人，总能在同行者的生命旅程中找到属于自己的风景。

没过几天，便收到晓岗自北京寄来的名为《独眼》的书稿。大作尚未拜读，书名先让我纳闷：一个被誉为书法、美术、音乐领域功成名就的跨界艺术家，何必用身体残疾戏谑自虐呢？我判断书名可能同他不幸的经历有关。之后便没有多想，先静下心来看文章。

《独眼》书稿约20万字，由两部分随笔组成，每篇观点鲜明，文字不长，没有矫揉造作、故意卖弄的俗气。前一部分是感时随笔，主要是对书画界存在的道德缺失、唯利是图的现象的鞭挞，也有对社会热点问题的关切，议论生猛，直言不讳，不时有警句发人深思；后一部分是旅游随笔，着重记录游览欧美国家的艺术观感，也有对人类共性问题的思考。笔触所及，情景交融，读之令人向往。读完随笔我想，晓岗的成功，不只是因为他的才气，更因为他对生活的观察和感悟。他懂得命运的真谛、生活的真谛、艺术的真谛，这使他敬畏生命，向往崇高，从不懈怠。所以，他每到一地都细心观察，深入思考，一觉睡醒即刻写作，稍纵即逝的灵感随之从笔端流淌出来。

从选入《独眼》的随笔能看出，晓岗对书画艺术矢志不渝，以致在朋友中闹出“我的情人不是人”这样的笑话。如此纯真的书画情愫，与时下书画界被金钱污染的生态环境当然格格不入。于是晓岗连续撰文，怒斥“当代中国书画艺术已极度虚荣”，警告“钱会扭曲人们的灵魂，也会扭曲艺术家的灵魂”，“金钱进入艺术价值的衡量体系，艺术便成了金钱的俘虏，没有了骨气，没有了傲气，没有了清气，没有了灵气。钱的一切肮脏属性，便自然进入艺术家的头脑之中”。我认为晓岗的针砭是直击要害的。事实上，当代的许多书画家已经在金钱面前迷失了方向，这是艺术家的悲哀，更是艺术的悲哀。

对于书画作品以“职衔”论价格的现象晓岗嗤之以鼻，认为这是对艺术品位和艺术价值的扭曲。他极力主张“把艺术审美还给大众，让民众去评判、去欣赏、去把玩、去触摸，不要践踏和强奸大众的审美观，这样艺术创作才会接地气，才会真正走入生活，服务生活，服务老百姓”。他甚至毫无顾忌地直言，“权力成为艺术审美的评判因素”，“成为艺术精品的定位因素”，是笼罩在当代中国书画界的雾霾，也是当代中国出不了艺术大师的重要原因。在晓岗心目中，“真正的精品不是自己说了算，不是官员说了算，社会的广泛认可、时间的淘汰洗礼、历史的冲刷沉淀，才会让真正精品的生命力经久不衰”。我以为时下自诩为“大师”或被捧为“大师”的人看了这些文字，总会有所触动的。

晓岗的艺术理念来源于对客体的观察，更来源于主体的实践。40 岁之前，他的书画已令人瞩目，但他并未裹足不前，仍然希望能投身书画名家门下，百尺竿头，更进一步。对他求学求进求精的渴望我深为赞许，后经老战友、中央美院原副院长叶毓中教授推荐，晓岗遂拜中央美院花鸟大家郭怡孮教授为师。在郭先生的言传身教下，晓岗突破自我，不断创新，终于形成了独具一格的水墨森林写意画，并且登上了这个领域的高地。同时，他也从郭怡孮教授的人品画品中感悟到：“艺术是需要勤奋和生活磨砺的，艺术家的气质只有在勤奋的耕耘中和生活的磨砺后才会独具风格，光彩照人。”当然，这种气质的修为，要求书画家不仅要保持不图名利的自信，保持洁身自好的清高，还要保持传统的文人节操。

批评散发着铜臭的书画乱象虽然耗费了晓岗大量的精力，但他并没有把自己关在艺术殿堂的象牙塔里，对社会热点问题他同样给予高度关注。看到很多年轻人在幸福与成功的误区徘徊，他深入浅出地开导：人生如同大自然的春夏秋冬，四季各有各的美丽，如果你把人生的酸甜苦辣当作四季的美景去欣赏，就会有不同的感受。“秋天固然美丽，但秋天的果实不会四季都挂在树上。”在晓岗看来，幸福其实是欲望得到满足后的快乐。一个人怀抱的欲望低一点，成功的预期目标小一点，实现的可能性就会大一点，幸福的感觉就会多一点。正是这种积少为多的层次感、成功感、满足感，让晓岗的生活和工作充满了愉悦，并一步一步走向成功。

继续读下去，我在《孤独与成熟》一文中找到了书名《独眼》的秘密。萧伯纳说过，“人生有两出悲剧：一是万念俱灰，一是踌躇满志”。晓岗却没有在这两出悲剧中扮演角色。28 岁那年，尚未大展宏图的检察官邓晓岗差点被车祸夺去了性命。三个多月后命是捡回来了，眼睛却丢了一只。血气方刚的邓晓岗处在人生的十字路口，何去何从，需要作出艰难的抉择。在晓岗看来，他这一辈子再也不可能做到两只眼睁、两只眼闭、一只眼睁一只眼闭了，但视觉功能没有丧失，这是不幸中的万幸。

躺在病床上的晓岗反复思考，检察官的办公桌上总有阅审不完的案卷，一天下来两只眼睛都疲劳不堪，一只眼睛能承受得了吗？犹豫徘徊中，司马迁的《报任安书》在他脑中浮现出来："盖文王拘而演《周易》；仲尼厄而作《春秋》；屈原放逐，乃赋《离骚》；左丘失明，厥有《国语》；孙子膑脚，《兵法》修列；不韦迁蜀，世传《吕览》；韩非囚秦，《说难》《孤愤》；《诗》三百篇，大抵圣贤发愤之所为作也。此人皆意有所郁结，不得通其道，故述往事、思来者。"对比太史公的奇耻大辱，晓岗觉得自己并非仕途有舛，更没人加辱于他，但非要同命运作抗争，给组织添麻烦，也不是可取的选择。于是他安慰自己，也许古人所讲的独具慧眼是有道理的。以"独眼"聚焦世人世事，说不定还有独到的见解呢！在这种聊以自慰的心境下，他放弃检察官的"铁饭碗"，重整文房四宝，临池挥洒笔墨，在原有的基础上朝着专业书画家的目标开始了艰难的跋涉。

一场与死亡擦肩而过的灾难，让晓岗对生命的意义、对孤独的理解、对成功的感悟都有了新的诠释。他用哲学的思维揭示：“生命的快乐，源于自身的思想，思想通则万事通，思想不通则万事皆堵。”他在《论成败》一文中写道：“每个人都可以做自己生活的成功者，前提是自己灵魂的觉醒。”“精神世界里只有权、钱、名，这个精神世界是极容易被摧毁的。这种成功，是被世俗迷惑了心智，并非生活的本质……这类成功人士如不悟出生活本身的实质，失败将随时伴随着他们。”

大学读哲学专业时，晓岗并没有想过日后会成为艺术家，但在艺术熏陶的道路上，哲学与他却如影随形。如果说他的感时随笔弥漫着哲学思维的智慧，那么他的旅游随笔则散发着艺术家的浓郁气息。这些年来晓岗先后游走了欧美和亚洲一些最发达的国家，从他笔下我们可以领略所到之处生态环境的良好、建筑个性的独特、民众素质的文明、交通秩序的井然，乃至历史文化的沉淀……但晓岗关注更多的则是人与自然的和谐、历史与现实的交汇、西画与国画的异同，这使他的旅游随笔较之常人更具色彩和哲理。

晓岗的旅游随笔没有在都市的繁华上多耗笔墨，而是从写法国和德国的乡村游开始的。在地中海沿岸，晓岗对中世纪著名古镇埃兹的风采情有独钟。他从山顶俯瞰，“醉人的海蓝和深入蓝色中的绿岛，在阳光下本已让人着迷，那如繁星点点的白色游艇，更像是给蓝色镶嵌了粒粒闪闪发亮的明珠，蓝色和白色都显得格外的纯洁。岸边错落有致、红黄相间的别墅又进一步为蓝色作了点缀，森林静静地矗立在跌宕起伏的海岸边上，形成了波浪式的墨绿色，把成片别墅揽入其中，这种景象我平生第一次看到。这是一种自然的大美，一场色彩的盛宴，一种自然与人和谐相处的自然之美与人类创造的精神之美的融合，让我心生感慨。”写到这里，艺术家观察物象的生动感受已经跃然纸上，但作者并没有停笔，接下来他又用哲学的思维点评：“中国老庄哲学的精华是道法自然，但现在中国的人居环境却没有做到尊重自然，而此处之景却真是一番道法自然的景象。”对比晓岗笔下的埃兹古镇，生长于老庄故乡的许多中国人却在都市生活的诱惑下，忘记了乡土民居中厚重的历史积淀和文化魅力。很多被高楼大厦吞噬的原野上，连一抹乡愁也没有留下。

在一个叫泉水城的地方，作者看到的绿色生态更让人心动：“流动的河水清澈透底，波光粼粼，河中翠绿的水草随流水起舞，如此轻盈和清纯。水波在阳光下闪着点点金光，无光的水面翠绿、深绿、墨绿相互交织着、浸润着，并且慢慢地变幻着舞姿，全如水中的森林一般，有着陆地生灵不可具有的滋润和灵动。沿河而上，水碧如斯，只是河中的水草随着流水变化着优美的姿态，仿佛为我们跳着一曲曲欢迎的舞蹈。”这些如诗如画的文字让人领悟到：美，源于审美人自身的发现。正如罗丹所言："美是到处都有的。对于我们的眼睛，不是缺少美，而是缺少发现。"于是我们还可以联想，景观只是一种客体具象，美的哲理蕴含在抽象之中，若能解读出抽象的含义，人生的旅程上就有阅不尽的风流，有看不完的美景。

游览阿尔利的古代斗兽场时，晓岗思绪跌宕，血脉偾张。这是一座两千多年前奴隶主和贵族的娱乐场所。在这里奴隶与奴隶当众厮杀至死，奴隶与野兽当场搏斗至死。看着游客们为两千多年前宏伟精美的建筑热情礼赞时，晓岗却从铺满赭红色沙子的地面上，看到了无数奴隶与野兽的鲜血和白骨。晓岗不了解曾经在这里小住的尼采是否听到了昔日鲜血淋漓中的欢呼声和撕心裂肺的哀号声，但他仿佛听到了。在当天的随笔中他写道："我们应在斗兽场里反省自己，要善良，要珍爱他人的生命。如果没有善良，再宏伟的建筑都是恶魔的躯壳，在他的里面永远是不散的冤魂！"作者的思考是深沉的。时代发展了，文明进化了，拿人与人、人与兽厮杀取乐的原始野蛮已不复返，但延续其后的现代厮杀却从来没有中断。只是以掠夺财富为目的的厮杀手段由赤手空拳变成了飞机大炮，时间、地点、对象也不在阿尔利罢了。

晓岗在美国的游记，大多是时差倒不过来时的即兴随笔，虽然文字略显粗糙，但字里行间却不失真切。其中既能看出美国远超欧洲的现代文明，又能看出美国社会的族群分离，甚至察觉到潜藏在族群分离背后的严重危机。但他没有来得及对这些问题深入探究，把更多的时间和精力花在研究中西绘画的交流和交融上。晓岗此行，不但揭穿了那些在美国画廊展出作品的中国画家们回国后自吹自擂的虚伪，也认识到中国画要想纳入西方的审美取向，必须在保持自己传统的基础上吸收西方绘画的长处。对西画的全盘否定和全盘接受都会偏离中西绘画交融互补的正确方向。结束美国之行时，晓岗拟出了尚未完成的写作提纲：《美国的优与劣》《美国的自强与自私》《美国国内的民主自由与对外的强权霸权》《美国的诚实与虚伪》《美国的现代文明与历史罪孽》《美国的实用主义与丛林法则》《美国的开放与封闭》……大概是时间紧迫，晓岗对这些涉及美国深层次矛盾和问题的简介还没有见诸笔端，但他在纽约的邓晓岗艺术工作室已经挂牌。假以时日，我相信上述提纲一定会以新的随笔形式呈现在读者面前。

一个学过哲学专业的文化人，用艺术的视觉捕获信息，用辩证的思维解读信息，用真实的文字记录信息，这是难能可贵的。由此可见，邓晓岗先生不只是一个艺术家，还是一个思想者。

2016 年 9 月 8 日

（2016 年 11 月 23 日发表于“人民网 · 读书频道”）

萧劲光大将《八五抒怀》读后

国庆节过后不久，收到晓音编著的《纪念建军 90 周年诗书集》，发现萧劲光大将的《八五抒怀》也在其中。

萧老的《八五抒怀》全诗如下：

八十五岁不等闲，春光依旧在眼前。
堪笑白发似瑞雪，常怀丹心祝丰年。
阅世已阅险中险，识人又识天外天。
几番潮涌心底事，犹自神驰浪里船。

20 年前看到萧老这首诗时，我当即被蕴含其中的乐观豪迈的精神与深沉隽永的睿智所吸引。一种海纳百川有容乃大、壁立千仞无欲则刚的高风亮节让我受到震撼。20 年后再读这首诗，更觉得意境高远、哲理深刻、耐人寻味。大将历经险滩，阅人无数，深知天命难违，皓首时卧于病榻，心底依然怀念遏大浪而行飞舟的战斗岁月。

萧劲光大将是任弼时中学时的同班好友，1921 年与刘少奇、任弼时一同被派往苏联留学。1924 年初列宁逝世，萧劲光作为东方民族的代表为其守灵。是年秋回国后在安源煤矿从事工会工作。1927 年大革命失败，萧劲光再次被党组织派往苏联留学，直至 1930 年回到中央苏区，参加第四、第五次反“围剿”作战。然而，就是这个被毛泽东称为“大知识分子”的红军高级将领，因对“左”倾冒险主义提出批评意见、寡不敌众失守黎川，先遭停职批判，后被开除军籍党籍，并判处五年徒刑。长征途中在毛泽东、王稼祥等人的保护下获释，遵义会议后才被全面平反。长征胜利结束，萧劲光毫无怨言地投身于抗日战争和解放战争。新中国成立之初受命组建海军，1955 年被授予大将军衔，任海军司令员之职达 30 年之久。“文化大革命”中即使毛泽东施以援手，仍被诬陷为“上了贼船”。1980 年获全面平反，对个人恩怨只字不提，仍以“老骥伏枥，志在千里”的精神为党工作。

解读萧诗内涵，大将之风跃然纸上：两次身处逆境，不坠青云之志，更没有松懈为党为军呕心沥血、殚精竭虑的精神；85 岁时仍然乐观豁达，心潮逐浪，为神州大地春光无限而深情吟咏。萧劲光思想活跃、感情丰富，懂俄语，通音律，精乐器，能歌善舞。政治生涯的跌宕起伏、日常生活的喜怒哀乐，都在他心底打上了深刻的烙印。“阅世已阅险中险，识人又识天外天”两句，既是对他叱咤风云、出生入死经历的真实写照，又是对他身处逆境、感受世态炎凉的高度概括，读来令人唏嘘，使人不由得想到元稹的诗句“曾经沧海难为水，除却巫山不是云”。当然，两者的政治抱负、人生阅历和价值取向不可同日而语。即使用唐太宗李世民“疾风知劲草，板荡识诚臣”的诗句，也不足以形容萧劲光对革命的忠贞。

20 年前，我之所以能读到萧劲光大将这首抒怀诗，完全是因一次偶然的机会。1996 年冬，原北疆军区副政委葛明旺将军在 301 医院查体。葛明旺是 12 岁从安徽金寨参加红军的长征战士，又是我在新疆军区当秘书时的司令部办公室主任，离休后在乌鲁木齐一家干休所定居。得知老首长住院，我当天下午即赶到 301 医院探视。交谈中老首长告诉我，现在老同志很重视保健，这本来是件好事，但有人保过了头，把储蓄大都花在买保健品上，收效的不多，上当的不少，有几个人还为花钱买保健品搞得儿女反目、家庭不和。我听后甚为感慨，便同老首长聊起离退休干部如何安度晚年的问题。我俩都认为，生老病死是自然规律，谁也抗拒不了。离退休后既不能当“等钱等吃等病等死”的“四等”干部，更不能有长生不老、发挥“余热”、颐指气使、一言九鼎这些讨嫌的想法，还是要放得下过去，看得惯现在，寄望于未来。临别时老首长问我，北京老同志有什么养生保健方面的好经验，我一时回答不上来，便把自己平时琢磨的顺口溜说给老首长听，老首长听完连声说好。这顺口溜是：心底宽厚，遇事莫怒；少荤多素，坚持走路；劳逸适度，不胖不瘦。应老首长的要求，我答应把这几句顺口溜请书法大家卢中南同志写出来给他寄去，同时建议他请谭友林政委把曹操的《龟虽寿》写成条幅，悬于厅堂，慢慢从中体味曹孟德的旷达人生和暮年胸襟。

1997 年底，我结束西沙永兴岛部队调研工作返京，于元旦前带着守岛部队赠送的海龟标本探望我的另一位老首长——兰州军区原政委、开国将军谭友林，表达对老首长的敬意并期望他健康长寿。那一年老将军虽八十又二，但精神矍铄，耳聪目明，声如洪钟，对西沙群岛的防卫设施十分关心，希望把西沙群岛建设成保卫南海的桥头堡。我就所了解的情况向首长作了简要汇报，随后老首长说，葛明旺同志把他书写的《龟虽寿》拿回去后，又有几个老同志打电话向他要这幅字，盛情难却，只得勉为其难。

新中国成立后，谭友林将军相继在公安军、工程兵当过领导，“文化大革命”蒙冤，平反后，先后在乌鲁木齐军区和兰州军区担任过政委，1985 年“百万大裁军”时卸职回京，一直随中国书协主席刘炳森先生练习书法。经过十多年从未停辍的研修，在勤奋与悟性的催化下，其隶书已自成一家。临池挥毫酣畅淋漓，纸上走笔气韵流畅，而60年戎马生涯的豪气血性又于不知不觉中贯注毫端，使谭友林将军的隶书笔力苍劲、风格雄健，登门求墨者络绎不绝。住院期间也有病友索求墨宝。

谭老快人快语，不等我开口，便指着海龟标本说，千年的王八万年的龟，连曹操也知道“神龟虽寿，犹有竟时”，看来老同志还得向曹操学习呢！世上哪里有“福如东海，寿比南山”的人？我们倒是应该向曹操那样“老骥伏枥，志在千里。烈士暮年，壮心不已”，在养生保健上过多地花钱花精力不见得能长寿。

我接过老将军的话说，曹操虽然只活了66岁，但其人治军主政皆能，文韬武略兼资，不仅奠定了曹魏立国的基础，而且开启并繁荣了建安文学，给后人留下了宝贵的精神财富，连鲁迅也褒其为“改造文章的祖师”。老首长一边点头同意我的看法，一边打开旁边的书柜，从隔板上取出一幅卷轴展陈在书案上让我欣赏。我蓦然一看，是谭友林将军敬录的萧劲光大将的《八五抒怀》。看着看着心生感动，不由得读出声来。

谭政委见我对萧劲光大将这首诗十分喜爱，神情黯然地说：“萧老过完85岁生日不长时间发病住院，我去医院探视时，他向我说到这首诗，我回来后经常默诵默写。这是我觉得最好的一幅，你拿回去作个留念吧！”我双手接过卷轴，深感受之有愧，却之不恭，一时竟不知道说什么好。

回到办公室，我专门查阅了萧劲光大将的详细资料，这才对萧老《八五抒怀》的诗意有了新的理解。2006 年 5 月，铁血将军谭友林以 90 岁高龄辞世，我相信老首长也是萧劲光大将抒怀诗的受益者。

2017 年 12 月 17 日

（刊于 2018 年 1 月 13 日《解放军报》）

记忆深处藏精神

——关中尧散文集《一捧沙》读后

关中尧是军队老作家姚明的新笔名，他在 20 多岁时就在《解放军报》《中国青年报》和《散文》月刊等报刊发表多篇散文。退休后发现姓名与篮球运动员姚明相重，遂以新笔名代之。散文集《一捧沙》是关中尧继《谁跟我去看世界》之后，讴歌军人奋斗精神、颂扬军人红色基因、解读军人爱情困惑的旧作新编，耐人回味，至今读来依然新鲜如初、笔意隽永。

在担当新使命、实现强军新目标的征程中，聆听历史足音，传承红色基因，无疑是不忘初心、铸牢军魂、砥砺奋进的精神动力。正是在这个意义上，《一捧沙》仍然有着很强的可读性和感染力，这使人不得不佩服作者观察历史动向、驾驭作品走向的能力。

这是一部专写基层小人物、小故事的文集。收入集子的 16 篇散文，没有写大形势、大气候，也没有写大事件、“大干部”，选取的都是反映基层官兵和下乡知青经历的题材。但每篇文章都能小中见大，使一滴水折射出太阳的光芒。聚沙成塔，集腋成裘。这部集子让人看到，我军的基层官兵，如同一颗颗有着顽强生命力的螺丝钉，都希望把自己紧紧拧在各自岗位上，让祖国的钢铁长城固若金汤。

《一捧沙》向读者重新展现了我们这一代人的共同经历。无论是早自 1974 年创作的《迎春湖》，还是晚至 1988 年创作的《军人，祝你幸福》，关中尧笔下的真人真事，都打着共和国军人忠于党、忠于祖国、忠于人民、忠于职守的深刻烙印。《迎春湖》中的测绘兵袁朝及其战友，在海拔 4700 米的高原上爬冰卧雪立钢标；《楚尔玛雪夜》中的“老战”，带着 12 岁儿子翻越冰达坂救战友，让读者看到了高原官兵“吃苦不怕艰苦，缺氧不缺精神”的血性。在《河西新人》《金色的杜鹃》《一捧沙》中，下乡女知青仲飒英的果断干练，藏族赤脚女医生央金心系病人的朴素情怀，从中山医学院走进大漠深处的女军医的自豪爽朗，莫不令人感动、催人奋进。

在这部集子中，关中尧用三分之一篇章写了红色摇篮里的故事。三军会师的会宁城旧貌换新颜，延安的宝塔山、杨家岭、延河水、南泥湾欣欣向荣，一派祥和。甚为宝贵的是，作者在基于这些题材的创作中，没有陶然自得地吟风弄月，没有故弄玄虚地引经据典，而是写这里活生生的人、活生生的事。采访《东方红》作者李有源的纪实文字不长，却用陕北农民的朴实语言，浓缩了老百姓对毛泽东发自内心的热爱，没有丝毫的矫揉造作，使读者有身临其境的感受。写南泥湾时，对于经过长征和南泥湾大生产的江西"老表"，作者给予浓墨渲染，他从老战士的经历和交谈中悟到："世间名利地位无非过眼云烟，只有震撼人心的精神财富才是永恒的!"在《杨家岭的小花》一文中，作者遇到没有离开延安的北京下乡女知青白静时，用"两根齐肩小辫紧紧挽住了青春"形容她的靓丽飒爽，用纠正新讲解员的发音描述她的工作态度，用喜欢北京带来的小花衬托她的心理感受："这花儿叫'开不败'，我从小就喜欢它，如今，和我一起来陕北的伴儿，只有它了！……首都机场那块儿挺多的，戴红领巾的时候，我常去，籽儿就是从那儿采的呢!"读到后来，我才知道白静是一位治学严谨的老教授的女儿，母亲久病卧床，哥哥出使北欧长居国外。但老教授却写信鼓励白静："女孩儿也要立丈夫之志。偌大中国，哪儿不是炎黄子孙的家!"

作者对叙事性散文、抒情性散文和议论性散文的写作得心应手，文章读来跌宕起伏。特别是《军人，祝你幸福》一文，作者把痛心疾首的胸臆注入笔端，用夹叙夹议夹抒情的技巧和差不多一个中篇的文字，描述了改革开放早期军人在商品经济大潮冲击下的别愁离绪、情仇爱恨、悲欢离合，使人心灵为之震颤。

（2018 年 6 月 2 日发表于《解放军报》、中国军网）

试论关中尧文学作品的特征

近几年来，沉寂很久的军旅作家关中尧，仿佛从蛰伏中醒了过来，面世作品如同井喷，令人眼花缭乱，目不暇接。自2016年以来，先后出版了《谁跟我去看世界》《一捧沙》两卷散文和长篇纪实文学《家住西安》。另有一卷散文《外国人眼里的中国》已选编就绪，待润色推敲后即可出版。这期间创作的多篇散文更是妙若花绽、馨若草芳，相信结集面世，读者将看到一朵文学奇葩。

1951年出生的关中尧，创作生涯大体分为两个阶段——1990年之前与2015年之后。中间25年歇笔苦读，专心侍奉老母。之前是业余创作，主要精力和时间用在政治工作和求学深造上。老母104岁仙逝后，关中尧苏息拾笔，一头扎进生活，厚积薄发，文思泉涌，抓住鼠标就停不下来。目前正在撰写的长篇小说《后代》已经过半，其中不乏震撼人心的情节。

通览关中尧不同时期、不同内涵、不同体裁的作品，体会作者蓄势已久的功底、一吐为快的胸臆，不难看出关中尧写作中读书、读史、读人的跋涉足迹，以及“见贤思齐焉，见不贤而内自省也”的心理体验。正因为如此，他的作品都打着与众不同的烙印，区别只在于时代背景和深浅程度的差异。跟踪关中尧的创作实践，解读关中尧的作品特征，以下几个方面值得关注。

一、视野开阔的选题

作家的视野决定作品的格局。选择什么题材创作，关系到作家驾驭作品的能力和作品蕴含的信息。关中尧的创作维度是多向的，作品题材的选择是多样的。他身在军旅，创作触角既伸向军旅生活的深处，又不画地为牢，把创作触角伸向社会生活的各个领域。《一捧沙》写军队也写地方；《家住西安》写历史也写现实；《谁跟我去看世界》写国人也写“老外”；《后代》写祖宗也写遗脉。游记随笔长于钩沉索微、古今交融，把思辨感触诉诸笔端，令人惊叹，发人深思。

《一捧沙》是将1990年之前的作品结集而成，其中收入的16篇散文、通讯和报告文学，既有对军人的礼赞，又有对百姓的讴歌。“缺氧不缺精神”的高原官兵、上山下乡的北京青年、献身大漠的知识女性、纯朴善良的藏族姑娘、汉藏一家亲的民族深情，都是他描摹的对象；弘扬传统的红军老兵、三军会师之地会宁的新城、改革开放的滚滚春潮、军人五味杂陈的婚恋心结，也是他关注的热点。即使是相对陌生的国外题材，他的视野也不只局限于青山绿水、景观物象，更多关注的是人文情怀、精神格调。毛里求斯空姐的举止装束、日本式服务的体贴周到、巴黎的优雅风度和乌烟瘴气、吴哥窟古树形状扭曲背后的哲理、对橄榄树与军装颜色呼应的遐想、丽人颜值重塑的社会心理、耶路撒冷的天国与尘世，等等，关中尧总是用文化视觉去观察，这使他常常展开关于物象之外的思考和人性深处的探索。当然，对大美景物关中尧绝不放过。被誉为有月球地貌的土耳其卡帕多西亚、欧亚海上分界线博斯普鲁斯海峡、阿尔卑斯山雪景、威尼斯水城的贡多拉水巷，关中尧都尽收眼底，眺望遐思，从中找到开启自然之美的心灵钥匙。

这两年关中尧的散文随笔，像雨后春笋，破土而出。读者已经看到的诸如《扬州“静庐”觅趣》《埃及·乱局中的雄奇亮色》《扬州·朱自清故居》《扬州雅集·名士才女》《扬州·柳堡的故事》《扬州·一凡小店》《犹太人：点亮了人类思想的明灯》《清东陵：“香妃”之谜》《一带一路说“泡馍”》《党的光辉永远照我心——看望〈唱支山歌给党听〉词作者姚筱舟侧记》《印度·不可小觑的崛起》《尼泊尔·佛诞圣地蓝毗尼》《唐家大院·马栏之纪行》《史记·病将校列传》《登镇江北固山》等二十多篇散文，题材之广泛，内容之丰富，文辞之典雅，为一般作家所少见。

沙里淘金，慧眼识珠。如果把题材比作珍珠，作者就得具备慧眼，否则，即使是入眼的珍珠也会被当作沙砾剔除。像关中尧写扬州的一组散文，完全是沙里淘金得来的。为什么古往今来“腰缠十万贯，骑鹤下扬州”的文人墨客没有写出这样的散文？原因不是古今文人的文笔差，而是差在眼力上。眼力是一种睿智，这样的睿智是靠知识构建的。毫无疑问，智慧和眼力拓宽了关中尧选择题材的多样性，也增加了作品的知识性、趣味性和可读性。特别是作者在深入思考后，从知识储备中信手拈来的点睛之笔，常能发人深省，给人启迪。所以说审视关中尧的作品，首先要琢磨他选题的立足点和切入点。抓住这一点，就能发现文章中甘洌的泉水。

二、热记叙中的冷思辨

热记叙与冷思辨，是贯穿关中尧散文的另一个特征。应当说，哲理思辨的力度是散文基石的标识。一篇散文没有观察独到的记叙或酣畅淋漓的抒情，固然如同鸡肋。但如果仅有这两点而缺失发人深思、启人心智的思辨，即使辞藻华丽、文采斐然，充其量是高档服饰店模特身上的一袭长裙，因为它没有内涵。关中尧的散文，充分运用热记叙与冷思辨相辅相成的笔法，把天与人、古与今、是与非联系起来，并将由此及彼、由浅入深、由实而虚纳入视觉的物象及其撞击心灵的思考，升华为耐人咀嚼的文字，使作品立意不断深化、哲理更为丰沛，进而在面对实际、融情于景、寄情于事、寓情于物中托物言志，表达真情实感，实现物我统一。有时这类思辨虽寥寥数语，却足以振聋发聩。诚如军事历史人物评传家、著名艺术评论家南远景先生在《谁跟我去看世界》序中所论，这部书“写的是外部世界，引出的却是对历史和现实深入的思考”。

《天堂的原乡》是《谁跟我去看世界》的开卷篇目。作者在细腻描写毛里求斯空姐“光彩闪烁”而又风度典雅之后，还写道：“身旁靠窗户坐着一位毛国女士，衣着入时，珠光宝气，形体之优雅宛如明星模特，全身弥漫着一层香奈尔‘可可小姐’香型的氤氲，但举止谦和周到，并不张扬无礼。”写到这里，作者突然把眼前的景象切换成记忆中的画面：“曾在国内航班上遭遇过一个影视演员，她在短短两个小时的旅途中，不放弃一切能够展示自己的机会力图让大家注目，浅薄得很。”读者无须深究，从“遭遇”二字即可看出作者对那位影视演员的不屑。这样鲜明的对比，自然会引起读者的强烈共鸣和深度思考。在《细节东瀛》一文中，作者不惜笔墨描述当代日本人敬业、精细、讲规矩的素质，以至于在日本的“如厕过程甚至有娱乐般的快感”。但文章结尾时却突发诘问：“令人费解的是，这个在生活中貌似温良恭俭让的民族，为什么侵华期间杀起中国人来居然那么凶恶残忍？它不吃自己的孩子、配偶，但吃人不含糊。”不到60个字的冷思辨，如同给沸腾的油锅浇了一瓢冷水，让读者突然沉静下来回眸历史，追寻日本侵华的深层原因，透视日军残忍嗜血的侵略本性，心灵受到强烈的震撼。

关中尧散文的热记叙与冷思辨，源于他独特的观察力和判断力。改革开放以来，巴黎是国人最喜欢的旅游胜地，被视为“会走的钱包”的中国人，亦使时髦的法国人自叹弗如。关中尧在写到夜游巴黎时，除了写塞纳河上的如织游船、埃菲尔铁塔下的光河流动，更看到一般旅游者不大注意的“死角”：“巴黎又是脏乱差的。巴黎里昂火车站周边是灰色的天空，脏乱差的街道，川流不息杂乱的人群，到处涂鸦乌迹的墙壁。”面对光鲜亮丽背后的丑陋不堪，作者以辩证唯物主义的态度坦然释怀：“无论哪一个国家都会产生一些最天才和最低劣的分子，但是能够代表这个国家的恰恰不是他们，而是普通大众的整体形象。”换句话说，外国的月亮并不比中国的月亮圆，同中国的月亮一样，也有阴晴圆缺，也有若明若暗。这些富有哲理的思辨，无疑是开启海外旅游者心智的一把钥匙。

人类不同阶段的文明，总是以不同形式的物象展示的，但不同价值观的族群却对同一物象有着不同的解读。精明的作者不仅能从一处文化景观、一种风俗民情，发现一段历史，寻求一种价值，而且在对历史的追忆叙述中展开价值评估和批判重构，揭示出真实的本质。关中尧在《橄榄树》一文中，从西班牙密布的橄榄树，写到三毛与荷西的爱情，进而写到上帝造人中诺亚方舟的传说以及和平鸽的由来和象征。走笔至此，他没有写和平与战争，而是借助“有人说橄榄绿是象征着保卫和平”这句话发问：“到处干涉别国内政的世界警察，也穿着橄榄绿军服，和平何在?”这一问，讥讽甚于批判，也使读者把象征着和平的橄榄枝与自视为世界警察的狠角色联系到一起。

赋予自然风光以人文情怀，引发启迪思考的哲理，又使关中尧的散文具有生命的灵动感。在柬埔寨吴哥窟，作者的视角是独特的，他看到的不仅是历史文化遗存，还有吴哥窟奇形异状的古树以及这些古树变形生长中与自然、社会、文物的相互作用，得出了结论“树在不正常环境中为了生存必然要采取不正常的生长方式，结果就长成了奇形怪状的形态”。由此举一反三，进一步引发了关于柔能克刚、水可覆舟、沉默是金、适者生存的思考。

热记叙与冷思辨的文风，使关中尧有效地把握了散文的文学性和思想性。随着信息化、网络化、数字化、人工智能化的迅猛发展，新闻事件已获得全维度空间并得到全媒体的及时关注和跟进，在淋漓尽致的传播中改变人的生活状态。但也要看到，随着读者对“被新闻”的厌倦，越来越多的人希望把躁动的心安放在静好时光中，向往着诗和远方。而散文较之诗歌，更有条件满足读者的愿景。在这里，散文的价值真正体现了对人性的观照。这样的担当，是抽象描述与空泛议论的散文承载不了的。

三、亦庄亦谐的语言功力

关中尧的文学作品，无论散文、小说还是纪实文学，既没有颐指气使的说教，也没有假迷三道的做作，而是用活泼诙谐的语言，形象地还原生活实景，理性地解读世间百态。这使他的作品形成了既严肃又风趣、既庄重又幽默的表达方式。

散文源于生活，高于生活。生活是丰富多彩、千姿百态的，有酸甜苦辣，也有喜怒哀乐。作者可以探究其中的奥秘，作品可以表现其中的情致，但不能简单地克隆生活，抑或以主观意志代替生活的真谛。散文只有解剖生活实体，从中汲取滋润生活的营养，剔除浸染生活的病毒，才能言近旨远，格调高雅。关中尧亦庄亦谐的表达方式，既讴歌人性的真善美，又鞭挞人性的假恶丑；既还原生活本真，又剔除生活渣滓，这就使其契合社会主义核心价值观的作品有了生命力。在纪实文学《一捧沙》中，作者先抑后扬的写作技巧，即是亦庄亦谐的表达方式。起初，他对那位在火车上邂逅的女子并不待见，以至于那位中铺上的女子把一粒沙子蹭进他眼睛时，他甚至以为“嗲声嗲气”的“军中小姐”“八成也是走后门参军的”；后来，当那位生在香港、长在广州，把青春献给大漠的航天女子，用纤纤玉手为他剔除眼中的沙粒时，“由于靠得很近”，他“闻见了她身上那股大概是什么国际型香水的味儿，甚至能感觉她呼出来的温热气息，心里难免有点不自在”；再后来，当这位来自中山医学院的大学生告诉他，提兜里装着火箭发射架下的一捧沙子，是要“撒在香港母亲的坟头”，“就像我在陪伴她，算是远在大西北的女儿的一片心”时，作者被深深感动了。他由衷地赞叹：“这位娇柔女子的内心世界如此瑰丽动人，她的话简直就是一首诗！”毫无疑问，这样充满阳光情趣的散文是耐读的。作者“难免心里有点不自在”，也是情理之中的人性反映。

对于大自然的瑰丽绚烂，关中尧长于用浓墨重彩的大写意笔法，把蔚为壮观的镜头拉到读者眼前。在《天堂的原乡》中，他对日出日落的描摹就给人以身临其境的感受，读来“大饱眼福”。先看日出：“太阳就似一个燃烧的红通通的火球慢慢蠕动出海，远处的海水顿时被染得血红，火球挣扎着一点一点露出海面，瞬间跳了出来，灿烂辉煌，瑰丽无比，在人们的欢呼声中，升上了天空。”再看日落：“傍晚，在西海岸最迷人的就是看日落。海水的颜色从岸边由浅蓝、蔚蓝再到深蓝，依次层层蔓延开去，太阳西沉，逐渐由大半个圆的红富士苹果变成小半个圆的纽荷尔橙子。再往下坠落，就成了一道耀眼金边镶在海面上，火红的晚霞照着海水金光闪闪，无数金红色的亮点在波浪上不停地跳跃抖动，随着光线变幻，愈来愈暗，到最后慢慢地平静地消失。这时人们不再像看日出那样雀跃欢呼，大家最后都是不约而同地叹息着哟，就像刚刚送别了一位退休归隐的老者，怏怏而归。”这样诙谐的比喻，不仅强化了人们对退休老者的敬意，也为日沉大海营造出隆重的仪式感。正在读者为爱必浓的海景所陶醉时，作者又幽默了一把：“不论说得多么美的海，当有一天你靠近它身边天天在一起时，才发现它倒不吸引你了。”这段颇富哲理的感慨，使我想起诗人黄颖说过的“距离产生美”这句话。关中尧以他的亲身经历，印证了这个著名的美学命题。

文学作品的清新脱俗，关键在于创新。关中尧亦庄亦谐的语言表达，没有固定格式，没有模仿套路，基本上是情之所钟，有感而发。诸如，“文豪的话具有很强的杀伤力。正是由于马克·吐温的一句话，这儿是天堂的原乡，我便来到了位于印度洋西部的毛里求斯岛国”“能拥有共醉自然的密友，那如同寻找两片相同的叶子”“赫鲁晓夫说的土豆烧牛肉，对于绝大多数欧洲人来说，的确是尊贵美好的享用；当年做知青在憧憬未来美好日子时曾经断言：只要顿顿能吃上白蒸馍夹条子肉就美到共产主义了！呵呵，所见略同哦！”在《购物的困惑》中，作者则以冷幽默的语言描述，中国游客回国后发现，在国外高价抢购的商品，寄货单位是国内某公司，活脱脱地勾画出一些同胞崇洋媚外的窘态，让人忍俊不禁。对既往语言的使用，关中尧也能信手拈来，像“三八枪没盖盖，八路军没太太，等到革命成了功，一人娶个洋学生”“苏联老大哥呀，挣钱挣得多呀，买张火车票呀，到了莫斯科呀！”一类顺口溜，既给作品打上了鲜明的历史烙印，又使读者回味到其中的苦涩。

有比较才有鉴别。在鉴别中寻找戏谑素材，寓庄于谐，使关中尧的作品有时会冷不丁地跳出相声段子或小品情节。在《丽人说》一章中，他既嘲讽女性为了颜值而整容，又为兵马俑出土人物面部特征与现代秦人一模一样而自豪。最后却议论道：“生命来到世界上，源自饮食男女偶尔的一次交欢娱乐，上帝都没有权力阻止。人类能控制宇宙飞船起落，却不能掌握自己繁衍对象的美丑。有的孩子能综合父母最精华的因子，有的孩子却大相径庭，甚至一个娘胎里孕育出来的，竟然有大才，也有侏儒。摩尔根遗传学解释其缘由是隔代遗传的现象造成。唉，且让他们去研究吧！”写到这里，作者把无可奈何的包袱甩给读者，潜台词是：“你去思考吧！整容是改变不了遗传基因的。”在瑞士阿尔卑斯雪山上，作者比照国内景区的乱收费现象，对瑞士“上山无须购买门票”，“更没有某个绝佳位置绳子一拉拍照收费十元现象”感慨良多。这些调侃式的表述，既增加了作品的生活气息，也反映出中国与发达国家管理观念上的差异。

语言是建构文学殿堂的原始材料，是文学魔方的方块。方言作为地域文明的土壤，背后蕴含着多样性的文化精髓，成为古今中外文学作品独具特色的创作元素和表现手法。关中尧是西安人，熟稔关中文化，说起方言张口就来，这也为他的作品增色不少。《家住西安》一书的每一页都有关中方言，即使是通用官话，里面也有方言的影子。看看《吃在旅途》的末尾是怎样表达的——“中西佳肴、南北大菜其实都不错，但舌苔味蕾的记忆中，最难忘最好吃的，是娘亲手做出的粗茶淡饭：焦葱花懒麻食、苞谷榛熬红苕、马齿菜面疙瘩、南瓜瓤盖被子、豆腐地软包子”，还有“老陕们想咥一碗臊子面”等，都会使人联想到陈忠实《白鹿原》中的关中方言。共性寓于个性之中。正是方言土语的交融汇聚，才使中华民族的语言文化博大精深、璀璨夺目。

四、厚积薄发的知识含量

文学作品中的知识，是指文学元素以外的其他门类的知识。知识含量越高，其审美价值越大。散文作为一种“形散神不散”的文体，作者选择题材的空间大，获得素材的路径多，叙述事件、描写人物、借景抒情、托物言志收放自由，这就为作品在纵贯古今、横亘中外的表达中盈积知识开拓了广阔天地。关中尧的文学作品没有抒情很丰满、知识很骨感的浅薄现象，而是在行云流水的字里行间，用画龙点睛的方法推进思辨的深度。粗略统计，仅《谁跟我去看世界》一书中，涉及的中外名人名言即多达十余处。这些知识像催化剂，促使眼前景物与大脑思维融合在一起，让历史的声音在现实中回荡，让知识在掀开尘埃或面纱中转化为艺术之美，读来颇有“蛙声十里出山泉”的诗画印象。

关中尧的作品，受其恩师——著名散文家尉立青的熏陶，很注重吸收历史知识，《家住西安》即是一例。在这部作品中，作者以自己的成长为经线，以家庭五次迁徙为纬线，用西安古往今来的逸闻趣事编织出令人信服的记述。贯穿其中的沧海桑田、亲朋好友、悲欢离合、喜怒哀乐以及名胜古迹、文化流派、酒肆茶楼、风土习俗、餐饮服饰、婚娶丧葬，等等，都有翔实的记载。作者从社会学的角度，通过解剖一个家庭认识一座城市。文章虽无波澜起伏，但却把住了古城的脉搏，摸准了古城的心律。《西安，独特在何处》，可视为《家住西安》的补记，通过旁征博引史料、耳闻目睹现实、深入研究社会，进一步揭示了西安的丰厚底蕴、时代的变动不居，实现了使读者感同身受的审美效果。由此可见，知识赋予作品的魅力是山呼海啸的抒情和空洞苍白的议论代替不了的。

强调文学作品的知识含量，不是着意在作品中炫耀知识、罗列知识，而是要像林语堂、朱自清、郑振铎、梁实秋、沈从文等老先生的散文那样，于高山之上采撷一束玫瑰，于大海之中捧起一朵浪花。要防止知识使用不当而适得其反，把一束玫瑰弄成一把荆棘，把一朵浪花弄成一个气泡。《犹太人：点亮了人类思想的明灯》这篇散文，是关中尧潜入时空隧道、占领历史高地、拓展文明视野的成果。这篇可纳入辞典的文章，通过介绍犹太人在各个领域的著名人物及其成就，覆盖了近当代人类社会物质变化、自体塑造和精神分野、意识内核的聚合裂变，是对犹太人的礼赞，也是对时下民族主义狂热的批判，说明人类文明是在历史发展和文化交融中成长进步的。由于对资料把握适度，这篇知识含量丰富的文章读起来并没有喋喋不休的感觉，反倒言简意赅、言近旨远。

文学作品是用知识编织的渔网，知识越多，网孔越密，在生活中打捞的“鱼”越多。所谓“授人以鱼不如授人以渔”“蓬生麻中，不扶自直”“近朱者赤，近墨者黑”，都说明良好的学习环境和正确的学习方法能够影响人的成长。如果把文学作品比作塔，那么塔基就是知识，知识越丰厚，塔基越牢固。

所谓基础不牢、地动山摇说的就是这个道理。回过头看，关中尧的文学创作同其自幼积累知识密不可分，而这种积累又与其家学源渊密切关联。关中尧的父亲是革命时期的知识分子，早年在山东、北平求学，1930 年代参加过中国左翼作家联盟（“左联”）、中华民族解放先锋队（“民先”）和中国革命互济会（“互济会”），还参加过著名的平津学生南下示威请愿抗日爱国活动。1937 年 5 月加入中国共产党后，一直以教师身份为掩护，在西安、汉中、安康从事党的地下工作，把多名抗战青年送到延安。他还创建了由地下党掌控的大荔中学，培养了大批向党靠拢的学生。1949 年大荔解放，陕甘宁边区政府任命其为该县首任县长。1951 年初调至陕西省委宣传部后工作虽屡有变动，但没有离开过宣传文化部门。关中尧长兄公派留苏，大姐考入大学，接触的左邻右舍又多是知识分子家庭。环境的启蒙影响，使关中尧幼年便喜欢书籍、渴求知识。随着年龄增长，读书便成为他的最大爱好。彼时，他读过的书籍不但超过了同学，而且也超过了大部分成人。特别是其父好读书、擅书法、通音律、会弹琴、能演话剧、会唱京戏，这些雅兴像基因一样遗传给关中尧。父亲作为榜样激励着关中尧，父亲的爱好作为动力成就了关中尧。更为可贵的是关中尧心胸开阔，不“记仇”。1937 年 7 月在西安入党的父亲因所谓“右倾”几次受到不公正待遇，职务越来越小，但关中尧受其父家国情怀的影响，始终没有扭曲“三观”，更没有在作品中发泄私愤，一直笔耕在爱党爱国爱军的大地上。

通览关中尧的作品，不难发现即将步入古稀之年的这位军旅作家，如同少年、青年时一样，不懈怠，不落寞，不止步，正以夕阳的绚烂编织出一幅幅美丽的云锦。

2019 年 8 月 14 日

（先后为“今日头条”等多家网站所载）

微言大义夕阳红

——王发虎《顺其自然度晚年》序

周虽旧邦，其命维新。用这句话形容老战友王发虎退休以来的精神状态和生活品质并不为过。他笔耕不辍，创《戎马西域四十秋》和《顺其自然度晚年》两部鸿篇巨制便是证明。

巧妇难为无米之炊。在我看来，这种自传体的纪实文学，不像王发虎一般，确有生活阅历和人生感悟是写不出来的。

100 多万字的作品，没有英雄式的豪言壮语，没有书生式的吟风弄月，更没有怨妇式的指桑骂槐，有的只是平凡人的娓娓道来。这是边防军人不忘初心、牢记使命的写实，亦是退休军官心系祖国、回眸征程的记录，还是垂暮老人含饴弄孙、养花种菜的动画。

《顺其自然度晚年》记录了作者退休近 20 年的心路历程和

生活方式。在同夫人蒋辽英相濡以沫的日子里，他们心连心，手牵手，同甘苦，共命运，寄情山水，放怀明月，聚会战友，把酒言欢，把日子过成了诗，过成了画。

发虎不仅以文字见长，还颇善书画。他的书画作品，既有军人的风骨，亦有文人的儒雅，可谓文武之合璧，古今之融汇。他在秦岭脚下打造的园林，就是一座立体的书画。

夫妻双方就像两个半球，只有二人互相扶持日子才能过得圆满、长长久久。人们都羡慕王发虎与蒋辽英是天造地设。在我看来，蒋辽英的真挚爱意，才是王发虎晚年幸福的依靠。他们之间的理解、信任、尊重、宽容，在我知道的老战友中堪为模范。

衰老是不以人的主观意志为转移的，生命终将一日一日走向尽头。面对来日，不纠结功名利禄，不恐惧病痛老死，让衰老像潺湲的山溪，卷着小小的水花流向大海，把一切烦恼抛在身后!

2019 年 9 月 24 日于成都解甲楼

（2019 年 9 月 25 日发表于“今日头条”）

让民族的苦难与辉煌凝成永恒

——读廖毅文报告文学集《历史的闪电》

朗月穿窗，万籁俱寂。我在心潮起伏中读完廖毅文的报告文学集《历史的闪电》。这部由解放军出版社出版发行的文集所记录的事件，像历史的闪电穿越时空隧道，映照出一段段激情燃烧的岁月、一幕幕感天动地的瞬间、一个个辉煌瑰丽的灵魂，击中我内心深处最为持久和柔软的记忆，传递的浩然正气，迸发出兴国强军的能量。

与《历史的闪电》同时出版发行的还有通讯集《一个时代的背影》、散文集《坚定与浪漫》、新闻论文集《非常态下的政治传播》，洋洋洒洒四大本，近百万字。廖毅文为何能有如此多的精神硕果、如此多的心血结晶？答案只有一个，即“忠诚、使命、职责和担当！”这是他的初心，也是他自我实践的行为规范，以《历史的闪电》可管中窥豹。

廖毅文能够淋漓尽致地呈现出这样的史实不是偶然的，他本来就是优秀的新闻工作者。20 世纪 90 年代，我任总政宣传部部长时，廖毅文已经在这条坎坷艰辛的路上奋力拼搏了多年，并且成绩斐然。在 20 多个寒来暑往中，他参与或组织了对许多重大事件与典型的深度宣传。丰富的社会实践和新闻经历，赋予他敏锐的嗅觉、独特的视角和厚重的文笔，更为宝贵的是，催生了他犀利的政治思辨力、敏锐的时政洞察力、深沉的情绪感染力。也许只有经历了风霜雨雪中的跋涉、岁月蹉跎后的磨砺，才能将历史的片段打造成一幅以生命与鲜血浸染的重彩画、一部讴歌牺牲奉献而响遏行云的交响曲、一篇赞颂无私无畏忠肝义胆的墓志铭、一座祭奠为国家和民族命运舍生忘死的英雄而耸立的纪念碑。在不舍昼夜的担当中，廖毅文完成了一个军事新闻工作者肩负的使命。

报告文学作为一种纪实性文体，与小说、戏剧的最大不同在于不允许有任何形式的虚构，对其真人真事，可以有选择、有剪裁、有取舍，但不能有一丝一毫的主观臆造，这实际上与新闻报道所要求的那种事实的客观性在本质上是相通的。毫无疑问，廖毅文是求真较真的笃行者。因为始终坚持运用马克思主义的立场、观点和方法观察事物、明辨是非、去伪存真，廖毅文在历史风云变幻、社会思潮纷扰面前，总是态度鲜明，足底生根，用醍醐灌顶的文字让人豁然开悟、识别洞天。

廖毅文的报告文学在艺术上去粗取精，返璞归真，高昂的格调、充沛的感情、质朴的语言，让人觉得是一位情感真挚、作风朴实的同志在向你“现场报告”。好雨知时节，润物细无声。阅读这部文风朴实、表述生动、材料翔实的作品，会使人在不知不觉中受到感染，眼前呈现出一幅幅江河行地、日月经天的画面。

《镌刻在废墟上的记忆》是廖毅文汶川抗震救灾亲历记，获得过全军抗震救灾文艺作品优秀奖，也是这本报告文学集的主体篇章。我是这篇全景式报告文学的第一读者。面对那场突如其来的国殇和举国救灾的殊死搏斗，廖毅文披星戴月，出生入死，三个月间跑遍了所有的重灾区，以高度的历史责任感、敏锐的时代洞察力、过人的文字表达水平和真挚滚烫的感情写下了这部报告文学。它如同洪钟大吕，使读者屡屡震撼，真实感受到绵阳之恸、映秀之伤、汶川之劫、漩口之痛、北川之悲、青川之血……正如廖毅文所言，“灾难，降临了汶川；汶川，赓续着未来”。他用文字为这段地动山摇、天崩地裂的灾难做证，为这场波澜壮阔、惊心动魄的大规模非战争军事行动做证，为党和国家领导人以人为本、执政为民，党员领导干部身先士卒、履险解困做证，为 19 万人民解放军指战员、武警官兵、民兵预备役人员和广大社会团体的生死营救做证，为灾区人民不屈不挠的高尚情怀和坚韧不拔的精神意志做证，更为13亿中华儿女万众一心、众志成城，一方有难、八方支援的民族向心力、凝聚力做证。文章本身就是伴随着泪水、汗水和血水写就的，我们怎能不为之动容？

强烈的历史责任感是这部报告文学集的显著特点。历史总是充满各种各样的矛盾和各种各样的人物，既有光明面，也有阴暗面。虽然光明总要战胜阴暗，正义总会战胜邪恶，但在奔腾向前的历史长河中，险滩、暗礁、回头浪也难以避免，阴霾也可能暂时遮住太阳。因此，歌颂光明与揭露黑暗就成为史实性报告文学不可回避的两大任务，两者都可以“干预历史”，都可以起到扬善惩恶、激浊扬清的作用。但无论歌颂或揭露，都需要很大的勇气，而廖毅文骨子里刚直不阿、疾恶如仇的品格，使他具备了写好史实性报告文学的价值取向和道德基因。

《周恩来进入手术室之前》和《让沉重的历史不再沉重》中，他参阅大量历史文献，运用镜头式的画面，拨开时代变迁的迷雾，叩开历史沉重的大门，细腻动情地描写周总理与病魔抗争之痛、排除困难寻找彭老总骨灰之切，字里行间无不彰显着老一辈无产阶级革命家蒙冤受屈时忠贞不渝、战斗不止的革命情怀，刻画着他们彪炳千秋的不朽功绩，对党对人民无限忠诚、清正廉洁、襟怀坦荡的人格风范。同时，面对十年内乱，廖毅文绝不文过饰非、模棱两可，而是秉笔直书，切中要害，将“四人帮”篡党夺权、祸国殃民的丑恶嘴脸揭露无遗，痛斥得义正词严、淋漓尽致，便是最好的说明。“历史是一面镜子，忘记过去，就意味着背叛。”廖毅文正是以胸怀历史的责任感，在汇聚时代正能量中激励人们跨过心灵的废墟，昂首前行。

抛开沉重的话题，审视廖毅文作品的另一特质——英雄情结。时势造就英雄，英雄铸就历史。一个时代有一个时代的英雄。这是一种社会规律，也是一种历史必然。但无论什么时代，无论哪个国度，人类崇拜英雄、崇尚英雄主义的情怀从未改变。廖毅文更是一个具有浓重英雄情结的人。他的报告文学中，一个个鲜活真实的英雄形象跃然纸上，诉说着他要铭记的历史。这里有百岁英雄张学良“孽子孤臣一稚儒，填膺大义抗强胡”的爱国情怀；有抗洪英雄李向群“家富不移报国情，波涛无眼妒英灵”的牺牲奉献；有抗震英雄邱光华机组“恪尽职守显本色，勇于牺牲铸忠魂”的使命担当；有抗美援朝志愿军英烈“雄赳赳，气昂昂，跨过鸭绿江；保和平，卫祖国，就是保家乡”的豪迈气概；还有戍边军人群体“牺牲我一个，幸福十亿人”的英雄胆魄……一个个光辉璀璨的形象，一段段可歌可泣的故事，感人至深，催人泪下。

廖毅文显然是这些英雄最痴迷的追随者。他义无反顾地以独特、饱满、奔腾的热情，感应着历史的心跳和时代的节拍，有血有肉地塑造出英雄所独具的品格。英雄的苦与甜、悲与喜、爱与憎，或是历尽沧桑后的感悟，或是世情异变时的反思，或是牺牲奉献中的震撼，或是失败成功后的心曲，都在他的笔端流淌出来。倾吐英雄心声，赋予历史亮色，廖毅文不愧为英雄忠实的代言人。

报告文学作品的文学性、史实性等艺术特点虽然早有定论，但在作品的表现上却不尽如人意。有的报告文学强调纪实性，但丰富的资料、客观的叙述，把作者要表达的思想淹没了；有些报告文学表现出太强的主观性，不时地空发议论，显得喧宾夺主。廖毅文的报告文学把纪实性和主观性有机地、妥当地糅合起来了。在《为了大地的安宁》中，他在紧张的反恐军演中，与塔吉克斯坦国防部部长海鲁洛耶夫上将的对话，一语中的地点出世界各国人民厌恶强权和霸道、信奉正义和真理、为打击强权政治与恐怖主义不懈战斗的共同期盼。《访朝散记》中，他与守墓老人金成浩的对话，反映了朝鲜人民对志愿军永恒的爱戴，彰显了中朝两国人民用鲜血和生命凝成的战斗友谊。《祝寿夏威夷》中，他以徐海东大将的女儿徐文惠与张学良将军的大篇幅对话为文轴，夹叙夹议，徐徐道出了这位中华民族千古功臣此生不渝的爱国情怀。读廖毅文的报告文学作品，我们可以清晰地感受到他在注目审视历史，在侧耳倾听历史，在深沉思考历史。

当前，我军正处在一个重要的历史发展时期，重温我党我军的光荣历史，继承和发扬革命传统，缅怀老一辈革命家的丰功伟绩，对于坚定理想信念，接受思想洗礼，弘扬浩然正气，培养和铸就有灵魂、有本事、有血性、有品德的新一代革命军人，牢记党在新形势下提出的强军目标，实现中华民族的伟大复兴具有重要的现实意义。

落叶他乡树，寒灯独夜人。阅尽当今事，成败世人评。廖毅文多年来怀揣着历史正义感、危机感、责任感和对真理的不懈追求，辗转奔波，笔耕不辍，终于成书。作为他的老部长，谨以此文对《历史的闪电》付梓表示衷心的祝贺。

2019 年 11 月 8 日于成都解甲楼

（2015 年 1 月 27 日发表于“新华网”）

《弟弟最后的日子》

——一本读起来放不下的书

《弟弟最后的日子》，我先后拜读过两遍，第一遍读的是沈卫荣教授发给我的电子版，第二遍是周国忠先生惠赐的签名版。两次默读，两次不能释怀，深感这是一部浸润着人性甘露的倾心力作。

文学作品中的生死主题早已贯通古今中外，但在周国忠先生的笔下，这个题材却释放出感人至深的人性光辉和令人扼腕的生命张力。这部纪实文学，渗透着人本情怀，饱含着人性关爱。记得沈从文先生在《萧萧》前言中讲过一句话："我只建造一座小庙，在这座小庙里，我供奉的是人性。"《弟弟最后的日子》一书，就如同这样一座小庙，庙里供奉的是弟弟的人性，是作者一家人及关怀弟弟的亲或非亲的、有神论者或无神论者的人性。环顾我们目前所处的人文生态，在某些藏污纳垢的角落，物欲横流、道德失范的问题有如瘟疫蔓延。这些人性扭曲或缺失的病毒，正像吞噬弟弟鲜活生命的癌细胞一样，吞噬着我们的社会“肌体”，造成社会“骨骼”的钙质流失和器官变异。《弟弟最后的日子》一书所释放的正能量，无疑为重塑中华民族的文明尊严输入了新鲜血液。这对增强个体生命、群体生态的免疫力，都是有着现实意义的。

黑格尔讲过：“哲学就是反思。”从哲学意义上解读《弟弟最后的日子》一书，可以唤起读者的多重反思。

其一，信仰作为一种特殊的社会意识形态和文化现象，在人的终极关怀中，具有其他精神力量和物质力量不可替代的作用。

在《弟弟最后的日子》一书中，作者饱含深情，表达对个体生命的非常体悟，表露对人性价值的剖析判断。为读者展现了一幅终极关怀的情愫长卷。

在得知弟弟恶病不治的情况下，痛心疾首的哥哥没有陷入绝望之中，更没有在消极等待中听候死神的宣判，而是去最好的医院、请最好的医生全力以赴为弟弟治病，同时用信仰重新点燃弟弟的生命之光，让陷入苦难深渊的弟弟抓住了复燃信仰之火的契机。在不到 3 年的短暂岁月中，在生存与死亡的尖锐冲突中，弟弟找到了安放性灵的家园。当看到“我终于明白：

弟弟与死无缘，只是转身离开”时，我相信作者与弟弟都已找到了超越生死的基本路向。这对恨不得把权力、美色、金钱都带进坟墓的人而言，不啻一道闪电、一声响雷。

如果世人都能敬畏生命、崇尚人性，坚持终极关怀，那么化解生存与死亡、有限和无限的紧张对立是完全有可能的。

其二，孝悌文化既为终极关怀提供伦理支撑，又是构建家庭和谐的道德基石。

《弟弟最后的日子》一书中，作者虽然没有对我国传统伦理文化给这个家庭的影响进行正面描述，但从字里行间流露出来的感情可以看出，作者及其亲友对弟弟的关爱呵护，不仅仅停留在殚精竭虑地帮助弟弟树立信仰、纯净信仰上，坚持不懈地鼓励弟弟服从治疗、坚持治疗上，同时还动员亲朋好友，为弟弟营造了一座伦理殿堂。在这个殿堂里父慈子孝、母爱儿恭、兄仁弟顺。营造这座伦理殿堂的，不只有作者的家庭成员，还包括无锡医院的院长夫妻、上海医院的专家教授和两位年事已高仍远行布道的牧师以及经常嘘寒问暖的乡亲邻里。大家都向弟弟捧出仁爱的心，伸出温暖的手。正是有了这种弥漫着宅心仁厚的氛围的熏陶和浸润，弟弟的血脉中充盈着人性的暖流。读者完全有理由相信，弟弟是在作者及其亲友洒满心血的道路上推开另一个世界的大门的。

我们不能不重视伦理道德对社会、对家庭、对个体生命的重要性。孔老夫子认为："君子务本，本立而道生。孝悌也者，其为人之本与!"这也就是说，孝悌是道德的根本，是伦理的基础，是修身齐家治国平天下的立足点。基础不牢，地动山摇。现在大家都埋怨人心不古、伦理贬值、道德失范，但却不重视从自己做起、从娃娃抓起，以至于缺乏良好教育的年轻人成为孝悌文化践踏者，甚至出现了一些大学生杀父弑母的极端案例。

"孝悌"本来是古人规范家庭伦理关系的一项基本准则。家庭是社会的细胞，也是构建国家大厦的基础，有了家庭的安定和睦，才能有社会的和谐发展，才会有国家的长治久安。所以"孝悌"所蕴含的人性哲理远远超出了家庭的范围。

《弟弟最后的日子》一书还告诉我们，人性的本原本真是爱而不是恨，是向善而不是向恶，是顺其自然而不是忤逆天理。因此，不同宗教信仰的民众，不同文化背景的族群，只要求同存异、以人为本、以善为根、以和为贵，我们头上的蓝天就会瑞云漂浮，我们脚下的大地就会春色长驻。

其三，改革开放为人的终极关怀积累了物质基础。

在《弟弟最后的日子》一书中，作者对弟弟的终极关怀，不仅体现在帮他找到信仰支撑，还体现为他提供了物质后盾。而这个物质后盾，与无锡跨入全国百强市行列密不可分。改革开放前，作者三代受穷，奶奶孤独地病殁于寄宿的邻居家的破屋，父亲因无钱看病而被肝癌夺去生命，作者因无钱上学而投身于军旅，四面透风的茅屋给全家人留下抹不掉的记忆。这和后来住进自家的独幢小楼、出外有汽车代步，家人组团到港澳旅游，简直天壤之别。这是弟弟能获得终极关怀的相应物质基础。弟弟是不幸的，但又是幸运的。不幸是因为得了不治之症，幸运是他在病中受到亲友的关爱、享受到时代的眷顾。当作者夫妻及其姐妹为弟弟耗费巨资治病时，读者看到的不仅是金钱的价值、亲情的价值，也看到了以人为本的改革开放，看到了时代赋予公民的尊严保障。否则，冬虫夏草、介入疗法、进口药品等，与普通百姓是绝无联系的。

哲学让人透过现象看本质。作者的高明之处，在于没有用口号式的语言罗列改革开放以后的农村变迁，而是让读者围绕弟弟最后的日子，去探究诸多跌宕起伏现象后面的深层渊源。当置身于作者笔下诗意般的故乡热土时，你会在涓涓的溪流声中聆听时代的足音，在累累的橘子树前思考生命的代谢，在弯弯的林间小径上探寻人性的轨迹。

掩卷沉思，《弟弟最后的日子》一书编织的终极关怀图景依然在脑中时隐时现，让人感叹不已，感悟迭生。

2013 年 10 月 11 日

（刊于 2014 年第 4 期《太湖》）

潺湲的心语

——李凤玉散文诗欣赏

鲁迅说过："无情未必真豪杰，怜子如何不丈夫。"我现在的心情有点类似鲁迅，只是比鲁迅写给坪井的诗晚了 87 年。这心情与欣赏李凤玉的散文诗有关系——她使我这个 75 岁老人的心又年轻了一回，而且漾出了情感的涟漪。于是我想到《楚辞·九歌·湘夫人》中的两句话："荒忽兮远望，观流水兮潺湲。"我以为李凤玉这 100 余首散文诗，是可以用潺湲心语作比喻的。

应该说，李凤玉的诗是以爱情为主旋律的，或者干脆说是爱情诗。但这些诗章并非是赤裸裸的表白，抑或是酸溜溜的打情骂俏，而是年轻人对爱情充满诗意的渴望和向往；是忠贞爱情的不渝和拥抱爱情的炽热。从中我们可以了解诗人对人性本真的理解，对爱情本真的礼赞！

李凤玉的散文诗状物言志，写爱情又不囿于爱情，父母的亲情、祖国的山河、故乡的流云、天上的飞鸟、地上的花草，无不蕴含着爱情的基因。这才使得她爱情诗的园地土壤肥沃，草木丰茂，避免了无病呻吟和无端矫情。这是很可贵的。

李凤玉是伴随着国家改革开放走过来的女诗人。这样的成长背景使她的人和她的诗都没有被旧传统羁缚。恰恰相反，我们能够从她诗的自由舒展中感受春风拂面的温柔。所以说这些诗是打着时代印记的。

老人是从年轻走过来的。我相信无论老翁老妪，读读李凤玉的诗有益无害。这些散文诗一定会让你回忆起早已尘封的炽热爱情！

2018 年 10 月 10 日

回眸北大

——在北大图书馆找到了我的短篇小说处女作

写下这个题目，连我自己都笑了。一个逾古稀快五年的老兵，又没有在燕园读过书，何来“回眸北大”？是发思古之幽情，还是吟今人之离恨？其实都不是，是因为在最近整理工作笔记时看到了这样一段话：

> 蒋明晶告知，在李大钊曾任过主任，毛主席曾当过助理员的北大图书馆，发现《雪线上的歌》收录了我1964年写的短篇小说《在激流中》，听罢甚感亲切。为避免再惹是非，嘱其勿对外说破。
>
> 1974年8月16日

现在回想起来，如果不是笔记本上这段话揭开记忆的覆尘，我曾写过小说的经历很可能会被我自己遗忘。蒋明晶是1972年从新疆军区司令部进入北大的工农兵学员。因为成绩优良，表现突出，毕业后分配到国防部外事局工作，但她至今也不知道，就是因为这篇名为《在激流中》的小说，我也被卷进激流，还差点被扒掉军装，告别金戈铁马入梦来的峥嵘岁月。

拿现在的眼光看，这篇以部队游泳训练为题材的“大比武小说”，实在是一篇令人赧颜的“小儿科”，但当时却得到新疆军区作家丁朗的赏识。根据丁朗的指导意见修改后，此文被收入新疆军区文化部出版的短篇小说集《雪线上的歌》。1966年5月拿到书的当天，我就到部队驻地阿克苏的邮局，用航空挂号件把《雪线上的歌》寄给我的同学——现在的妻子孙兰，急于与她分享我的处女作。那时她和我都没有想到，后来的事态发展，把“乐极生悲”这个词诠释得淋漓尽致。

1966年秋，我这篇不起眼的小说，被有的人上纲上线，成为“黑线作品”。我被戴上“大比武吹鼓手”的帽子，又被一脚踹进大批判的旋涡，在文化部个别人的唆使下，开始没遍没数地写检查。从20岁创作小说，到22岁受到批判，我对资产阶级军事路线一直说不明白。团政治处宣传股股长张心一是个好人，他让我把小说初稿和修改稿当着他和张济民干事的面烧了，先把眼前这个坎迈过去再说。我心里虽然痛楚，但想到只焚书不“坑儒”，心一横，烧就烧！可是看着两沓子心血凝成的初稿，一页一页地灰飞烟灭，我不由得联想到黛玉葬花那个情景。但黛玉是为情所困，我是为兵立传；鲜花埋了可以再采，手稿烧了找谁去？想到这里，我挟着修改稿掉头而去，发誓宁可金盆洗手不写小说，也要把修改稿保存下来。当然，胳膊拧不过大腿，最后是团政委林忠出面开导，我才把书稿交给了他。后来“文化大革命”掀起新高潮，我这个“大比武吹鼓手”被“解套”，书稿烧没烧我再未过问。

1968 年我调到新疆军区司令部当秘书，军事机关昼夜都在忙着准备打仗，没有人对我写过小说的往事感兴趣，我也羞于把写小说受批判的委屈向人倾诉。那天听蒋明晶说北大图书馆收藏了《雪线上的歌》，我有些纳闷。据我所知，这本书出版后并未向社会发行，北大图书馆是从哪里搜罗的？我没有找到答案，但北大图书馆搜罗图书的能力却给我留下了深刻印象。我对蒋明晶说，历史是现实的一面镜子。回过头看，当年李大钊出任北大图书馆主任，毛泽东在北大图书馆当助理员也就不足为怪了。

窥一斑而知全豹。我以为历来重视图书馆建设，正是北大能久列中国大学排行榜榜首的一个重要原因。

2017 年 11 月 22 日

第五辑

素日琐记

早春的成都，难得看到灿烂的朝阳，怪不得周围人家的狗儿们比往常吠得早，那吠声也与往常有些相异，怪怪的，大概是因为看到大太阳而高兴得跑了调吧。

生日三记

之一　七十六岁初度记

光阴荏苒，岁月如梭。倏忽间已跨进 76 岁门槛。老矣！衰矣！生死咫尺，何其短矣！

记得鲁迅说过："即使是天才，在生下来的时候的第一声啼哭，也和平常的儿童的一样，决不会就是一首好诗。"

鲁迅这话，平实淡定，但内涵丰富，哲理深刻。因为谁也不能断定，呱呱坠地的婴儿将来是天才还是蠢材，是伟人还是庸人。

我狗尾续貂：即使是天才，是伟人，在死去的时候的最后一次呻吟，也和平常的病人的没有多少不一样，决不会就是一首好诗。

所以说在死亡面前人人平等，无论你是身价亿万的富翁还是囊中羞涩的穷人。黄泉路上无贵贱，能看到，是真的；九泉之下各东西，没见过，鬼晓得。

人，在自己的哭声中出生，在别人的哭声中离世。男女老少，上苍“标配”；古今中外，无人破例。那么，区别在哪里？窃以为，有人禀赋异常，已占先天之优势，后天若勤奋不懈，终究会成为天才。有人禀赋不足，若后天奋起，未必就是庸才；若后天懈怠，终究会成为庸才。正反两个方面的事例俯拾皆是，无论你是皇帝还是乞丐，都逃不出这个规律。所以说决定人生成败的根本不是天资禀赋而是勤奋。当然，这些只是我从鲁迅语境中演绎的感受。

鲁迅又说：“哪里有天才，我只是把别人喝咖啡的工夫都用在了工作上了。”足见，鲁迅之所以是鲁迅，主要原因不在于天才，而在于勤奋。爱迪生也说过：“天才是百分之一的聪明加百分之九十九的勤奋。”鲁迅是文学家，爱迪生是科学家，一文一工，专业虽然不同，成就同样彪炳史册，对天才与勤奋关系的看法如出一辙。

人，无论是天才或者庸才，生的开始就是死的开始。在北京向八宝山冲刺，在成都向磨盘山冲刺，普天之下殊途同归。所不同的是过程有长短，速度有快慢。勤奋者的生命是过程和速度的统一，平庸者的生命也是过程和速度的统一，不同之处在于生命质量的差别。高质量的生命过程是光明的，虽死犹生；低质量的生命过程是灰暗的，生不如死。

人，无论其生命过程光明与灰暗，都在历史上留下足迹，大多都有后人追思和祭奠。但为表达孝心，祭祀时大操大办，奢侈无度，甚至在装修阴宅上一掷千金，在骨灰盒上嵌金镌银，实在大可不必，这种做给活人看的排场未必见容于社会。真正践行孝道的人是不会这么做的，用孝道延续死者生前的寿命，比为死者强加哀荣更有意义。当然，借尸捞金者事后只能落下一片唾骂。

走笔至此，节外生枝。清明回乡扫墓，耳闻目睹，难免感慨。有人天资聪慧，家境不错，但却让父母居陋食劣，无异于物质虐待；有人天生愚钝，衣食靠父母接济，还要颐指气使，这是精神虐待。更有甚者，视病榻上的父母为累赘，恶语相向，恨不得促其早亡，这是践踏法律，不在本记之列。绝大多数乡邻还是懂得仁义礼智信的古训，对社会主义核心价值观不敢罔顾而为。

古人讲，百善孝为先。本以为这是个常识，现在看来，这个常识的真谛远远没有被常人理解。是故，进行孝道文化的普及教育，时不我待。

什么是孝？古代有《孝经》，有二十四孝图，孔孟诸子均有教诲，而今，社会主义核心价值观更有言简意赅的表述。

笔者冒昧解读：孝，即笑！——让你应该孝敬的人衣食无忧，安度晚年，固然是孝；让你应该孝敬的人受到尊重，心情愉悦，更是孝。这样的孝，即使一家人身着粗衣土布，胃纳粗茶淡饭，也是大孝、真孝、至孝！而对本该孝敬的人，虽是好吃好穿相待却恶语相加，使其精神痛苦、郁郁寡欢，也只能说是做，是演，是假孝。是可忍孰不可忍！

2019 年 4 月 12 日

之二　生日心绪忧乐记

这个生日过得惬意！有老伴和我，女儿和女婿。我说："正好搬砖头修长城，只是我不懂规则！"大家哈哈一笑，乐在其中。

全家人若凑齐，有十二口子呢。大儿子在部队值班，大儿媳妇亦在外地，他们的女儿在学校回不来。小儿子倒是在成都，正出差，事情更重要，无暇顾及。小儿媳妇和两个女儿远在西安，自然不能来凑热闹。外孙想从纽约赶回来，飞机三次晚点，回来也不赶趟，只能顺其自然。毕竟，飞机不是汽车，况且波音在埃塞俄比亚坠地，尘埃尚未落定，全家祈愿他一路顺遂。

当天上午，干休所王定培所长、肖燕政委代表组织送来祝福和温暖——大果篮。其中水果达十种之多，都是精选的，可见所领导人之善、心之诚。当然我要感谢！感谢之后还提了意见。好在心有灵犀，彼此理解。

下午干休所联络员杨波送来一块蛋糕，直径约 50 厘米，是自费做贡献，且年年如此。是夜收到挚友独发的红包 666.6 元，祈愿吉祥！受之有愧，却之不恭，唯愿友永葆年轻！

手机联系很方便。生日饭局家人虽未到齐，但都及时送来祝福。小儿子夫妇在家庭微信群里发了红包，大家一抢而空，其乐融融。大儿子夫妇惦记，第二天专门补办生日宴，当面表达拳拳孝心、殷殷亲情。至此，生日活动结束，我却生发出一番感慨。

生日习俗中外各异，起源于何时，同异在何处，百度知道。

平心而论，我对自己过生日不是特别上心，原因有三：

其一，孩子生日是母亲难日。

坐胎的过程，是母亲不堪重负的过程，从初期的妊娠反应，到十月呕心沥血，不知比常人要多耗费多少心力和精力。倘若母亲带病怀胎，辛苦更是难以尽言。这里，没有感同身受，只有冷暖自知。孩子出生的过程，更是母亲痛苦不堪的过程。有时候在母子（女）性命无法兼顾下，母亲宁愿牺牲自己，也要保全孩子。至于哺乳养育孩子的过程，母亲更是殚精竭虑，披肝沥胆。王明曾在延安庆祝三八妇女节大会上讲过，妇女的伟大在于她们是人类的母亲，谁不尊重妇女，谁就是不尊重他妈。王明是败类，人格当然丑陋，但这句话有道理，我是赞同的。因此，妻子的生日我坚持每年必过，风雨无阻。我以为这是丈夫应尽的责任和义务，是对母亲的尊崇。

如果一个人不知道孝敬母亲，在母亲受到凌辱或伤害时不敢出手，那他是不配做子女的。如果为了宣泄自己的不满情绪而对母亲态度蛮横，大耍威风，他充其量只是一具会吃会喝会动的皮囊。

我在职期间，曾问过一个对母亲恶意相加的老将军儿子：你为什么不把对母亲的态度用到对你的上司、你的同事身上呢？他说他没想过，更不知道这是对母亲的变相虐待。30 多岁的人不懂换位思考，从未顾及过母亲被他伤害的感受。我当时毫不客气地说，你就不配做人！动物还知道反哺，连动物都不如。当然，这个儿子后来知道错了，在他刚刚用行动改正错误的时候，母亲走了。他深陷无法自拔的愧疚之中，但愧疚又有何用呢？“树欲静而风不止，子欲养而亲不待”，人生没有后悔药呀！

其二，我参军之前未见过父母过生日。父母在老家务农，我在西域驻防，几次探亲都错过了老人的诞辰，也就没有再想到为他们过生日。后来条件好了，离家近了，父母却不在了，这是今生无法弥补的事情。现如今给自己过生日，总是心里有愧，难免触景生情，诱发伤感，所以还是不过为好。说来也巧，我不过生日的“戒规”，是被八届、十届全国人大和全国政协十一届会议秘书处破除的。1993 年 3 月 8 日，八届全国人大第一次会议第三天下午，解放军代表团驻地京西宾馆工作人员受大会秘书处委托，捧着鲜花，提着蛋糕，敲开我的房门。包括楼层服务员在内，男男女女有六七个人。他们笑盈盈地走进房内说："屈政委！我们祝您生日快乐！"当时我在南疆军区任政委，第一次面对这样的新鲜事，一时不知所措。询问他们是否走错了门，把为女代表庆祝三八节的礼品送到我屋子来了。宾馆的同志说明来意，我真的很感动。那一年我 49 岁。年近半百第一次过生日，这在今天听起来有点令人困惑，但这是真的。从开头这次算起，我在全国人大、全国政协会议期间过了 15 个生日。

其三，大肆张扬过生日让别人难堪。如果说，家人和亲朋好友聚在一起过生日，乃人之常情，无可厚非；那么，把生日聚餐变成生日盛宴，就难免让人起鸡皮疙瘩。有人生日请柬发出去数百上千张，收到请柬的人被难住了，去还是不去？进退维谷，踌躇不决。……真是丑陋得令人啼笑皆非，让老少嗤之以鼻！十多年过去了，迄今说起仍为人所不齿。

说来也怪，在生日宴会大行其道之前，我没有收到过生日宴会的请柬；大行其道之时，我亦没有收到过生日宴会的请柬；大行其道之后，我更没有收到过生日宴会的请柬，因为用这种手段敛财的人收手了。

多年来，我为什么一直被排斥在生日宴会之外，连一张请柬也没收到过？我仍在苦苦追寻答案！

2019 年 4 月 15 日

之三　疫情下的云视频生日记

在新冠病毒蔓延之际，我踏进了 77 岁门槛。这个生日过还是不过，居然成了一个问题。

平心而论，我高兴为妻子和孩子过生日。妻子经历过凤凰涅槃般的分娩痛苦，孩子的生日正是她的难日。因此，家庭经济不再拮据时，我坚持每年给妻子过生日。我以为这是她应该得到的难日慰藉和补偿，何况她是挑着生活重担孕育养大三个儿女的。而孩子是父母生命的延续，是襁褓里升起的太阳，他们承载着几代人的希望，应该得到父母的呵护和生日的愉悦。

至于自己的生日，我历来看得很淡，这同我对父母的愧疚有关系。将近 30 年的戍边生涯中，只探望过父母三次，每次都被急电召回。我没见过父母生前过生日，我也没机会给父母过生日。无法弥补的痛惜和遗憾，将伴我走向生命的终点。跨入古稀之年，包括全家老少和工作人员在内的 18 个人，为我过了一次空前规模的生日。那一天“生日快乐”的歌声激活了心底的悲怆，蛋糕上的烛泪在火苗跳动中流淌，我的眼泪却朝着心里倒灌。

一晃七年过去了。眼下新冠病毒蔓延，举国上下抗“疫”，全家四地守望，哪还有心思过生日！

老伴背着我同孩子们商量，大家意见出奇的一致：过！一定要过！变着花样过！向武汉人学习，不能让病毒把亲情扼杀了！

老伴觉得小儿子元月份的生日没过成，小孙女3月份的生日没过成，我这个生日说什么也得过！况且我今年的生日阳历与阴历重合，这种日子19年才有一次。我听后虽觉得有点意思，又担心万一全家人聚集而有谁感染，那可罪莫大焉！于是也没太在意。只是同老伴商定，晚餐四菜一汤不变，外加一根面，一枚蛋，一杯酒。

当天下午，先是大儿媳妇带大孙女，在严密的自我防护下，捧着一大束鲜花从雅安返回成都；接着联络员杨波拎来一盒蛋糕，而且是提前预订的，我不禁为之感动。

晚饭时间到了，厨房冰锅冷灶。怎么回事？老伴告诉我，驾驶员拿菜去了，是小儿子在西安从网上点的，老家的做派——八大碗，我当时着实吃了一惊——网上能订这么多菜！

开饭之前，收到女儿从北京发来的微信：爸爸19年才能遇上一次阴历阳历重叠的生日，我们却不在跟前。为了不留遗憾，照顾到孩子们网课后才能参加，女儿女婿同两个儿子昨天电话商量，在这个特殊日子给我一个惊喜——全家今晚 8 点 30 分给我过云视频生日。俄顷，又收到在央视英语环球节目中心就职的外孙送给我的生日礼物——刚刚制作的外宣节目《疫情大事记》。我不懂英语，知道这是中国第一部关于防控新冠肺炎疫情的外宣片，心里自然十分高兴。目前该节目的点击量已经过亿。汉文版上线后，点击量还会继续上冲。

8 点 30 分，云视频生日宴会正式开始。除了小儿媳妇因救治病人至凌晨 4 点未赶上云视频家宴外，包括正在部队值班的大儿子都在视频中出现了。刚刚下课的两个小孙女同在我身边的大孙女齐声高唱《祝你生日快乐》!

我真的感动了！国家越来越安全稳定，社会的发展进步越来越快，人民的家国情怀越来越浓，任凭敌人乱咬，谁也挡不住实现中华民族伟大复兴的步伐!

感谢全家三代人的厚爱！感谢远方朋友的祝福！感谢国家对老人的关心!

我默默许愿：彻底驱除新冠病毒！愿武汉人、湖北人、中国人和地球人，永远摆脱疾病的威胁！愿人类命运共同体顺遂久安!

2020 年 4 月 19 日

春之韵

早　春

昨晚合卷躺下，大概下半夜了。

清晨，一阵阵乐曲声从房前屋后传来，在迪斯科旋律之外，还不时响起快节奏的交际舞曲。我知道那些爱好时尚健美的半老女同胞们，此时正在或铿锵有力、或跌宕起伏的音乐中翩翩起舞，自我陶醉呢！

一缕阳光透过窗帘缝隙爬上床头。我眼前一亮，看来出太阳了！

蜀犬吠日。早春的成都，难得看到灿烂的朝阳，怪不得周围人家的狗儿们比往常吠得早，那吠声也与往常有些相异，怪怪的，大概是因为看到大太阳而高兴得跑了调吧。太阳驱散了多日的阴霾，狗儿们兴奋啊！

推窗看去，前几天还色泽暗淡的花木，在阳光下居然或红或绿，生机盎然。窗前的几棵桂树梢上冒出半寸长的嫩芽儿，树上的鸟儿叽叽喳喳地叫着，用动听的歌喉为春天抒情。披满朝霞的庭院，在此起彼伏、悦耳欢快的鸟鸣声中洋溢着春天的气息。听得出鸟儿的奏鸣曲里，也流淌着赞美春光的旋律。这情景让人不禁感叹，鸟儿对明媚春光的向往实在不逊于我呀！

举目四顾，几番搜寻，却找不到动听的鸟鸣声是从哪棵树上传出来的。但就在向右一瞥的瞬间，我发现，前几天还无精打采垂吊的败柳枝条上，突然有了淡黄色的嫩芽儿，那芽儿像一层薄薄的绒毛，让我视线中的柳丝一下子变得柔软起来。像弓背一样悬垂的柳条上方，一只不合群的黄鹂静静地卧着，双翅收缩，尾羽半垂，任凭阳光辉映、百鸟婉转，全然不为所动！

看着垂柳上神态黯然的黄鹂，我在愣神的一刹那忽然忆及，约莫也是去年这个时节，也是在这条柳枝上，也是有这样一只黄鹂孤寂地卧着，只有夕阳的余晖滑过柳树时，它才绕着圈儿飞走。我当时猜想，这很可能是一只失恋或丧偶的孤鸟，心中不免生出些许怜惜的感慨。可我想错了。没过几天，也是一个春光融融的清晨，我突然发现这只孤寂的黄鹂一反常态，一会儿振翅盘飞，尖声鸣啼，像焦躁不安，又像兴奋不已；一会儿又翘尾舔羽，东张西望，像自我陶醉，又像祈盼福音。正在我纳闷不解之际，突然间一只羽毛光鲜的黄鹂从远处欢叫着扑了过来，径直扑到柳枝上那只左顾右盼的孤寂黄鹂面前。它俩紧紧依偎在一起，毫无顾忌地又是扑棱翅膀，又是交颈接耳，连连发出的愉快叫声，也啾啾叽叽地颤抖着。柳条在两只黄鹂的交拥中轻轻地飘荡。两只黄鹂久别重聚的欢欣让我感慨不已。真是“心有灵犀一点通”啊！就在我感慨未了之际，原来那只离群而卧的黄鹂，便在后来那只羽毛光鲜的黄鹂陪伴下唱着歌飞走了。那情景让我立时就想到“树上的鸟儿成双对”这句戏词。

又是一阵欢快的鸟鸣，我从遐想中回过神来，暗自思忖，难道眼前这只黄鹂还是去年那只？如果是，它还在等待陪它一起飞走的另一只羽毛光鲜的黄鹂吗？

春寒一天天消退，春色一天天复苏。春天是个播种美好希望的季节，随着“两个黄鹂鸣翠柳”时节的来临，柳枝上的这只黄鹂还会孤寂太久吗？

2013 年 3 月 6 日

（2013 年 3 月 15 日刊于《国家电网报》）

春 鸟

刚过四九，蜡梅轰轰烈烈地怒放起来。黄灿灿的颜色很耀眼，像枝条上黏了一溜蜂蜜，迷人的香气把院子空间占满了。

香气——当然是清香，是林黛玉喜欢的那种香型，雅而淡，幽而远，不像时装店里弥漫的那种浓郁的混杂香味。

窗外光秃秃的玉兰树上，花骨朵被寒冷的硬壳包得很紧。树杈高处，鸟儿把头伸出小巢，贪婪地吮吸着空气中的清香，高兴得叽叽喳喳地叫着。它们似在歌唱，歌声时长时短、忽高忽低、非乐非忧，一点儿也不知道累，使宁静的小院洋溢着生气。大概叫得肚子饿了，才扑棱着离巢觅食。

春节将近，蜡梅静静地收敛花瓣，颜色渐渐暗淡，香气悄悄消退，之后凋谢的花瓣终于萎缩成骷髅，陆续从枝头坠落下来，无声无息地躺在地上……

就在蜡梅香消玉殒之际，铁梗海棠上开始冒出花骨朵，花骨朵呈纺锤形，有点像怀胎的孕妇，花蒂以上一天比一天鼓胀隆起。临近除夕几天，都是暖日子，阳光明媚，日盛一日。大年三十那天，气温陡然爬到十三四度，门口几簇五色蝴蝶兰，姹紫嫣红，尽现娇容，恰似落满枝头将要翩翩起舞的蝴蝶。

初一开窗顾盼，左邻右舍的海棠枝头全被红色覆盖了。一株株被修剪成圆形的海棠花，阳光下像揭开盖头的新娘，红颜娇嫩，绚丽夺目。盛开的海棠花没有溢香的韵致，也没有梅花铺绣、梨花飘雪的盛景，但春的画卷却在这一刻展现出来。

玉兰树杈上的鸟巢里，鸟儿并没有对红灿灿的海棠花唱几声赞歌，甚至不屑一顾地早早爬出被窝，高飞远走，不知去向。

难道说鸟儿也有觅香的灵性，抑或是贪色的恶习，怎么对海棠花会如此冷漠？仔细一想，连日绽放的红梅，瑰丽多姿，色香脱俗，也没见鸟儿栖落枝头，原因何在？令人纳闷。

五天之后，答案找到了。

就在刚才，当玉兰树被最后一抹夕阳余晖笼罩的时候，鸟儿出现了。它们又叽叽喳喳地叫了起来，而且从巢内跳到巢沿，从巢口跳到枝头，叫得甜美、响亮，一阵比一阵热烈。循声望去，鸟巢似乎一夜之间比原来大多了。

风暖鸟声碎，日高花影重。哦！春天到了。为了生儿育女，繁衍后代，为了把绵延不断的欢叫带给人类，鸟儿们连带着闲情逸致阅春也放弃了。原来，它们早出晚归是在忙着筑巢，准备迎接新生命的到来。

叽叽喳喳！又是一阵鸟叫。沐浴在阳光下的小鸟，像是在歌唱春天的到来，像是在赞美新巢的舒适……

2019 年 2 月 7 日

暮 春

春光明媚，青竹扶疏。浪浪陪我在小院漫步。

树上小鸟啾啾，摇头翘尾，惹得浪浪仰头狂吠。鸟儿置若罔闻，在枝杈之间自由自在地跳来跳去，好像不理解蜀犬吠日的心情。

浪浪看我没有态度，无奈之下只得转移视线，把注意力集中在围墙上晒太阳的黑猫身上。又是一阵狂吠，黑猫不屑一顾，睥睨了浪浪几眼，换了个更舒服的姿势躺下，动也不动。好像在说，凭什么跟在主人后边屁颠屁颠的！我靠本事抓老鼠吃，不死乞白赖地求人施舍。

走了两圈发现，原来院子里五六种怒放的花卉，在不经意中由姹紫嫣红变得低头耷脑，有的凋谢了，有的萎缩了，有的飘落了。最后一朵残存的茶花花瓣枯作一团，像饿死窠中的雏鸟，紧紧地蜷缩在干枯的硬壳中。

离开十多天，落红被春雨蹂躏，与泥土混在一起，任人践踏，有些花瓣早已香消玉殒，不知魂归何处。

小鸟什么时候飞走了，懒猫追着太阳晒去了，小院安静下来。

我默默地走着，看着，想着。春天落幕了？我问浪浪。

没有！浪浪突然发出两声“汪汪”，算是对我的回答。

对！春天还没有落幕，只是幕间休息。春去春还会再来，花谢花还会再开。

我告诉浪浪，月亮阴晴圆缺，时节四季更替，你我都无法改变。下一个春天正在化妆，待今年后三幕戏落下，她会以更新的娇容亮相。浪浪又用“汪汪”回答我。我理解，浪浪对我的看法是认同的。

浪浪是通人性的雄性边境牧羊犬，三岁不到，毛色黑白分明。大概是进入“青春期”的原因，每每看到篱笆墙外丑陋的小雌犬，它都会激动得狂吠不已，让你不得不承认它对异性的向往。从宠物院洗澡出来，浪浪格外神气。周身毛色光鲜，两耳直竖如梭，双目炯炯有神。任凭同性犬摇尾乞友，浪浪虽不失热情，但总是缺乏像对那只丑陋小雌犬那样的激情。丑陋怎么啦？我不禁想到“以貌取人，失之子羽”的典故。这说明浪浪与孔子是灵犀相通的。

跑题了，还是让思绪回到小院吧。我在漫步中注目，仿佛看到了落红中孕育的春天的胚胎。而这孕育春天胚胎的落红，不就是原来千姿百态、斗艳争宠的奇葩吗？吐故纳新，推陈出新，新陈代谢……是不可抗拒的规律。人类同一切物种一样，也需要在新老更替中繁衍生息。

大自然是慷慨的。可能怕冷漠了不再五彩缤纷的小院，粗壮蓬勃的古榕，挺拔昂首的楠木，黝黑矗立的铁树，叶片娇嫩的银杏，有花无叶的紫薇，白花初谢的玉兰，还有珍贵的红豆杉，伞状的桂花树……让我满目滴翠。

眺望亭台顶上，三角梅疯长的新叶中绽开的第一朵小花，在阳光下尤为娇艳。我打开手机，把“万绿丛中一点红”留给记忆，继续和浪浪沐浴春光，享受绿色。

“年年岁岁花相似，岁岁年年人不同。”明年的春天，我会与今年不同吗？

2019 年 4 月 15 日

缘何春花秋烂漫

好奇怪！应该是春天开的花，仲秋怎么会绽放呢？而且花很艳丽，晶莹剔透，叶光点点。

这花叫红继木，高过人头的三大株，就栽在我家的小院里。前些年参加全国人大、政协会议，大会开幕那天，我总会收到妻子孙兰拍摄的红继木照片。照片上三株红继木的花冠像三把火炬，在阳光下熊熊燃烧，连续数日色不褪、花不谢。后来我发现“两会”闭幕那几天，天安门前东西长安街上玉兰怒放，枝头上像落了一群雪白的鸽子，许多兴致盎然的参会人员在玉兰树下照相留念，我也会拍几张发给妻子。于是在我们眼里，成都小院的红继木与长安街上的白玉兰，便成为“两会”开幕、闭幕的应景之花，成为春天的符号。每到这时候，记忆又会让我掉过头去，重睹南疆军区我那个小院仲春的风采。

20世纪90年代初在南疆军区工作期间，每年到北京参加全国人大会议，看到长安街两侧玉兰树上的“小白鸽”，总会想到疏勒城我小院石榴树上的小白花。只不过那白花不如玉兰花好看，也不如“小白鸽”色纯。因为那不是玉兰花，也不是小白鸽，而是尚未消融的残雪团子。

残雪虽然被冬天的风尘染成灰白色，但经历了酷寒，骨子里有股倔强，在春天的重围中依然想表现它的存在，直到把石榴树的嫩芽呼唤出来，才在不知不觉中消失。之后树叶渐渐地伸展开来，茂密起来，为孕花的枝头源源不断地输送营养。不久火红的石榴花在树枝上怒放，树冠上洒满霞光，石榴花在阳光下绚丽绽放，比玉兰花靓丽多了……

25年过去了，春去春来，我没有问过南疆小院后来的主人，那棵石榴树还好吧，树上的残雪风韵还在吗。别看那树老态龙钟，它却是沧海桑田的见证者。张骞也许在它身旁与疏勒王把酒言欢，香妃也许带着它的果实与乾隆分享。我以为不懂它情怀的人，永远不懂南疆。

思绪回到我的小院，我在红继木前徜徉，花簇让我心头一热，蓦然间明白过来，红继木是为共和国70周年华诞绽放啊！

眼前的红继木，南疆军区的火石榴，长安街上的白玉兰，都是有灵性的花木呀！

2019 年 9 月 6 日

（2019 年 9 月 7 日发表于“今日头条”）

宁波秋夜

已经立秋，宁波仍然被潮湿灼人的夏热笼罩着。

我登上镇海口 58 米高的楼顶，穿越时空星河，在这里追溯历史，远眺日落，展望未来，咀嚼甬人 3000 多年遗存的厚重味道，回眸镇海军民 300 多年来抗击倭、英、法、日外敌入侵的风采。在跌宕起伏的波涌浪翻中，我搜寻到戚家军斯杀倭寇的身影，打捞出林则徐督战英军的呐喊，看到了 1885 年抗击法军入侵的血光。持续了 103 天的抗法战役，最终以法军的彻底失败而告终，法军统帅孤拔亦在此役中丧生。这是中国近代海防史上抗击外敌入侵的首次胜利，也是唯一一次完全胜利。

聆听历史深处的诉说，饱览改革开放的宁波，我能感受到这座古城青春的脉动……

走出时光隧道，远处青山如黛，眼前高楼拔地，舟山群岛如同一条巨鳄，雄踞在风起浪翻的汪洋之中。凹凸不平的岛礁与蜿蜒曲折的甬江，组成了一幅烟波浩渺的水墨大写意，波光粼粼，极目无垠。楼下的银灰色屋顶上不时有炊烟袅袅升起，几群白鸽飞过，炊烟被鸽翅撩起的微风拂得缥缥缈缈，不一会儿便没了痕迹。

在翘首期待中，悬浮海外的太阳终于开始下垂，硕大的火球被无垠的海洋一点一点地吞噬，渐渐地不甘愿地隐没到水中。夕阳的最后一缕余晖消失了，万家灯火把城市点缀得绚丽多姿。楼下街道车流如潮，林荫路上人流如织，彩色的楼顶在灯光映射下如梦如幻，斑驳陆离。

午夜，除了海水抚摸堤岸的婆娑声、甬江温柔的流淌声，只剩下万籁俱寂的宁静。

清晨，鸟鸣声把我叫醒。打开窗户，一对黄雀正在窗前的菩提树上嬉戏。天气阴凉惬意，我贪婪地吸吮着湿润清新的空气，全然忘记了人在旅途的疲倦。隔夜温差之大，令人难以置信。我正打算把感受写进手机，突然，远方翻滚的云团迎面扑来。不大会儿工夫，云团便化作秋雨，淅淅沥沥地从窗前飘过，凉丝丝的微风，把夏日的余威驱散得不留踪影。

大约半个小时后，随着雷声大作，倾盆大雨从云团中泻下。鳞次栉比的高楼大厦，全被朦胧的雨幕覆盖了。极目四顾，空中竟然没有一道闪电。

雷声大雨点也大。在雨中的宁波，我只听到雷鸣没有看到闪电！会不会是万顷波涛把远方的闪电吞没了呢？

宁波！一道奇特的风景，给我留下了一抹难忘的记忆。

2017 年 8 月 22 日

（2017 年 9 月 1 日发表于“中国军网”）

青岛赏月

今年的中秋节，我同妻子孙兰、女儿屈力专程来青岛赏月。小儿子屈延、儿媳陶凌夫妇带女儿西西、洋洋也来这里团圆。使人无奈的是孩子正在上课，他们只待了两天，又匆匆返回西安，这让我想到十五的月亮不会是很圆的，心头难免掠过一丝凉意。

中秋节前的青岛香港路，节庆气氛热烈浓郁，所有高大建筑都被变幻中的灯光秀得斑斓绚丽，如梦如幻，令人眼花缭乱、目不暇接。我们入住的海军第二疗养院10号楼，位于八大关太平角六路。小楼坐北面海，院内林木葱郁，绿草如茵，早晚小鸟栖枝，叽叽喳喳，互鸣得意。小院距海岸千米左右，步行10分钟即可伸手触海。沿途风光旖旎，园林叠翠，令人心旷神怡。

时近中秋，天气晴好，盈月将临，潮涨潮落。接待我们的女助理员周爱军是从小在海边长大的荣成姑娘，军装雪白，英姿飒爽，办事干练，对海的习性了然于胸。在小周的指点下，每当夕阳遁去，我都会徜徉海边，观看月亮追潮的壮观景象。彼时纵目望去，潮水像卷地毯似的从海天连接处滚滚而来，越滚越粗，越滚越长，越滚越近，距离海岸千余米时终于形成横跨香港路海湾的大潮。悬空的月亮一路跟踪潮水滚动，飞溅的浪花被高楼彩灯照射得五光十色。在观潮人的惊呼声中，大潮呼啸而来，怒吼着扑向堤岸，海堤岿然不动，被迎头击碎的浊浪随之解体，在呜咽声中化作一团团彩色浪花向远海遁去。海潮并不甘心失败，它们退回远海的出发阵地，重整旗鼓，再次向堤岸冲击，直到日出之后才有所收敛。

汹涌无羁的青岛海潮，虽不及钱塘江大潮出名，但潮起潮落时大浪腾空，惊涛拍岸，喧嚣轰鸣有如千军叫阵、万马奔腾，真可谓“雷霆万钧山塌陷，浪遏云天海惊魂”。彼时彼刻，海的温柔与包容荡然无存，恶浪腾空的气势足以把挑战他的一切事物瞬间吞没。

不知是由于视觉的差异，还是月亮与潮水相对运动的原因，连续几天夜幕下，我总觉得倒映在海水中的月亮一直在追赶海潮，海潮涌到哪里，月亮追到哪里。直到后来我才意识到，张九龄“海上生明月”的诗句正是从观海赏月的感受中提炼出来的。

虽然不到八月十五，天天观潮赏月，领略张九龄“海上生明月，天涯共此时”的情怀，吟咏李白“古人不见今时月，今月曾经照古人”的喟叹，感受苏轼“但愿人长久，千里共婵娟”的祈愿，我每次都被古往今来的月文化熏染得如痴如醉，不知不觉中平添了一缕淡淡的忧伤，连 1972 年中秋节在昆仑山翻车的景象也从记忆深处浮现出来。好在我没有让回忆漫顶，更没有放纵“此生此夜不长好，明年明月何处看”的思绪，聚集全部心思，憧憬着海上生明月那一刻的出现。

青岛的海又是宽柔寂寥的。晴空万里时极目眺望，不见船舶往来，没有飞艇破浪，一望无涯的海面平静得神秘莫测。来自远海的细波层层叠叠，斯斯文文，横贯东西，波澜不惊，直到快吞没海滩时才聚成狂涛，直扑海岸。上百米长的浪花从海中被抛到岸上，使得成群结伙的游客惊吓并欢乐着。

退潮后的滩涂怪石嶙峋，形态各异，或立或卧，参差交错。礁石上的男男女女，或观海，或拍照，或垂钓，或窃窃私语，或搂搂抱抱，对我等熟视无睹，尽显年轻人的浪漫风情与海的温柔包容。

青岛的海很纯净。上百公里的海岸看不到一个排污口，没有漂浮物，空气清新得沁人心脾，即使深呼吸也闻不到鱼腥味。每天华灯初上，靠海的马路旁，出售小鱼小虾的渔民就地摆摊，摊位下铺一块洁净的塑料布，出售的海鲜清洗得干干净净。我仔细看过两次，渔民收摊后地上连一片鱼鳞也没有。一位摆摊的渔妇告诉我，她宁可一分钱不赚，也不能使这里的环境受污染。我暗自赞叹，青岛人的心灵是纯净的！

天天看海，感受到海的质朴和纯真！海是水做的，“水善利万物而不争”，没有水，这个世界就没有物华天宝，就没有人杰地灵，也就没有人类和万物的生息繁衍。

天天看海，感受到海的博大和深邃。海纳百川，不弃细流。从洪荒到时下，陆地在海的怀抱、滋润中生存，海以绵延不绝的能量哺育万物生长。海洋连接着此岸和彼岸，使人类在千帆竞渡的波涛中架起了文明互动的桥梁。

我赞美青岛的海，还因为中秋节这天，是青岛让我这个见惯大陆日月交替的内地人，享受了一次殊为难得的人文奢华——在海边迎送月出日沉。

中秋节前一天，青岛气象台预报：24 日晴天，18 时 2 分月出，25 日 0 时 3 分月上中天，早上 6 时 6 分月落。我把天气预报下载到手机里，期盼着海上生明月的诗情画意。

果然天公作美。24 日早晨碧空如洗。下午在五四广场环顾，夕阳坠落前的辉煌与建筑物上的灯光互相映照，把鳞次栉比的高楼点缀得更加璀璨夺目。18 时不到，夜空浅蓝，海天一色。我们三人同老战友刘吉仁、钱秀英夫妇，夹在熙熙攘攘的人群中赶往海岸赏月。站位不久，游人目不转睛地眺望远海。我身边一位留着新潮发型的小伙子神情忧郁，用地道的四川话轻声吟到：“明月几时有，把酒问青天，不知天上宫阙，今夕是何年。”

我一听乐了，随之用“椒盐四川话”接道：“我欲乘风归去，又恐琼楼玉宇，高处不胜寒。”

小伙子听完愣了一下，问：“您是四川人?”

我开了笑口：“同是中秋赏月人，相逢何必曾相识。”说完问小伙子：“年轻人也发思古之幽情?”

小伙子说：“中秋节是团圆节，我和苏轼是同乡，老先生一曲《水调歌头》，使华夏儿女代代乡愁连绵！刚才我打电话问父母，眉山今晚能不能看到月亮？父母说眉山正在下雨，只要我看到就等于他们看到了！”

我看这个大男孩孝心可嘉，便安慰他说：“‘露从今夜白，月是故乡明。’‘但愿人长久，千里共婵娟。’在外地工作的人惦念父母、怀念故乡是儿女常情，一会儿你把赏月情景打电话告诉你父母，他们肯定会高兴的。”

我们正在热聊之际，遥远的海面上天空泛白，眨眼间一轮湿漉漉的明月被万顷碧波托出水面。半个小时后白得透明的月亮自断脐带，被极目无涯的苍穹揽入怀中。这时候数不清的月亮从空中落入碧波浩渺的海里。月亮的倒影在水面上摇曳荡漾，忽上忽下，朗朗夜空像连接海天的大屏幕。悬在屏幕上的月亮与掉进海里的月亮遥相辉映，波光粼粼，影影绰绰，仿佛埋在海底的碎银被月亮打捞上来，播洒在无垠的大海上。凭栏赏月的男女老少，纷纷按动手机，在欢声笑语中把水中的点点月光装进记忆深处封存。

斜对面的黄岛海岸，灯光迷蒙，色彩若幻，犹如给海镶了一道朦朦胧胧的金边。从黄岛开往青岛港的一艘大船，忽闪着灯光，不声不响地在海上缓缓移动，生怕惊跑了船头上的月亮。

19 点左右，正当几百部手机对着眼前的月亮拍照时，不远处的海面上突然翻起一团白森森的浪花，一条银光闪闪的大鱼从浪花中腾空而起，在人们的惊叫声中掠起 10 多米高后扎入水中，把涟漪留给赏月的人们。此时此刻，遥望飞鱼出没的水面，由不得浮想联翩。我以为倘若没有飞鱼的闪亮腾飞，硕大的月亮固然能撩拨人心，甚至让人联想到月宫的清冷、嫦娥的寂寞、吴刚的无奈，但不会引发人与自然和谐的思考。无论是空中月还是水中月，都显得没有生机，没有活力，甚至单薄而冷漠。

大鱼早已潜入海中，我的思绪却没有终止。我以为在海和鱼、人和海、人和鱼的链环中，人是最脆弱最渺小的！爱护海洋吧！爱护鱼类吧！爱护与人相伴相依的一切生命吧！

返回太平角六路 10 号院，我们回味赏月的感受，直到月上中天才安然入睡。

25 日早上 6 时，我执意想看看中秋月落的景象，把中秋月的全过程纳入记忆。

我失望了。早晨打开窗户，淅淅沥沥的小雨挡住了视线，落月被乌云笼罩得严严实实。

赏月的句号虽然没有画圆，青岛印象却别有一番风情。

2018 年 9 月 30 日

（2018 年 10 月 11 日发表于“陕西公益网”）

提前过了个重阳节

秋天是美好的。

年轻时我向往秋天，因为秋天是收获的季节，也是最富诗情画意的季节。春华秋实，春兰秋菊；“停车坐爱枫林晚，霜叶红于二月花”；“自古逢秋悲寂寥，我言秋日胜春朝”；“落霞与孤鹜齐飞，秋水共长天一色”，这些描写秋天的佳句，我耳熟能详。

30 多年前，我只是从这些锦绣般的诗句中欣赏秋天的景致，从来没有把秋天同个体生命的进程联系在一起。孰料白驹过隙，韶华易逝，转身间我的生命也在不经意中进入秋天，而且是暮秋。于是我对秋天有了一些别样的感受。“异国逢佳节，凭高独若吟。一杯今日醉，万里故园心”，便是我后来的心境。当然，诗中的“异国”应改为“异省”。即使是“花重锦官城”的成都，也未必有故乡“落叶满长安”的意境。

现在我向往秋天，因为重阳节在秋天，那是国家为老人定制的节日。这一天我要登高望远，把酒赏菊，让我的暮年向未来延伸！能延伸多远我不知道，但得有这种精气神。这股豪情是受毛泽东《采桑子·重阳》感染的。毛词云：“人生易老天难老，岁岁重阳。今又重阳，战地黄花分外香。一年一度秋风劲，不似春光。胜似春光，寥廓江天万里霜。”吟诵毛泽东的词句，焉能发悲秋之叹！

可是天公不作美。寒露以来成都几乎每天都有细雨，时断时续，阴阴沉沉，令人心情很是不爽。去年重阳节被雨捂在家里，连人民公园千姿百态的菊花也未能观赏。明天的重阳节能不能登高赏菊，脑子里禁不住打了个问号。

还真是“心有灵犀一点通”。我正在琢磨不定的时候，南远景把电话打来了。说他吃完早饭看天气不错，想亲自开车过来接我和孙兰，提前出去过重阳，免得明天下雨出不去。我当然高兴，击节称善，心情顿时开朗。

按照计划，我们先去白鹭湾湿地公园漫步，之后奔都江堰景区，登青城山，赏菊花园。

汽车加入车流，我坐在车上翻腾记忆，搜索百度，把有关重阳节演变的历史梳理出来，从中了解到重阳与除夕、清明、中元并称中国传统四大祭祖节日。中元节现在越来越少人问及，但重阳节却越来越受到重视。自 1989 年政府将农历九月九日定为“敬老节”之后，重阳节充实了新的精神，内涵深化，外延拓展，全社会尊老、敬老、爱老、助老的风气日盛一日。2006 年 5 月 20 日，重阳节被国务院列入首批国家级非物质文化遗产名录，重阳节的热度越来越高。中国传统的尊老爱老文化得到了新的升华。

现在越来越多的人知道，《易经》把“九”定为阳数，九月九日两九重叠，“重阳”节之名便应运而生。作为祭祀的日子，重阳节发端于远古，成型于春秋，普及于西汉，鼎盛于唐代，宋以降绵延赓续，沿袭至今。现存关于重阳节的文字记载，最早可追溯到先秦典籍《吕氏春秋》之《季秋纪》。至魏晋时节日气氛渐浓，文人墨客多有吟咏，王维“每逢佳节倍思亲”、杜牧“菊花须插满头归”、岑参“遥怜故园菊，须傍战场开”、李清照“人比黄花瘦”等千古名句，都是因重阳节感怀而流芳后世。重阳节在唐代被正式定为节日后，中华文化遗产增加了一份丰厚的内容。

进入都江堰景区，游客如织，老人亦不在少数，腿脚不便的都有亲属搀扶。在伏龙观俯视宝瓶口时，一位老翁叹息：“这几十个台阶不知道明年还能不能爬上来。”依偎在旁边的孙女笑呵呵地说：“能，能！爷爷是‘80 后’，腿脚好着呢！”听罢祖孙几句对话，我独自琢磨，当下我国人口结构正在趋向老龄化，重视重阳佳节，倡导重阳文化，无疑是十分必要的。但是，独生子女已经成为社会的中坚力量，他们处在“上有老下有小，四个老人两头跑”的困境之中。越来越多的人感到，照顾父母、岳父母心有余而力不足。在这种情况下，晚辈如何孝敬老人，老人如何体谅晚辈，渐渐成为社会普遍关注的问题。想到这里，我突然觉得重阳节似乎更需要突出孝道和爱心。人们可以不登高、不赏菊、不祭祖，但儿女尊老敬老的传统不能丢！老人为儿女分忧解难的爱心不能少！一个充盈和谐的家庭，是任何抽象的形式和宽裕的物质无法替代的，媒体应当发掘重阳节的内涵，赋予它更多的人文关怀。于是我写了下面四句话：

今日登高台，只为赏菊来。
华夏五千岁，九九当萦怀。

汶川地震后，我已有十年没有来过青城山、都江堰，感觉变化很大。尽管时间紧促，无暇登山，也未能找到菊花园，但古堰新貌的巨大变迁足以让人振奋。而南远景告知次子南近山被保送入川大硕博连读，更比登高赏菊令我开心。于是归来又吟成四句，为南远景、南近山父子志贺：

傍晚细雨绵，归来笑开颜。

儒子有志气，敢争天下先。

回到家里，天气预报说成都明天无雨，天府广场、人民公园菊花已经绽放，我释然了。

2018 年 10 月 16 日

（2018 年 10 月 18 日发表于“陕西公益网”）

今秋桂花格外香

唐人刘希夷在《代悲白头翁》中吟咏：“年年岁岁花相似，岁岁年年人不同。”而今看来后一句说得过去，前一句尚待考证，我小院的桂花今年就同往年不一样。

开春以来，大操场门口的气象预报电子大屏幕上，红字消失，黄字少见，空气质量等级几乎都是绿莹莹的“优”或“良”，很少“轻度污染”，“重度污染”好像没有见过。于是今年北较场的桂花香味与往年相比就大为不同了，可谓一样桂花异样香。

清晨被鸟唤醒，推窗顾盼，院子里红、黄、白三种花色交相辉映——桂花全开了，像是夜里商量好了，郁香扑鼻，沁人心脾，让我感到有点“猝不及防”。

这树是分三次移栽到院子的。丹桂花色偏红，最大的一棵有50多年树龄；三棵金桂花色偏黄，有30多年树龄；一棵银桂满冠飘雪，被乌绿的叶子顶着，形态庄重，树干粗壮，有一种仪式感很强的样子。这是棵老树，少说也是爷爷辈的年纪了。

银桂的颜色虽然不像丹桂、金桂那样张扬，让人冷不丁地联想到哀乐，且这时期的花圈总会缀满银桂，但其花期长，花香浓，晚秋季节还时不时地冒出小花苞，让你不敢小瞧。15年前移栽过来时，我曾嫌其丑陋矫情，想换成丹桂或金桂。花工师傅第一个反对，说银桂花酿酒味道绵厚，还是种"孝树"，"院子栽银桂，身后儿弹泪"，丹桂、金桂就是长了个卖相。花工师傅是园艺家，他的话打消了我换树的念头。往后几年我发现，9月9日前总是银桂第一个开花，花瓣儿最大，花蕊最香。

抛开脑子储存的记忆，我下楼在院子转了几圈，仔细看过几棵树的花瓣，发现除了银桂绽放殆尽，其余四棵树上都有三分之一的花骨朵缩在叶子后面。我知道这是桂花树的"二梯队"，如果开花的"一梯队"受到风雨摧残，它们会随时替补怒放，决不许桂花在人间落下凋零颓废的形象。

我抬腕看了一眼手表，明天是9月9日，再过8天是中秋节，22天后就是新中国成立70周年大庆。我判断举国欢庆那一天，树上所有的桂花都会争先恐后地绽放，那棵树也不会错过历史性的这一天，银桂也可能花开二度呢！

桂花是一种善解人意的花。她成全了汉武帝的上林苑，使司马相如不得不在《上林赋》中为其留下溢美之词。陈后主为爱妃张丽华造的月宫，正是以“桂宫”命名的。毛泽东《蝶恋花·答李淑一》中“问讯吴刚何所有，吴刚捧出桂花酒”，亦源出与桂花关联的典故。唐宋以后，桂花已被广泛栽培于庭园供人观赏。陕西汉中城东南圣水寺内有汉桂一株，相传为汉高祖刘邦重臣萧何手植，其主干直径达 232 厘米，树冠覆地面积 400 多平方米，枝叶繁茂，苍劲雄伟，可谓桂树之最。

在民间传说中，桂花早已被视为神树。月中桂花树高五百丈，吴刚因咎被处砍树，树随砍随合。这虽是神话，但却寄托着人们扬善惩恶的朴素情怀。

桂花还是古往今来文人骚客吟咏的物象，赞美桂花的诗词不绝于耳。宋之问《灵隐寺》一诗有“桂子月中落，天香云外飘”的名句，故后人亦称桂花为“天香”，与“国色”牡丹匹配。在李白的《咏桂》诗中，桂花更是他托物言志的对象。

我凭窗而立，心旷神怡，看着朝霞在树冠上辉映，由不得赞叹：难得今朝桂花香，明夕举杯啖蟹黄。看来实现人与自然和谐的日子正在向我招手。

2019 年 9 月 8 日

（2019 年 9 月 9 日发表于“今日头条”）

向往梅花

依稀记得，向往梅花，源于王安石那首诗：

墙角数枝梅，凌寒独自开。
遥知不是雪，为有暗香来。

蒙童时是将这诗作为儿歌吟唱的。有一年冬天，还同几个顽童一起，满村子墙角找梅花，当然一无所获。后来听大人说，梅花关中没有，秦岭以南才有，只得悻悻作罢，但目睹梅花芳容的欲望却没有泯灭。

读中学时，从“宝剑锋从磨砺出，梅花香自苦寒来”“零落成泥碾作尘，只有香如故”“不经一番寒彻骨，怎得梅花扑鼻香”这些诗句中感悟到梅花的高洁和坚贞，十分期待一睹梅花的芳容。当时听说西安丈八沟有红梅数株，《西安晚报》还刊登过红梅吐蕊的报道，让我很想溜进去看看。但那里是国宾馆，始终没敢斗胆冒险。及至西出阳关，在天山南北的大漠戈壁、雪松雪莲、胡杨红柳中走马驰骋，踏雪寻梅几乎成了遥不可及的奢望。

这期间，倒是读了不少咏梅诗。有王维的《杂诗》：

君自故乡来，应知故乡事。
来日绮窗前，寒梅著花未。

有陆游的《梅花》：

闻道梅花坼晓风，雪堆遍满四山中。
何方可化身千亿，一树梅花一放翁。

有卢梅坡的《雪梅》：

梅雪争春未肯降，骚人阁笔费评章。
梅须逊雪三分白，雪却输梅一段香。

有王冕的《白梅》：

冰雪林中著此身，不同桃李混芳尘。
忽然一夜清香发，散作乾坤万里春。

林林总总算下来，怕有几十首之多。特别是毛泽东《卜算子·咏梅》词发表后，我对梅花更加兴致盎然，心向往之。毛泽东在《卜算子·咏梅》中写道：

风雨送春归，飞雪迎春到。已是悬崖百丈冰，犹有花枝俏。

俏也不争春，只把春来报。待到山花烂漫时，她在丛中笑。

此词上阕写梅花傲寒开放的俏丽与高洁，下阕写梅花内敛淡定的精神与情怀，塑造了梅花坚韧不拔的形象，赞美了她坚信春光烂漫的乐观主义精神。此给人以立意高远、视野宏阔之感，鼓舞人不畏严寒、襟怀坦荡。

真正置身于梅园，被梅香陶醉得七窍生香，是 1998 年我到成都军区之后。

那时候成都街上汽车不多，除了呼啸飞驰的摩托车，自行车还是主要的代步工具。11 月下旬，我游览杜甫草堂。沿途看到不少行人推着自行车，车前头拴一只竹篓，篓子里插满一指粗、两三尺高的树枝。枝上挂着黄花，或绽苞欲吐，或开蕊怒放，花上散发出沁人心脾的清香。

我不知此花名字，路人告曰黄梅，俗名蜡梅，冬至始开，年后凋谢，若将枝条置于室内，视情洒水，花期可持续十天左右。我同妻子孙兰听得高兴，当即买了五枝带回，插在窗台的花瓶中，每日施之甘霖，花香果然持续了十天左右。

连续几天，下班后沏一壶蒙顶山甘露，捧本唐诗或宋词，在宁静中品茗体味蜡梅的暗香，浏览咏梅的诗词，随后吟成一首七绝：

朝闻群鸟闹寒林，暮上楼台看日沉。
月朗星稀梅吐蕊，清香陶醉夜读人。

第一次买的蜡梅凋谢后，连着又买了几束。春节假期那些日子，夜里合卷躺下，在香浸居室中进入梦境；清晨起床披阅，在香漫书房中开始新的一天。

也就是在这期间，我发现古人的咏梅诗词中，吟咏红梅者居多，吟咏白梅者次之，吟咏黄梅者几乎没有。《红楼梦》里的咏梅词，吟咏的都是红梅。其中的《访妙玉乞红梅》诗云：

酒未开樽句未裁，寻春问腊到蓬莱。

不求大士瓶中露，为乞嫦娥槛外梅。
入世冷挑红雪去，离尘香割紫云来。
槎枒谁惜诗肩瘦，衣上犹沾佛院苔。

《咏红梅花得“花”字》又云：

疏是枝条艳是花，春妆儿女竞奢华。
闲庭曲槛无余雪，流水空山有落霞。
幽梦冷随红袖笛，游仙香泛绛河槎。
前身定是瑶台种，无复相疑色相差。

毛泽东仅有的一首咏梅词虽未注明梅为何色，但仔细揣度“待到山花烂漫时，她在丛中笑”的词句，无疑还是为红梅唱赞歌的。红梅缘何有这么大的面子？

春节过后红梅绽放，我才发现，红梅颜值果然远超黄梅，花色艳丽，疏影横斜，铁梗笔直，香气幽而不浓。枝条插入室内花瓶，尽管精心呵护，不过一周便凋零枯萎。两相比较，我觉得诗人对黄梅有失公允，有点依貌论花的意思。岂不知没有黄梅驱除严寒，红梅焉能于枝头闹春？于是吟成七绝赞之：

老干黄梅未自哀，不攀绿叶傲寒开。

轻薄雪花随风去，压岁清香破晓来。

后来在成都安家，我在院子里种了两株梅花，一株是黄梅，另一株还是黄梅。“以貌取人，失之子羽”。虽然黄梅颜色不事张扬，但其高洁和清香丝毫不逊于红梅，同样值得诗人吟咏。

松、竹、梅合称“岁寒三友”；梅、兰、竹、菊合称“四君子”。她们的文化品位和文化内涵是吟之不尽、咏之不竭的。

遗憾的是，白梅迄今没有见过。昨日与李凤杉、吴振西、南远景诸君夫妇雅聚，从振西先生处得知巫溪有白梅可寻。看来当年考察巫文化漏掉的这一课还得相机补上呢！

2019 年 12 月 31 日

（2019 年 12 月 31 日发表于“今日头条”）

成都观虹

幼年听过一则童话，说七彩长虹是人间通往仙境的天梯。稍长，竟喜欢上彩虹，但有彩虹凌空，总要呆呆地看着，直到彩虹化作云霓。

屈指算来，定居成都22年了。22个春夏秋冬，看过电闪，听过雷鸣，有啁啾鸟语，有阵阵花香，唯独没见成都出现过彩虹。

有时候也纳闷，天越来越蓝，云越来越白，生态环境越来越好，蜀犬吠日已成为小朋友耳畔的寓言，可彩虹却迟迟不肯露面。

两天前刚下过一场透雨。这是五一过后的第一个周末，空气中弥漫着淡淡的花香。北较场人在战“疫”取得决定性胜利的欢乐声中走出家门，呼吸新鲜空气“洗肺”，沐浴明媚阳光健脑。公园里林木葱郁，草坪上绿茵萋萋。成人戴着口罩在曲径中散步，儿童戴着口罩在娱乐场嬉戏。我和几位老人正在议论新冠病毒在全球蔓延，在美国肆虐……突然间公园外传来“彩虹！彩虹！”的喧哗声。声音充满了新奇和喜悦。

我疾步走出公园，在鱼池旁的入口处驻足观望。但见正东方的蓝天下架起巨大的彩虹。目测彩虹弦长约 10 公里左右，虹的两端可能被洛带镇与龙泉驿的高楼支撑着，在空中特别醒目。彩虹周围的几片闲云，本来懒洋洋地游动，显得有些丑陋，但在彩虹和夕阳映照下镶上斑斓的花边，一下子变得色彩绚丽了。

彩虹的正西方，落日的万道霞光穿过几十米高的水杉林，与凌空飞架的彩虹在北较场上空相遇。

匪夷所思的是，在彩虹与夕阳交相辉映之际，空中突然落下铜钱般大小的雨点。还没等人们反应过来，彩虹消失了，夕阳消失了，雨点消失了，喧嚣的人声消失了，一切好像都没有发生过。我抬腕看表：7 点 30 分。

观虹的人群大概意识到病毒还没有灭绝，不大一会儿便散开了。

哦！彩虹、夕阳、阵雨交织出现，一定是想同成都人一起分享来之不易的战“疫”快乐！这是瑞祥之兆呀！

看到那么多男女老少拿着手机，点击欣赏刚才拍摄的彩虹照片，我意识到不愿随身携带手机是很遗憾的呀！

我继续散步，想到在昭苏草原上看到的彩虹，想到在舟山群岛上看到的彩虹，想到在秦岭山巅上看到的彩虹，不由得默诵起毛泽东《菩萨蛮·大柏地》那首赞美彩虹的词来：

赤橙黄绿青蓝紫，谁持彩练当空舞？雨后复斜阳，关山阵阵苍。当年鏖战急，弹洞前村壁，装点此关山，今朝更好看。

成都无彩虹好看，有彩虹更好看！我看到夕阳余晖中的成都彩虹，冀望看到朝霞满天中的成都彩虹！

2020 年 5 月 9 日

（2020 年 5 月 12 日发表于“今日头条”）

初登嘉峪关

两次登临嘉峪关，以初登那次印象最深。时在 1985 年 5 月。

嘉峪关是明长城西端的起点，古代丝绸之路的要冲，也是万里长城规模最壮观、保存最完好的古代军事城堡，为明代以后长城沿线的军事要塞，素有“中外巨防”之称。

该关建在今嘉峪关市最狭窄的山谷中部地势最高的嘉峪山上，城关两翼的城墙横穿沙漠戈壁，向北八公里连黑山悬壁长城，向南七公里接天下第一烽墩，自古为河西第一隘口。

关以地势险要、巍峨壮观著称于世，与万里之外的山海关遥相称雄，闻名天下，史称“天下第一雄关”。

1200 多年前，王维在《使至塞上》诗中，写下了“大漠孤烟直，长河落日圆”的旷世名句。

初读王诗，我便憧憬着目睹诗中壮阔雄浑的景象。在新疆时听人说，那种景象登上嘉峪关就能尽收眼底。

屈指盘点，我在天山南北扬鞭策马 20 多年，也算得上戍守西域的老兵了。可是，一直无缘出祁连山，登嘉峪关，眺望“大漠孤烟直，长河落日圆”的壮美景色。

终于，机会等来了。那一天，如果不是亲眼目击，即使放胆狂想，也无法用语言描述初登嘉峪关时所见沙漫长城的令人心悸的场景。

是年 5 月初，乌鲁木齐军区与兰州军区合并，我上任宣传部部长。我决定提前一周动身去兰州报到，在时间差中实现游览莫高窟、登临嘉峪关的夙愿。

后来，因为等待医生做上颌窦穿刺治疗，出发时间推迟了两天，绕道游览莫高窟的计划只能放弃，但直奔“天下第一雄关”的目标没有动摇。

5 月 14 日，我告别整整生活了 23 年的新疆军营，为能饱览嘉峪关的风采而登上 70 次列车。

16 日下午在嘉峪关站下车，即与县武装部联系，希望能安排我在两天内上嘉峪关城楼参观。我的要求得到文管所同意，条件是留点墨宝，或诗或词或字不拘一格，我当即应允。尽管我于诗词书法都不在行，但武装部的同志已经表示同意，我自然不能执拗。

17日上午10点钟，武装部的同志请来一位戴着茶色水晶石眼镜的长者，一同乘北京吉普去嘉峪关。长者姓唐，年逾花甲，当地解放前就在嘉峪关内城值守。由于通文墨，阅世深，40多年与雄关形影不离，又圆又厚的眼镜后面，藏着许多外人不得而知的逸闻趣事。只是久经风沙洗礼，脸上像贴了几张起皱的土色面膜。乍一见面，刘文西笔下的陕北老汉一下子站在我面前。

唐先生介绍，嘉峪关意为“美好的山谷”。明洪武五年（1372），冯胜将军镇守河西，以嘉峪关地势险要筑城置戍，为明长城西端关口，较山海关早建九年。嘉靖十八年（1539）重新加固。而今，堡垒、烽台遗址依旧可见。

嘉峪关由内城、外城、城壕三道防线构成重叠并守之势，壁垒森严，与长城连为一体，形成严密的军事防御体系。

唐先生说，嘉峪关初建时，是一座六米高的土城，占地2500平方米。现存的关城有33500余平方米，由外城、内城和瓮城组合而成。关城内建有游击将军府、井亭、文昌阁。内城墙上建有箭楼、敌楼、角楼、阁楼、闸门共十四座。内城东门外建有关帝庙、牌楼、戏楼等。嘉峪关门门额刻“嘉峪关”三个大字。门顶原有城楼，与东西二楼形制相同，三楼东西成一线。民国十三年（1924）城楼被毁。

我坐在吉普车后座，专注于唐先生的介绍。突然，司机喊到："不好！沙暴过来了。"说完加油门提速，把车开进不远处的养路段院子。

我有1970年8月在若羌瓦石峡穿越沙暴的经历，知道沙暴无情，没有坚持再走。养路工人把我们领进宿舍，让我从后窗观察沙暴在嘉峪关上肆虐的狂态。

果不其然，刚才还是空旷无垠的远方，天地已经连成一片。目所能及的所有空间，都被遮天蔽日的滚滚沙暴填满。不知是沙暴头被嘉峪关所阻而勃然发怒，还是沙暴尾被风力助推而加倍疯狂，但见一望无际的沙暴扑到关前时，像钱塘江的潮头，突然腾空跃起上百米，硬生生地砸在嘉峪关上面。

后来，可能是被岿然不动的嘉峪关卸去了蛮力，翻过城楼的沙暴威势渐弱，无可奈何地向远方遁去。但在沙暴盖过关城那一刻，嘉峪关确实被沙暴吞没了。我眼前风吼沙旋，黑天暗地，连关城的轮廓也看不清楚。

风暴过后，我们扫掉车篷上一寸多厚的沙子，又坐了十多分钟汽车，来到嘉峪关的正门前头。我下车在附近转悠了一会儿，发现城墙上没掉下来一块砖、一把土，地面像刚刚扫过的一样干净。

唐先生说，嘉峪关整座城池都是用泥土夯起来的，黄泥黏稠，河西走廊又缺雨水，经过500多年的天地造化，土墙快变成石头了。听着唐先生不无夸张的言辞，我既钦佩先贤的智慧，又为沙暴再次冲击关城而担心。

这时唐先生说，像今天这样强沙暴，他也见得不多，听说政府已有计划，准备拨款修缮加固，不能让“天下第一雄关”变成弱不禁风的土堆子。

走进关门，拾级而上，站在内城角楼眺望，可见嘉峪关依山傍水，扼守南北宽约25公里宽的峡谷地带。峡谷南部的讨赖河谷，又构成关防的天然屏障。嘉峪关附近烽燧、墩台纵横交错，关城东、西、南、北、东北各路共有墩台66座。戍守地势天成，关城布局合理，攻防兼备，据险可守，堪为战略要塞。

看完城池，在游击将军府吃过干粮，又参观了瓮城、文昌阁、关帝庙、戏楼，已经到了下午两点多。

休息时我请教唐先生，在嘉峪关上能不能看到“大漠孤烟直，长河落日圆”的景象。唐先生思索了一会儿说，若是唐代，应该能看到“大漠孤烟直”的景象，但“长河落日圆”的景象怕是看不到。这里只有一条讨赖河，站在嘉峪关上也看不见，焉能有“长河落日圆”的瑰丽?

关于往来丝绸古道、在嘉峪关有记载的历史名人，如张骞、霍去病、班超、玄奘、马可·波罗、林则徐、左宗棠等，唐先生倒是知道不少。他边说边向我背诵林则徐的《出嘉峪关感赋》:

严关百尺界天西，万里征人驻马蹄。飞阁遥连秦树直，缭垣斜压陇云低。天山巉削摩肩立，瀚海苍茫入望迷。谁道崤函千古险？回看只见一丸泥。

实话实说，当时我真不知道林则徐在这里还留下了质朴浑厚、大气磅礴的诗作。后来查阅资料发现，明以降有包括林则徐、于右任等十多位诗家在此抚今追昔，讴歌边塞将士，感叹时局变化，留下几十首千古绝唱。林则徐《出嘉峪关感赋》亦不止一首，而是四首。我不禁为这位报国遭贬的重臣热爱山河、忧国忧民的情操所感动。

从嘉峪关返回县城，我仔细研读王维的《使至塞上》以及唐朝著名边塞诗人高适、岑参、王昌龄、李颀、王建、卢纶、王之涣等人的边塞诗。渐渐从中发现，“塞”，是古人对边境险要地段的意象性泛称，而不是专指某一个边关。所谓塞上塞下、塞内塞外、出塞入塞，即泛指关上关下、关内关外、出关入关，而非指哪个具体关塞。但王维的诗则没有泛指，使命、关塞、时间、人物都写得再明白不过。王诗云：

单车欲问边，属国过居延。
征蓬出汉塞，归雁入胡天。
大漠孤烟直，长河落日圆。

萧关逢候骑，都护在燕然。

诗中“大漠孤烟直”的景象，不仅突出了诗人身处塞外的地理位置，还传递出诗人冒着狼烟出使的信息。但诗人不辱使命，并没有因“狼烟”传递敌情而却步，反倒对夕阳西下，大河吞没落日生发出感慨。这是何等旷达的精神啊！一“直”一“圆”的暗喻，足以表明诗人对战争的厌恶、对升平的向往。

王维是唐代田园诗人的代表，而《使至塞上》却被唐以降诸家列入不可或缺的边塞名诗。我虽然被人忽悠了，亦因寻觅该诗意境，不但登上了嘉峪关，而且有幸目睹了雄关藐视沙暴的昂然伟岸。

为不爽约，遂吟自度曲《初登嘉峪关》以赠之：

身后长安，眼前凉州，大漠沙飞九天，隔断天涯路。不见孤烟直，卧沙枕乡愁，策马追星月，梦系灞河柳。

万缕霞光，雄关披秀，驼队几声别唱，怀旧登角楼。极目高昌远，重吟交河赋。落日圆如昔，弯弓试汉弩。

2020 年 1 月 4 日

（2020 年 1 月 5 日发表于“今日头条”）

第六辑

小品杂集

宋林身材偏瘦，面相白净，无形中透出一些书生气质，唯有胸前和胳膊上的肌肉，给人以刚健有力的印象。拉莫托夫没有料到，第一次与这个看似单薄的中国站长较量，就被撞得满地找牙。

较　量

时值寒冬，康苏拜边防站新站长宋林第一次巡逻，就同老对手拉莫托夫撞上了。拉莫托夫在马上举着望远镜，打老远就喊：“宋林！老朋友，又见面了。再比一次吧，不要扛膀子，用这个。”说完把冲锋枪抓在手里挥来舞去。

宋林开玩笑说：“比射击没意思，还是比扛膀子过瘾呀！”拉莫托夫一听哈哈大笑：“好汉不提当年勇！我已经学了三年中国功夫，再扛膀子，你宋林还不一定是我的对手！”

拉莫托夫出生于苏联远东地区，28 岁，军校毕业，少校军衔，长得人高马大，之前在苏军巴克森边防站任站长。因出身将门，又是苏方边境会晤代表，还能说一口流利中文，可谓少年得志，霸气十足。在遇到宋林之前，两军边境巡逻队在狭路相逢时，拉莫托夫从不闪让，总是恃强先过，横行霸道。

界河这边是我方巴克苏边境会晤站，正营级站长宋林出生于黑龙江绥芬河地区，与拉莫托夫出生地隔江相望。宋林也是28岁，因小学到中学都有俄罗斯族同学，说起俄语不比科班出身的翻译差多少。按说祖籍山东的宋林，应该有膀大腰圆的壮汉基因，但他的个头也就是1米75左右，加上身材偏瘦，面相白净，无形中透出一些书生气质，唯有胸前和胳膊上的肌肉，给人以刚健有力的印象。拉莫托夫没有料到，第一次与这个看似单薄的中国站长较量，就被撞得满地找牙。

那是在我国西部边境地区。中苏边防部队在此地有700多米重叠的山区巡逻路线，由于道路狭窄，互不相让，双方经常发生冲突。20世纪70年代初期，中苏边境代表会晤，通过抓阄达成协议：单月巡逻相逢时苏方退让，中方先过；双月巡逻相逢时中方退让，苏方先过，四五年相安无事。不曾想拉莫托夫接任巴克森边防站站长后，要求废除抓阄形成的协议，改用双方站长扛膀子解决先过后过的问题。由于拉莫托夫五大三粗，我方两任站长在扛膀子中都没占上风，多数情况下只得让苏军巡逻队先行通过。步兵学校战术教员宋林听到这一消息，颇感有损军威，主动请缨上巴克苏边防站当站长，与拉莫托夫一较高下。

宋林第一次同对方狭路相逢时，拉莫托夫压根没把宋林放在眼里。他让随行巡逻的官兵全部闪开，与宋林单挑扛膀子。宋林一眼看穿对方是头蛮牛，想用蛮劲顶翻自己，便礼貌地用俄语问好，表示自己初来乍到，希望站长少校手下留情，不要伤了和气。拉莫托夫一看宋林文质彬彬，客客气气，而且会说俄语，先就有了好感，双手抱拳用中文说道，“幸会！幸会！大家都是武林高手，点到为止，较劲不宜过久，三顶二胜，胜方先过”，完全是一副中国江湖做派，说完又蛮横地提出：“以后形成惯例，这次胜方循例先过，以后不再争斗。”宋林微微一笑，当即满口答应。

双方巡逻官兵身贴山岩让道，为各自站长呐喊加油。我方官兵见拉莫托夫比宋林高出一头，虎背熊腰，体重不会少于100公斤，个个暗自担心，生怕宋林被拉莫托夫扛伤扛倒，随时准备扑上去支援。

这是一场力量与意志的角逐，也是拼蛮劲与使巧劲的较量。扛膀子开始前两人约定规则，先扛左膀，后扛右膀，半个小时轮换一次。拉莫托夫本以为宋林连轮换一次也顶不下来，哪想到一个半小时过去，自己已经大汗淋漓，连帽子也掉到地下，而宋林只是额头渗汗，身体却岿然不动，两条腿像长在地里。两个小时过去，拉莫托夫实在扛不住了，突然调整姿势大吼一声，想用全身爆发力把宋林撞倒。宋林见来者不善，先是发力硬顶，感觉对方气已满弓时，突然抽步侧撤，拉莫托夫收不住身子，又失去依托，扑通一声面朝砂石路面，重重地摔了个狗吃屎，磕得满脸是血。

拉莫托夫狗急跳墙，爬起来抹了一把脸上的血汗，凶煞恶神地向宋林扑来。宋林挪腾闪跃，回身一个“借坡下驴”，拉莫托夫还没有反应过来，已被宋林骑在胯下。

看着沮丧的拉莫托夫趴在地上呼哧呼哧喘气，宋林扶起对手，又把水壶里的水倒在毛巾上让拉莫托夫擦擦脸，才说：“按照三顶二胜的规则，你已经输了，如果你不服气，我可以继续奉陪!”

拉莫托夫羞愧地说：“我们后贝加尔有句谚语，熊永远跑不过虎！我们还是恢复过去单双月的传统习惯吧。但你要让我明白，你凭什么赢我?”

宋林笑着说：“中国有几千年的武功传统，有几十种拳术套路，我今天使的套路叫形意拳，是中国六大拳术之一。练内功是形意拳的基础，我从6岁练到现在，22年过去了，也只学了一些皮毛。你今天用的是力气，我今天发的是内功，等你学了中国功夫，你就知道其中的奥秘了。”拉莫托夫似有所悟地点点头，命令苏军巡逻队退回狭路以外，让中方巡逻队先行通过。从此宋林同拉莫托夫成为不打不相识的跨国朋友。

20年后，宋林将军出访俄罗斯，在莫斯科跳蚤市场同肥硕的拉莫托夫相逢。宋林从交谈中得知，苏联解体后拉莫托夫离开军队，想在莫斯科谋一份差事，但两年没有着落。走投无路之下只得把中将爷爷、少将父亲的军装、帽徽、肩章、功勋章、纪念章以及自己的军用物品拿出来叫卖，换钱维持一家人的生计。

想到祖孙三代执戈卫国、战功赫赫，现在却不得不用这些镌刻着历史荣耀的珍贵遗物解决温饱问题，宋林心头五味杂陈。他掏出准备在跳蚤市场买纪念品的500美元，让拉莫托夫先解决燃眉之急。同时劝老朋友返回远东，到中国绥芬河做生意，开始人生的新阶段。为了帮助这位俄罗斯朋友，宋林还让拉莫托夫记下自己几个熟人的电话号码。

10年过去了。退休将军宋林回绥芬河探亲，拉莫托夫在当地一家高档俄罗斯餐厅请宋林吃西餐。看到这位俄罗斯老板身上的肥膘变成了强健的肌肉，人也精神抖擞，宋林十分欣慰。临别时拉莫托夫硬给宋林塞了一个红包，宋林按照俄罗斯人的风俗，打开红包一看，整整5000美元。宋林坚辞不受。拉莫托夫恳切地说："如果不是你劝我来这里，我可能还在莫斯科跳蚤市场上摆地摊，我们两个人的友情是金钱无法表达的。你们的改革开放让中国变得更加富强繁荣！我也是中国改革开放的受惠者，我在绥芬河买了别墅，打算长期居住。南方天热时你回来住我别墅，这里才是避暑的天堂！"

宋林退回5000美元，握住拉莫托夫一双长满黄毛的大手，会心地笑了。

2018年7月25日

战　友

于帮民不敢相信这张传票是真的，但确实是真的。传票上法院的红色印章十分刺眼，于帮民不信也得信。

于帮民被轮椅推进法庭前，爱人王秋果给他说，原告叫张松林，大松人，说你非法独占了妈的遗产。

能容纳 50 人的法庭旁听席上，座无虚席，大多是同于帮民并肩打过仗的战友，其中有十几人或伤或残，还立过战功。民政局来了一男一女，他们是专门出庭作证的。

正在医院接受肾透析的于帮民，脸色蜡黄，瘦得只剩下几根筋的脖子支撑着干瘪的脑袋，唯有在慈祥的目光中还能找到当年的英气。

于帮民的出现，把战友们瞬间带回那场血与火的拼杀之中。于帮民就是在那场战争中受伤后摘除右肾的，而当时他不叫于帮民，叫林冲，外号“豹子头”。他的班长于帮民是在林冲的哭喊声中闭上眼睛的。班长牺牲前对林冲说：“你是孤儿，我要是光荣了，你替我给我妈做儿子。爸过世早，妈叫马山梅，先天失明，耳朵很背，你只要说出我的生辰八字，说出我爸和她的生辰八字，知道她喜欢吃肉，妈肯定相信你是她儿子。”

硝烟散去，二等功臣林冲报请民政部门批准，变成于帮民走进马山梅的怀抱，把班长嘱托的爱和孝全都给了双目失明、双耳失聪的老母亲。

改革开放以后，于帮民发挥当过炊事员的长处，先在一家饭店打工，三年后另立门户开了个帮民饭馆。媳妇是城里人，里里外外一把手。于帮民把母亲接到城里，小日子过得红红火火。妻子知道于帮民不是马山梅的亲生儿子，对婆婆格外敬重孝顺。婆婆 85 岁时无疾而终，于帮民夫妇依礼厚葬，街道邻里赞声不断。

办妥母亲后事，于帮民从银行抵押贷款，把饭店办成酒店，规模虽然不大，但声誉鹊起，常常一床难求。可是天意难测，命运无常，就在事业扬帆远航的时候，60 岁的于帮民患了肾盂肾炎，因忙于工作耽误治疗。后来只能在爱人陪护下，依靠透析维持独肾的功能，酒店的事情全靠儿子夫妻俩打理。

现在，于帮民正坐在被告席的轮椅上，一字不漏地听着原告的陈述。他这时才清楚，母亲是从大松山改嫁给父亲的，改嫁前为张家生过一个儿子，改嫁后再没联系过。

68 岁的张松林最近听说生母身后留下不少财产，被同母异父的于帮民独吞，觉得于情于理于法不通，在人挑唆下，连招呼都不打，揣着当地民政部门关于张松林系马山梅亲生的证明，将于帮民告到法院，要求同于帮民平分家产。

经过法庭辩论，审判长当庭宣判：驳回原告张松林上诉，于帮民与张松林不存在遗产继承纠纷。

审判长宣判完毕，于帮民平静地说："既然张松林肯认我做弟弟，我应该接纳他这个哥哥。刚才哥哥说他家境十分困难，我资助他 50 万元办个养猪场，而用政府的扶贫款扶助别人。"

尴尬的张松林听于帮民说完，先是愣了片刻，接下来老泪横流，离开原告席几步跨上前去，紧紧抱着于帮民说："帮民，兄弟！好兄弟！哥对不起你！对不起咱妈呀！"

于帮民眼泪落到胸前，还没来得及回应，张松林紧接着说："我现在才知道，妈的亲生儿子死在战场上了，你改名于帮民，是在替我们兄弟俩尽心行孝啊！"

庄严肃穆的法庭上，先是一阵唏嘘，后来竟破例响起了掌声……

2018 年 12 月 1 日

（刊于 2018 年 12 月 22 日《解放军报》）

应　聘

新华文创公司招聘信息一上网，华川商贸有限公司的马驰和常春燕心动了。两个人私下商量过好几回，只要能发挥专业优势，即使待遇不如华川，也要联袂跳槽，分别应聘新华文创人力资源部主管和外联部主任助理。

这两个能人，一个学企业管理，一个学软件开发。论待遇，华川商贸年薪可观，两人的座驾已换过一次，房子亦指日可待，但所用非所学。常春燕因颜值高、英语好，被董事长选在身边当秘书，经常和饭局打交道，虽说滴酒不沾，但编程业务技能渐渐荒疏。马驰懂得企业管理，善于口头表达，却被指定常年培训新员工，成了公司管理业务的看客。

常言道，人往高处走，水往低处流。文创产业是朝阳产业，市场潜力广，发展空间大，对年轻人很有吸引力。新华文创又是一家央企下属公司，实力雄厚，市场竞争优势明显，只是招聘条件十分苛刻：敬业精神至上，专业功底扎实，创新思维活跃，博士硕士学位。四大项之下又分为若干细目，包括性别、年龄、身体状况、婚姻状况、毕业学校、从业经历、外语水平、学术论文、创新成果、业余爱好，等等。这些细目又被换算成分值，最终加总。应聘者的总分，优秀100分，良好95分，及格90分。招聘信息特别说明，为节约应聘者时间，本人或亲友可以参照细目打分，具备及格标准方可参加面试。

马驰和常春燕对照招聘细目相互测试，满打满算只有95分。两人犹豫起来，两个招聘岗位，不知道有多少高人应聘，这比考清华、北大还难。想打退堂鼓的马驰说："万一应聘不上被华川知道后炒了鱿鱼，简直是光腚推磨子——转着圈丢人，反而得不偿失。"

常春燕则不以为然："在人生十字路口，如果今天不敢迈出第一步，可能永远迈不出第二步。一个人连超越自己的胆识都没有，还怎么超越别人？"

两个人最后商定，去新华文创应聘之前应该先报告华川商贸同意，毕竟现在还是华川员工，背着华川应聘既有失做人诚信，又有后顾之忧。两个人同时向华川董事长表明，如果应聘新华文创落榜，无论华川商贸留用或弃用都不持异议。

马驰和常春燕的真诚感动了华川董事长，董事长不仅表示理解，还同意两人若重返华川可以调整岗位，不再安排荒废专业的工作。

12 月 6 日，天寒地冻，路滑车少，马驰小心翼翼地开车和常春燕前往 120 公里外的新华文创应聘。行至 60 多公里外的路段时，发现一辆轿车掉进高速公路旁的大河里。水深齐颈，波浪涌动，泡在河里的三个男人拼命想把汽车推向岸边，个个冻得脸色发青，汽车仍然没能靠岸。

马驰百米之外看到这一幕时，慢慢把车刹住。前面十多米外的公路边上停着一辆黑色奥迪，里面空无一人。马驰判断正在水中挣扎的人，一定同奥迪车有关。他刚打开驾驶室车门，常春燕已经脱下羽绒大衣和高腰皮靴，从副驾驶位子上跳下去，穿着毛衣和皮裤滑到河里。

正在水中推车的三个男人，见一男一女两个年轻人下水救助，顿时来了精神。一个小伙子喊道："五个人呀！加油推呀！朝前走呀！莫后退呀！"小轿车在五个人的号子声中渐渐向岸边靠近。

这时一辆别克轿车从远处开来。年轻女司机把车刹住，同身边的男青年一对视，几乎同时打开车门朝河里观看。不到一分钟，男青年手机响了，里面传出女性的声音："上午面试快结束了，我昨天专门向董事长推荐过你们，过了面试关就好办了，你们快一点，千万不要坐失良机！"

男青年通完话对女司机说："是新华文创人力资源部杨部长打来的，还是赶路参加面试吧，这里我们帮不上了。"于是冲着水中喊叫："对不起！我们有急事，我打电话让交警来帮你们。"说完两人钻进别克，抛下河里的推车人，赶时间参加新华文创的面试去了。

在河里推车的五个人起先以为两个年轻人要下河帮忙，高兴得连喊"谢谢！谢谢！"第三声"谢谢"还没喊出来，别克已经开走了。于是五个人只得再次齐声发力，借着水的流势，终于将汽车推到岸边。

固定好汽车，大家先后爬上公路，分别在车内脱下湿衣服，换上羽绒服，把热风开大，冻得发紫的面色渐渐缓过来了。

马驰正准备发动汽车起步，在奥迪车内换完衣服的中年人过来说："小伙子，我坐你们的车一起走行吗？"

马驰连忙说："行！行！不过我这车不如奥迪坐着宽敞。"

中年人说："坐你们的车心里舒服啊！大冷天你们在水里冻了一个多小时，耽误事了吧？"

常春燕有点遗憾地说："如果今天上午是最后一次面试，我们肯定没有机会了！但看着你们这么冷的天，连人带车在水里泡着，我们把面试都忘了。谢谢您的关心！机会错过了还可以再找嘛。"

中年人说："莫以善小而不为，你们今天可是帮了大忙了！"

常春燕笑着说："人之初，性本善，我们学过《三字经》！"

马驰插话说："掉到河里的车主您认识吗？"

中年人回答："不认识，但不帮不忍心！"

常春燕问："为什么？那两个人不是看了一眼就走了吗！"

中年人回答："我当过兵，那两个人肯定没当过兵！"

快进城了，中年人客气地说："留个电话号码，好吗？"

常春燕掏出马驰的名片递给对方，中年人说了声"谢谢"，从后排座位下去，侧身坐进奥迪车走了。

当天下午，新华文创贴出告示：明天上午由公司赵董事长继续主持面试。常春燕晚上听到还可以面试的消息，高兴得好久没有睡着。

第二天上午 8 点半，马驰和常春燕赶到新华文创面试室时，发现在高速公路边看了几眼河中推车人的男女青年也坐在里面。为了避免尴尬，马驰和常春燕装着不认识对方，悄无声息地浏览面试手册。

9 点钟，面试室后门打开，昨天坐在马驰车里的中年人走过来对马驰和常春燕说："我已经同华川商贸董事长联系过，你们被新华文创正式录用，年薪不变！"

2018 年 7 月 21 日

遗　嘱

90 岁的刘保国原是省图书馆职员，知书达理，为人和气，喜欢收集报刊资料。退休前把 40 年收集的十几种报刊一期不少地捐给省图书馆，成为书报收藏界的传奇人物，被省政府评为“劳动模范”。

退休不到半年，年过花甲、文质彬彬的刘大爷却干起收破烂的行当。30 年来一辆三轮车，一只电喇叭，春夏秋冬，风雨无阻，成为汉川市收破烂行当口碑载道、定于一尊的人物。

刘大爷的老宅是祖传四合院，大拆迁后获得三套新房，三个儿女各占一套，居室宽敞，人人欢欣，但没一家愿意收留父亲常住。儿女嫌老爷子收破烂丢人现眼，不讲卫生，多次劝父亲或者在家安度晚年，或者另干别的营生，但都被父亲谢绝。兄妹于无奈中商定，按月轮流负责父亲吃住，但不准他穿脏衣服进家，更不准把收回来的破烂堆在门前。

刘大爷理解儿女的难处，每晚回家前先东张西望，把装满破烂的三轮车藏起来，再换上干净衣服进门。但人心不古，刘大爷辛辛苦苦收回的破烂几次被蟊贼夜间盗走，连三轮车也丢了一辆。刘大爷气恼之下，边走街串巷收破烂边寻找愿意出租的房屋。

乾坤胡同袁建是荣川小学教员，爱人红云在一家民营饭店当服务员。两人收入本来就少，龙凤胎出生后日子更加捉襟见肘。袁建安家的棚户区只有一间半住房，听说刘大爷想租房，便与妻子商量全家挤到一间住，腾出半间租给刘大爷，为两个孩子换点奶粉钱。刘大爷听说后为之感动，表示租金按楼房支付，孩子的奶粉钱由他包办。袁建夫妇过意不去，又在墙角搭建了防雨棚，便于刘大爷存放三轮车和收回的破烂什物。不长时间袁建两口子与刘大爷便亲如一家，只要知道刘大爷回来前没有吃饭，红云会亲手为老爷子做饭烧菜。红云还从饭店买了两件大师傅穿的蓝色工作服，让老爷子收破烂儿时换着穿。袁建有空主动搭手，帮老爷子装卸整理破烂，两个幼儿更把刘保国视为亲爷爷。一家人不分客主，其乐融融。

然而天公拂人意。这年初夏，一场 8.0 级地震举国震惊。袁建和红云得知孩子在幼儿园安全无虞，急忙赶回家里，只见自家房子已经坍塌，正在午休的刘大爷被埋在废墟下面。

三年多来，袁建多次询问过刘大爷的家境，刘大爷只说老伴去世早，子女都很忙，家庭地址却一字不露。袁建刨出老爷子遗体，请派出所清理现场，在铺下棉絮夹层的塑料袋里翻出三件遗物：一是上河路 68 号一套三居室的房产证；二是两张共计 15 万元的存款单；三是一份经过公证处公证的遗嘱。

警察和街道办事处的工作人员轮流翻看遗嘱，白纸黑字明白无误地写着：

本人刘保国自愿将上河路 68 号三居室住房无偿馈赠给荣川小学袁建老师，自即日起该套房主应更名为袁建。两个存折里的 15 万元亦归袁建老师所有，用于贴补其幼儿奶粉开销。上河路 68 号居室内存放的 5 种报纸、6 种杂志 30 年无一缺失，请袁建老师组织学生整理编号，如数赠送给省图书馆。

遗嘱末尾是刘保国的签名、手印，公证处的证词、证印和日期。

一个多月后，媒体在显著位置以《破烂王的瑰丽人生》为标题，报道了刘保国的感人事迹。

2018 年 7 月 24 日

地　震

神经内科医生严雪是医院的“美人蕉”，博士在读，高挑个儿，腿像夏梦，脸像赫本，漂亮得找不到形容词，是东方优雅气质与西方浪漫气质的完美结合，时下正当谈婚论嫁的妙龄时期。

严雪的男朋友郝大海是神经外科医生，两人原本商定拿到博士学位就结婚。偏偏在这时候，大海远在老家的母亲患脑溢血导致偏瘫，农村医疗条件差，郝母生活又无法自理，家人无奈之下，只得把她送到儿子工作的医院接受治疗。

郝大海是个孝子，母亲住院时请保姆照顾，母亲出院后同自己住在一起，不上班的时候，他就在家里给母亲做康复治疗。严雪住在 11 楼，郝母住院初期，每天下班后总要上 15 楼帮郝大海照料母亲。自从秦川住进神经内科 VIP 病房后，严雪去郝大海宿舍的次数越来越少。

秦川是长江电子信息技术公司总经理，已过不惑之年还是个钻石王老五，寻寻觅觅，挑挑拣拣，就是找不到梦中情人。这次说是住院查体，非要住在神经内科，实际上是冲着严雪来的。日子没过多久，秦川登门告知郝大海："严雪同意和我结婚，希望郝医生理性看待，不要为此伤了和气，我们俩也可以成为好朋友嘛!"说完留下一张百万支票，作为对郝大海的感情补偿。

郝大海说："祝福你们佳偶天成，白头偕老！支票请你收回。"秦川临走时留了一封严雪给郝大海的亲笔信，郝大海乜了一眼没有启封。送走秦川，郝大海继续为母亲做康复治疗。他在心里默叹：浅薄的感情可以用金钱做交易，陪伴生命的爱情却需要用心血去滋养！严雪你明白吗?

三天后严雪同秦川领了结婚证。领证当天，秦川把几位朋友找到病房商量结婚事项，决定中秋佳节举办婚礼。

是夜11点左右，雷鸣电闪，大雨滂沱。秦川正与严雪在朦胧温馨的灯光中"滚床单"，处在深度愉悦状态的严雪恍然发现身边人没动静了。这时突然听到有人在走廊里大喊："地震了！地震了!"严雪睁大眼睛看不到秦川，也顾不上穿衣服，一把扯下床单披上，跌跌撞撞地往楼下跑。

不到10秒钟的3.2级地震，把几百户人家赶到楼下。大院草坪灯火通明，男女老少惊魂未定，看着半裸半遮的身体，都有点不好意思。秦川藏在人群中间，上身赤裸，下身套着严雪的花格裙子，滑稽得很。人们正在议论纷纷，郝大海背着母亲从楼门里出来了，草坪上顿时响起一片掌声。严雪眼泪滚到床单上自己也没有发觉……

当天夜里，严雪没有再回卧室。第二天一上班就报告科室领导，她要同秦川离婚。科主任对严雪说："秦川夜里不知去向，这是送到光明医院复查的秦川的化验单！"

严雪瞅了一眼差点晕倒了。化验单上明明白白地写着：HIV 阳性。

严雪从慌乱中冷静下来，急忙去检验科采血化验。郝大海把严雪写给他的信原封未动地烧掉。市疾控中心还在四处寻找秦川的下落。

郝大海母亲康复后，想去看看严雪表示感谢。儿子告诉母亲，严雪已经辞职，谁也不知道她去了哪里！

2018 年 8 月 2 日

支　票

林凡是朝阳大街上的一枝花，模样像粉嫩的花骨朵，衣着又入时得体，骑着电动车从街上飞过，如同一道彩虹般绚丽。只可惜“红颜薄命”，虽说嫁了个才子丁乙，但丈夫有点钱都花在科研上，囊中羞涩得连一辆小轿车也买不起。林凡想要孩子，丁乙总是说来得及，一星期回不了几次家。丁乙的单位又对外保密，两口子一谈到工作，丁乙的嘴巴像被针缝在一起，只字不露。

林凡实在熬不下去了。迈过30岁的门槛，大学同宿舍的6个人，5个有了座驾，唯独林凡被电动车驮着，在东来西去中风吹日晒，雨打春红，心中的愤懑像雨后小巷子路上的砖头，一脚踩下去就冒黄泥水泡。

林凡终于同苦苦等了她5年的刘总有了来往。经过一夜的煎熬，昨天上班前，她给丈夫发了一条微信：亲爱的，我们分手吧，下午我在街道办事处等你！

丁乙直到今天上午才回复：对不起！下午有会，中午见面。

12 点半，丁乙准时出现在办证窗口。半个小时后，林凡左手拿着离婚证，又手拿着结婚证，泪汪汪地看着丁乙，几次欲言又止。

丁乙握着刘总的手说："林凡是个好女子，请你善待她。这 12 万元是我 5 年的加班费，我攒下来本想给她一个惊喜，给她买辆小轿车，现在她离开我了，这 12 万元就当嫁妆送给她！"说完把支票搡进林凡手袋。

林凡愣愣地站着，看着，听着，一句话也没说，眼泪把脸颊上淡淡的脂粉涂抹成一幅薄如蝉翼的画页。

"别伤心！你去医院查查，如果怀上孩子，千万保下来，我要！"林凡只"啊"了一声，扑到丁乙怀里抽泣起来。她这才想到，为了怀上孩子，她半年前就把环取掉了。

刘总尴尬地站在原地，没说话，说什么好呢？直到丁乙把手伸过来同他握别时，他才点点头说："请你放心！"

丁乙走了好久，林凡才被刘总牵着手走出大楼。停车场上，一辆瓦蓝色的宝马车横在眼前。刘总掏出车钥匙递给林凡说："这是给你的车！"

林凡把钥匙放回刘总手里，说：“我不要，我有买车的钱!”

两个人正在为车钥匙推来让去的时候，一辆别克车开过来停在旁边。司机是丁乙的助手严工程师。严工下车后二话没说，一把将林凡推进车：“全院职工开会为丁总庆功，部领导专门从北京赶来参加，院长、书记说，丁总的功劳有你一半，一定要你上主席台就座，我找了快半个小时了!”

别克车风驰电掣地开进研究院大门，迎面是丁乙的巨幅照片。林凡泪流满面，花容失色。

丁乙迎上来陪着林凡向贵宾室的部、院领导同志介绍：“这是林凡同志，没有她的支持，我这个任务是完成不了的，她是个好人!”

在座的人站起来挨个同林凡握手，夸她是个识大局的贤内助。

同志！好人！爱人呢？妻子呢？……

林凡坐在主席台上，手袋里的离婚证和结婚证仿佛揣在怀里的两只兔子，突突突地乱跳不止，连主持人宣布给丁乙的奖金是多少也没听见。

2018 年 11 月 29 日